KB017275

라 스 트 듀 얼

THE LAST DUEL

최 후 의 결 투

라 스 트 듀 얼

에릭 제이거 지음 + 김상훈 옮김

orangeD

중세 프랑스에서 실제로 일어난 범죄와 스캔들과
결투 재판의 기록

페그에게
sine qua non

일러두기
1. " " 안에 든 문장은 대부분 실제 사료의 인용문이다.
2. 본문의 주는 모두 저자 주다.
3. 원문에서 관행적으로 영어식으로 표기된 프랑스어 단어들은 프랑스어로 변환하여 옮겼다.
   예) 브리타니 → 브르타뉴, 서(sir) 로베르 → 세뇌르(seigneur) 로베르
4. 원문에서 이탤릭체로 강조한 곳은 여기서 고딕체로 표시했다.

차례

저자의 말

내가 이 책을 쓰겠다는 생각을 처음으로 한 것은 10년 전, 장 드 카루주(Jean de Carrouges)와 자크 르그리(Jacques Le Gris) 사이에서 일어난 전설적인 다툼을 기록한 중세의 문서를 읽던 중의 일이었다. 그 이야기에 매료당한 나는 카루주–르그리 사건에 관한 사료를 닥치는 대로 수집하기 시작했고, 급기야는 노르망디와 파리로 가서 필사본 보관소를 샅샅이 뒤지고, 6백여 년 전 이 극적인 사건이 일어났던 장소들을 직접 방문해 보기까지 했다. 이런 노력의 결실이라 할 수 있는 본서는 연대기와 소송 기록 등 지금까지도 남아 있는 원본 자료들에 기반한 실화다. 이 책에 등장하는 모든 인물, 장소, 날짜 및 그 밖의 상세한 정보—당시 사람들이 실제로 한 발언과 행동, 그들이 법정에서 한 종종 모순되는 주장들, 서로에게 지불하거나 수령한 금액, 심지어는 날씨까지도—들은 모두 실존하는 사료에서 인용했다. 사료들의 기록이 서로 어긋나는 경우는 가장 개연성이 높아 보이는 기술을 채택했다. 역사적 기록이 결락된 대목은 상상력을 발휘해서 틈새를 메웠지만, 그러는 동안에도 나는 언제나 과거에서 들려오는 생

생한 목소리에 귀를 기울이는 것을 게을리하지 않았다고 자
부한다.

프롤로그

일천삼백팔십육 년, 크리스마스에서 며칠 지난 날의 추운 아침, 두 명의 기사 사이에서 벌어지는 목숨을 건 결투를 구경하기 위해 몇천 명이나 되는 군중이 파리의 한 수도원 뒤쪽에 있는 넓은 공터를 가득 채웠다. 장방형 결투장은 높은 나무 울타리로 에워싸여 있었고, 그 주위를 창으로 무장한 위병들이 에워싸고 있었다. 열여덟 살의 프랑스 국왕 샤를 6세는 결투장 한쪽에 설치된 호화로운 관람대에서 신하들과 함께 앉아 있었고, 결투장 주위에는 엄청난 수의 구경꾼들이 운집해 있었다.

전신 갑옷으로 몸을 감싸고 허리에 장검과 단검을 찬 두 기사는 결투장 좌우 끄트머리에 하나씩 있는 육중한 출입문 바로 앞에 거치된 왕좌를 닮은 의자에 앉은 채로 서로를 마주 보고 있었다. 출입문 옆에서는 각자의 종자(從者)들이 흥분해서 말굽을 구르는 군마의 고삐를 잡고 대기 중이었고, 결투를 할 기사들이 방금 선서를 마친 곳에서는 사제들이 제단과 십자가를 황급히 치우고 있었다.

의전관이 신호를 보내는 즉시 기사들은 군마에 올라탄 후

11

찌르기 전용의 마상용 장창인 랜스(lance)를 꼬나잡고 결투장
안으로 돌진할 것이다. 그러자마자 위병들은 출입문을 쾅 닫
고, 두 사내를 견고한 방책 안에 가둘 것이다. 그리고 그 안에
서 그들은 무자비한 결투에 돌입하게 된다. 도망칠 곳이 없는
결투장 안에서 어느 한쪽이 죽을 때까지 싸움으로써 자신이
한 주장의 정당성을 입증하고, 그들 사이의 다툼에 신이 어떤
판결을 내렸는지를 증명하기 위해서.

흥분한 군중의 시선은 두 용맹스러운 기사와 화려하게 치장
한 신하들을 거느린 젊은 왕뿐만 아니라, 한 여성을 향해 있었
다. 젊고 아름다운 그녀는 머리에서 발끝까지 검은 상복을 두
르고, 역시 위병들에게 둘러싸인 채로 검은 천으로 뒤덮인 높
다란 처형대에 홀로 앉아 결투장을 내려다보고 있었다.

자신을 향한 군중의 시선을 느끼며, 곧 시작될 시련에 대비
해서 마음을 굳게 다지려고 노력하며 그녀는 평평하게 다져진
넓은 결투장을 똑바로 응시했다. 그녀의 운명이 피로 각인될
장소를.

만약 이 결투 재판에서 그녀의 챔피언이 적수를 죽여 승리
를 거둔다면 그녀는 자유의 몸이 될 것이다. 그러나 반대로 그
가 죽임을 당해서 결투에 진다면, 그녀는 거짓 선서를 한 죄로
자기 목숨을 내놓아야 한다.

이날은 순교자 성 토마스 베케트를 기리는 축일이었고, 군
중은 축제 분위기에 한껏 취해 있었다. 그녀는 알고 있었다.
그들 중 다수가 이 목숨을 건 처절한 결투에서 한 사내가 죽는
것뿐만 아니라 한 여자가 처형당하는 광경을 보고 싶어 한다
는 사실을.

파리 시내의 종들이 일제히 울리며 시각을 알리자 국왕 직속 의전관은 결투장 안으로 걸어 들어갔고, 손을 들어 올리며 정숙을 명했다. 결투에 의한 재판이 바야흐로 시작되려 하고 있었다.

제1부

1
카루주

십사 세기에는 기사나 순례자들이 파리나 로마에서 성지 예루살렘까지 여행하려면 몇 달이 걸렸고, 수도 사나 상인들이 유럽을 횡단한 후 실크로드를 따라 머나먼 중국까지 가려면 1년 이상이 소요되었다. 아시아, 아프리카, 그리고 아직 발견되지도 않은 아메리카 대륙이 유럽인들의 식민지가 되는 것은 먼 미래의 일이었다. 게다가 유럽 자체도 7세기에 아라비아반도에서 밀물처럼 몰려온 이슬람 기병들에 의해 거의 정복당하기 직전까지 갔다. 아프리카에서 배를 타고 몰려온 이슬람 세력은 시칠리아와 에스파냐를 석권했고, 프랑스의 투르까지 진출해서 기독교도들과 칼을 맞대고 싸운 뒤에야 겨우 퇴각했다. 14세기가 될 무렵 기독교국들은 이미 600년 이상을 이슬람의 위협에 노출된 채로 살아왔고, 이교도들과 맞서 싸우기 위해 여러 번 십자군을 파견했다.

그러나 이슬람이라는 공통의 적에 대해 단결하고 있지 않았을 때는 기독교국들은 종종 자기들끼리 싸우곤 했다. 유럽의 왕이나 여왕들은 형제자매와 친척들끼리의 혼인을 통해 혈연을 확장했고, 왕위와 영토를 두고 끊임없이 다투며 전쟁을 벌

민가를 약탈하는 병사들
백년전쟁의 전 기간에 걸쳐 잉글랜드군 병사들은 프랑스 각지를 약탈했다.
『생 드니 수도원 연대기』, 영국 국립도서관 소장.
(MS. Royal 20 C VII., fol. 41v.)

였다. 서로 반목하는 유럽의 군주들 사이에서 전쟁이 빈발하
면서 수없이 많은 도시와 농지가 초토화되었고, 그곳에 살던
민중은 살해당하거나 굶어 죽었다. 그 결과 거액의 빚을 지게
된 통치자들은 세금을 올리거나 주조하는 주화의 질을 떨어
뜨려 자금을 확보했고, 급기야는 만만한 희생자인 유대인들의
재산을 몰수하기까지 했다.

유럽 중앙부에 자리 잡은 프랑스 왕국은 남북을 종단하려
면 22일, 동서를 횡단하려면 16일이나 걸리는 광대한 영토를
보유하고 있었다. 중세 프랑스의 근간을 이루던 봉건제도는
거의 10세기 동안이나 굳건하게 이어져 내려오고 있었다. 프
랑스는 기원후 5세기에 고대 로마제국의 갈리아 지방의 폐허

에서 건국되었고, 9세기에는 에스파냐를 점령한 이슬람군에 대한 샤를마뉴의 요새가 되어주었으며, 14세기 초에는 유럽에서 가장 부유하고 강대한 국가로 군림하고 있었다. 그러나 그로부터 몇십 년 후 운명의 여신은 프랑스를 저버렸고, 프랑스 왕국은 생존을 건 필사적인 투쟁에 돌입해야 했다.

1339년에 잉글랜드군이 도버해협을 건너 프랑스에 침공하면서 훗날 백년전쟁이라고 불린 길고 파멸적인 전쟁이 시작되었기 때문이다. 1346년에 잉글랜드군은 크레시 전투에서 프랑스 기사도의 꽃이라고 할 수 있는 중기병들을 격파하고 항구도시인 칼레를 점령했다. 그로부터 10년 후에 벌어진 푸아티에 전투에서 수많은 프랑스 기사들이 또다시 목숨을 잃었고, 국왕인 장 2세는 잉글랜드군의 포로가 되어 런던으로 압송되었다. 잉글랜드는 장 2세를 풀어 주는 조건으로 광활한 프랑스 영토와 다수의 잉글랜드 귀족 포로들의 송환을 요구했을 뿐만 아니라, 금화로 3백만 에큐라는 천문학적인 액수의 몸값을 강요했다.

국왕을 포로로 잡힌데다가 엄청난 몸값을 요구당했다는 사실에 좌절한 프랑스는 내전 상태에 빠졌다. 반란을 일으킨 귀족들은 장 2세를 배신하고 침략자인 잉글랜드군 편으로 돌아섰고, 한층 더 무거워진 세금에 격분한 농민들은 무장봉기해서 영주를 살해했고, 불만이 극에 달한 파리 시민들은 도당을 짜고 반목하며 거리로 뛰쳐나와 서로를 살육했다. 만성적인 가뭄과 흉작도 민중의 이런 비참한 상황을 한층 더 악화시켰다. 게다가 1348년에서 1349년에 이르는 시기에 유럽 인구의 3분의 1이 흑사병으로 사망했다. 매장되지 않은 시체들이 야산에 널렸고, 도시의 노상에 산더미처럼 쌓였다. 흑사병은 약 10년 단위로 재유행하며 사람들의 목숨을 앗아갔다.

당대의 화가들은 검은 죽음이 국토에 만연하는 상황을 거대한 큰 낫을 들고 수의로 몸을 감싼 채 지상을 활보하는 해골로 묘사했다. 수없이 많은 마을의 종탑에서 흑사병이 발발했음을 경고하는 검은 깃발이 나부꼈다. 신은 프랑스를 완전히 저버린 것처럼 보였다. 1378년, 로마와 프랑스 추기경들의 대립으로 촉발된 서방교회 대분열은 전 유럽을 진감케 했고, 기독교국들은 각각 로마 교황과 아비뇽 교황이 이끄는 두 개의 진영으로 갈라져서 혈투를 벌였다. 그 과정에서 로마 교황은 사리사욕에 의해 시작된 잉글랜드군의 잔인한 프랑스 침략 전쟁을 축복하기까지 했고, 잉글랜드의 성직자들은 교회에서 이 새로운 '십자군' 운동에 참가하라고 설교하며 프랑스의 '이단자'들을 도륙하는 성전(聖戰)의 자금을 염출하기 위해 면죄부를 팔았다.

정복 전쟁에 착수한 잉글랜드군 뒤를 따라 유럽 전역의 범죄자와 무법자들이 프랑스 국내로 쏟아져 들어왔다. 자유 용병을 의미하는 루티에(Routiers) 또는 '신의 재앙'이라고 불리던 이 사나운 사내들의 무리는 전원지대를 제집처럼 활보하며 성읍이나 마을을 약탈했고, 민중을 협박해서 공물을 강탈했다. 이런 폭력과 무질서의 와중에서 프랑스는 미친 듯이 스스로를 요새화했다. 공포에 질린 마을 사람들은 토벽을 쌓고 그 주위에 방어용 도랑을 팠다. 궁지에 몰린 농민들은 농가와 헛간 주위를 석탑과 물을 채운 해자로 에워쌌다. 성읍이나 수도원들은 원래 있던 방벽의 높이와 두께를 늘렸고, 성당은 마치 성을 연상시키는 모습이 될 때까지 요새화되었다.

전쟁이 촉발한 유혈 충돌과 서방교회 대분열이 부추긴 성전에 대한 갈망은 셀 수 없이 많은 만행으로 이어졌다. 신을 섬기는 수녀원조차도 이것을 피할 수 없었다. 1380년 7월 브르타뉴반도에서 무자비한 습격을 되풀이하던 잉글랜드군 병사들은 "한 수녀원으로 쳐들어가서 수녀들을 강간하거나 고문했고, 습격이 끝날 때까지 위안거리로 삼기 위해 불운한 수녀들 중 일부를 잡아갔다".

일천삼백팔십 년 가을, 프랑스 국왕 샤를 5세가 사망하자 열한 살이었던 아들 샤를 6세가 왕위를 이어받았다. 당시의 프랑스 국토는 현대 프랑스의 3분의 2에 불과했고, 통일된 국가라기보다는 개개의 봉건영주들이 지배하는 봉토들을 누덕누덕 기운 연합체에 가까웠다. 어린 왕에게는 질투심이 많은 다섯 명의 숙부가 있었는데, 왕이 성년에 달할 때까지 섭정 역할을 맡은 이들은 각기 광대한 영토를 지배하고 있었다. 그 밖의 지역은 적군에게 점령되어 있었다. 부르고뉴 지방은 왕가의 피를 물려받은 숙부들 중에서도 가장 강한 권력을 가지고 있었던 용담공(勇膽公) 필리프의 영지였고, 그는 머지않아 프랑스 왕국 자체에 맞먹는 왕조의 창시자가 될 운명이었다. 앙주 지방은 왕의 또 다른 숙부인 루이 공작의 영지였다. 프로방스는 독립국이었으며 아직 프랑스의 일부가 아니었고, 귀엔 지방 일부는 잉글랜드군의 지배하에 있었다. 브르타뉴는 거의 독립된 공작령에 가까웠고, 노르망디에서는 여전히 침략자인 잉글랜드군이 들끓고 있었다. 잉글랜드군은 노르망디를 발판 삼아 프랑스 전토에 대한 습격을 되풀이했고, 프랑스 왕가에 등을 돌린 수많은 노르만인들을 포섭해서 자기편으로 끌어들였다. 병사들과 병기로 발 디딜 틈이 없는 전략 요충지 칼레는 오랫동안 잉글랜드군의 보루로 기능해 왔고, 프랑스의 심장인 파리를 날카로운 단검처럼 겨누고 있었다.

대립하는 자들과 적군으로 에워싸인 상태에서 이 소년 왕은 이론상으로는 천만 명에 달하는 사람들을 지배하고 있었다. 그가 다스리는 신민들은 크게 보아서 각각 전사와 성직자와 노동자에 해당하는 세 개의 사회 계층(état)으로 나뉘었다―당시 표현을 빌리자면 "싸우는 자, 기도하는 자, 그리고 일하는 자"였다. 인구의 절대다수를 차지하는 노동계급의 일부는 성읍 내의 상점에서 장사를 하는 상인들이었지만, 대다수는 현지 영주(seigneur)의 장원에서 농사를 짓는 농노(villeins)들이었다. 전시에 영주의 보호를 받고, 사적으로 쓸 수 있는 약간의 농토를 받는 대가로 그들은 영주의 밭을 경작하고 수확했으며, 그의 난로에 땔 장작을 패고, 농작물과 가축을 소작료로 바쳐야 했다. 태어난 고향 땅에 묶여 있는 이들은 현지의 방언을 말했고, 그 지방의 관습에 따라 살아갔으며, 자신이 어떤 국가의 일원이라는 의식 따위와는 거의 인연이 없었다.

농노들이 영주를 섬겼던 것처럼 영주 역시 자신의 주군을 섬겼다. 하급 영주 중에는 얼마 안 되는 봉지(封地)만을 가지고 있는 기사도 있었지만, 상급 영주인 백작이나 공작의 경우는 광활한 봉토―왕에게 봉사하는 대가로 하사받은 토지―를 소유하고 있었다. 봉신(封臣)이란 자신보다 상급자에게 신종(臣從)과 충성의 서약을 함으로써 주군과 신하의 계약을 맺은 사람을 의미한다.* 충성 서약식에서 봉신은 무릎을 꿇고

1380년의 프랑스

1380년에 11세의 나이로 왕위에 오른 샤를 6세는 누덕누덕 기워진
봉토들을 상속했다. 개개의 봉토는 강력한 권력을 가진 왕의 친척들의 지배를
받고 있거나 침략자인 잉글랜드군에게 유린당한 상태였다.

깍지 낀 양손을 주군이 될 사람의 양손 사이에 넣고 "주군이시여, 나는 주군의 신하가 되겠습니다"라고 말한다. 그런 다음에는 일어서서 입에 주군의 입맞춤을 받고, 평생 주군을 섬길 것을 맹세하는 식이었다. 이런 의식은 사회를 하나로 묶어주는 상호 유대를 강화했다.

평생 계속되는 주군과 봉신 사이의 관계는 주로 토지에 기반하고 있었다. 봉건법은 "토지를 소유하지 않은 자는 영주가 아니며, 영주가 없는 토지는 존재하지 않는다"라고 규정하고 있었기 때문이다. 토지는 생명을 유지시켜 주는 곡물뿐만 아니라 현금이든 현물이든 간에 실익이 있는 소작료를 제공해 주었고, 갑옷을 입은 기사들과 중기병들을 확보하는 수단이기도 했다. 토지는 봉건귀족들이 누리는 부와 권력과 권위의 주된 원천이었고, 가문의 이름과 함께 후대에 물려줄 수 있는 가장 영속적인 것이었다. 이토록 큰 가치를 가진 토지는 갈망의 대상이었던 탓에, 이런저런 알력과 치명적인 반목의 원인을 제공하는 경우도 부지기수였다.

그리고 노르망디만큼이나 토지를 두고 격렬한 싸움이 벌어진 곳은 없었다. 노르망디는 고대부터 유혈로 점철된 투쟁의 교차로였다. 백년전쟁에서 프랑스군과 잉글랜드군이 충돌하기 훨씬 전에, 켈트족은 노르망디에서 로마 군단과 맞서 싸웠다. 로마 군단은 프랑크족과 싸웠고, 프랑크족은 바

---

* 신하의 예를 의미하는 영어의 hommage는 프랑스어의 homme(남자, 사람)에서 유래하며, 충성을 의미하는 영어 명사 fealty는 프랑스어의 fealte(신뢰)에서 왔다.

이킹들과 싸웠다. 북방인(Normanni)이라고 불리던 바이킹들은 최종적으로는 노르망디에 정착했고, 프랑크족의 토지와 아내들을 빼앗고 프랑스어를 말하는 노르만인이 되었다. 서기 911년에 창립된 노르망디 공작가는 프랑스 왕가의 봉신이 되었다.

1066년에 노르망디 공작 윌리엄은 기사단을 이끌고 도버해협을 건넜고, 헤이스팅스 전투에서 해럴드왕의 군대를 무찌른 후 스스로 잉글랜드 국왕으로 등극했다. 후세의 역사서에 정복왕 윌리엄으로 기록된 바로 그 인물이다. 잉글랜드왕이 된 노르망디 공작의 위세는 프랑스 왕의 그것에 맞먹었다. 향후 1세기 반에 걸쳐, 번창한 성읍들과 부유한 수도원들을 다수 보유한 노르망디의 반은 잉글랜드 왕가의 소유로 남게 된다.

1200년대 초에 프랑스 국왕은 길고 힘든 전쟁을 치른 끝에 노르망디 대부분을 잉글랜드 국왕으로부터 재탈환했나. 그러나 노르만인의 피를 물려받은 잉글랜드의 왕들은 여전히 노르망디 정복의 꿈을 버리지 못했다. 게다가 노르망디의 대귀족 가문 다수는 프랑스화하기 전에는 노르만인이었기 때문에 잉글랜드에 대해서는 여전히 기회주의적인 태도를 견지하고 있었고, 변화의 징조를 찾으며 상황을 예의 주시하고 있었다.

백년전쟁이 발발하고 잉글랜드군이 노르망디를 재정복하기 시작하자 노르만인 귀족들 다수는 프랑스 왕을 배신하고 잉글랜드의 침략자들과 동맹을 맺었다.

일천삼백팔십 년에 샤를 6세에게 충성 서약을 한 노르만 귀족들 중에는 카루주(Carrouges)라는 이름을 가진 오래된 가문이 있었다. 당시 60대의 기사였던 장 드 카루주 3세는 백년전쟁 발발 시에 성년에 달해서 노르망디를 침략한 잉글랜드군을 상대로 이미 여러 번 전투를 치른 경험이 있는 백전노장이었다. 기사 작위를 가지고 있었던 카루주 3세는 페르슈 백작의 봉신이었고, 주군인 백작은 그를 전략 요충지이자 만인의 선망을 받는 벨렘성(Bellême城)의 방위를 책임지는 성주로 임명했다. 카루주 3세는 프랑스 국왕이 임명한 벨렘의 자작(Vicomte)이기도 했는데, 백작의 부관을 의미하는 이 지위는 잉글랜드의 주(州) 장관인 샤이어-리브, 즉 셰리프에 상당하는 행정직이다. 1364년에 장 3세는 잉글랜드군에 포로로 잡힌 프랑스 국왕의 몸값을 염출하기 위한 자금 조달에 협력했다. 만인의 존경을 받던 이 기사는 명문 귀족 출신의 귀부인인 니콜 드 부샤르와 결혼해서 적어도 세 명의 자식을 낳았다. 그의 가문의 고향은 노르망디 남부의 요충지 알랑송에서 북서쪽으로 15마일쯤 떨어진 언덕배기에 자리 잡은 카루주라는 이름의 요새화된 성읍이었다.

전설에 의하면 카루주가는 유혈과 폭력의 기운으로 점철된 가문이었다. 이를테면 카루주 가문의 조상 중 한 명인 랄프 백작이 어떤 여자 요술사와 사랑에 빠져서 숲속의 작은 공터에서 그녀와 밀회를 거듭했다고 한다. 어느 날 밤 질투에 눈이 먼 백작의 아내가 단검을 쥐고 그곳에 있던 연인들을 습격했을 때까지 말이다. 다음 날 그곳에서 목을 따인 백작의 시체가 발견되었지만, 백작 부인은 얼굴에 생긴 기묘한 빨간 자국에

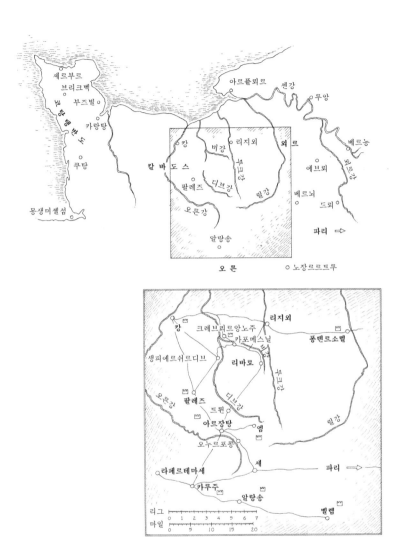

1380년의 노르망디

페르슈 백작과 알랑송 백작의 봉신이었던 카루주 가문은 현대의
노르망디에서 칼바도스와 오른이라고 불리는 토지 일부를 소유하고 있었다.
이 지도에 나와 있는 도로는 중세의 간선도로다.

도 불구하고 의심을 피해 갈 수 있었다. 얼마 후 그녀는 카를이라는 이름의 아들을 낳았는데, 카를이 일곱 살이 되었을 때 그의 얼굴에 어머니와 똑같은 빨간 자국이 나타났고, 그 이후 그는 카를 르 루주(Karle le Rouge), 즉 '빨간 얼굴의 카를'이라는 별명으로 불리게 되었다. 그로부터 7대에 걸쳐 이 가문에서 태어나는 아이의 얼굴에는 줄곧 빨간 점이 나타났고, 이 현상은 백작의 연인인 여자 요술사의 분노가 누그러진 8대가 되어서야 멈췄다고 한다. 이 '카를 르 루주'라는 이름이 변해서 후대의 가명인 '카루주'가 되었다는 것이 이 전설의 골자이며, 빨간색과 인연이 깊은 가문답게 카루주 가의 문장(紋章)에도 진홍색 바탕에 은빛 백합이 아로새겨져 있다.

카루주 가문의 폭력적인 역사는 민간 전설에 불과할지도 모르지만, 그 혈통에서 용맹스러운 전사들이 꾸준하게 배출되었다. 카루주 가문 초기의 영주였던 로베르 드 빌레르는 1200년대 초에 당시의 프랑스 국왕이었던 필리프 2세의 휘하에서 노르망디를 탈환하기 위해 싸웠다. 1287년에 그의 후손 중 한 명인 리샤르 드 카루주는 어떤 결투 재판의 보증인이 되었고, 피보증인인 결투 당사자가 출두하지 않을 경우 대신 싸울 것을 맹세했다고 한다.

장 3세의 장남인 장 드 카루주 4세는 타고난 전사였다. 그의 호전적인 풍모가 노르망디주의 도시 캉(Caen)에 위치한 생테니엔 수도원의 벽화에서 주위를 조망하고 있던 시절이 있었다. 전신 갑주를 두르고 육중한 군마 곁에 서서 장검과 랜스를 쥐고 있는 그의 모습을 묘사한 이 벽화는 세월의 풍상에 닳아스러져 버렸고, 용맹스러운 북방 민족의 혈통을 이어받은 이 전사의 강인하고 결연한 이목구비 또한 지금은 볼 수가 없다. 그가 남긴 문서에 본인의 서명이 아닌 카루주 가문의 인장만 찍혀 있다는 사실을 감안할 때, 어릴 때부터 말안장 위에서 자라다시피 한 젊은 장은 아마 제대로 된 교육을 받지는 못했을 것이다. 1380년에 장 드 카루주의 계급은 기사 아래의 수습기사(squire)를 의미하는 종기사(從騎士)였다.* 수습기사라는 단어에서 곧잘 연상되는 '용감한 젊은이'의 이미지와는 달리 그는 전쟁터에서 잔뼈가 굳은 백전노장이었고, 이미 불혹의 나이에 달한 터라 "그의 중후한 풍채는 누가 보아도 기사로밖에는 보이지 않았다"고 한다. 장 드 카루주는 가차 없고 야심적이며 무자비하기까지 한 사내였고, 목적 달성을 방해받는 경우는 쉽게 격앙했으며, 한번 원한을 품으면 오랫동안 잊지 않았다.

1380년에 장은 네 명에서 많을 때는 아홉 명에 달하는 하급 종기사들로 이루어진 자신의 부대를 지휘하며 노르망디에서 잉글랜드군을 쫓아내기 위한 전쟁을 벌이고 있었다. 전공을 세워 명성을 떨칠 뿐만 아니라, 전리품을 노획하고 몸값을 받을 수 있는 포로를 생포―이것은 14세기 유럽에서 가장 수지가 맞는 장사 중 하나였다―함으로써 사복을 채우는 목적도 있었다. 기사로 승격해서 급료를 두 배 올려 받고 싶었을 수도 있다. 카루주 가문의 영지에서는 매년 400에서 500리브르에 달하는 소작료 수입이 있었지만, 당시 전쟁에 출정한 기사가 받는 일급은 1리브르였고 종기사의 경우는 그 반액에 불과했다.

---

* 프랑스 귀족에는 세 개의 주요 계급이 있었다. 대귀족(pair), 기사(chevalier), 종기사(從騎士; escuier)이다. 페르슈 백작가는 대귀족이었고, 장 3세는 기사, 그 아들인 장 드 카루주는 종기사였다.

장은 스물한 살 때 이미 가문의 유산 일부를 상속했고, 여기에는 소작료를 받을 수 있는 영지도 포함되어 있었다. 아버지가 사망할 경우 그는 동생인 로베르와 여동생인 잔에게 분배될 약간의 재산을 제외한 모든 유산을 상속하게 된다. 로베르는 대다수의 귀족 차남들과 마찬가지로 극히 적은 상속밖에는 기대할 수 없었기 때문에 일찌감치 성직자의 길을 택했다. 잔은 아버지가 남겨준 일부 토지를 지참금 삼아 기사와 결혼했다. 그들의 어머니인 니콜은 자기 명의로 약간의 토지를 소유하고 있었고, 남편이 먼저 죽는다면 이 토지를 그대로 유지하면서 소작료를 받아 생활할 예정이었다. 나머지 유산은 모두카루주 가문의 대를 잇고 그 자신의 후계자에게 영지를 물려줄 의무를 가진 장남 장의 것이었다.

장의 주된 유산은 카루주의 성과 영지였다. 언덕 위에 자리잡은 이 성읍은 북동쪽의 아르장탕을 향해 뻗어 나가는 넓고비옥한 농지를 내려다보고 있다. 카루주성은 1032년에 정복왕 윌리엄의 아버지인 노르망디 공작 로베르 1세에 의해 건설되었고, 몇 차례 공성전의 무대가 되었다. 카루주는 주요 교차로와 몽생미셀로 가는 순례길에 위치해 있었고, 매년 정기시(定期市)가 열리는 이 지역의 중심지이기도 했다.

1380년이 될 무렵 카루주가는 잉글랜드군의 공격을 받고불타버린 카루주성을 포기하고 요새화된 탑인 아성(牙城)으로 옮겨갔다. 이 아성은 1367년 이후 잉글랜드군의 침공에 대항해서 노르망디의 방어를 강화하라는 국왕 샤를 5세의 명에의해 카루주 근처에 건설되었으며, 프랑스 왕가에 대한 카루주 가문의 충성심을 보여주는 또 하나의 예였다. 프랑스어로

카루주

카루주 가문은 잉글랜드군으로부터 자기 영토를 지키기 위해
돈존이라고 불리는 강고한 아성을 건설했다.
높이 50피트에 기부의 벽 두께가 10피트에 달하는 아성 주탑의 흥벽에는
돌 따위를 떨어뜨려서 적을 공격하기 위한 살인 구멍들이 나 있다.
파리 국립기념물센터 소장.
(Archives Photographiques, Coll. M.A.P.(c) CMN, Paris.)

는 돈존(donjon)이라고 불리는 이 당당한 아성은 지금도 카루주 성관(城館)의 일부로 남아 있는데, 성관 대부분은 후대에 증축된 것이다.

이 아성의 주탑(主塔) 높이는 50피트를 넘고, 그 기부(基部)를 이루는 화강암 벽의 두께는 10피트에 달한다. 이 건물에는 적의 공격을 막기 위해 당시 쓰였던 장치들이 여전히 남아 있다. 적의 습격을 저지하기 위해 경사가 진 기부라든지, 적들의 머리 위로 화살을 쏟아붓기 위한 살인 구멍(meurtrières)이라고 불리는 길쭉한 총안, 성을 포위한 적들 위로 돌을 떨어뜨리거나 펄펄 끓는 액체를 쏟아붓기 위한 구멍을 바닥에 낸 돌출 흉벽 따위다. 아성 위층에 위치한 거주 구획인 로지투르(logis-tour)는 주방과 거주구와 하인들의 방, 그리고 성벽 한쪽으로 배설물을 배출할 수 있는 변소를 갖추고 있었다. 아성 내부에는 우물을 파 놓아서, 공격이나 농성 시에도 안정적으로 식수를 공급받을 수 있었다. 아성 양쪽에 있는 다른 건물들에는 다른 하인들과 수비대가 거주했다. 아성 본체는 주탑 및 그에 인접한 두 개의 각진 탑들로 이루어져 있으며, 방어자들은 1층의 두터운 석벽 내부에 교묘하게 배치된 출입문과 화살 구멍들을 이용해서 큰 방에서 더 작은 방으로 퇴각하면서 방금 비운 공간을 향해 단궁이나 노궁(弩弓) 화살을 쏘아 댈 수 있었다. 이런 군사 건축물은 적의 군대가 노르망디를 휩쓸고 다니고 도적 무리가 농촌을 약탈하고 다니던 이 시절에 봉건귀족들이 감내해야 했던 비참한 상황을 말없이 웅변해 주고 있다.

카루주의 성과 영지와 더불어 장은 아버지로부터 선망의 대상인 벨렘 성주의 지위뿐만 아니라 명망 있는 벨렘 자작의 직위까지 물려받을 것을 기대하고 있었다. 11세기에 카루주에서 동쪽으로 40마일 떨어진 언덕 위에 건조된 벨렘 요새는 잉글랜드군이 점령하고 있었지만, 혹한이 몰아닥쳤던 1229년 겨울에 프랑스군에 의해 재탈환되었다. 프랑스 국왕은 이 승리의 보수로 벨렘 성채를 페르슈 백작에게 하사했고, 백작은 전략적 요충지인 이 요새의 성주를 자기 마음대로 임명할 수 있었다.

장은 남은 유산을 상속할 날이 오기를 기다리며 정략결혼을 통해 자신의 부와 지위를 강화했다. 결혼 상대인 잔 드 틸리는 12피트 두께의 벽에 높이가 90피트에 달하는 사각형 아성으로 유명한 샹부아(Chambois)의 부유한 영주의 딸이었는데, 자기 아버지의 영지 일부와 지참금을 가져옴으로써 장의 재산을 늘리고, 노르망디 귀족들의 연고 관계를 더욱 돈독하게 해 주었다. 게다가 장이 유산을 완전히 상속하기도 전에 잔은 대를 이을 후계자를 낳아 주었다―아들이었고, 아마 1370년대 말에 태어난 것으로 추정된다.

장 4세와 그의 아버지는 1367년에 노르망디의 광활한 영지를 상속한 주군 페르슈 백작에게 충성을 다했다. 발루아 왕조의 창시자인 샤를 드 발루아 백작의 넷째 아들이었던 페르슈 백작은 프랑스 왕가의 일원인 동시에 다른 왕들과는 먼 친척 관계이기도 했다. 백작의 궁정이 있는 노장르르루(Nogent-le-Retrou)는 벨렘에서 남동쪽으로 10마일 떨어진 곳에 있는 성새도시(城塞都市)였고, 페르슈 백작 가문의 오래된 도읍이었다. 로베르가 20대 초에 페르슈 백작의 지위를 물려받자 카루주 부자(父子)는 자기들보다 훨씬 어린 주군 앞에서 무릎을 꿇고 "주군이시여, 나는 주군의 신하가 되겠습니다"라고 선언하는 것으로 신종의 예를 치렀다. 그런 다음 입에 백작의 입맞춤을 받고, 충성 서약을 했다. 향후 10년 동안 카루주 부자는 궁정에서 백작을 섬겼고, 매년 소작료를 바쳤고, 백작의 칙령을 집행했고, 그의 군사 소집에 응해서 잉글랜드군과 맞서 싸웠다.

그러나 1377년 로베르 백작은 후사를 남기지 않고 30대의 젊은 나이에 갑자기 요절했다. 봉건법에 의해 그때까지 로베르가 지배하던 페르슈의 봉토와 성들은 그의 주군인 프랑스 국왕 샤를 5세에게 다시 귀속되었다. 샤를 5세는 관습에 따라 페르슈를 로베르의 형인 알랑송 백작 피에르에게 하사했다. 장과 그의 아버지는 실질적으로 하룻밤 만에 새로운 주군을 맞은 것이나 다름없었다. 처음 보는 귀족에게 봉신으로서 신종의 예를 다하고, 충성 서약을 함으로써 자기 목숨과 명운을 맡겨야 했던 것이다.

알랑송 백작 피에르는 당시 프랑스에서 가장 부유하고 가장 큰 권력을 가진 귀족 중 한 명이었다. 샤를 드 발루아의 셋째 아들이었던 피에르 역시 여러 왕들과 친척 사이였다. 1363년에 20대 초반이었던 피에르는 포로로 잡힌 장 2세의 몸값 지불을 담보하기 위한 인질로서 다른 젊은 프랑스 귀족들과 함께 잉글랜드로 보내졌다. 피에르는 잉글랜드에 1년 이상 머물다가, 장 2세의 사후인 1364년에 프랑스로 귀환했다.

삼남이었던 피에르가 아버지의 백작 작위를 이어받을 가능성은 원래는 거의 없었다. 그러나 그는 잉글랜드에서 돌아온 지 얼마 지나지 않아 운명의 장난에 의해 막대한 부와 지위를 얻었다. 두 형이 가문을 잇는 대신 성직자의 길을 택했기 때문이다. 그들은 교회 내부에서 빠르게 승진해서 강대한 권력을 가진 대주교가 되었지만 귀족으로서 상속받은 영지와 작위를 포기해야 했다. 1367년에 피에르는 아직 20대였음에도 불구하고 알랑송 백작 자리를 이어받고 광대한 봉토의 영주가 되었다. 1371년 그는 마리 샤마이야르와 결혼해서 영지를 두 배로 늘렸다. 여자작(女子爵)이었던 마리가 지참금으로 다섯 개의 봉지를 가져왔기 때문이다. 향후에도 피에르 백작은 계속 영지를 늘려서 매년 발생하는 소작료 등으로 막대한 부를 축적했다. 1377년에 형인 로베르가 사망하자 피에르는 페르슈의 영지 전체를 상속받았고, 그중에는 벨렘 및 에스의 성새도 포함되어 있었다.

그러나 이미 엄청난 부를 소유하고 있었음에도 불구하고 영지에 대한 피에르의 욕망은 줄어들 기색이 전혀 없었다. 그는 그 뒤에도 계속 영지를 사들였는데, 새로 구입한 영지 중에서 가장 중요한 지역은 알랑송에서 북쪽으로 25마일 간 곳에 있는 아르장탕이었다. 언덕배기에 자리 잡은 이 풍광명미한 성새도시는 전략 요충지였고, 잉글랜드가 여전히 노르망디를 점유하고 있던 시절에는 잉글랜드 국왕인 헨리 2세가 즐겨 머물렀던 곳이기도 했다. 피에르 백작은 아르장탕을 손에 넣으려고 심혈을 기울였고, 1372년에 금화 6,000리브르를 지불하고 방벽으로 에워싸인 도시와 성관과 그 주위의 토지를 구입했다.

피에르는 그 즉시 아르장탕의 오래된 궁전을 재건했고, 알
랑송의 궁정 전체를 그곳으로 옮겨 자신의 새로운 거처로 삼
았다. 궁전은 로마네스크 양식의 창과 가파른 지붕이 달린 세
개의 각진 탑들을 갖춘 위풍당당한 4층 건물이었고, 지금도
그 자리에 남아 있다. 2층에는 백작이 정사(政事)를 돌보던 넓
은 그레이트홀이 있는데, 피에르는 고가의 태피스트리로 벽을
장식한 홀 안에 놓인 화려하게 조각된 의자에 앉아 명령을 내
리고, 재판을 주재하고, 손님들을 맞았다. 정오가 가까워 오면
홀 안에는 가대식 탁자들이 놓였고, 백작은 휘하의 기사, 종
기사, 성직자, 그리고 손님들과 함께 그곳에서 오찬을 나눴다.
당시 떠돌던 소문에 의하면 피에르는 이곳에서 자신의 정부
(情婦)들과도 노닥거렸는데, 그중에는 그의 봉신의 아내이면
서도 그의 서자(庶子)를 낳은 잔 드 모가스텔도 있었다. 그러
나 피에르 백작은 정처(正妻)인 마리에게서도 결혼 후 14년 동
안 여덟 명의 자식을 둠으로써 부부의 의무를 다했다.

피에르 백작이 자기 영지를 넓히고, 수없이 많은 고가의 소
유물들을 즐거이 감상하고, 대를 이을 적출과 (가끔은) 서출이
나 생산하며 대부분의 시간을 보낸 것은 아니다. 왕가의 직계
혈통에서 파생된 방계 왕족을 의미하는 혈통친왕(Prince du
sang)이었던 피에르 백작은 노르망디에서도 국왕의 가장 큰
신임을 받는 봉신 중 한 명이었고, 충성 서약에 입각해서 광대
한 봉토에서 소환한 수많은 기사와 종기사와 중기병들로 이루
어진 군세를 이끌고 정기적으로 군무에 임할 의무를 가지고
있었다. 피에르 백작 본인도 국왕의 명을 받들어 자주 출정했
고, 어떤 공성전에서는 중상을 입기까지 했으며, 한동안 바스

노르망디—센강 남쪽에 위치한 노르망디 지역—에서 국왕의
부관 역할을 맡기도 했다.

피에르 백작에게 새로 충성 서약을 한 봉신인 장 4세와 그
의 아버지 장 3세는 아르장탕을 주기적으로 방문해서 주군인
백작을 보좌하며 영주 재판에 참석했고, 전시에는 기사로서
부하들을 이끌고 군사 소집에 응했다. 아르장탕에서 일을 보
거나 전쟁에 출정하고 있지 않을 때 장 3세는 대부분의 시간
을 성새도시인 벨렘에서 보냈다. 벨렘의 성주였던 그는 이 요
새의 방어 책임자였고, 보급을 관장하며 몇십 명에 달하는 중
기병들을 지휘했다. 바로 이런 이유에서 그는 벨렘을 본거지
로 삼았고, 아내인 니콜과 함께 그곳에서 생활했다.

종기사였던 장 4세는 아내 잔과 어린 아들과 함께 고향인 카
루주의 성에 살고 있었다. 그 역시 휘하에 중기병들을 거느렸
고, 아르장탕의 궁정에서는 아버지보다 더 많은 시간을 보냈
다. 카루주는 벨렘보다 훨씬 더 아르장탕에 가까웠기 때문이
다. 40마일 떨어진 벨렘에서 아르장탕으로 가려면 하루 종일
말을 몰고 40마일을 넘는 거리를 주파해야 하지만, 불과 12마
일 남짓한 거리에 있는 카루주에서는 한두 시간이면 충분히
갈 수 있었다. 게다가 아들 쪽은 1377년에 페르슈 백작의 봉신
이 된 지 얼마 지나지 않아 백작의 시종으로 임명된 상태였다.

시종의 원래 역할은 주군을 사적으로 보좌하는 것이었기 때
문에 깊은 신뢰로 맺어진 아주 가까운 봉신에게만 주어지는
자리였다. 그러나 시대의 변천에 따라 이 지위는 실무직보다
는 명예직에 더 가까워졌다. 그래도 백작의 궁정에서 봉직하
는 입장에서 시종은 주군의 급작스러운 호출에 응해 특별한

용무를 처리하거나 중요한 행사 등에 수행인으로 출석해야 하는 경우가 있었다. 시종으로서 주군을 섬기는 대가로 장 드 카루주 4세는 매년 소액의 특별 수당을 받았고, 적어도 명목상으로는 피에르 백작의 심복들과 보좌관들로 이루어진 권력 중추의 일원이라는 명예를 누릴 수 있었다.

아르장탕에 자리 잡은 피에르 백작의 궁정에 출입하는 카루주의 동료 시종들 중에는 자크 르그리라는 종기사가 있었다. 카루주와 비슷한 연배였고, 오래된 친구 사이였다. 두 사람은 페르슈 백작을 섬기면서 친해졌다. 르그리 역시 로베르 백작의 봉신이었기 때문이다. 1377년에 로베르 백작이 사망하고 그의 봉토와 봉신들이 피에르 백작에게 통째로 양도되었을 때도 두 사람은 나란히 아르장탕에 출두했다. 두 종기사 모두 새로운 주군인 피에르 백작에게 충성을 다함으로써 자신의 가치를 증명하고 싶어 했다.

자크 르그리는 귀족 계급인 종기사이긴 했지만, 원래 평민 계급에 뿌리를 둔 그의 가문은 카루주 가문만큼 유서 깊은 명가가 아니었다. 르그리라는 이름은 1325년 자크의 아버지인 기욤 르그리의 이름이 칙허장에서 언급되면서 처음으로 기록에 등장한다. 그러나 향후 반세기 동안 이 명민하고 야심적인 가문은 계속 출세 가도를 달렸고, 영지와 그 밖의 재산을 늘리고 노르망디의 귀중한 봉지를 다수 획득함으로써 귀족 계급의 계단을 착실하게 올라갔다. 르그리가의 문장은 카루주가의 그것과 같은 색깔을 썼지만 색채 배분이 정반대여서, 은빛 바탕을 진홍색 사선(斜線)이 가로지르고 있었다.*

자크 르그리는 거구의 굴강한 사내였고, 강인한 완력과 강철 같은 악력의 소유자로 이름이 높았다. 종기사 계급의 군인이었던 그는 1370년 이래 군사 요충지인 엠(Exmes) 성새의 성주로 봉직했으며, 친구이자 동료 종기사인 카루주와는 달리 교양 교육을 받은 하급 성직자이기도 했다—이것은 그가 글을 읽고 쓰는 법을 터득했고, 교회 미사에서 보조 역할을 맡을 수도 있었다는 것을 의미한다. 그러나 독신 서약을 하고 사제로 서품된 것은 아니었으므로, 르그리는 결혼해서 여러 아들을 낳았다. 그런 그가 툭하면 외간 여자에게 지분거리는 버릇이 있는 호색한이었으며(중세의 종기사나 성직자에게는 드문 일이 아니었다) 피에르 백작이 정부들과 벌이는 난잡한 연회에도 곧잘 참가했음을 시사하는 기록도 여기저기에 남아 있다.

자크 르그리와 장 드 카루주는 오래전부터 친분을 쌓아왔고, 피에르 백작의 봉신이 되었을 무렵에는 깊은 우정과 신뢰로 맺어진 사이였다. 카루주는 아내인 잔이 아들을 낳자 자크에게 아들의 대부가 되어 달라고 부탁했다. 이것은 중세에서는, 특히 귀족 사회에서는 크나큰 명예로 간주되었다. 대부는 실질적으로 가족이나 다름없었기 때문이다. 갓 태어난 갓난아기의 무방비한 영혼을 지키기 위해 최대한 빠른 시기에 행해지던 유아세례에서 자크는 갓난아기를 안고 침례반 앞에 섰다. 사제가 성수에 카루주의 아기를 담그자 르그리는 악마로

* 르그리의 그리(gris)는 프랑스어로 회색 또는 잿빛을 의미하며, 빨강(rouge)에서 파생된 카루주와 마찬가지로 문장의 바탕 색깔이 해당 가문의 이름에 상응한다.

부터 아기를 지키고, 향후 7년 동안 이 아기를 "물과, 불과, 말 발굽과, 사냥개의 이빨"로부터 지키겠다고 맹세했다.

자크 르그리가 로베르 백작 아래에서 잘 나갔다고 한다면, 새로운 주군인 피에르 백작 아래에서는 숫제 출세 가도를 달렸다고 해도 과언이 아니었다. 르그리는 피에르 백작의 봉신이 된 지 얼마 지나지 않아 그의 시종 중 한 명으로 임명되었다. 그리고 부유한 이 종기사가 자신의 유능함을 증명하는 데는 그리 시간이 걸리지 않았다. 한번은 피에르 백작에게 3,000프랑에 육박하는 거금을 빌려주었을 정도였고, 이 사실에 감사한 백작은 르그리를 특별히 더 총애하게 되었다.

1378년, 카루주와 르그리가 시종으로 임명된 지 1년 남짓한 시간이 흘렀을 때, 피에르 백작은 르그리에게 후한 사례를 했다. 최근 획득한 지 얼마 되지도 않은 광대하고 가치 있는 봉지인 오누르포콩(Aunou-le-Faucon)을 봉신인 르그리에게 증여했던 것이다. 이 선물은 르그리의 충성심과 최근에 그가 빌려준 놀랄 정도의 거금에 대한 보답이었다. 르그리가 돈을 빌려준 지 얼마 지나지 않아 토지 증여가 이루어진 것을 보면, 피에르 백작은 바로 이 돈으로 오누르포콩을 샀을 가능성조차 있다. 바꿔 말해서, 피에르 백작의 토지 매입은 르그리가 자금을 제공해 주었기 때문에 가능했었을지도 모른다는 뜻이다.

토지 증여라는 호화로운 선물이 아르장탕의 다른 봉신들 사이에서 질투와 선망을 불러일으킨 것은 당연하다. 그들 모두가 피에르 백작의 총애를 받으려고 서로 경쟁하는 사이였기 때문이다. 이 사건은 자크 르그리의 오랜 친구이자 동료 시종이었던 장 드 카루주에게는 특히 불쾌하게 느껴졌을 것이다.

카루주가는 자크 르그리의 가문보다 훨씬 더 유서 깊고 유명했지만, 피에르 백작의 궁정에서는 르그리 쪽이 훨씬 더 대접받고 있다는 사실이 명백해졌기 때문이다. 두 사람 모두 백작의 시종이었지만 성새의 방어 책임자로 임명된 것은 엠 성주인 르그리 혼자였다. 피에르 백작의 총신(寵臣)인 르그리는 파리의 왕궁에도 곧잘 들락거렸고, 백작의 새로운 심복이라는 지위를 이용해서 급속히 재산을 불렸다. 같은 종기사로서 르그리와는 오래전부터 깊은 우정을 나눈 사이였음에도 불구하고 르그리의 성공과 부유함은 장 드 카루주의 심기를 건드렸고, 두 사람 사이의 관계는 조금씩 냉랭해지기 시작했다.

일천삼백칠십 년대 후반, 두 종기사가 피에르 백작에게 충성 서약을 하고 아르장탕의 궁정에 합류한 지 얼마 지나지 않은 시점에서, 장 드 카루주는 아내인 잔이 병에 걸려 죽는 끔찍한 상실을 겪는다. 그리고 이 비극적인 사건이 있은 지 얼마 지나지도 않아 또 다른 비극이 그를 엄습한다. 태어난 지 몇 년 되지도 않은 그의 아들—자크 르그리가 대부가 되어준—마저 죽었던 것이다. 카루주는 거의 동시에 아내와 유일한 후계자를 잃었다.

두 사람의 이 참담한 죽음의 원인이 중세 유럽인들을 정기적으로 엄습했던 괴멸적인 역병들 중 어느 하나라고 해도 이상할 것은 없다. 페스트, 티푸스, 콜레라, 천연두, 이질 따위의 전염병은 아직 치료법이 존재하지 않았다. 잔의 경우는 아이를 낳다가 죽었을 가능성도 있는데, 이것은 중세 여성들의 가장 흔한 사망 원인 중 하나였다. 당시의 여성들은 극도로 비위

생적인 환경에서 아이를 낳아야 했고, 합병증이 생기더라도 아무런 의학적 도움을 받을 수 없었던 탓에 출산 후에 산욕열로 죽는 경우가 많았다.

가족을 모두 잃은 직후 장 드 카루주는 목숨이 왔다 갔다 하는 전쟁에 참전하기 위해 집을 떠났다. 1379년, 오랫동안 병에 시달리던 샤를 5세는 아직 열 살밖에 안 된 아들에게 왕좌를 물려주기 전에 노르망디에서 잉글랜드군을 완전히 몰아내기로 결심했고, 프랑스 해군 원수로서 이름을 떨친 장 드 비엔 경에게 명해 군사를 일으켰다. 장 드 카루주는 1379년 가을에 부하 종기사들을 이끌고 샤를 5세의 군대에 합류했고, 비엔 제독의 지휘를 받으며 노르망디 남부에서 싸웠다. 카루주 휘하의 종기사들은 카루주와 마찬가지로 자기 돈으로 갑옷과 무기와 군마와 종자들을 직접 준비해야 했고, 그 대가로 매일 반(半)리브르의 급료를 받았다.

전쟁은 거의 5개월 가까이 이어졌고, 카루주는 셰르부르에 본거지를 둔 잉글랜드군이 약탈을 거듭하던 코탕탱반도 전체를 누비며 싸웠다. 1379년 10월 말에서 1380년 3월 초 사이의 급료 명부를 보면 장과 그의 부하들이 남하와 북상을 거듭하며 지그재그로 움직였음을 알 수 있다. 그들은 북동쪽의 부즈빌에서 남쪽의 카랑탕으로 갔다가, 북서쪽으로 진로를 틀어 셰르부르 아래에 있는 브리크벡까지 올라갔고, 마지막에는 셰르부르와 몽생미셸 중간께에 위치한 쿠탕스를 향해 남하했다. 카루주는 10월에는 네 명의 종기사를 거느리고 있었지만 1월이 되자 이 숫자는 아홉으로 늘었고, 3월이 되자 다시 넷으로 줄었다. 아마 전사나 부상에 의한 탈락일 공산이 크다.

이런 피치 못할 위험에도 불구하고 장 드 카루주는 아마 전쟁을 환영했을 것이다. 코탕탱 원정은 고향에서의 고독한 홀아비 생활을 떨치고 나와서, 그를 섬기는 종자나 죽이 맞는 옛 동료들로 이루어진 전우들과 함께 전투와 모험이라는 익숙한 스릴 속으로 몸을 던질 수 있는 기회를 제공해 주었기 때문이다.

그러나 잉글랜드군과 목숨을 건 전투를 벌이며, 부하 일부를 잃기까지 하는 동안, 카루주는 자기가 이름과 가문이 소멸할 위험을 무릅쓰고 있다는 사실을 자각하고 있었을 것이다. 만약 그가 이 전쟁에서 전사해 버린다면, 그의 대는 여기서 끊기고 카루주 가문도 그의 영지를 내놓아야 한다. 따라서 이 전쟁에서 살아남는다면, 카루주는 최대한 빨리 재혼할 필요가 있었다. 그것도 가급적 좋은 가문의 여성을 골라서 말이다. 카루주의 남동생은 사제였기 때문에 적통을 이을 수 없었고, 여동생은 다른 가문의 남자와 결혼하면서 가명을 잃은 상태였다. 그런고로, 카루주 가문의 생존 여부는 오직 장에게 달려 있었다.

부즈빌, 카랑탕, 쿠탕스 같은 성읍이나 성에서 벌어진 전투에 참가하기 위해 코탕탱반도를 가로지르는 동안에도 장 드 카루주는 결혼에 걸맞은 젊은 귀족 여성을 찾는 일을 게을리하지 않았다. 현지의 영주나 요새 지휘관의 거처로 초대받으면, 그레이트홀에서 제공되는 오찬이나 만찬 자리에서 노르망디 귀족가의 젊은 여식들을 만날 수 있었고, 그곳에서 그는 적절한 결혼 상대를 물색하곤 했다.

이런 구애 자리에서의 예의 바른 미소라든지 칭찬의 이면에는 봉건시대의 혼인이라는 진지한 거래가 자리 잡고 있었다.

귀족들 사이의 혼인은 사랑이나 로맨스 따위가 아니라 영지와 돈과 권력과 가문끼리의 결속, 그리고 대를 이을 후계자를 생산하기 위한 것이었다. 종기사인 장 드 카루주에게 이상적인 신부란 귀족 출신에 부유할 뿐만 아니라 그의 재산을 늘려 주고 영지를 확장시켜 줄 지참금을 두둑히 가져올 수 있는 여성이었다. 건강한 아들을 여럿 낳아 줄 젊은 여성일 필요도 있었다. 신부가 처녀인 경우에는 반드시 그러리라는 보장은 없었지만 말이다. 또한 결혼 후 낳는 자식들이 적통임을 보장해 주는 고결하고 정숙한 여성일 필요가 있었다. 이에 덧붙여 미인이라면 금상첨화였다.

2
불화

일천삼백팔십 년, 프랑스에서 새로운 왕이 대관했을 때, 장 드 카루주는 드디어 새로운 아내를 얻는 데 성공한다. 노르망디 북서부의 코탕탱반도 원정에서 돌아온 지 얼마 지나지 않아 마르그리트라는 이름의 상속녀와 결혼함으로써 홀아비 생활에 종지부를 찍었던 것이다. 오래된 노르만 귀족 가문의 외동딸이었던 마르그리트는 미혼이었고, 약혼 당시에는 여전히 10대 후반이었던 것으로 추정된다. 젊고 부유한 귀족의 딸인데다가 지극히 아름답기까지 한 그녀는 가문의 이름과 영지를 지키고 싶어 하는 귀족 사내의 눈에는 이상적인 신부로 비쳤다. 유일한 유산 상속인이기도 한 마르그리트는 상당한 액수의 지참금을 가져올 것이고, 장래에는 자기 아버지로부터 한층 더 많은 토지와 재산을 상속받을 공산이 컸기 때문이다.

거의 모든 기록에서 마르그리트는 젊고 엄청나게 아름다운 여성으로 묘사되어 있다. 어떤 연대기 작가는 그녀가 "젊고, 아름답고, 선량하고, 분별 있으며, 조신했다"라고 묘사했는데, 마지막의 조신하다는 표현은 그녀가 뛰어난 미녀임에도 불구하고 바람둥이라든지 요부와는 거리가 멀었다는 사실을 암시하고 있다. 또 다른 기록자는 그녀가 "극히 아름답고, 용기 있는 여성"이라고 찬양했다. 마르그리트에 관해 언급하면서 그녀의 미모나 인성을 칭송하지 않았던 기록자는 여성 전체에 대해 깊은 불신감을 가지고 있었던 수도사 한 명뿐이었다. 장 드 카루주 본인은 훗날 법정에 출두했을 때 그의 두 번째 아내는 "젊고 아리따울" 뿐만 아니라 "품행이 단정하고 정숙하다"고 증언했다. 물론 남편인 그는 편향된 증인일 수밖에 없었고, 고발자의 입장에서 칼을 갈고 있었지만 말이다.

마르그리트의 초상 역시 호전적인 남편의 모습과 함께 캉에 있는 수도원 벽화로 남아 있던 적이 있었다. 그러나 그녀의 모습을 그린 벽화 역시 세월의 풍상에 닳아 스러졌고, 현재 그녀의 외모에 관한 상세한 기록은 어디에도 남아 있지 않다. 그러나 글이나 회화를 보면 당시 여성에 대한 미의 기준이 어땠는지를 알 수 있다. 노르망디가 위치한 프랑스 북부에서 이상적인 귀부인이란 금발에 가까운 엷은 머리 색깔과 백옥처럼 흰 이마, 호(弧)를 그린 눈썹, 회청색 눈동자, 모양이 좋은 코, 작은 입에 도톰한 빨간 입술, 향기로운 숨결, 보조개의 소유자였으며, 가냘픈 목에 눈처럼 흰 젖가슴, "균형 잡힌 호리호리한 몸"을 가지고 있었다. 주된 옷은 샹스(chainse)라고 불리는 긴 리넨 가운—보통 흰색이지만, 축일 따위에 입기 위한 화려한 색상도 있었다—이었다. 대다수의 귀부인들은 브로치나 목걸이 같은 장신구로 치장했고, 보석이 박힌 금반지를 끼는 경우도 종종 있었다.

남편이 소유하는 성의 여주인(châtelaine)으로서 마르그리트는 가사 노동을 감독하고 남편의 영지 통치를 도울 것을 기대 받고 있었다. 결혼 당시의 마르그리트는 아직 10대였을 수도 있지만, 그녀는 궁정을 방문하거나 전쟁에 출정하는 일이 잦았던 남편이 성을 비울 경우 그를 대신해서 성을 다스렸다. 평상시에도 그녀는 허리춤에 지하실, 귀중품을 넣는 궤짝, 저장실 따위를 열기 위한 육중한 열쇠 뭉치를 차고 긴 가운 자락을 끌며 바쁘게 성안을 돌아다녔고, 하인들의 일상 업무를 지휘하고, 육아를 맡은 유모들을 감독하고, 신분이 높은 손님들을 접대했다. 성에서 가장 넓은 공간인 그레이트홀에서 진행되는 오찬이나 만찬을 주재하는 것도 마르그리트의 역할이었다. 적어도 사적으로는 궁정 정치나 그 밖의 일들에 관해서 남편을 보좌했을 공산도 크다. 마르그리트는 귀족 계급의 친척들이나 친구들에 대해 무시할 수 없는 정치적 영향력을 가지고 있었기 때문이다.

또한 마르그리트는 언제든 숙녀답게 처신하고, 완벽한 예의범절을 갖춰 행동할 것을 요구받았다. 예의 바르고, 독실하고, 아랫사람들에게 자비를 베풀고(이것은 현대에도 남아 있는, '노블리스 오블리주'라고 알려진 귀족의 덕목이다) 사려 깊어야 했으며, 그 무엇보다도 먼저 남편에게 충실한 아내여야 했다. 귀족의 순수한 혈통을 지키기 위해서 "아내는 단 하나의 씨, 즉 남편의 씨만을 받아들여야" 했다. 왜냐하면 귀족은 "다른 사내의 혈통을 이어받은 침입자들이 조상 대대로 전해 내려오는 유산을 요구하는 사태"를 미연에 방지해야 했기 때문이다. 설령 당시의 귀족 사내들이 자기 영지의 농노 여성들을 건드리거나 성읍 안에 따로 정부를 두는 일이 아무리 흔했다하더라도, 자기 아내에게만은 절대적인 정숙함을 요구했던 것이다.

집안이 좋고 아름다울 뿐만 아니라 고결한 품성을 가진 아내를 얻은 장 드 카루주는 마르그리트가 충실한 아내 역할을 다하고 그의 대를 이을 적자들을 낳아 줄 것을 기대했다. 마르그리트는 그보다 훨씬 어렸고, 당시 곧잘 회자되던 "나이 든 사내는 어린 아내를 독점하기 힘들다"라는 속담을 그가 몰랐을 리는 없지만 말이다. 그러나 나이 든 귀족이 자기보다 훨씬 어린 아내를 얻는 일은 흔했다. 여성이 젊다는 것은 그만큼 생식능력이 왕성함을 의미하고, 건강한 후계자들을 낳아 줄 가능성이 높다고 간주되었기 때문이다.

그러나 마르그리트에게는 부인할 수 없는 결점이 하나 있었고, 당초에 장 드 카루주는 바로 그 탓에 결혼을 주저했을 가능성이 있다. 여기서 결점이란 그녀가 두 번이나 프랑스 국왕을 배신한 것으로 악명이 높은 노르만인 기사 로베르 드 티부빌의 딸이라는 사실이었다. 두 명의 국왕에 대한 세뇌르 로베르의 연달은 반역 행위는 마르그리트가 태어난 1360년대 초보다 훨씬 전에 있던 일이었다. 그러나 그의 반역 행위는 가문 전체에 오명을 남겼고, 마르그리트 본인도 "반역자의 딸"이라는 소리를 들으며 성장했던 것이다.

티부빌가는 카루주 가문보다 한층 더 오래된 유서 깊은 가문이었고, 그 가명(家名)은 카루주와 마찬가지로 지금도 노르망디 지방의 지명으로 남아 있다. 마르그리트의 고향은 루앙과 영불해협을 향해 흘러가는 센강이 베르농과 레잔

들리를 구불구불 통과하는 지점 바로 남쪽에 위치한 강우량이 많고 비옥한 토지 외르(Eure)였다. 영주인 그녀의 아버지가 소유한 퐁텐르소렐성(Fontaine-le-Sorel城)은 에브루에서 서쪽의 리지외로 이어지는 고대 로마 도로에 인접한 풍광명미한 릴강의 계곡을 내려다보고 있었다.

초대의 로베르 드 티부빌은 바로 이 지방에서 태어났고, 그의 아들은 정복왕 윌리엄의 휘하에서 헤이스팅스 전투에 참가했다. 1200년에 로베르 드 티부빌 2세는 어떤 결투 재판에 보증인—입회인—으로 참가했다. 티부빌 가문의 문장이 정립된 것도 이 무렵이었다. 은빛 바탕을 파란 수평 띠가 양분하고, 띠의 상하에 각각 백합 문장을 뒤집은 듯한 모양을 한 빨간 어민(ermine) 무늬가 세 개씩 나열된 것이었다.

마르그르트의 아버지인 로베르 드 티부빌 5세는 1340년대에 프랑스 국왕 필리프 6세를 상대로 반란을 일으킨 노르만인들의 반군 세력에 합류함으로써 3세기 넘게 신중하게 축적해 온 티부빌가의 막대한 세습 재산을 거의 잃을 뻔했다. 전투에서 포로로 잡힌 그는 대역죄를 저질렀다는 죄목으로 압송되어 국왕의 고등법원에서 재판을 받았다. 로베르 경은 아슬아슬하게 사형은 면했지만, 결국 3년 동안의 비참한 감옥 생활을 감수해야 했다.

목숨과 명예를 잃기 직전까지 갔음에도 불구하고, 그는 10년 뒤에 또다시 국왕—이번에는 장 2세—에 대한 충성 서약을 깨고, 나바라왕국 국왕이면서 프랑스 왕위에 대한 권리를 주장한 악인왕(惡人王) 카를로스 2세의 편에 서서 싸웠다. 그러나 이번에도 로베르 경은 사형집행인의 도끼를 아슬아슬하게 피했고, 반란에 참가한 300명 이상의 노르만인 유력자들과 함께 1360년에 사면받았다.

로베르 경은 곧 부활했다. 1370년이 되자 그는 루앙에서 남쪽으로 30마일 되는 곳에 자리 잡은 성새도시 베르농의 성주로 임명되었다. 베르농은 센강을 지키는 중요한 성채였고, 높이 75피트에 달하는 거대한 원형 주탑을 갖추고 있었다. 이 무렵 첫 번째 아내를 여의었던 그는 같은 해에 마리 드 클레르와 재혼했다. 따라서 마르그리트는 여덟 살에서 열 살 사이에 어머니를 여의였던 것으로 추정된다.

마르그리트가 태어난 것은 아버지의 투옥 생활이 끝난 뒤의 일이었지만, 어린 나이에 어머니를 여의고 계모가 다스리는 집안에서 자란 경험은 그녀의 마음에 깊은 상처를 남겼을 것이다. 아버지의 재혼 상대인 마리가 티부빌 가문의 토지 일부를 획득한 탓에 마르그리트의 상속분도 줄었다. 그러나 마르그리트는 로베르 경의 유일한 피붙이였던 고로, 그녀와 결혼하는 남자는 토지와 현금을 포함한 막대한 지참금을 얻을 것이 확실시되고 있었다.

장 드 카루주는 마르그리트의 사촌인 기욤 드 티부빌을 통해 그녀를 만났을 공산이 크다. 기욤은 카루주 가문이 소유한 카포메스닐 마을에서 북쪽으로 몇 마일 더 간 곳에 있는 크레브쾨르앙노주(Crèvecoeur-en-Auge)라는 이름의 중요한 성새의 영주였다. 마르그리트의 재산은 그녀의 미모나 고귀한 혈통보다도 한층 더 깊게 카루주를 매료했을 가능성이 있다. 그러나 카루주도 처음에는 대역죄를 저질렀다는 티부빌 가문의 과거 오점 탓에 마르그리트와의 혼약을 주저했을지도 모른다.

불과 3년 전에 충성 서약을 한 새로운 주군 피에르 백작과의 관계가 위태로워질 가능성도 무시할 수 없었기 때문이다. 전쟁 중에 포로 생활을 한 경험이 있는데다가 국왕과는 사촌지간이기도 한 피에르가 사면으로 목숨을 건진 노르망디 귀족들을 경멸하고 있었다는 점에는 의문의 여지가 없다. 그런 마당에, 중요한 시종이자 신뢰하는 봉신인 장 드 카루주가 왜 하필 두 번이나 프랑스 국왕을 배신하고 적들에게 부역한 티부빌 가문의 일원과 결혼하려고 하는가 하는 의문을 품었다고 해도 이상할 것이 없었다.

그러나 피에르와 함께 인질 삼아 잉글랜드로 보내어진 귀족들 중에도 티부빌가의 일원이 한 명 포함되어 있었다. 게다가 피에르 본인이 최근 자크 르그리에게 하사한 오누르포콩도 다름 아닌 마르그리트의 아버지에게서 매입한 것이었다. 아마 그의 봉토와 맞닿아 있던 이 귀중한 영지를 손에 넣고 싶다는 욕구가 과거에는 적이었던 가문과 거래를 한다는 꺼림칙함을 능가한 것이리라. 혹은 그토록 갈망하던 영지를 손에 넣는 데 도움이 된다면, 20여 년 전에 로베르 드 티부빌 경에 대해 내려진 국왕의 사면령을 존중하는 일 정도는 식은 죽 먹기였는지도 모른다. 하여튼 간에, 피에르 백작이 봉신인 카루주의 혼인에 반대했다는 증거는 전혀 없다.

장과 마르그리트의 결혼식은 1380년 봄에 거행되었다. 결혼식은 교구 성당인 생트마르그리트 드 카루주 교회에서 거행되었을 공산이 크다. 이 성당은 장의 성에서 2마일밖에 떨어져 있지 않은데다, 우연히도 신부와 같은 이름을 가진 성인을 기념하고 있었기 때문이다. 성 마르그리트는 3세기경 시리아의 수도인 안티오크에서 살던 아름다운 처녀였고, 사악한 총독의 유혹과 위협을 받으면서도 끝끝내 정절을 지켰고, 악마가 드래곤의 모습을 하고 나타나 그녀를 통째로 삼키자 성호를 그음으로써 드래곤의 배를 파열시키고 무사히 밖으로 나왔다는 전설의 주인공이다. 그녀는 아이를 낳는 여성들의 수호성인이기도 했으므로, 다산의 상징이기도 했다.

지금도 남아 있는 생트마르그리트 교회는 위에서 내려다보면 아래 축이 길쭉한 라틴십자가 모양을 하고 있으며, 로마네스크 양식의 아치형 창문들과 각진 노르망디식 첨탑 하나를 갖추고 있다. 장과 마르그리트는 이 교회의 수지(獸脂) 양초로 조명된 향을 피운 제단 앞에 서서, 일가친지들에 둘러싸인 채로 서로의 오른손을 마주잡고 섰다. 사제는 손에 든 기도서를 펼치고 신랑 신부 위에서 세 번 성호를 그으면서 두 명의 결합을 축성하는 기도문을 영창했다. "에고 코느유고 보스 인 마트로모니움, 인 노미네 파트리스, 에트 필리, 에트 스피리투스 상티, 아멘."* 혼인성사가 끝난 뒤에는 신랑이 소유한 카루주 성의 그레이트홀에서 좀 더 세속적인 축연이 열렸다. 음유시인들의 노래와 춤과 수많은 축하객들 그리고 대량의 와인. 마침내 축연이 끝난 뒤에 시녀들은 침실에서 대기 중인 신랑을 위해 마르그리트가 단장하는 것을 도왔고, 사제는 부부의 침대를 축복함으로써 다산을 기원했다.

혼인성사와 축연 전에 시행되는 또 하나의 중요한 의식으로

---

* 나는 그대들을 부부로 맺노라. 성부와 성자와 성령의 이름으로. 아멘.

악사들의 연주와 연회
귀족 가문들끼리의 혼례에는 큰 잔치가 따르기 마련이었다.
대영 박물관 소장.
(MS. Harley 1527, fol. 36v.)

민사혼(民事婚)이 있었다. 민사혼은 혼인성사가 거행되기 전에 교회의 지붕이 딸린 현관에서 시행되는 것이 관행이었다. 여기서 곧 부부가 될 남녀는 결혼에 동의한다고 공식적으로 선언하고, 결혼반지와 입맞춤을 교환한 후 서로에게 토지와 재산을 증여했다. 기부(dotation)라고 불리는 이 행위는 부부가 된 장과 마르그리트 양쪽에게 서로가 사망했을 경우 상대방의 재산을 상속할 수 있는 권리를 보장함으로써, 혼약 시에 이미 했던 합의를 공고히 한다는 의미를 가지고 있었다. 영지를 소유한 귀족들은 교회 밖에서 행해지는, 법적 구속력을 가진 토지와 재산의 교환 협정이 모든 맥락에서 그들이 교회 안에서 받게 될 사제의 축복에 선행한다고 간주했던 것이다.

장 드 카루주는 젊고 아름답고 부유한 마르그리트와 결혼한다는 사실에 기뻤겠지만, 결혼식 당일 교회 현관에서 민사혼 의식을 치렀을 때 처음 알게 된 계약 조건 탓에 기분이 좀 가라앉았을 가능성도 있다. 그의 아내가 가져온 지참금은 매력적이긴 했지만 그 목록에서 그가 갈망하던 어떤 토지가 빠져 있었기 때문이다. 이 토지는 1377년에 마르그리트의 아버지가 알랑송 백작 피에르에게 매각한 오누르포콩이었다. 피에르 백작은 이듬해인 1378년에 이 토지를 시종인 자크 르그리에게 하사했다. 마르그리트의 아버지가 오누르포콩을 팔고 받은 8,000리브르는 마르그리트의 지참금을 불리는 데 일조했을지도 모르지만, 토지 자체와 그것이 가져다줄 소작료와 상속권을 얻지 못했다는 사실에 카루주는 분개했다.

2년 전 피에르 백작이 오누르포콩을 르그리에게 하사했을 때, 카루주는 백작이 자기보다 르그리를 좋아하며, 르그리가 새로운 총신의 자리에 올랐다는 사실을 이미 눈치챘다. 그러나 당시에는 르그리의 이 행운이 설마 카루주 자신의 불운으로 돌아올 줄은 상상조차도 하지 못했다. 오누르포콩이 자기 손가락 사이를 빠져나가 라이벌의 수중에 떨어졌다는 사실을 카루주가 실감한 것은 마르그리트와 결혼할 결심을 하고 지참금 문제가 불거진 뒤의 일이었다.

오누르포콩의 봉지를 아내의 지참금의 일부로 받을 수도 있었다는 사실을 깨닫고 카루주는 행동에 나섰다. 르그리가 이미 오누르포콩을 상당 기간 소유하고 있었음에도 불구하고, 이 토지의 매매 및 증여의 정당성을 문제 삼는 소송을 시작했던 것이다. 1380년 5월이 되자 이 땅을 둘러싼 법적 다툼은 너무나도 소란스러워지고 격렬해졌고, 급기야 그 소식은 왕의 귀에까지 들어가게 되었다.

일 천삼백팔십 년 봄, 프랑스 국왕 샤를 5세의 여명은 몇 달밖에는 남지 않은 상태였고, 그는 전란으로 갈가리 찢기고 중세(重稅)로 신음하는 이 나라를 아직 미성년인 아들에게 곧 물려줄 작정이었다. 잉글랜드와의 끝없는 전쟁과 포로인 채로 사망한 아버지 장 2세의 아직 지불되지 못한 몸값의 무게에 짓눌리고, 새로운 세금이 촉발한 민란과 그 밖의 산적한 국내 문제들에 시달리던 샤를 2세는, 어떤 봉신에 대한 토지 증여를 승인해달라는 피에르 백작의 탄원서를 받았다. 국왕의 승인을 받음으로써 골칫거리로 부상한 이 오누르포콩을 둘러싼 분쟁을 일거에 잠재워 버리려는 것이 피에르의 목적이었다. 병색이 짙은데다가 다른 문제들을 처리하느라고 정신이 없던 국왕은 사촌이자 노르망디에서 가장 강력한 권력을 가진 신하인 피에르 백작의 요청을 흔쾌히 수락했다.

1380년 5월 29일, 파리 교외에 있는 왕가 소유의 보테쉬르마른성(Beauté-sur-Marne城)에서 샤를 2세는 피에르 백작에게 자크 르그리에 대한 오누르포콩의 증여를 승인한다는 칙허장을 건넸다. 칙허장에는 이 토지 증여가 피에르 백작에 대한 종기사 르그리의 충성스러운 봉사—최근 르그리가 백작에게 빌려준 금화 2,920프랑도 그것에 포함된다고 적혀 있다—에 보답하기 위한 것이라고 명기되어 있었다. 오누르포콩의 영지는 피에르 백작이 타인이 뭐라하든 "보장하고, 지키고, 증여하겠다고" 자신의 봉신에게 약속한 "불가역적인 선물"이었고, 이것은 장 드 카루즈가 제기한 소송에 대한 암묵적인 언급이었다. 국왕은 칙허장에 서명한 다음 녹색 밀랍으로 봉했고, 오누르포콩의 주민들 앞에서 그 문면을 소리 내어 낭독하라고 명했다. 누가 그들의 진정한 주군인지를 의심의 여지없이 알리라는 뜻이다. 공개 선언은 오누르포콩의 교구 성당 앞에 모인 39명의 청중들 앞에서 시행되었다. 이제 장 드 카루주가 소송에 졌다는 사실은 명명백백했다. 국왕의 칙허장은 그와 그가 갈망하던 봉토 사이를 높고 두꺼운 벽으로 가로막은 것이나 마찬가지였다.

반역자의 딸과 결혼함으로써 야기된 약점은 그가 주군과 오누르포콩의 소유권을 다투면서 스스로 불러들인 화에 비하면 새 발의 피였다. 카루주는 오랜 친구이자 동료 시종인 자크 르그리를 모욕함으로써 장년의 우정에 찬물을 끼었었고, 그렇게 원하던 토지도 손에 넣지 못했다. 그는 자신의 주군이자 외적에 대한 보호막이 되어 줄 피에르 백작에 대들었을 뿐만 아니라, 왕궁에서의 평판에도 오점을 남겼다. 피에르 백작의 봉신이 된 지 불과 3년 만에, 장 드 카루주는 노르망디 귀족의 기준으로 보아도 시기심이 많고 툭하면 말썽을 일으키는 사내라는 악평의 주인공이 되었던 것이다.

카루주와 르그리 사이의 우정은 몇 년 전부터 피에르 백작의 궁정에서 시작된 경쟁 관계로 인해 이미 금이 간 상태였지만, 오누르포콩을 둘러싼 법적 다툼은 그들 사이의 간극에 쐐기를 박았다고 해도 과언이 아니다. 우정이 깨졌다는 증거로, 카루주의 아들의 대부가 되는 것을 흔쾌히 수락함으로써 깊은 신뢰와 애정을 몸소 증명한 르그리가, 옛 친구의 혼인성사에 불참했을뿐더러 그 뒤에 개최된 축연에 모여 카루주 부부를 축하하는 친지들 사이에도 아예 끼어 있지 않았다는 사실이 있다. 다른 용무로 타지에 나가 있었을 가능성도 있지만, 결혼식에 아예 초대받지 않았을 공산이 더 커 보인다. 자크 르그리는 결혼식 하객으로 불참했을 뿐만 아니라, 그가 마르그리트를 실제로 만난 것은 훨씬 훗날의 일이었기 때문이다.

향후 몇 년 동안 장 드 카루주의 피에르 백작의 정신으로서의 입장은 한층 더 악화되었지만, 자크 르그리는 계속 출세 가도를 달렸다. 1381년 8월에 파리의 왕궁을 방문한 피에르 백작은 르그리를 수행원으로 대동하기까지 했다. 그곳에서 르그리는 왕의 숙부인 앙주 공(公) 루이가 참석한 고관회의에 참석했다. 나폴리왕국의 운명에 관해 논하기 위한 회의였는데, 탐욕스러운 앙주 공은 곧 아비뇽의 교황이 축복한 나폴리 원정군 지휘관으로 선두에 서서 자신이야말로 나폴리 왕권의 정당한 후계자임을 주장할 작정이었다. 샤르트르의 주교이자 이 회의의 참석자 중 한 명이었던 장 르페브르는 8월 23일자 일기에서 르그리에 관해 언급하고 있는데, 이를 보면 하급 귀족인 종기사에 불과한 르그리가 지극히 높은 신분의 고관대작들 사이에 끼어 있었다는 사실을 알 수 있다. 회의에 참석한 사람은 "앙주 공, 샤르트르 주교인 나, 샤토프로몽의 영주, 뷔엘 영주, 레이몽 바르디유 경, 레이몽 베르나르 경, 그리고 알랑송 백작의 종기사인 자크 르그리"였다.

피에르 백작 본인은 회의에 출석하지 않고 르그리를 자신의 대리로 보냈는데, 이것은 총신인 르그리를 백작이 얼마나 깊이 신뢰하고 있었는지를 보여주는 증거이기도 하다. 비교적 최근 귀족이 된 가문 출신의 종기사에 불과했던 르그리는, 이제는 피에르 백작의 피후견인으로서 왕궁에서도 가장 고위층에 해당하는 인물들과 접촉하고 있었다. 이 무렵 르그리는 프랑스 국왕의 직속 종기사로도 임명되었는데, 이것은 명예직에 가까웠지만 사촌인 피에르 백작에 대한 국왕의 배려를 보여주는 사건이기도 했다.

그런 반면, 장 드 카루주는 파리로 아예 초대받지도 못했다. 오누르포콩을 둘러싼 격한 법적 다툼이 있은 이래, 피에르 백작은 파리의 왕궁을 방문할 때 이 골칫덩어리 종기사를 수행단의 일원으로 포함시킬 이유를 느끼지 못했기 때문이다. 고명한 귀족 가문의 후예로서 강한 특권 의식을 가지고 있던 카루주가 찬밥 신세를 면하지 못했던 것에 비해, 르그리는 낮은 신분에도 불구하고 궁중정치에 관한 높은 식견을 살려 승승장구했다. 그리고 카루주는 옛 친구의 이런 모습을 곁에서 속절 없이 구경하는 수밖에 없었다.

일 천삼백팔십이 년이 되자 장 드 카루주와 피에르 백작 사이에서 두 번째의, 처음보다 훨씬 더 격렬한 다툼이 일어났다. 그해에 아버지가 죽으면서 아들인 장은 봉토를 물려받았지만, 아버지가 20년 동안이나 유지했던 벨렘 성주의 자리가 공석이 된 것이 문제였다. 카루주는 이 명망 있는 지위를 아버지에게서 그대로 물려받을 것이라고 생각하고 있었다. 성을 지키는 수비대의 대장(captain)을 의미하는 성주 자리는 임명직이기는 했지만 아버지의 직위를 아들이 그대로 이어받는 경우가 많았으므로 카루주가 그렇게 기대한 것도 무리는 아니었다. 그러나 실제로는 그렇게 되지 않았다. 형인 로베르에게서 벨렘에 대한 권리와 더불어 성주 임명권을 승계한 피에르는, 이 요충지의 성을 다른 사내에게 맡기기로 했기 때문이다.

그토록 갈망하던 성주 직위가 다른 사람에게 넘어갔다는 사실을 알고 카루주는 격분했다. 원래는 티부빌가의 영지였던 오누르포콩과는 달리 벨렘은 카루주 자신의 아버지의 관할이었기 때문에 응당 자신의 것이어야 할 유산을 부당하게 박탈당했다는 감정은 이쪽이 훨씬 더 강했다. 피에르 백작의 결정은 장 드 카루주의 권력과 명성에 흠집을 냈을 뿐만 아니라 카루주 입장에서는 공공연하게 따귀를 맞은 것에 가까웠다. 백작은 아르장탕의 정신들과 현지 귀족들에게 장 드 카루주는 아버지의 뒤를 이어 유명한 성새와 수비대를 지휘할 자격이 없다고 시사한 것과 마찬가지였기 때문이다. 카루주 입장에서 이런 모욕을 한층 더 견디기 힘들게 만든 것은 자크 르그리가 또 다른 요충지의 성새인 엠의 성주로 이미 오랫동안 봉직하고 있었다는 사실이었다. 그런 연유로, 벨렘의 성주 자리를 이어받지 못한 장은 피에르 백작의 궁정에서 르그리보다 한참 더 아래에 있는 존재로 치부된 것이나 마찬가지였다.

벨렘 건에 관한 장 드 카루주의 분노가 너무나도 컸던 나머지 그는 피에르 백작을 상대로 또다시 소송을 제기했다. 중세 유럽에서는 소송이 횡행했고, 노르망디 귀족들은 다른 지방의 귀족들보다 그런 경향이 한층 더 강했다. 따라서 오누르포콩의 소유권을 두고 송사를 걸었듯이, 노르만인 봉신인 장 드 카루주가 자기 주군이 내린 결정에 이의를 제기하고 상급법원에 상고하는 것도 전혀 전례가 없는 일은 아니었다. 그러나 카루주 입장에서도 이 두 번째 소송은 너무 위험이 컸고, 결국 이것은 훗날 그의 인생과 운명을 좌우하는 사건으로 발전하게 된다.

이 두 번째 소송에서도 카루주는 패소했다. 그 결과 주군인 피에르 백작과의 간극은 한층 더 넓어졌을 뿐이었다. 주군과 봉신 사이의 유대 관계가 사회의 기반을 이루며, 귀족의 출세 길을 좌지우지하던 시대에 말이다. 벨렘을 둘러싼 알력은 자크 르그리와는 직접적인 관계가 없었지만, 오누르포콩 문제가 불거진 이래 르그리가 주군이자 후견인인 피에르 백작 편을 들어왔다는 사실에는 의심의 여지가 없다. 따라서 이 두 번째 다툼 역시 카루주와 르그리 사이의 관계를 악화시켰다.

벨렘을 둘러싼 소송전이 벌어진 지 얼마 지나지 않아 장 드 카루주와 피에르 백작 사이에서는 또 다른 다툼이 벌어졌다. 이것으로 카루주는 3년에 걸쳐 무려 세 번씩이나 자기 주군과 알력을 빚었다는 얘기가 된다. 게다가 이번 건은 자크 르그리와도 직접적인 관계가 있었기 때문에 두 종기사들은 한층 더 소원해졌다. 이 새로운 다툼은 영지와 권력의 획득에 여념이 없었던 장 드 카루주의 오산에서 비롯되었다.

계속 늘어나기만 하는 손실을 메우고 싶었던 카루주는 여윳돈—아마 마르그리트의 지참금의 일부—으로 땅을 사기로 결심했다. 1383년 3월 11일 그는 퀴니와 플랭빌에 있는 두 개의 봉지를 장 드 볼로제라는 이름의 기사로부터 구입했다. 퀴니는 아르장탕 근교, 플랭빌은 현재 칼바도스라고 불리는 지역 북쪽에 있었는데, 양쪽 모두 풍성한 수확과 높은 소작료를 보장해 주는 비옥한 경작지였다. 따라서 카루주가 이린 토지를 원했던 것은 하등 이상할 것이 없지만, 그 과정에서 피에르 백작의 영지와 르그리 자신의 영지 사이에 떡하니 자리 잡은 퀴니의 위치가 내포한 위험을 무시했을 공산이 커 보인다.

이 토지 거래는 얼마 지나지 않아 암초에 부딪쳤다. 1383년 3월 23일, 카루주가 토지를 매입한 지 불과 12일 후에, 피에르 백작은 양쪽 토지에 대한 우선권은 예전부터 자신에게 있다고 주장하며 그것들을 자신에게 양도하라고 카루주에게 요구했던 것이다.* 토지 매입 시에 장 드 카루주는 그것들이 저당 잡힌 것이나 마찬가지라는 사실을 모르고 있었을까? 그게 아니

---

* 봉건법에서는 주군과 신종 관계를 맺은 영주가 세습하는 봉지를 주군의 허락 없이 매매하는 것은 금지되어 있다. 만약 해당 봉지의 영주 자리가 공석이

라면, 법적 소유권은 백작에게 있다는 사실을 뻔히 알면서도, 그대로 매입을 강행했던 것일까? 카루주의 까탈스러운 성격을 감안하면 후자일 가능성도 충분히 있어 보인다. 그를 용맹스러운 전사로 만들어 준 이런 투쟁적인 성격은 목숨이 왔다 갔다 하는 전쟁터에서는 큰 장점으로 작용했지만, 아르장탕의 궁정에서는 치명적인 단점으로 작용했다. 궁정에서 출세하려면 허세나 완력보다는 기민함과 사교적 수완이 훨씬 더 큰 도움이 되었기 때문이다.

주군인 피에르 백작이 우선권을 주장한 결과, 장 드 카루주는 퀴니와 플랭빌 양쪽을 제대로 소유해 보기도 전에 백작에게 양도해야 했다. 피에르는 카루주가 지불한 토지 대금을 환불해 주었다. 그러나 카루주는 귀중한 토지와 그에 부수된 소작료와 상속권을 잃었을 뿐만 아니라, 아르장탕의 궁정에서 또다시 면목을 잃는 곤혹스러운 결과에 직면해야 했다.

피에르 백작의 고압적인 행동에 격앙하면서도 주군인 그의 의사를 따르는 수밖에 없었던 장 드 카루주는 분노의 화살을 라이벌에게 돌렸다. 피에르 백작에게 알랑거려 교묘하게 환심을 사고, 새로운 총신 자리를 꿰참으로서 아낌없는 지원을 받고 있는 르그리를 향한 카루주의 적의는 이미 비등점에 달해 있었다. 게다가 르그리는 엠 성새의 성주였지만 카루주는 벨렘 성주의 지위를 이어받지 못했다. 르그리는 파리로 초빙받아서 국왕 직속의 종기사로 임명되었지만 카루주는 뒤에 남겨졌다. 최악이었던 것은 르그리가 주군 백작으로부터 오누르포

된다면—바꿔 말해서, 영주가 후계자를 남기지 않고 사망한다면—, 해당 봉지는 주군에게 반환되며 주군은 그 땅을 다른 봉신에게 하사할 수 있다.

콩이라는 가치 있는 영지를 통째로 선사받은데 비해, 카루주는 비싼 토지를 자기 돈으로 샀다가 그 즉시 주군의 명령을 받고 돌려줘야 했다는 사실이었다.

르그리의 궁정인으로서의 성공과 자기 자신의 거듭되는 실패가 곤혹스러웠던 나머지 카루주는 르그리가 배후에서 자신에 대한 음모를 꾸미고 있다고 확신하기에 이르렀다. 르그리는 지금까지 줄곧 피에르 백작을 부추겨서 카루주를 궁지에 몰았고, 그 과정에서 사적인 이득을 취했을 가능성조차 있으며, 피에르 백작이 최근 3년 동안 무려 세 번이나 응당 카루주의 것이어야 할 토지—처음에는 오누르포콩, 그 다음에는 벨렘, 그리고 지금은 퀴니와 플랭빌—를 빼앗은 이유는 르그리가 백작의 귀에 사악한 조언을 속삭인 탓이라는 식이다. 잇달은 손실로 인해 깊은 증오와 불신감에 사로잡힌 카루주에게 이 모든 사태의 원흉으로 점찍을만 한 사람은 단 한 명, 르그리밖에 없었다. 과거에는 깊게 신뢰하고 죽이 맞던 친구 사이였음에도 불구하고, 출세를 위해 카루주를 배신한 것이 틀림없었다. 르그리는 카루주를 발판 삼아 궁정에서 승승장구한 것이나 마찬가지였다.

피에르 백작과의 세 번째 다툼과, 자크 르그리에 대한 적의는 두 종기사 사이에 가까스로 남아 있던 우정의 기억을 완전히 찢어발겼다. 자신의 불운을 옛 친구 탓으로 돌린 카루주는 "급기야는 르그리를 증오하고, 혐오하기 시작했다". 장 드 카루주는 이 가증스러운 적수에 대해 다른 사람들에게도 불평했던 듯하다. 아르장탕의 궁정에서 르그리 본인을 만났을 때 그의 면전에서 아예 대놓고 규탄했어도 이상할 것이 없었다.

오랜 분노에서 비롯된 장 드 카루주의 행동은 시기심이 많고 다투기를 좋아하며 툭하면 성을 내는 사내라는 그의 평판을 한층 더 악화시켰을 뿐이었고, 결국 그는 궁정에 출두하는 것을 아예 그만두었다. 공식적으로는 여전히 백작의 시종 중 한 명이었지만, 실질적으로는 환영받지 못하는 기피 인물이 되어버렸던 것이다. 그런 일이 있은 후 1년 이상 그는 아르장탕의 궁정에 발을 들여놓지 않았다. 아르장탕은 카루주에 있는 그의 성에서 불과 12마일 거리였음에도 불구하고, 양자는 넓고 거친 심연을 사이에 두고 격리되어 있는 것이나 마찬가지였다. 1383년 8월 카루주는 플랑드르 원정을 위한 피에르 백작의 소집에 응했지만, 전쟁터에서는 불과 여드레만 머문 뒤에 일찌감치 철수했다. 이 사실만으로도 그와 피에르 백작의 관계가 얼마나 소원해졌는지를 익히 유추할 수 있다.

이 무렵 마르그리트도 힘든 시간을 보내고 있었던 것이 틀림없다. 카루주와 결혼한 지 3년도 채 지나지 않은 시점이었지만, 까다롭고 걸핏하면 화를 내는 그녀의 남편은 궁정과는 발길을 아예 끊고 높고 두터운 성벽으로 에워싸인 성 깊숙한 곳에 틀어박혀 자기 자신의 불운을 곱씹고 있었다. 보나마나 남편에게서 귀에 못이 박히도록 악담을 들었을 것이다. 지난 몇 년 동안 소문은 실컷 들어왔지만, 아직 한 번도 만난 적이 없는 르그리라는 사내에 관한 악담을.

아르장탕 궁정의 피에르 백작 및 자크 르그리와의 관계 단절은 1년 이상 지속되었다. 1384년은 이들의 반목이 시작된 지 2년째 되는 해였지만 여전히 화해의 징후는 없었다. 장 드 카루주로 하여금 이런 자발적인 고립 상태를 깨고 나오게 만든 사건은 같은 해 가을에 일어났다. 거의 크리스마스에 가까운 늦가을의 일이었을 수도 있다.

노르망디 전역의 과수원에서는 잎이 떨어진 사과나무의 과실이 모조리 수확되었다. 그루터기만 남은 경작지 역시 대부분 휴한지로 남겨져 있었고, 일부에 가을밀을 심어 둔 정도였다. 노르망디의 가을은 춥고 비가 많이 내리는 계절이며, 겨울이 되면 이런 기후는 한층 더 악화된다. 추적추적 내리던 비는 눈과 얼음으로 변해서 도로는 진창이 되고, 토지 전체가 긴 혹한기로 돌입하면서 사람들은 추위를 피해 난로 주위에 모여 옹송거렸다. 노르망디에 자리 잡은 성들의 그레이트홀에는 통나무 장작을 떼는, 사람 키와 너비에 육박하는 거대한 벽난로들이 있기 마련이었다. 두터운 돌벽에 에워싸이고 천장이 높은데다가 외풍이 심한 방들은 일년 내내 춥고 습기가 차 있기 때문에 난방을 위해서는 이런 난로가 필수적이었다.*

1384년 말에 혹한이 몰아닥쳤을 때, 장 드 카루주는 옛 친구이자 동료 종기사인 장 크레스팽에게서 초대장을 받았다. 크레스팽의 아내가 최근에 아들을 낳았고, 태어난 자식의 세례와 아내의 순조로운 산후 회복을 축하하기 위해 친지들을 자택으로 초대하고 싶다는 내용이었다. 크레스팽은 카루주에서 서쪽으로 10마일 떨어진 성읍인 라페르테마세(La Ferté-Macé)의 성관에서 살고 있었는데, 그곳에서 그는 인접한 국

---

* 몇몇 연대기의 기록에 의하면 1380년 초반에서 중반에 걸쳐서 노르망디는 잦은 폭설을 동반한 엄동에 시달렸다.

유림의 삼림 감독관으로 근무하며 금렵과 왕가에 대한 목재 공급을 책임지고 있었다.

장은 마르그리트를 대동하고 이 축연에 참가하기로 했다. 분노에 못 이겨 아르장탕의 궁정에서 퇴장한 이래 이것은 그 해에 그가 참석한 몇 안 되는 사교 행사 중 하나였다. 남편보다 카루주성을 떠날 기회가 더 적었던데다가 지난 1년 내내 귀에 못이 박히도록 남편의 불평불만을 들어줘야 했던 그녀 입장에서는, 잠시 집을 떠나 쾌활한 분위기에서 다른 사람들과 담소할 수 있는 축연에 초대받았다는 사실은 희소식으로 다가왔다. 크레스팽의 축연에 가면 틀림없이 그리운 지인들과 재회할 수 있을뿐더러, 처음 보는 사람들과도 교류할 수 있을 것이다. 마르그리트가 북쪽 먼 곳에 있는 아버지의 성을 떠나 남편과 함께 살기 시작한 것은 불과 4년 전의 일이었다.

장과 마르그리트 말고도 초대받은 손님들 중에는 "다수의 귀족과 고명한 인물들"이 포함되어 있었다. 파리의 왕실과도 친분이 깊었던 크레스팽은 피에르 백작과도 구면이었다. 그러나 카루주 서쪽에 있는 라페르테마세는 동쪽에 있는 아르장탕에서 상당히 멀었기 때문에 백작의 동료 봉신들과 마주칠 확률은 높지 않았다. 주군인 피에르 백작과 여러 번 다툰 결과 감수해야 했던 손실과 치욕의 후유증에서 여전히 회복하지 못한 상태였던 카루주는 바로 그런 이유에서 크레스팽의 초대를 받아들였을 공산이 크다.

그러나 마르그리트를 대동하고 크레스팽이 사는 성관의 그레이트홀로 들어간 장 드 카루주는 자크 르그리가 와인을 마시며 다른 하객들과 담소하고 있는 것을 보았다. 마르그리트는 물론 르그리와는 초면이었다. 그리고 그녀가 르그리에 관해 알고 있는 정보는 주로 남편에게서 온 것이었기 때문에, 그에 대해서는 안 좋은 얘기만 들었던 터였다.

카루주와 르그리—과거에는 절친한 친구 사이였다가 경쟁자가 되고, 이제는 적이 되어버린—는 넓은 공간을 가로질러 시선을 주고받았다. 쾌활하게 담소하던 하객들 중 이들의 시선을 눈치챈 사람들은 갑자기 침묵했다. 마치 번개가 번득이는 것을 목격하고 뒤이어 천둥소리가 울려 퍼지기를 기다리듯이. 두 종기사들 사이의 경쟁 관계는 좋은 가십거리였고, 피에르 백작의 궁정에서 영지와 지위와 총애를 다투면서 이들의 사이가 심하게 틀어졌다는 사실은 현지의 귀족들 사이에서는 이미 잘 알려져 있었다.

그러나 두 사람 사이에서 분노의 폭발이라든지 욕설의 응수라든지 시비나 위협 따위는 아예 일어나지 않았다. 그렇다고 같은 방 안에 있는 껄끄러운 라이벌의 존재를 애써 태연한 척 무시한 것도 아니었다. 그러는 대신, 두 종기사는 자연스러운 태도로 서로에게 다가가기 시작했던 것이다. 주위의 유쾌한 분위기와 흘러넘치는 와인의 영향이었을까. 그러나 횃불로 조명된 그레이트홀 내부의 잡담과 웃음소리는 완전히 멎었고, 모든 사람의 시선은 두 종기사에게 못 박혀 있었다.

축연 자리에 걸맞게 두 종기사는 각자의 문장 색깔—카루주는 빨강, 르그리는 회색—을 한 더블렛이라고 불리는 짧은 윗옷을 입고 있었다. 두 사내는 홀 중앙에서 몇 걸음 거리를 두고 멈춰 섰고, 서로의 모습을 찬찬히 뜯어보았다.

장이 먼저 앞으로 걸어 나가며 오른손을 내밀었다. 르그리는 거구에 걸맞지 않은 민첩한 동작으로 거의 동시에 중간 지점까지 걸어 나와서 장이 내민 손을 꽉 마주잡았다.

"카루주!" 회색 종기사가 미소 지으며 말했다.

"르그리!" 빨간 종기사가 미소로 화답하며 말했다.

인사하고 악수를 나눈 두 종기사는 오랜 다툼에 종지부를 찍고 화해했다. 그레이트홀 내부의 긴장도 풀렸다. 주위에서 이들을 바라보던 귀족들은 잘 했다며 소리를 쳤고 귀부인들은 박수를 쳤다. 크레스팽이 걸어 나오더니 두 종기사에게 축하의 말을 건넸다.

이것이 순전히 우연한 만남이었다고는 도저히 믿기 힘들다. 크레스팽은 카루주와 르그리 양쪽과 친분이 있었으므로, 피에르 백작의 요청을 받고 알력이 끊이지 않는 두 종기사를 화해시켰던 것인지도 모른다. 카루주는 일단 원한을 품으면 몇 년이 지나도 잊지 않는 사내였지만, 자기 성안에 틀어박혀서 침울한 기분으로 이런저런 생각을 곱씹으면서 르그리와의 다툼을 더 이상 끌어보았자 자기 손해만 커질 뿐이라는 사실을 마침내 깨달았는지도 모른다. 카루주와의 관계가 몇 년 동안 점점 악화되다가 마침내 완전히 파탄이 나는 것을 경험한 르그리도 이런 상황을 조기에 수습하고 싶어 했을 수도 있다.

이 재회의 배경에 무엇이 있었던 간에, 다음 순간에는 그보다 훨씬 더 놀라운 일이 벌어졌다. 살갑게 르그리를 포옹한 장 드 카루주가 아내인 마르그리트를 돌아보더니 화해와 우정의 표시로 르그리에게 입을 맞추라고 명했던 것이다. 축연을 위해 보석으로 치장하고 흐르는 듯한 길고 우아한 가운을 입은 마르그리트는 앞으로 걸어 나가 자크 르그리에게 인사를 건넨

후 당시 관습대로 그와 입을 맞췄다. 현존하는 기록에 의하면 먼저 입을 맞춘 사람은 틀림없이 마르그리트였다.

남편이 이 동료 종기사와 격하게 다퉜다는 점을 감안하면 마르그리트가 르그리에게 호감을 느꼈을 가능성은 거의 없어 보인다. 과거 몇 년 동안 장은 르그리를 최악의 표현들을 써 가며 묘사했고, 마르그리트더러 주의하라는 듯이 르그리의 난잡한 여성 관계에 관한 추문을 화제에 올리기까지 했으니까 말이다. 그것이 설령 소문에 불과하다고 하더라도 르그리는 젊은 기혼 여성에게 친구나 지인으로 추천할 수 있는 인물이 도저히 못 되었다. 따라서 르그리에게 입을 맞추라는 카루주의 명령에 마르그리트는 퍼뜩 놀랐을지도 모른다. 설령 이 화해가 사전에 조정되었다는 사실을 마르그리트가 이미 알고 있었다고 해도, 자크 르그리에게 입을 맞추라는 남편의 요구는 좀 지나치다고 느꼈을 수도 있다—와인을 과음한 탓에 충동적으로 그렇게 말했지만, 술이 깨면 후회하는 종류의 요구로 간주했다는 뜻이다.

자크 르그리도 마르그리트 못지않게 놀랐을지도 모른다. 몇 년 동안이나 격하게 다툰 탓에 관계가 소원해진 카루주와 화해할 수 있었던 것도 의외였지만, 갑자기 장 드 카루주의 젊고 아름다운 아내가 앞으로 나와서 그의 입술에 입을 맞추다니 놀라는 것이 당연했다. 지난 몇 년 동안 카루주가 젊은 귀족 상속녀와 결혼했다는 소식은 백작의 궁정에서도 큰 화제가 되었기 때문에 르그리는 마르그리트의 빼어난 미모에 관한 소문을 이미 여러 번 들은 적이 있었다. 그러나 마르그리트를 직접 만나거나 이렇게 가까이서 뜯어보는 것은 난생처음이었다.

마르그리트의 미모가 그녀를 목격한 다른 사람들의 경우와 마찬가지로 르그리에게 강한 인상을 남겼다는 점에는 의심의 여지가 없다. 만약 여성 관계가 난잡하기로 유명한 르그리가 새로운 먹잇감을 찾는 중이었다면, 방금 자기 입술에 입을 맞춘 이 절세의 미녀에게 갑작스레 강렬한 매력을 느꼈다고 해도 이상할 것이 없다. 르그리가 마르그리트에게 흥미를 가지기 시작한 것은 바로 이 순간부터였는지도 모른다.

3
전투와 공성전

봄이 찾아오자 자크 르그리와 일단 화해하기는 했지만 피에르 백작과의 소원해진 관계에 고심하던 장 드 카루주는 프랑스군의 스코틀랜드 원정에 참가하기로 했다. 한동안 노르망디를 떠나 해외에서 부(富)와 출세를 추구하기로 한 것이다. 프랑스 국왕의 명을 받든 원정군이 출정한 것은 1385년 5월이었다. 기사들과 중기병들이 주축이 된 프랑스군은 일단 배를 타고 에든버러로 가서 스코틀랜드군과 합류할 예정이었다. 그런 다음 남쪽으로 진군해서 잉글랜드 영토로 침입, 성읍과 성시를 약탈하고, 추수를 앞둔 농촌을 초토화할 작정이었다.

원정대의 사령관은 고명한 군사 지휘관인 장 드 비엔 제독이었다. 32세였던 1373년에 프랑스 해군 원수(Amiral de France)로 임명된 드 비엔은 프랑스 해군을 개혁했고, 연안 경비대를 조직했으며, 해군을 동원해서 잉글랜드의 남부 해안에 대한 습격을 여러 번 성공시킴으로써 명성을 떨쳤다. 1378년에는 악인왕으로 불렸던 나바라 국왕 카를로스 2세의 축출에서 공을 세웠고, 1379년에는 코탕탱반도 원정을 이끌었다. 장 드 카루주는 이 원정군의 일원으로서 이미 몇 달 동안 비엔 제독 휘하에서 전투를 치른 경험이 있었다.

제독의 군대는 천 명을 넘는 기사들과 종기사들에 덧붙여 그 두 배에 달하는 수의 노궁수(弩弓手)들과 "굴강한 종자들"로 이루어져 있었다. 여기서 종자들이란 무장하고 기사들을 수행하는 하인들을 의미하며, 이들을 합치면 프랑스군의 병력은 약 3천 명에 달했다. 이 원정에는 프랑스 전국의 귀족들이 앞다투어 참가했고, 장 드 카루주도 아홉 명의 직속 종기사들을 거느리고 참가했다.

카루주는 "앞장서서 모험을 즐기는" 성격이었고, 이번 원정은 아르장탕에 있는 주군인 피에르 백작의 궁정에서 겪었던 굴욕을 잠시라도 잊을 수 있는 기회를 제공해 주었다. 종기사인 그가 해외의 전쟁터에서 혁혁한 무공을 세운다면 기사로 승급될 가능성도 있었다. 물론 가장 중요한 동기는 잉글랜드의 성읍과 성시에서 다량의 재화를 약탈함으로써 고향에서 겪은 토지나 소작료의 감소를 벌충하고 싶다는 욕구였지만 말이다.

출정하기 전에 카루주는 먼저 평시에 봉신에게 부과되는 군역(軍役)을 면제해 달라고 주군에게 요청할 필요가 있었다. 피에르 백작은 흔쾌히 그의 요청을 받아들였다. 지난 몇 년 동안은 카루주와 워낙 자주 다툰 탓에, 이 골칫거리 봉신이 그의 눈앞에서 당분간 사라져준다면 그로서도 대환영이었다. 백작은 카루주가 원정에서 영영 돌아오지 못하도록 몰래 빌었을 가능성조차 있다. 카루주가 지금처럼 대를 이을 후사가 없는 상태로 죽는다면 그 봉토의 일부는 주군인 피에르 백작에게 반환되며, 백작은 그것을 그가 편애하는 봉신들에게 하사할 수 있기 때문이다.

한편 카루주는 영주인 자신이 성을 비우는 동안 아내인 마르그리트에게 안전하고 편안한 생활을 보장할 필요가 있었다. 잉글랜드군과 도적 무리는 여전히 노르망디 지방을 활보하고 있었고, 마르크리트는 남편이 없는 카루주성에 홀로 머무르고 싶지 않아할 수도 있었다. 물론 젊고 아름다운 아내를 카루주가 완전히 신뢰하지 않았을 가능성도 있다. 카루주성은 언제나 수비대의 병사들로 북적였고, 피에르 백작의 거성을 위시한 다른 성들과의 거리도 가까웠기 때문이다.

그런 연유로, 장 드 카루주는 출정하기 전에 아내를 그녀의 아버지가 있는 퐁텐르소렐성으로 데려갔다. 마르그리트는 루앙에서 남서쪽으로 20마일쯤 가면 있는 이 성에서 성장했고, 그녀가 장과 결혼하기 위해 이곳을 떠난 것은 불과 5년 전의 일이었다. 퐁텐르소렐성을 택한 것은 마르그리트 본인의 희망이었을지도 모른다. 현재 이 성의 여주인은 마르그리트의 친모가 아닌 계모였지만, 그래도 과부로 혼자 살고 있는 시모의 거처로 가는 것보다는 나았을 것이다.

결혼 이래 마르그리트가 이토록 오랫동안 남편과 헤어지는 것은 처음이었으므로, 전쟁터로 남편을 보내며 큰 불안에 사로잡혔을 수도 있다. 5년을 함께 살아온 남편은 이제 그녀에게 싫증을 내고 있을지도 모르고, 그녀 쪽에서 그의 심기를 거슬렀을 가능성도 완전히 배제할 수 없다. 게다가 마르그리트는 아직도 그의 대를 이어줄 자식을 낳지 못했다. 카루주가 그녀와 결혼한 가장 큰 이유는 바로 그것이었는데도 말이다.

그러나 훗날 장 드 카루주 본인이 법정에서 주장한 바에 의하면 출정 당시 그와 그녀는 남편과 아내로서 "서로를 깊이 사랑했고, 서로에 대한 정절을 지키며 평온한 가정생활을 영위하고 있었다"고 한다. 카루주는 장인의 가족들과도 양호한 관계를 유지하고 있었던 것으로 보인다. 4월경에 카루주 부부가 퐁텐르소렐성에 도착하자, 마르그리트의 사촌인 로베르 드 티부빌이 그의 부대에 합류했기 때문이다. 로베르는 카루주가 지휘하는 아홉 명의 종기사들 중 한 명이었다.

얼마 지나지 않아 마르그리트는 남편을 전쟁터로 떠나보냈다. 사촌에게도 작별 인사를 하며 무운을 빌었다. 마르그리트는 이들이 해상과 외국의 전쟁터에서 수없이 많은 위험과 직면하리라는 사실을 잘 알고 있었으므로, 다시는 남편과 사촌을 볼 수 없을지도 모른다는 불안감을 느꼈다고 해도 하등 이상할 것이 없었다.

장과 로베르가 원정에 참가하기 위해서는 일단 노르망디에서 플랑드르 연안에 있는 프랑스군의 항구도시 슬로이스(에클뤼즈)로 가야 했다. 비엔 제독은 전략 요충지인 이곳에서 원정군을 조직하고 함대를 집결시키고 있었기 때문이다.

장과 그의 부하들은 4월 말에서 5월 초 사이에 이 번잡한 항구에 도착했다. 슬로이스에는 2백 척에 육박하는 대형 부선(浮船)과 코그(cog)선—북해 항행에 적합한, 흘수선이 깊고 둥근 선체를 가진 소형 범선—들이 줄줄이 정박해 있었다. 항만 노동자들은 부두를 바쁘게 돌아다니며 갑주와 원시적인 대포를 포함한 병기들을 배에 싣고 있었다. 1년 동안의 해외 원정에 필요한 엄청난 양의 보급품도 함께 적재되고 있었다. 군인들 다수는 말을 대동하고 있었는데, 기마 전투나 승마나 짐 수송에 쓰이는 말은 반드시 필요한 전쟁 물자의 일부였다. 스코틀랜드인들에게 줄 호화로운 선물도 잔뜩 있었으며, 여기에는 50벌의 갑주와 자물쇠로 잠근 튼튼한 궤짝에 수납된 금화 5만 프랑도 포함되어 있었다.

출범하기 전에 비엔 제독은 원정군 전원에게 두 달 치의 급료를 미리 지불했다. 1385년 5월 8일에 시행된 전군 점호(re-vue)에는 "장 드 카루주, 종기사"가 아홉 명의 부하 종기사들을 거느리고 출두했으며, 종군 수당으로 320리브르—열 명의 종기사에게 매일 반(半)리브르씩 지불되는 급료의 두 달치에 해당하는 액수—를 수령했다고 기록되어 있다.

5월 20일에 제독은 함대 출항을 명했다. 날씨는 좋았고 바람 상태도 양호했다. 슬로이스를 떠난 프랑스 함대는 플랑드르 해안을 따라 젤란드와 홀란드와 프리스란드까지 북상한 다음, 서쪽으로 침로를 틀어 스코틀랜드의 포스만(灣)을 향했다.

프랑스군이 에든버러 근처에 있는 리스에 입항하자 금세 외국에서 대군이 도착했다는 소문이 퍼졌고, 스코틀랜드인들은 불평하기 시작했다. "도대체 저자들은 여기 왜 온 거지? 누가 부른 거야? 우리 힘만으로는 잉글랜드군과 싸울 수 없다는 얘긴가? 그냥 고향으로 돌아가라고 해. 우리들만으로도 충분히 싸울 수 있어."

스코틀랜드왕 로버트는 그런 신민들에게 질세라 거액의 뇌물을 주지 않으면 잉글랜드로 진군하지 않겠다고 선언했다. 스코틀랜드인들의 완고한 태도에 직면한 비엔 제독은 달리 선택의 여지가 없다는 것을 깨달았고, 결국 로버트왕의 터무니 없는 요구에 응하는 수밖에 없었다. 응하지 않는다면 동맹인 스코틀랜드로부터는 아무런 도움도 받을 수 없었기 때문이다.

칠월 초, 약 5천 명의 병력을 보유한 프랑스와 스코틀랜드 연합군은 마침내 에든버러를 출발했다. 남하한 연합군은 트위드강을 건너 동쪽으로 진로를 틀었고, 바다를 향해 진군하며 농장과 마을을 초토화했다. 그들의 거침없는 진격은 트위드강을 내려다보는 암산 위에 자리 잡은 워크 성새에 도달한 뒤에야 멈췄다.

워크 성새는 4층 높이의 거대한 요새였고, 각 출입문은 "거대한 아치문"으로 이루어져 있었으며, "다섯 개의 거대한 살인 구멍"—적의 머리를 향해 투사물을 떨어뜨리거나 쏠 수 있는 총안—을 갖추고 있었다. 워크 성새의 성주는 서(Sir) 존 러스본이라는 이름의 기사였고, 아내와 자식들과 함께 그곳에 살고 있었다. 적군이 접근해 온다는 사실을 미리 경고 받은 서 존은 성새의 수비대를 증강했을 뿐만 아니라 화약으로 무거운 돌덩어리를 발사하는 "거대한 사석포(射石砲)"들을 성벽 위에 배치해 놓고 있었다. 흉벽을 지키는 노궁병들과 사석포들에 덧붙여 성새의 사방을 에워싼 거대한 도랑인 해자는 적의 공격을 지연시키고 아래쪽을 향한 사격을 용이하게 하는 효과가 있었다.

비엔 제독은 서 존에게 군사(軍使)를 보내 항복과 공성전 중 하나를 택하라고 요구했다. 서 존은 성벽 위에서 모욕적인 말을 내뱉으며 제독을 향해 신뢰할 수 없는 스코틀랜드인들의

워크성 공성전(1385)
장 드 카루주는 잉글랜드 원정에 나선 프랑스군의 일원으로서
잉글랜드의 성들을 점령하거나 파괴했다.
장 프루아사르, 『연대기』, 영국 국립도서관 소장.
(MS. Royal 18 E.I, fol. 345.)

모략에 빠져 망하기 전에 군대를 이끌고 후퇴하라고 경고했다. 담판이 불발되자 공격이 시작되었다.

적지를 급습해서 초토화하는 전술을 채용하고 있었던 프랑스와 스코틀랜드 연합군은 거대한 돌덩이를 성벽 너머로 날려 보내서 건물 지붕을 파괴하는 투석기(trébuchet) 따위의 공성용 중장비를 전혀 갖추고 있지 않았다. 휴대 가능한 소형 대포는 가지고 있었지만 두터운 성벽을 파괴하기에는 역부족이었다. 워크성은 단단한 암반 위에 세워진 탓에 지하 터널을 뚫어 붕괴시키는 전술도 쓸 수 없었다. 빠르게 치고 빠져야 했기 때문에, 보급이 넉넉한 적 수비대의 식량이 떨어지기를 마냥 기다릴 수도 없었다.

그래서 제독은 사다리를 써서 성벽을 강습하라는 명령을 내렸다. 병사들은 긴 장대들을 줄로 비끄러매서 사다리를 만든 다음 성벽을 기어오를 준비를 했다. 가장 용감한 병사가 선두에 서서 사다리를 올라가면, 동료 병사들이 질세라 그 뒤를 따르는 식이었다. 성벽 아래에서 사다리를 고정한 프랑스군은 "용맹 과감하게 싸웠고, 흉벽까지 기어올라 가서 맨손이나 단검을 써서 수비대와 백병전을 벌였다. 잉글랜드군의 서 존 러스본은 사다리를 올라온 프랑스인 기사들과 몸소 혈투를 벌임으로써 전투에 능한 훌륭한 기사임을 입증했다".

공격 측은 수성 측이 성벽 위에서 쏟아붓는 펄펄 끓는 액체나 뜨겁게 달군 모래나 생석회(生石灰) 따위를 뒤집어썼을 뿐만 아니라, 지근거리에서 발사되어 쉽게 갑옷을 관통하는 노궁 화살의 공격까지 감수해야 했다. 어떤 불운한 기사는 육중한 갑옷으로 몸을 감싼 채로 사다리를 오르다가 발을 헛디딘 탓에 추락사했으며, 꼭대기에 다다르기 직전 수비대가 휘두르는 긴 장대에 밀려 사다리와 함께 허공으로 날아간 병사도 있었다.

스코틀랜드군은 공성전에 참가하는 것을 거부했지만, 성 주위에 배치된 프랑스군의 노궁병들은 치명적으로 강력한 노궁 화살을 "흉벽 위로 내밀어진 모든 머리통에 박아 넣음으로써" 잉글랜드군 수비대의 수를 착실하게 줄여나갔다. 공격 측인 "프랑스군의 수가 워낙 많았던 데다가 쉴 새 없는 공격이 이어졌기 때문에, 마침내 성을 함락했다. 성안에 있던 서 존과 그의 아내와 자식들 모두 포로로 잡혔다. 처음 성내로 돌입한 프랑스군은 40명 이상을 포로로 잡았다. 그런 다음 그들은 성에 불을 붙여 파괴했다. 워크성은 잉글랜드 영내로 워낙 깊숙이 들어간 곳에 자리 잡고 있었던 탓에, 점령하거나 방어하는 것은 불가능했기 때문이다".

성을 함락시킨 연합군은 잉글랜드 연안을 남하하면서 노섬벌랜드 백작인 헨리 퍼시의 영토로 진군했고, 진로상에 있던 모든 마을과 농장을 불태우며 초토화 작전을 이어갔다. 잉글랜드 북동부 전역으로 공포와 불안이 빠르게 퍼져 나갔다. 전쟁이라는 거대한 소용돌이에 몸을 던진 장 드 카루주와 그의 전우들은 적병과 민간인을 무차별적으로 학살하고, 가축을 강탈하고, 귀중품을 닥치는 대로 약탈했다. 프랑스의 어떤 연대기 작가는 그의 동포들이 잉글랜드의 땅에서 "살인, 약탈, 방화"를 일삼았으며, "모든 것을 검이나 불을 써서 파괴하고, 농노든 아니든 간에 마주치는 민간인들의 목을 무자비하게 땄다. 상대방의 지위나 나이나 성별이 무엇이든 간에 그들

은 전혀 개의치 않았고, 고령자나 젖먹이조차도 가차 없이 도
륙했다"라고 썼다.

영지와 성이 초토화된 잉글랜드의 영주들은 곧 반격을 위
해 군대를 소집했다. 후방에서 잔악한 공격을 받았다는
사실에 격노한 잉글랜드의 젊은 국왕 리처드 2세는 런던에서
또 다른 군대를 이끌고 황급히 북상했고, 프랑스의 침략군을
무찌르고 에든버러를 불태워서 반드시 스코틀랜드인들을 벌
하겠다고 맹세했다.

프랑스-스코틀랜드 연합군은 첩자들을 통해 잉글랜드군의
접근을 미리 감지했다. 비엔 제독은 리처드 2세 못지않게 대
규모 회전(會戰)을 갈망하고 있었다. 그러나 예상을 뛰어넘은
잉글랜드군의 규모에 놀라고 보급이 고갈될 것을 우려한 스
코틀랜드인들은 스코틀랜드로 후퇴해서 자국의 후방 지원을
받으며 적과 싸우기를 원했다. 스코틀랜드군과의 동맹 관계
가 틀어지는 것을 원하지 않았던 비엔 제독은 이 제안에 동의
했다.

잉글랜드군은 일단 트위드강을 도강한 뒤에는 보복전을 개
시했다. "6마일에 걸친 전선 전체에서 무제한적인 도륙과 약
탈과 방화를 거듭했고, 그들이 지나간 자리는 완전히 황폐해
졌다."

그러나 스코틀랜드군은 목숨이 아까웠는지 반격에 나서기
는커녕 잉글랜드군이 그대로 자국 영토를 유린하도록 내버려
두고 도망쳤고, 심지어 적군이 자국령을 무사통과하는 것을
방치하기까지 했다. 이 사실을 안 프랑스군은 아연실색했다.

예기치 못한 이런 배신행위에 낙담한 비엔 제독은 스코틀랜드군에게 전갈을 보냈다. "귀측의 지원 요청을 받고 여기까지 온 동맹국 프랑스의 군대는 이제 어떻게 행동하란 말인가?" 스코틀랜드 측의 대답은 이랬다. "원하는 대로 행동하시길."

비엔 제독은 부하들에게 무장을 갖추고 말에 안장을 얹은 뒤에 그가 신호할 때까지 기다리라고 명했다. 그날 밤 잉글랜드군은 에든버러에서 남쪽으로 몇 마일 떨어진 곳에 야영지를 설영하고 소수의 보초를 세워둔 다음 피로에 못 이겨 곯아떨어졌다. 비엔 제독이 명령을 내리자 프랑스군 전원은 야음을 틈타 이동하기 시작했고, 깊은 잠에 빠진 잉글랜드군의 야영지를 멀찍이서 우회한 다음 남쪽을 향해 조용히 진군했다. 다음 날 아침 기상한 잉글랜드군이 에든버러로 접근하자 성문은 열려 있었고, 주민들이 모두 도망친 거리는 텅 비어 있었다. 프랑스군이 밤에 몰래 철수하는 동안, 현지의 스코틀랜드인들은 값이 나가는 물품과 가축을 모조리 빼돌려서 주위의 전원지대로 자취를 감췄던 것이다.

프랑스군이 다시 남쪽으로 진군해서 방화와 노략질을 되풀이하고 있다는 사실을 잉글랜드왕인 리처드 2세가 안 것은 며칠이 지난 뒤의 일이었다. 격분한 리처드는 부하들에게 횃불을 던져 에든버러를 완전히 태워버리라고 명령했다. 8월 11일, 에든버러는 잉글랜드군의 방화로 인해 완전히 잿더미로 변했지만, 언덕 위에 자리 잡은 요새만은 전소되는 것을 피했다. 그런 다음 리처드는 연안을 따라 애버딘까지 북상하며 눈에 띄는 모든 것을 닥치는 대로 불태우고, 파괴했다.

한편, 150마일 남쪽에서는 프랑스군과 아직 충의를 저버리지 않은 스코틀랜드 동맹군의 일부가 컴벌랜드주를 초토화시키고 있었다. 컴벌랜드는 잉글랜드 북서부에 위치한 호수 지방 북쪽의 초목이 우거진 구릉지대에 자리 잡고 있었고, 장 드 카루주와 그의 부하들은 잉글랜드의 영토 깊숙한 곳에서 이루어진 이 두 번째 습격에서 약탈을 하고 귀족 포로들을 생포함으로써 더 많은 재화를 얻을 수 있기를 희망하고 있었다.

연안을 따라 남하하면서 프랑스와 스코틀랜드의 동맹군은 진격로 앞에 가로놓인 모든 것을 철저하게 파괴했다. 컴벌랜드주는 "이미 피폐한 상태였던 데다가 현지의 모든 군인들은 이미 잉글랜드 국왕과 함께 원정 중이었기 때문에" 프랑스 측은 저항다운 저항을 받지 않았다. 한 바퀴 돌아서 칼라일로 왔을 때까지는 말이다.

칼라일은 고대에는 로마 제국의 변경에 서 있던 요새였고, 로마 황제의 이름을 딴 하드리아누스의 방벽에 인접한 전략 요충지였다. 당시에도 이 로마 방벽의 잔해는 황무지를 관통해서 뉴캐슬을 지나 반대편의 북해 연안까지 이어지고 있었다. 이제 잉글랜드의 성새도시로 거듭난 칼라일은 성벽과 탑과 해자 등으로 완전히 요새화되어 있었고, 식량도 공성전에 대비해서 넉넉하게 비축해 놓고 있었다.

9월 7일 프랑스군과 스코틀랜드군은 칼라일을 급습했다. 그들은 사다리를 동원해서 성벽을 기어올라 갔고, "도시를 완전히 파괴하든가, 아니면 기습 점령하기 위한 강력한 병력을 서둘러 동원해서" 공격을 계속했다. 그러나 이 격렬한 공격은 실패로 끝났다. 지금처럼 쉽게 돌파하거나 약탈하거나 파괴할 수 없는 장애물과 직면할 경우 적의 영토 깊숙한 곳에서 반격당할 가능성을 두려워하고 있었기 때문에, 연합군은 무익한 공성전을 끝내기로 결정했다.

연합군은 다시 북상하기 시작했지만, 대량의 약탈품을 또 손에 넣은 탓에 진격 속도는 느렸다. 재앙이 닥쳐온 것은 바로 그때였다. 노섬벌랜드 백작의 아들이자 후계자인 서 헨리 퍼시가 갑자기 후방에서 공격을 가해왔던 것이다. 젊은 퍼시—말을 달려 싸울 때의 속도와 용맹스러움으로 인해 무모하다는 뜻의 '홋스퍼(hotspur)'라는 별명으로 불리던—는 침략자들을 상대로 야습을 감행했고, "적군 다수를 죽이고, 다수를 패주"시켰을뿐더러, "신분이 높은 적군을 26명이나 포로로 잡았다".

장 드 카루주와 로베르 드 티부빌은 포로가 되거나 전사하지 않았기 때문에 운이 좋았다고 할 수 있다. 그러나 장 휘하의 전우들 모두가 그랬던 것은 아니었다. 이 전투로부터 한 달쯤 지난 10월 28일에 실시된 전군 점호 기록을 보면 장 드 카루주는 그가 지휘하던 아홉 명의 동료 종기사들 중 다섯 명을 잃었다고 나와 있다. 그중 일부는 더 이른 시기의 전투에서 목숨을 잃었거나 병사했을지도 모른다. 그러나 그들 중 일부는 홋스퍼가 후퇴 중이던 프랑스군을 사납게 기습했을 때 목숨을 잃었을 가능성도 있다. 그리고 이 기습은 이 전쟁의 마지막 전투가 되었다.

전쟁의 계절이 막바지에 다다르며 모든 군대들이 현지에 서 철수하기 시작하자 비엔 제독은 누더기처럼 너덜너 덜해진 휘하 원정군과 함께 에든버러에서 월동하겠다는 결정 을 내렸다. 카루주가 고향을 떠난 지 이미 여섯 달 이상 지났 지만, 전쟁으로 피폐해진 그와 부하들은 적어도 이듬해 봄까 지는 스코틀랜드에 머물러 있어야 할 공산이 커 보였다.

그러나 스코틀랜드인들의 프랑스군에 대한 태도는 여전히 환대와는 거리가 멀었다. "제독은 상급 귀족들과 기사와 종기 사들과 마찬가지로 기아에 시달려야 했다. 돈을 내도 식량 조 달이 힘들었기 때문이다. 약간의 와인과 맥주와 보리와 빵과 귀리가 그들이 보유한 식량의 전부였다. 따라서 그들의 말은 굶어죽거나, 피로를 이기지 못하고 쓰러졌다."

게다가 제독은 스코틀랜드 왕가의 공주와 정을 통함으로써 이런 상황을 더 악화시켰고, 살려두지 않겠다는 위협까지 받 았다. 프랑스군의 귀족들 다수는 이듬해 봄까지 에든버러에 주둔하는 것을 거부하기 시작했다. 계속 이곳에 머물다가는 굶어 죽거나 스코틀랜드인들에게 살해당할 위험이 있다는 것 이 이유였다. 비엔 제독은 마지못해 허락했다. 떠나고 싶은 자 들은 떠나라고 말이다.

잉글랜드군과 싸우기 위해 원정을 온 프랑스인들은 스코틀 랜드인들을 향한 분통을 터뜨리며 귀로에 올랐다. "그들은 배 편으로 플랑드르 지역으로 돌아가거나, 아무 곳에나 상륙해서 프랑스로 돌아갔다. 굶주림에 시달리며 무기도 군마도 잃은 그들은 스코틀랜드를 저주했고, 그런 곳에 원정을 갔던 것을 크게 후회했다."

프랑스로 돌아온 기사들과 중기병들은 "너무나 가난해져서 더 이상 새로운 말을 구할 수도 없는 상태"였고, 그중 일부는 "들판에서 밭을 가는 노역마들을 닥치는 대로 징발"해서, 군마 대신 쟁기나 마차를 끄는 일에나 어울리는 말에 올라타고 삼삼오오 고향으로 돌아갔다.

장 드 카루주는 1385년 말에 노르망디로 귀환했다. 빈털터리였고 건강 상태도 최악이었다. 그는 해외 원정을 위한 장비나 보급품을 사기 위해 거금을 쓰며, 전쟁터에서 금, 은, 군마 따위의 귀중품을 약탈함으로써 투자금을 벌충하고도 남는 큰 이익을 얻을 것이라 기대했다. 그러나 실제로는 스코틀랜드의 토탄(土炭) 늪에 생돈을 버리고 온 것이나 마찬가지였다. 생환한 다수의 프랑스인들처럼 그는 열병에 걸려 있었고, 만성적인 고열에서 비롯된 탈력감과 피로, 오한과 식은땀에 시달리고 있었다.

이렇게 건강을 해치고, 거금과 다섯 명의 전우들을 잃었을 뿐만 아니라 아무런 결실도 얻지 못한 해외 원정에서 여섯 달이나 되는 세월을 낭비한 장 드 카루주가 이 모든 고난의 대가로 전쟁터에서 얻은 유일한 상은 단 하나, 기사 작위뿐이었다. 10월 말 만신창이가 되어 스코틀랜드로 귀환한 프랑스군이 실시한 전체 점호에서, 그의 이름은 "장 드 카루주 경, 기사"라고 기록되어 있다. 이것은 그해 여름이나 가을의 원정에서 그가 기사로 임명되었다는 사실을 의미한다.

이 무렵 장 드 카루주의 나이는 거의 50세에 가까웠다. 피에르 백작의 궁정에서는 손에 넣지 못한 작위를 마침내 얻은 그는 이제 프랑스어로 기사를 의미하는 슈발리에(chevalier)라는 경칭으로 불릴 권리가 있었고, 아르장탕의 궁정에 돌아가 소리높여 요구할 작정이었다는 점에는 의심의 여지가 없다. 기사로 승격한 덕에 그의 급료도 두 배로 늘어서 이제는 하루에 금화 1리브르를 지급받을 수 있었다. 그러나 원정군의 재정 상태가 워낙 핍박했던 탓에 이번 원정에서 마땅히 받아야 할 급료 전액을 지급받지는 못한 상태였다.

장 드 카루주는 슬로이스 또는 다른 프랑스 항구인 아플뢰르에 상륙한 것으로 보이는데, 그러자마자 그는 7개월 전에 마르그리트를 맡기고 온 장인 소유의 퐁텐르소렐성으로 직행했다. 길동무는 함께 원정에 참가했던 마르그리트의 사촌 로베르 드 티부빌이었다. 로베르 역시 전투와 질병과 험한 항해에서 살아남은 장의 전우들 중 하나였다.

두 사내가 퐁텐르소렐에 도착했을 무렵에는 크리스마스가 이미 코앞에 와 있었다. 마르그리트는 전쟁터에서 갓 돌아온 남편과 사촌과 함께 아버지의 성에서 몇 주 더 지내고 싶었을지도 모른다. 두 사내 모두 긴 전쟁으로 피폐한 상태였던 데다가 카루주의 건강 상태는 한층 더 심각했고, 겨울이라서 도로 사정도 최악이었기 때문이다.

그러나 카루주는 장인의 성에 오래 머물지 않았고, 며칠 뒤에는 마르그리트를 대동하고 다시 길을 떠났다. 오래전 스코틀랜드로 출발한 이래 한 번도 만난 적 없는 어머니를 방문하기 위해서였다.

과부가 된 니콜 드 카루주는 칼바도스 지방의 퐁텐르소렐에서 서쪽으로 35마일쯤 간 곳에 있는 가문의 영지인 카포메스닐에 살고 있었다. 3년 전 남편이 사망하고, 피에르 백작이 그녀의 아들인 장에게 벨렘 성주직을 주는 것을 거부하자 니콜 부인은 카포메스닐로 거처를 옮겼다. 어떤 이유에서인지는 모르지만 니콜 부인은 카루주로 돌아가 아들과 며느리와 함께 살지 않았다. 아마 카루주성에서 새 며느리와 얼굴을 맞대고 함께 살고 싶지 않았는지도 모른다. 장과 마르그리트 쪽에서 별거를 희망했을 가능성도 있지만 말이다.

퐁텐르소렐을 떠난 카루주 부부는 서쪽의 리지외로 이어지는 오래된 로마 도로를 나아갔다. 도로가 진흙탕으로 바뀌고 눈과 얼음으로 미끄러워지는 겨울이었던 데다가 해가 지면 가까운 친지의 성관에 들러 숙박했을 것이기 때문에 적어도 이틀은 걸렸을 것이다. 도로 사정이 나빠지면 튼튼한 말을 타고 홀로 나아가는 성인 남성의 여정조차도 지연되기 마련이다. 그리고 1385년에서 1386년 사이의 겨울은 프랑스의 어떤 연대기에 의하면 "놀랄 정도로 사악하고 혹독했다". 마르그리트는 따뜻한 겨울 복장을 하고 푹신한 안장을 얹은 여성용의 작은 승용마를 탔을 수도 있고, 바깥 공기가 차단된 승용 마차를 타고 편하게 이동했을 수도 있다. 두세 명의 하녀가 그녀의 시중을 들었고, 남자 하인 몇 명은 짐을 실은 말을 끌었다.

이 조촐한 일행의 행렬 선두에서 말을 모는 장은 장검을 차고 다른 무기들도 언제든지 쓸 수 있도록 준비해 둔 상태였다. 하인들은 도둑이나 산적들을 물리치기 위해 나이프와 곤봉 따위로 무장하고 있었다. 그들은 루티에라고 불리던 자유 용병들의 습격도 경계하고 있었다. 백년전쟁에서 간헐적으로 벌어진 전투에 참가한 자유 용병들은 그 이외의 시기에는 현지에 빌붙어 자급자족하는 것이 보통이었고, 손쉬운 먹잇감을 찾아 전원지대를 배회하며 강도질을 일삼았기 때문에 사람의 왕래가 많은 간선도로조차도 안전하지 않았다. 거추장스러운 짐을 끌며, 도적 떼의 습격에도 경계를 게을리하지 않고, 카루주 일행은 얼어붙은 노르망디의 시골길을 천천히 나아갔다.

4
최악의 범죄

시어머니를 만나기 위해 아버지의 성을 떠나 남편과 함께 엄동설한의 거칠고 험한 도로를 나아가야 했던 마르그리트의 심기가 편했을 리가 없다. 카포메스닐에 자리 잡은 니콜의 고립된 성관에서 퐁텐르소렐의 안락함이나 소일거리는 기대할 수 없었기 때문이다. 남편의 건강 문제도 큰 고민거리였다. 몇 달에 달하는 원정과 항해를 감수한 후 만성적인 열병에 시달리고 있는 장 드 카루주는 절실하게 휴양을 필요로 하고 있었으므로, 한겨울에 여행에 나선다는 것은 사실 어불성설이었다. 카루주가의 종자들과 함께 바퀴자국이 깊이 패고 눈으로 덮인 도로를 나아가면서, 마르그리트는 시어머니인 니콜이 자신을 어떻게 받아들일지에 대해서도 불안을 느꼈다. 결혼한 지 5년이나 지났는데도 아직 대를 이을 자식을 낳지 못했기 때문이다. 방문 중에 시어머니에게서 싫은 소리를 들을지도 모른다는 생각을 하니 마음이 무거웠다.

5년 전, 무모하게도 대역죄인이었던 로베르 드 티부빌의 딸과 혼인함으로써 빛나는 역사를 가진 카루주 가문의 이름을 더럽힌 맏아들을 니콜 부인은 결코 용서하지 않았기 때문이다. 물론 그녀는 아들인 장이 마르그리트의 미모에 홀리고 장인의 엄청난 재력에 끌렸다는 사실을 알고 있었다. 토지와 돈은 누구에게든 거부할 수 없는 매력이었고, 마르그리트는 아버지가 죽으면 한층 더 많은 토지를 상속할 예정이었기 때문이다. 그러나 귀족 가문의 명예는 값을 따질 수 없을 정도로 소중했다. 특히 오랫동안 음모와 내란의 온상이었던 노르망디에서는 귀족 가문끼리의 잘못된 결합은 해당 가문의 완전한 몰락으로 이어질 수도 있었다. 아들인 장이 재혼한 지 몇 년 뒤에 니콜의 남편이 죽었을 때, 피에르 백작은 응당 아들인 장이 이어받았어야 할 벨렘의 성주 자리를 다른 자에게 넘기지 않았던가? 칠순을 바라보는 니콜 부인이 성자로 시성된 루이 9세의 거처이기도 했던 장려한 벨렘 성새에서 여생을 보내는 대신, 카포메스닐의 초라한 성관에서 은둔 생활을 강요받은 것은 물불을 가리지 않는 아들이 마르그리트와 결혼함으로써 주군인 피에르 백작의 심기를 거스른 탓이 아닐까? 벨렘에서 살았을 때는 주위의 모든 사람이 고명한 귀족이자 성주인 남편의 아내인 그녀의 비위를 열심히 맞춰 주었건만, 지금 카포메스닐에서 은둔자로 살아가는 그녀를 찾아오는 사람은 행상인이나 나환자들밖에 없었다. 이런 마당에, 훨씬 더 크고 호화로운 카루주성에서 여주인으로 군림하고 있는 마르그리트를 고깝게 보았다고 해도 전혀 이상한 일이 아니었다.

리지외—성당으로 유명한 이 성읍에서 그들은 하룻밤 머물렀을 공산이 크다—를 통과한 장과 마르그리트 일행은 옛 로마 가도에서 나와 시골길로 들어갔고, 남서쪽으로 방향을 틀어 수도원을 중심으로 발달한 성읍인 생피에르쉬르디브(Saint-Pierre-sur-Dives)를 향해 갔다. 생피에르쉬르디브로의 여정을 반쯤 주파한 그들은 리지외에서 8마일쯤 떨어진 곳에 있는 생줄리안르포콩 마을에서 비강을 건넜다. 강을 건넌 뒤에는 남쪽 기슭을 따라 서쪽으로 이어지는 좁은 길로 들어갔다.

몇 마일을 그렇게 나아가자 강을 내려다보는 절벽과, 농부나 소작인들이 사는 초가지붕을 얹은 십여 채의 집들이 눈에 들어왔다. 이 초라한 마을의 이름은 카포메스닐이었다. 마을에 가깝지만 강둑을 더 올라간 곳에 외롭게 서 있는 낡은 성관이 시어머니인 니콜 드 카루주의 거처였다.

성관 자체도 별로 크지 않았다. 1층의 메인홀 뒤쪽에는 주방과 하인들의 거처가 있었고, 거주구인 위층에는 내부 층계를 이용해 올라갈 수 있는 몇 개의 방들이 있을 뿐이었다. 방어 시설로는 아성(donjon)이라고 불리는 견고한 탑이 하나 딸려 있었지만, 이것을 제외하면 성관 주위를 에워싼 방벽이라든지 방어용 탑 따위는 전무했다. 게다가 이 성관은 "어떤 요새에서도 멀리 떨어진 개활지에 자리 잡고 있었다". 카포메스닐 성관은 프랑스혁명 직후에 완전히 철거된 탓에 남아 있지 않지만, 지금도 노르망디 지방 여기저기에는 비슷한 성관이나 장원 저택들이 남아 있다. 니콜은 소수의 하인들과 함께 이곳에 은둔하고 있었고, 그런 그녀를 찾는 손님은 거의 없었다. 카포메스닐과 가장 가까운 촌락은 강을 건너 거의 1마일 가까이 북쪽에 위치한 언덕배기에 자리 잡은 생크레스팽(Saint-Crespin) 마을이었다.

마르그리트는 카포메스닐에서 너무 오래 체류하지 않고 며

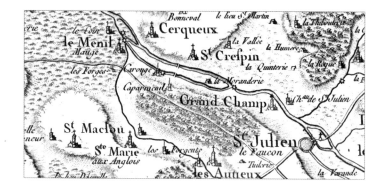

카포메스닐

장 드 카루주는 1386년에 파리로 갔을 때 아내를
비강의 남쪽 기슭에 자리 잡은 자기 어머니의 조그만 성관에 남겨두고 갔다.
카시니 드 튜리, 『프랑스 전도(全圖)』 no. 61의 일부 (c. 1759).

UCLA 도서관 소장.

칠 뒤에 다시 남편과 길을 떠나 거의 1년 동안이나 비우고 있던 카루주성으로 돌아가고 싶었을지도 모른다. 그러나 그녀는 스코틀랜드에서 귀국한 이래 남편이 줄곧 돈 걱정을 하고 있다는 사실을 알고 있었기 때문에 크게 기대하지는 않았을 공산이 크다. 사실 카루주 부처는 카포메스닐에 한 달 이상 체류했고, 그동안 마르그리트는 남편보다 시어머니와 함께 있는 시간이 더 길었다.

날씨도 몸 상태도 최악이었음에도 불구하고, 장은 도착한 지 얼마 지나지도 않아 또 다른 여행에 나설 채비를 했다. 참담한 결과로 끝난 해외 원정에서 거금을 허비한데다가 약탈로 이득을 내기는커녕 투자금을 회수하지도 못했기 때문에, 그는 현금을 절실하게 필요로 하고 있었다. 그의 수입에 마르그리트가 지참금으로 가져온 영지의 소작료를 더하더라도 생활비조차도 모자라는 형편이었다. 원정에 나서기 전에 외상으로 산 말과 보급품의 대금도 아직 갚지 못했고, 나라에서 마땅히 받았어야 할 종군 수당도 여전히 체납된 상태였다. 그래서 일단 파리로 가서 국왕의 군사 재무 담당자인 장 르플라망에게서 상당한 액수에 달하는 체납 급료를 수령할 필요가 있었다. 파리에 사는 부유하고 영향력이 있는 지인들을 만나서 왕실의 후원을 받을 수 없는지도 알아볼 작정이었다.

카루주가 주군인 피에르 백작과 그토록 자주 다투지만 않았다면, 아르장탕까지만 가도 필요한 돈을 쉽게 손에 넣을 수 있었을 것이다. 피에르 백작은 총신들, 특히 자크 르그리에게는 거의 낭비에 가까울 정도로 땅과 돈을 하사하는 것으로 유명했기 때문이다. 그러나 카루주는 주군과 수도 없이 다툼을 벌인 탓에, 스코틀랜드로 떠나기 전에 백작의 총신인 르그리와 화해했음에도 불구하고 백작의 동정이나 지원을 받을 가능성은 거의 없었다. 부유한 르그리 본인에게 도움을 요청할 수도 있었겠지만, 아무리 화해했다고 해도 그런 행동은 카루주의 자존심이 절대로 허락하지 않았다.

그래도 카루주는 파리로 가는 길에 아르장탕에 한번 들릴 예정이었다. 아르장탕은 카포메스닐에서 파리로 가는 지름길 바로 옆에 위치하고 있었을 뿐만 아니라 지난봄에 그의 군역 의무를 면제해 준 피에르 백작에게 귀국 보고를 할 필요가 있었기 때문이다. 파산한 것과 다름없는데다가 몸까지 상한 카루주가 지금 당장 군역이나 그 밖의 공적 의무를 다하는 것은 무리였고, 어차피 한겨울에 전쟁이 일어날 가능성은 거의 없었다. 그러나 카루주는 여전히 피에르 백작에게 충성 서약을 한 봉신이었으므로, 주군 앞에 출두하는 것은 그의 의무였다.

카루주가 아르장탕에 들린 이유는 단지 의무감에서만은 아니었는지도 모른다. 백작의 궁정이 그를 환영해 줄 가능성도 크지는 않았지만 전무하지는 않았고, 새로 얻은 기사 작위를 다른 정신들에게 과시하고 싶었던 것인지도 모른다. 혹은 그가 해외 원정이라는 위험한 모험에서 설마 살아 돌아오리라고는 기대하지 않았던 자들을 놀래 주고 싶었을 수도 있다. 그가 죽으면 이득을 취하려고 줄을 선 사람들이 있다는 사실은 본인도 잘 알고 있었다. 장에게는 여전히 대를 이을 자식이 없었으므로, 그 상태로 사망할 경우 그의 봉지 대부분은 피에르 백작에게 반환된다. 그러면 백작은 다른 봉신들에게 그것을 분배할 수 있었다.

카루주는 아르장탕에서 자크 르그리와 마주칠 가능성이 있다는 사실도 충분히 인지하고 있었다. 르그리는 스코틀랜드 원정에는 지원하지 않고 국내에 남아 자기 일을 보는 쪽을 택했기 때문이다. 작년에 장 크레스팽의 성관에서 화해했을 때, 르그리의 떠보는 듯한 시선은 의례적인 포옹이 끝난 뒤에도 너무 오랫동안 아름다운 아내를 향하고 있지 않았나? 사실일지도 모르지만, 마르그리트는 작년 대부분을 여기서 멀리 떨어진 아버지의 성에서 보냈다. 카포메스닐은 아르장탕에 훨씬 가깝긴 하지만, 어머니인 니콜 부인이 눈을 떼지 않고 감독해 줄 테니까 남편인 그가 크게 걱정할 필요는 없어 보였다.

그러나 르그리처럼 세속에 물든 정신(廷臣)이 탐하는 것은 단지 장 드 카루주의 영지뿐만은 아닐지도 모른다. 몇 주나 걸리는 여행을 떠나기에 앞서, 장은 마르그리트의 하녀 중 한 명을 내밀하게 불러 자기가 파리에서 돌아올 때까지는 낮이든 밤이든 아내의 곁을 떠나지 말라고 명했다. 이런 경우, 남편은 조심에 조심을 거듭하더라도 모자람이 없었기에.

장 드 카루주는 1386년 1월 첫째 주에 아르장탕을 향해 출발했다. 우선 비강 남안을 따라 동쪽으로 25마일—노면 상태가 특히 안 좋은 겨울에는 말을 타도 반나절은 족히 걸리는 거리였다—을 나아가며 생줄리앙르포콩을 지나쳤다. 리바로가 가까워지자 남쪽으로 진로를 틀어 디브강 계곡과 광활한 팔레즈 들판을 내려다보는 높은 구릉지대로 이어지는 옛 로마 도로를 나아갔다. 눈앞에 펼쳐지는 토지의 많은 부분은 주군인 피에르 백작의 소유였다.

고지대에서 조금씩 아래로 내려가면서 카루주는 트륀 근처에서 디브강을 건너 계곡 반대편의 토지로 올라갔다. 소나무 고목(古木)들로 울창한 그랑드구페른 숲을 몇 마일 나아가자 높은 암산 위에 우뚝 서 있는 아르장탕의 성벽과 성탑들이 눈에 들어왔다.

한때 잉글랜드군이 지배했던 고대의 성채 아르장탕은 1170년의 성탄절 직후, 이곳에 머물고 있던 헨리 2세가 부하 기사 네 명이 비밀리에 영불해협을 건너 귀국한 다음 캔터베리 대주교인 토마스 베케트를 살해했다는 소식을 들은 곳이었다. 1380년대에 이 성새도시는 두터운 석조 방벽과 열여섯 개의 거대한 둥근 탑으로 둘러싸여 있었다.

카루주가 경계가 엄중한 성문으로 다가가자 위병들은 피에르 백작의 정신인 그를 알아보고 그대로 통과시켜 주었다. 카루주는 백작의 성관을 향해 말을 몰았다. 4층 높이의 이 성관에 딸린 세 개의 거대한 탑은 피에르 백작이 1372년에 아르장탕을 매입했을 때 개축한 것이었다. 피로로 녹초가 된 기사는 성관 앞에 이르자 말에서 내렸고, 마구간지기에게 말을 맡긴 다음 건물 안으로 들어갔다.

험한 겨울 길에서 몇 시간이나 말을 달려온 장 드 카루주는 진흙을 잔뜩 뒤집어쓰고 있었기 때문에, 궁정에 출두하기 전에 더러워진 승마용 외투를 벗고 궁전의 하인이 가져온 세숫대야의 물로 손과 얼굴을 씻었다. 그런 다음 그는 피에르 백작이 정사를 돌보거나 친지 및 정신들과 함께 식사를 하는 공간인 그레이트홀로 이어지는 계단을 올라갔다.

백작의 궁전
알랑송 백작 피에르는 이 위풍당당한 성관에
궁정을 두고 정사를 돌봤다.
1386년 1월 장 드 카루주는 바로 이곳에서 자크 르그리를 만났다.
파리 국립기념물센터 소장.
(Archives Photographiques, Coll. M.A.P.(c) CMN, Paris.)

장드 카루주의 느닷없는 방문에 궁정 사람들은 깜짝 놀랐다. 이 무렵에는 아르장탕에도 처참한 실패로 끝난 스코틀랜드 원정에 관한 소식이 조금씩 흘러들어 오고 있었다. 이 소식에는 전사하거나 병사한 귀족들의 이름과, 돈과 말과 건강까지 잃고 거지 몰골이 되어 간신히 목숨만 건져 돌아온 사람들의 이야기가 포함되어 있었다. 카루주에게서도 전혀 연락이 없었기 때문에 피에르 백작은 이 골칫덩어리 봉신이 전사했다고 지레짐작하고, 드디어 무거운 짐을 덜었다고 기뻐했을지도 모른다. 일부 정신들은 카루주 영지를 어떻게 갈라 먹을지 일찌감치 상상의 나래를 펼쳤을 수도 있다. 그런 고로, 열병으로 쇠약해지고 피로로 녹초가 되었지만 아직 멀쩡하게 살아서 두 발로 돌아다니는 장 드 카루주가 갑자기 그레이트홀로 들어오자 피에르 백작과 그 밖의 많은 사람들은 놀라움을 감추지 못했고, 일부는 심지어 불쾌감을 드러내기까지 했다.

그날 백작의 궁정에서 정확히 무슨 일이 일어났는지에 대해서는 거의 알려진 것이 없다. 그러나 아르장탕에 들린 장 드 카루주가 "자크 르그리뿐만 아니라 알랑송 백작의 다른 정신들을 만나 얘기를 나누고, 파리를 방문하겠다는 계획에 관해 언급했다"는 기록이 남아 있다. 카루주가 궁정에서 이 계획을 밝혔을 때, 아내가 자기 어머니와 함께 아르장탕에서 가까운 카포메스닐에 머물고 있다는 얘기를 했을 가능성도 있다. 설령 카루주가 의도적으로 그 사실을 감추려고 시도했더라도 눈치 빠른 정신들은 금세 알아차렸을 것이고, 나중에 다른 방법을 통해 알아냈을 수도 있었다.

카루주와 르그리의 해후는 우호적인 분위기에서 이루어졌

을 수도 있다. 1년쯤 전에 두 사내는 공개적으로 다툼을 멈추고 화해하지 않았던가. 그러나 오만불손하고 논쟁적인 장 드 카루주는 원한을 쉽게 잊지 않았고, 시기심에 사로잡혀 갑자기 분통을 터뜨리는 일도 잦았다. 그는 프랑스를 위해 여섯 달 동안이나 목숨을 걸고 싸웠지만 뾰족한 성과를 거두지도 못했다. 그리고 아르장탕에서 파리로 가는 길을 몇 마일만 나아가면, 빼앗긴 봉토인 오누르포콩 바로 옆을 지나가게 된다. 그때 과거의 불만이 되살아나서 그를 괴롭혔다고 해도 하등 이상할 것이 없었다.

원정에 실패했을 뿐만 아니라 귀국 후에도 이런저런 문제로 마음 편할 날이 없었던 장 드 카루주는 궁지에 몰린 나머지 가장 편리한 적인 자크 르그리를 향해 비난의 화살을 돌렸을 공산이 크다. 카루주는 르그리가 그를 파멸시키려고 막후에서 이런저런 음모를 꾸몄다고 오랫동안 의심해 왔기 때문이다. 백작의 궁전에서 르그리를 목격하고, 자신이 위험한 전쟁터에서 목숨을 걸고 사내답게 싸우는 동안, 너는 안전하게 집에서 죽치고 있었느냐는 식으로 대놓고 르그리를 조롱했다고 해도 놀랄 일은 아니다. 또는 종기사로서 프랑스를 떠났다가, 전쟁터에서 큰 공을 세워 기사가 되어 돌아왔다고 큰 소리로 자랑했을지도 모르는 일이다. 갓 기사가 된 카루주는, 안전하고 편한 궁정을 떠나기만 하면 르그리도 얼마든지 기사가 될 수 있다고 넌지시 비꼬았을 수도 있다. 카루주는 이런 식의 성마르고 경솔한 말을 다른 정신들 앞에서 툭툭 던지는 것만으로도, 옛 상처를 다시 후벼 파서 수면하에 가라앉아 있던 오래된 원한에 다시 불을 지필 수 있었던 것이다.

그 날 피에르 백작의 궁전에서 무슨 일이 일어났든 간에, 이 두 사내의 만남은 자크 르그리의 마음속에 있는 무엇인가를 촉발했던 것임이 틀림없다. 카루주가 파리 방문을 공언하고 아르장탕을 떠나자마자, 르그리는 그의 가장 가까운 심복 중 하나인 아담 루벨이라는 사내를 은밀하게 불러냈기 때문이다.

르그리의 부하이자 하급 종기사인 루벨은 주군에게 품행이 헤픈 여성들을 알선하는 역할을 맡고 있다는 소문이 있었다. 루벨은 카루주 밑에서 1379년에서 1380년에 걸친 코탕탱반도 원정에도 참가한 적이 있었기 때문에, 카루주와도 잘 아는 사이었다는 점은 명백하다. 루벨의 집은 카포메스닐에 옹기종기 모여 있는 집들 중 하나였고, 마르그리트가 머물고 있는 시어머니의 성관과는 엎어지면 코 닿는 곳에 있었다. 카루주가 아르장탕을 떠나 파리로 간 직후에, 아담 루벨은 반대편에 위치한 카포메스닐로 말을 달렸다. 그의 주군인 르그리로부터 마르그리트를 감시하고, 그녀에 관한 정보를 계속 보고하라는 명령을 받았기 때문이다.

자크 르그리가 왜 갑자기 마르그리트에 주목하기 시작했는지는 확실하지 않다. 훗날 장 드 카루주는 르그리가 이 아름다운 상속녀에 단지 흑심을 품었고, "어떻게 하면 그녀를 속이고, 유혹할 수 있는지 궁리하기 시작했다"고 주장했다. 어떤 연대기 작가는 이렇게 썼다. "기이하고 빙퉁그러진 유혹을 통해 악마는 자크 르그리의 몸에 들어갔고, 당시 소수의 하인을 제외하면 거의 혼자 살고 있는 것이나 다름없었던 장 드 카루주의 아내에 집착하게 만들었다."

르그리는 카루주가 스코틀랜드에서 생환하지 못할 경우 이득을 취하려고 호시탐탐 노리고 있던 정신들 중 한 명이었는지도 모른다. 당시 르그리는 상처한 홀아비였으므로, 장 드 카루주의 젊고 아름다운 아내를 만난 뒤에는 장의 영지와 성들뿐만 아니라 그 이상의 것을 원했을 수도 있다. 마르그리트의 지참금에 거의 포함될 뻔했던 귀중한 영지를 이미 손에 넣은 그가, 마르그리트 본인까지 탐하기 시작했던 것이다.

혹은 르그리가 새로운 여자를 정복하고 싶어 한 동기는 마르그리트 본인에 대한 욕정이라기보다는 그녀의 남편인 카루주에게 복수하고 싶다는 욕구에 기인한 것이었을 수도 있다. 두 사내는 공개적으로 화해하기는 했지만, 르그리는 오누르포콩을 빼앗아 가려고 시도했던 카루주의 행동을 결코 잊지 않았고, 용서하지 않았을지도 모른다. 게다가 카루주는 주군인 피에르 백작과 여러 번 다투면서 총신인 르그리까지 끌어들였고, 백작의 궁정에 증오와 의심의 씨앗을 뿌리기까지 했다. 카루주가 최근 아르장탕을 방문했을 때 르그리의 면전에 대고 모욕적인 말을 내뱉은 것이 사실이라면, 상대방의 태도에 진절머리를 내고 있던 르그리는 카루주에게 가장 큰 타격이 되는 방법으로 보복에 나서려고 결심했을 수도 있다.

카루주가 장기 출타 중이며 그의 아내가 아르장탕에서 가까운 곳에 머물고 있다는 사실이 르그리에게 그런 교활한 생각을 품도록 했는지도 모른다. 만약 카루주 모르게 그의 아내를 범할 수 있다면 얼마나 통쾌한 복수가 될까. 그 행위 자체가 주는 쾌감은 말할 나위도 없다! 그래서 르그리는 마르그리트의 행실이 헤프다고 지레짐작하고, 그냥 그녀를 유혹하려는 계획을 짰을 가능성이 있었다—이것은 계획이라고 하기도 뭐했지만, 실제로는 그보다 훨씬 더 음참한 결과를 가져오고 말았다. 카루주에 대한 보복이라는 동기와 보복 수단을 갖춘 르그리가 이제 필요로 하는 것은 기회뿐이었다.

기회는 금세 찾아왔다. 카루주가 파리로 떠난 지 2주쯤 지난 1월 셋째 주에, 니콜 부인이 예기치 않게 팔레즈 자작의 소환장을 받았던 것이다. 6마일 떨어진 곳에 있는 수도원 성읍인 생피에르쉬르디브로 와서, 캉의 집달리인 기욤 드 모비네 앞에서 법정 증인으로 증언을 해 달라는 요청이었다. 법정 출두일은 1386년 1월 18일로 못 박혀 있었다. 따라서 니콜 부인이 생피에르까지 갔다가 법정에서 증언을 하고 다시 카포메스닐로 돌아오려면 적어도 반나절은 걸린다고 봐야 했다.

소환장이 도착했을 당시 아담 루벨은 이미 카포메스닐 마을에 있는 자택에서 성관을 감시하고, 마르그리트의 동향을 주군에게 긴밀하게 보고하고 있었다. 며칠 후 니콜 부인이 카포메스닐 성관을 비운다는 소식을 듣자마자 루벨은 자크 르그리에게 전갈을 보냈다.

일 월 18일 목요일 이른 아침, 니콜 부인은 카포메스닐을 출발했다. 생피에르쉬르디브까지의 왕복 거리는 12마일에 불과했기 때문에 반나절이면 돌아올 예정이었음에도 불구하고 그녀는 거의 모든 하인들을 수행원으로 데려갔다. 이유는 알 수 없지만 카루주가 자기가 없는 동안 하루 종일 붙어 있으라고 지시한 하녀까지 데리고 갔던 것이다. 따라서 마르그리트는 카포메스닐 성관에서 그날 하루 대부분을 실질적으로 혼자 지내야 하는 상황에 직면했을 가능성이 있다. 기록에 의하면 단 한 명의 하녀가 남아 있었지만, 어디에 틀어박혀 있었는지 아예 모습을 보이지 않았다고 한다.

목요일 아침에 니콜 부인이 출발한 직후 마르그리트는 성관의 육중한 현관문을 누군가가 쾅쾅 두드리는 소리를 들었다. 2층에서 난롯불을 쬐고 있던 그녀는 도대체 누가 왔는지 의아해했다.

문을 두드리는 소리가 멈추지 않자 마르그리트는 안에 털가죽을 댄 망토를 가운 위에 걸치고 방문자가 누군지를 확인하려고 아래층으로 내려갔다. 현관과 인접한 메인홀로 들어간 그녀는 두터운 목제 현관문에 난 창살이 딸린 조그만 창문 뒤의 미닫이식 패널을 조심스레 열었다.

창문을 통해 이쪽을 들여다보는 사내의 얼굴을 보고 그녀는 깜짝 놀랐지만, 다음 순간 그가 누구인지 알아보았다. 아담 루벨이었다.

마르그리트가 용건을 묻자 아담은 부탁할 것이 있어서 왔다고 대답했다.

"그게 뭔데?"

마르그리트가 말했다.

"여긴 너무 춥군요." 아담이 대답했다. "안으로 들어가서 용건을 말씀드려도 되겠습니까?"

마르그리트는 아담과는 안면이 있었다. 자택이 지척에 있었고, 아담은 남편 휘하에서 원정에 참전한 적도 있었기 때문이다. 이 예기치 않은 방문자에 대해 두려움보다는 짜증에 가까운 감정을 느끼며 마르그리트는 상대의 말에 동의했다. 안쪽에서 잠근 현관문을 지탱하는 철제 빗장을 위로 들어 올린 다음, 육중한 문을 활짝 열고 상대방을 안으로 들였다. 그런 다음 추운 겨울 공기가 들어오지 않도록 문을 꼭 닫았지만, 빗장은 내리지 않았다.

현관에 들어선 아담은 마치 불을 쬘 난로를 찾는 듯이 주위를 두리번거렸다. 그러나 마르그리트가 더 이상 안으로 들어오라는 기색을 보이지 않자 그는 용건이 무엇인지를 설명하기 시작했다.

실은 제가 카루주님에게 빌리고도 아직 갚지 못한 돈에 관해 상의하려고 왔습니다, 하고 그는 말했다. 제가 빌린 금화 100프랑은 변제일이 한참 지났지만, 변제일을 조금만 더 연기해 주실 수는 없는지 알고 싶어서요. 죄송하지만 마르그리트님이 저를 대신해서 부탁해 주시겠습니까?

마르그리트는 남편이 남에게 빌려준 돈이나 세세한 금액 따위에 관해서는 전혀 아는 바가 없었고, 아담이 왜 자기한테 와서 그런 얘기를 하는지도 이해할 수 없었다. 그것도 하필 남편이 없을 때를 골라서 말이다.

그러나 그녀가 대답하기도 전에 아담은 갑자기 화제를 바꿨다. 그건 그렇고, 자크 르그리님에게서 자기 대신 마르그리트님의 안부를 물어 달라는 부탁을 받았습니다.

"자크님은," 아담은 말을 이었다. "마르그리트님을 열렬히 사모하고 있고, 마르그리트님을 위해서라면 무슨 일이든 할 용의가 있다고 하셨습니다. 그래서 꼭 직접 만나 뵙고 말씀을 나누고 싶다고 하시더군요."

이 뜬금없는 발언에 놀란 마르그리트는 자크 르그리를 만나거나 말을 나눌 생각은 추호도 없다고 대답했고, 주군을 대신해서 구애하는 것도 멈추라고 말했다. 이런 식의 대화는 보다시피 내게는 지극히 불쾌할 뿐이므로.

바로 그 순간 빗장을 지르지 않은 현관문이 안으로 활짝 열렸고, 얼음장처럼 차가운 공기가 메인홀을 강타했다. 놀라 뒤를 돌아본 마르그리트의 눈에 비친 것은 다름 아닌 르그리 본인의 모습이었다.

홀로 성큼성큼 들어온 종기사가 진흙이 잔뜩 튄 망토를 긴의자 위에 던져 놓자 허리에 찬 단검이 보였다. 르그리는 겁에질린 마르그리트에게 다가왔다. 그녀가 화들짝 놀라며 뒤로물러서자 그는 그 자리에 멈춰 서서 미소 지었다.

"마담," 르그리는 말했다. "제 종자가 방금 말씀드렸듯이 저는 당신을 열렬하게 사모하고 있고, 당신을 위해서라면 무엇이든 할 용의가 있습니다. 제가 가진 것은 모두 당신의 것입니다."

르그리 본인에게서 이런 말을 듣자 마르그리트의 불안은 한층 더 강해졌다. 그러나 그녀는 마음을 단단히 먹고, 다시는 그런 허튼 말을 하지 말라고 강하게 경고했다.

마르그리트가 호색적인 희롱을 더 이상 받아들이지 않겠다고 단언하자 르그리는 얼굴에 마침내 물리적인 수단을 동원했다. 거구의 굴강한 사내인 그는 앞으로 걸어 나와서 그녀의 손목을 움켜잡더니 긴 의자에 자기와 함께 앉으라고 명령했다. 마르그리트가 손을 빼려고 하자 그는 그녀의 손을 으스러져라 꽉 잡고 억지로 옆에 앉게 했다.

억지로 종기사 곁에 앉아야 했던 마르그리트는 얼굴에 상대방의 뜨거운 숨이 닿는 것을 느꼈다. 완전히 공포에 질린 그녀는 당신 남편의 돈 문제에 관해 다 알고 있다고 르그리가 말하는 것을 들었다. 르그리는 얼굴에 역겹기 짝이 없는 의미심장한 미소를 떠올리며, 그녀가 자기 말만 잘 들어준다면 넉넉한 금전적 보상을 해 줄 용의가 있을 뿐만 아니라 카루주가 지금까지 잃은 재산을 되찾게 해 주겠다고 약속했다.

대놓고 돈과 섹스를 교환하자는 제안은 이 종기사가 여자를 후릴 때 곤잘 쓰는 방식이었다. 마르그리트에게는 먹히지 않았지만 말이다.

자기 집에서 사로잡히고, 극도의 두려움으로 얼어붙은 상태였음에도 불구하고, 마르그리트는 르그리를 향해 자기는 돈 따위에는 관심이 없고 그에게 굴복할 생각도 없음을 밝혔다. 그런 다음 필사적으로 그의 힘센 손아귀에서 벗어나려고 했다.

마르그리트의 동의를 얻을 가망이 없다는 사실을 깨달은 종기사는 설득을 단념했다. 그의 얼굴에서 미소가 사라졌고, 사나운 표정이 그것을 대신했다.

"싫든 좋든 당신은 나하고 위층으로 올라가야 해." 르그리는 이렇게 위협한 다음 루벨을 향해 고개를 끄덕여 보였다. 루벨은 현관문으로 가서 빗장을 질렀다.

마르그리트는 그제야 이 두 사내의 사악한 의도를 간파했다. 겁에 질린 그녀는 사내들의 우악스러운 손에서 벗어나기 위해 필사적으로 도움을 요청하는 고함을 지르기 시작했다.

"아로! 도와줘요! 아로!(Haro! Aidez-moi! Haro!)"*

---

* 당시의 법률은 아로!라고 외침으로써 범죄자를 잡으라는 '고함과 외침'을 발하는 행위는 악당에게 범법 행위를 당장 중지하라는 경고이며, 그 소리가 들

그러나 마르그리트의 비통한 절규를 들은 사람은 아무도 없었다. 적어도, 그녀를 구하러 온 사람은 아무도 없었다. 니콜 부인은 거의 모든 하인들을 대동하고 생피에르쉬르디브로 떠났기 때문이다. 게다가 마르그리트의 고함 소리는 두터운 돌벽과 빗장을 지른 현관문에 가로막힌 탓에 성관 밖이나 근처의 마을까지 들리지 않았다. 게다가 지금 같은 한겨울에는 사람들은 추위를 피해 최대한 실내에 머무는 것이 보통이었다.

두 사내는 마치 누구도 도우러 오지 않는다는 사실을 알고 있었다는 듯이 찢어지는 듯한 비명 소리에도 전혀 개의치 않고 마르그리트를 층계 쪽으로 끌고 갔다. 마르그리트는 끌려가지 않으려고 육중한 목제 긴 의자를 부여잡고 떨어지지 않으려고 했다. 그러나 두 사내는 양쪽에서 그녀의 팔을 잡고 억지로 긴 의자에서 떼어냈다.

몸부림치며 층계로 끌려가던 마르그리트는 한순간 그들의 손을 뿌리치고 딱딱한 돌바닥으로 몸을 던졌다. 그곳에 쓰러진 채로 그녀는 큰 소리로 맹세했다. 사내들의 흉악한 폭력에 관해 기필코 남편에게 고함으로써, 그와 그의 친지들로 하여금 그녀의 원수를 갚게 하겠노라고.

거듭되는 경고에도 불구하고 르그리는 마르그리트의 양팔을 거칠게 움켜잡고 억지로 일으켜 세웠고, 루벨은 뒤에서 그녀의 허리를 감싸 안았다. 두 사내는 힘을 합쳐 계속 고함을 지르며 몸부림치는 그녀를 떠밀고 잡아끌며 돌계단을 억지로 올라가게 했다.

리는 범위에 있는 모든 사람들은 달려와서 희생자를 구조해야 한다고 규정하고 있었다.

마침내 마르그리트를 위층까지 끌고 올라가는 데 성공하자, 루벨은 주군을 도와 가장 가까운 방문 안으로 그녀를 떠밀었다. 그런 다음 루벨은 문을 닫았다. 방 안에는 르그리와 마르그리트만 남았다.

르그리는 허리를 굽히고 부츠의 끈을 풀기 시작했다. 한순간 몸이 자유로워진 마르그리트는 창가로 달려가 소리쳐 도움을 요청하면서 필사적으로 창문을 열려고 했다. 르그리는 벌떡 일어나 그녀에게 달려갔다.

마르그리트는 창가에서 몸을 돌리고 방 반대편에 있는 또 하나의 문으로 달려갔다. 그 안으로 들어가서 가구 따위로 바리케이드를 쌓을 작정이었다.

그러나 르그리는 불과 몇 걸음 만에 침대 주위를 돌아 그녀의 퇴로를 차단했다.

르그리는 마르그리트의 양팔을 부여잡고 침대 쪽으로 끌고 가서 거칠게 그 위에 내던졌다. 커다란 손으로 그녀의 목덜미를 움켜잡고 침대 위에 얼굴을 밀어붙여 꼼짝 못하게 한 다음 부츠 끈을 모두 풀었고, 허리띠를 끄른 다음 중세 남성의 바지인 레깅스를 벗었다. 마르그리트는 팔다리를 버둥거리며 몸부림을 쳤다. 그러나 르그리가 거기 반응하듯이 목덜미를 더 세게 움켜잡은 탓에 목이 부러질지도 모른다는 두려움을 느낀 그녀는 가만히 엎드린 자세로 헐떡이는 수밖에 없었다.

침대 위에서 허리를 굽힌 르그리는 그녀의 망토를 펼치고 가운을 끌어 내렸다. 그러나 목덜미에서 손을 놓은 그가 자기 몸 위로 올라오는 것을 느낀 마르그리트는 그에게 깔린 채로

강간 장면

이 그림에서 사내는 여자를 강제로 부여잡고 있고, 그가 찬 뾰족한

검은 다음에 일어날 일을 암시하고 있다.

『장미 이야기』세밀화. 옥스퍼드 대학 보들리 도서관 소장.

(MS. Douce 195, fol. 61v.)

다시 필사적으로 몸부림치기 시작했다. 더 이상 누르고 있는 것이 불가능할 정도로 격렬한 저항이었다.

르그리는 무슨 여자가 이렇게 힘이 세냐고 외치며 욕설을 내뱉었고, 큰 소리로 공범자를 불렀다.

"루벨!"

루벨이 문을 박차고 방 안으로 뛰어 들어왔다.

루벨이 마르그리트의 한쪽 팔과 다리를 누르고 있는 사이에 르그리는 다른 쪽 팔다리를 잡고 그녀를 큰대자로 침대 위에 엎드리게 했다. 격렬하게 저항하느라고 거의 탈진 상태가 된 마르그리트는 몸에서 점점 힘이 빠져나가는 것을 느꼈다. 두 사내는 방에서 찾아냈거나 미리 지참하고 온 밧줄 내지는 긴 천 조각을 써서 몸부림치는 마르그리트를 결박했다.

그러나 침대에 결박당한 뒤에도 마르그리트는 계속 고함을 지르며 도움을 요청하는 것을 멈추지 않았다. 그러자 르그리는 쓰고 있던 가죽 모자를 벗어 거칠게 그녀의 입을 틀어막았다.

꽁꽁 묶는 것만으로도 모자라서 재갈까지 물린 탓에 마르그리트는 제대로 숨조차 쉴 수 없었다. 한참 동안 몸싸움을 벌인데다가 호흡까지 힘들어진 탓에, 아까보다 훨씬 더 빠르게 몸에서 힘이 빠져나가는 것을 느꼈다. 이대로 가다가는 질식해서 죽을지도 모른다는 생각까지 들었다.

루벨은 침대 옆에 그냥 서 있었다. 마르그리트는 결박당하고 재갈을 물린 상태에서도 최선을 다해 저항했지만, 르그리는 마침내 자기 뜻을 이뤘고, "그녀의 의향을 무시하고 자기 욕정을 채웠다".

행위를 끝낸 후 르그리는 졸개에게 마르그리트를 풀어 주라고 명했다. 성폭행이 자행되는 동안 줄곧 같은 방 안에 있던 루벨은 침대로 와서 신중한 동작으로 그녀를 묶은 끈을 풀어 주었다.

결박이 풀리자 마르그리트는 침대 위에 쓰러진 채로 흐느끼며 흐트러진 옷으로 자기 몸을 가렸다.

허리띠를 다시 조이고 부츠 끈을 맨 르그리는 일어서서 침대 위로 손을 뻗었고, 그곳에 떨어져 있던 가죽 모자를 집어 올렸다. 마르그리트의 재갈로 쓰였던 모자는 따스하고 축축했다.

종기사는 펼친 가죽 모자를 자기 허벅지에 털며 마르그리트를 내려다보았다.

"마담, 만약 방금 일어난 일을 다른 사람에게 발설한다면, 당신에게 오는 건 불명예밖에는 없을 것이오. 남편이 이걸 알게 된다면 거꾸로 죽임을 당할 수도 있소. 그러니까 아무 말도 하지 마시오. 나도 입을 다물고 있을 테니까."

마르그리트는 시선을 떨구고 대답하지 않았다. 한참을 그러고 있다가, 마침내 쥐어짜는 듯한 목소리로 말했다. "아무 말도 하지 않겠어."

한순간 르그리의 얼굴에 안도한 듯한 표정이 떠올랐다.

그러자 마르그리트는 고개를 들어 분노에 찬 눈으로 르그리를 쏘아보았다. "하지만 당신이 생각하는 것만큼 오래 그러지는 않을 거야." 그녀는 쓰디쓴 어조로 덧붙였다.

르그리는 침대 위의 그녀를 쏘아보았다. "마르그리트, 나를 상대로 장난칠 생각은 하지 마. 당신은 여기 혼자 있었고, 내

겐 오늘 내가 다른 곳에 있었다고 맹세해 줄 증인들이 얼마든지 있어. 내가 증거를 남길 리가 없다는 걸 명심하라고!"

르그리는 허리띠에서 작은 가죽 주머니를 꺼내 들었다. 주머니는 손바닥 위에서 나직하게 짤랑거렸다. "받아." 그는 돈주머니를 침대에 누운 마르그리트 곁에 던졌다.

마르그리트는 눈물로 젖은 얼굴에 믿을 수 없다는 표정을 떠올리며 르그리를 응시했다.

"당신 돈 따위는 필요 없어!" 마르그리트는 외쳤다. "난 정의를 요구할 거야! 기필코 응분의 죗값을 치르게 하겠어!" 그녀는 돈주머니를 움켜잡고 르그리에게 내던졌다. 돈주머니는 그의 발치에 떨어졌다.

르그리는 아무 말도 하지 않고 가죽 주머니를 집어 들었고, 다시 허리띠에 끼워 넣은 다음 장갑을 끼기 시작했다.

그러자 루벨이 입을 열었다. "뺨을 한 대 갈길까요? 주인님의 말씀을 잊지 않도록?"

르그리는 몸을 돌리고 손에 들고 있던 두꺼운 가죽 장갑으로 느닷없이 졸개의 얼굴을 후려갈겼다. 피가 튈 정도의 일격이었고, 루벨은 망연자실한 표정으로 얼굴을 감싸고 멍하게 서 있었다.

"감히 어디서 네놈 따위가. 털끝 하나도 건드리지 마." 르그리는 내뱉었다.

그런 다음 그는 아무 말도 하지 않고 문간으로 성큼성큼 걸어갔고, 문을 활짝 연 다음 방에서 나갔다. 루벨은 마르그리트의 시선을 피하며 슬금슬금 주인을 따라 나갔다.

인적이 끊긴 성관의 돌계단을 내려가는 사내들의 발소리가 메아리치더니, 육중한 현관문의 빗장이 올라가고, 문이 활짝 열렸다가 다시 쾅 하고 닫히는 소리가 들려왔다. 끔찍한 봉변을 당해서 완전히 진이 빠진 마르그리트는 침대에 누운 채로 성관 앞의 자갈길을 부츠로 버석버석 밟고 나아가는 소리에 귀를 기울였다. 이윽고 모든 소음이 천천히 사라지면서 다시 고요함이 찾아왔다. 이제 이곳에는 그녀밖에 없었다.

현대인들은 중세에는 강간이 만연했으며, 강간은 아예 범죄로 인식되지도 않았다고 상상하는 경우가 종종 있다. 중세의 강간 피해자가 이따금 가해자와의 결혼을 강제당했으며, 가해자가 그런 결혼에 동의함으로써 목숨을 부지했던 것은 사실이다. 게다가 남편의 아내에 대한 강간은 합법이었다. 아내는 남편에게 결혼에 의한 '빚'을 지고 있다고 간주되었기 때문이다. 불과 열두 살밖에 안 되는 소녀가 가족의 의향으로 자기보다 나이가 몇 배나 되는 남자와 결혼하는 일은 드물지 않았고, 그럴 경우 남편은 어린 아내에게 얼마든지 성적인 교섭을 요구할 수 있었다. 전시에도 여성은 자주 강간의 희생자가 되었다. 1350년대에 프랑스 북부에서 일어났던 농민 봉기인 자크리의 난에서 농민들에게 강간당한 귀족 여성들이나, 1380년에 잉글랜드군 병사들에게 사로잡혀 강간당한 브르타뉴의 수녀들처럼 말이다.

그러나 중세의 법전과 실제로 열린 재판 기록들을 보면 강간은 중죄이며 사죄(死罪)로 간주되었음을 알 수 있다. 노르망디를 포함한 프랑스의 법은 주로 고대 로마법에 뿌리를 두고 있었으며, 로마법에 의하면 강간—혼외에서 강제당한 성적

교섭이라고 정의되는—을 저지른 죄인은 사형에 처해졌다.*
13세기에 프랑스법의 권위자였던 필리프 드 보마누아르는 강
간범에 대한 처벌은 살인범이나 대역죄인의 그것과 동일하다
고 말했다. 바꿔 말해서, 강간범은 "거리에서 조리돌림을 당
한 후, 교수형에 처해졌던 것이다". 전쟁 상황에서조차도 지휘
관들은 부하들의 그런 행동을 제지하려고 노력했다. 1346년
에 캉을 점령한 잉글랜드 병사들이 캉 시내의 여성들을 해치
면 즉결 처분당할 것이라는 명령을 받은 것이 좋은 예이다. 병
사들 다수는 이 경고를 무시했지만 말이다.

　강간에 대한 사회의 태도는 각양각색이었다. 궁정시인들은
여성의 명예를 지켜주는 고결한 챔피언으로서의 기사들을 찬
양했고, 봉건귀족들은 귀족 여성을 강간한다는 행위를 "죄 중
에서도 최악의 죄"로 간주했다. 그러나 중세의 수많은 시와
이야기들은 기사들이 우연히 마주친 신분이 낮은 처녀들의 처
녀성을 무심하게 빼앗는 상황을 묘사하고 있으며, 잉글랜드왕
에드워드 3세의 경우는 1342년에 솔즈베리 백작 부인을 강간
했다는 소문까지 돌았다—현재는 이 이야기의 사실성에 이의
를 제기하는 학자들이 많지만, 당시에는 실제로 그랬다는 소
문이 파다하게 퍼져 있었다. 여성들은 실은 성폭행당하는 것
을 즐기기까지 한다는 당대의 속설에 대해 공공연하게 반론할
수 있는 수단을 가진 중세 여성들은 많지 않았다. 그런 진취적
인 여성 중 한 명이었던 크리스틴 드 피장은 『여인들의 도시
(La Cité des Dames)』(1405)에서 여자들이 "강간당하면서 쾌감

---

* 당시의 강간(raptus)이라는 표현은 강제적인 성교섭뿐만 아니라 강간에 수
반되는 부녀 약취(掠取)를 의미할 때도 있었다.

을 느끼는 경우는 전무하며, 강간은 그들을 최악의 비탄에 빠뜨리는 행위"라고 썼다.

강간범에 대한 기소와 처벌은 강간 피해자의 사회적 계급과 정치적 영향력에 크게 좌우되었다. 중세 프랑스에서 여성이 절도처럼 소소한 범죄를 저지르면 사형에 처해졌지만, 강간 죄로 유죄 판결을 받은 남성들 다수는 단순 벌금형을 선고받는 경우가 많았다—게다가 이 벌금은 피해자가 아니라 피해자의 아버지나 남편에게 합의금으로 주어지는 경우가 대부분이었다. 당시 강간이라는 범죄는 여성에 대한 성폭력이라기보다는 그녀의 보호자인 남성의 재산권을 침해한 기물파손죄에 더 가까웠기 때문이다. 법원의 기록을 보면 강간 혐의로 기소당한 가해자들 중에는 교회에서 중책을 맡은 성직자들의 수가 다른 직종에 비해 불균형적으로 보일 정도로 많은데, 그들이 속세의 법정이 아닌 교회 법정의 재판을 받는 '성직자 특권'을 요구함으로써 중형 선고를 피하는 경우가 많았다는 사실도 알 수 있다.

강간을 둘러싼 정황은 증인이 아예 없는 경우가 대부분이기 때문에 법정에서 강간 사실을 증명하는 것은 극히 힘들었다. 특히 중세 프랑스의 경우, 피해자의 사회적 지위가 높든 낮든 간에 남편이나 아버지, 또는 남성 보호자의 동의가 없으면 피해 여성은 범인을 고소할 수조차 없었다. 따라서 강간 피해자는 그 사실을 밝혀 보았자 얻는 것은 수치와 불명예밖에는 없다는 범인들의 협박에 굴복해서 침묵하는 경우가 많았다. 강간 사실을 공개하면 본인이나 가족의 평판이 땅에 떨어질 가능성이 더 높았기 때문이다. 그런고로, 강간은 이론상으로는 중한 처벌을 받는 중죄였지만, 현실 세계에서는 처벌을 받지도 않고, 고소당하지도 않고, 보고조차도 되지 않는 경우가 많았다.

참혹한 폭행을 당한 직후, 마르그리트는 고통과 굴욕을 혼자서 말없이 견뎌야 했다. "이런 참담한 봉변을 당한 날, 카루주 부인은 반쯤 넋이 나간 채로 성관에 머물며 크나큰 슬픔을 인내했다." 끔찍한 인고의 시간이 흐르는 동안, 마르그리트의 마음속에서는 남에게 강간 사실을 발설하지 말라는 르그리의 경고가 메아리치고 있었다. 시어머니는 하인들과 함께 곧 돌아올 것이다. 그때 마르그리트는 어떻게 해야 할까?

르그리는 마르그리트와 같은 사회적 계급의 여성에게는 최악의 불명예가 될 것이라며 그녀를 협박했다. 귀족들 사이에서는 명예가 전부였고, 치욕은 죽음보다도 더한 것이라고 배우지 않았던가. 귀족 여성의 명예—충성심과 정절을 갖춘 여성이라는 평판—는 특히 중요시되었다. 르그리의 이런 협박은 마르그리트에게는 특히 뼈아픈 것이었다. 국왕에 대한 그녀 아버지의 배신행위로 인해 티부빌 가문은 이미 역적 집안이라는 오명을 감수하고 있었기 때문이다. 르그리는 마르그리트가 친정 가문의 과거사에 대해 느끼고 있는 께름칙한 감정을 의도적으로 악용했을 수도 있다. 애당초 르그리가 마르그리트를 희생자로 점찍은 이유도 바로 그것이 아니었을까. 가문의 오명에 덧칠을 하고 싶지 않은 마르그리트가, 이번 추문에 대해서도 침묵할 것을 기대했던 것이다.

마르그리트가 르그리를 공개적으로 고발한다 쳐도, 고발 내용을 입증하는 것은 불가능하지는 않더라도 극히 힘들 것이다. 증거 제시라는 복잡한 문제는 차치하더라도, 피에르 백작의 총신인 르그리가 아르장탕의 법정에서 우대받으리라는 점은 확실했다. 그에 비해 대역죄인 로베르 드 티부빌의 딸이자 백작의 가장 골치 아프고 반항적인 봉신 중 한 명인 장 드 카루주의 아내인 마르그리트는 처음부터 편견에 직면할 것이 뻔했다. 게다가 유명인인 르그리는 파리의 왕궁에서도 인기가 높았고, 국왕 직속의 종기사 중 한 명이기도 했다. 만약 카루주와 마르그리트가 일반 법정에서 르그리를 고소한다면, 하급 성직자인 르그리는 언제든지 성직자 특권을 내세워서 교회 법정에서 재판을 받는 것이 가능했다.

게다가 르그리는 마르그리트가 발설할 경우 남편인 카루주가 그녀를 죽일지도 모른다고 경고하기까지 했다. 질투심과 시기심이 많은 데다가 성격까지 불같은 카루주는 아내의 말을 믿어 주기는커녕 그녀가 르그리나 다른 사내와 통정했고 그 사실을 감출 작정으로 거짓 고백을 했다고 의심할지도 모른다. 아내의 부정을 의심한 남편이 격분한 나머지 아내를 살해하는 일은 종종 있었고, 이런 행동은 아내의 간통에 의해 유발된 치정 범죄(crime of passion)라는 이유로 남편이 무죄 방면되는 경우조차도 드물지 않았다. 오랜 세월 동안 아르장탕의 궁정에서 카루주의 시기심과 의구심을 몸소 겪어 보았던 르그리는 카루주가 자기 아내조차도 완전히 믿지 않는다는 사실을 간파했을 수도 있다. 그리고 그런 남편에 대해 마르그리트가 느끼고 있을지도 모를 두려움을 지렛대 삼아, 침묵하는 편이 신상에 이로울 것이라고 경고했던 것이다.

그러나 르그리의 이런 협박에도 불구하고, 마르그리트는 굴종을 단호하게 거부했다. 침묵을 깨고 르그리를 고발하더라도 공정한 재판을 받을 가능성은 극히 낮으며, 되려 추문과 신변 위협에 시달리리라는 점도 그녀를 막지는 못했다. 남편이 귀환하는 즉시 이 사건을 폭로해서 르그리에게 복수하려고 결심한 마르그리트는 "자크 르그리가 카포메스닐 성관으로 왔던 날짜와 시간을 기억에 뚜렷이 각인했다". 중요한 세부를 기억에 새겨둠으로써, 마르그리트는 가족의 질문 공세뿐만 아니라 이 끔찍한 비밀을 공개할 경우 그녀가 결코 피해가지 못할 공개재판이라는 엄혹한 시련에도 미리 대비했던 것이다.*

폭행 직후 르그리가 마르그리트에게 강요하려고 했던 침묵은 불과 며칠밖에 지속되지 않았다. 1월 21일 또는 22일에, 파리에서 볼일을 마치고 집으로 돌아온 장 드 카루주에게 그녀가 진실을 고했기 때문이다. 사건이 일어난 당일, 마르그리트를 공격한 두 사내가 카포메스닐을 떠난 지 몇 시간 후에, 니콜 부인은 생피에르쉬르디브로의 짧은 여행을 마치고 돌아왔다. 그러나 마르그리트 입장에서는 시어머니에게 먼저 이 끔찍한 비밀을 알린다는 것은 논외였다. 따라서 엄청난 긴장과 불안에 시달리면서도, 마르그리트는 남편이 돌아올 때까지 침묵을 지켰던 것이다.

* 마르그리트가 기억에 의존한 것은 설령 글을 읽을 줄 알았다고 해도 쓰는 법을 몰랐을 탓일 가능성이 있다. 중세의 글쓰기는 글 읽기와는 완전히 분리된 별도의 기능이었고, 당시 글을 깨친 사람들 다수는 글 쓰는 법을 아예 배우지 않는 경우도 많았다.

카포메스닐로 돌아온 장은 아내가 동요하고, 의기소침한 기색이 역력하다는 것을 깨달았다. 그녀는 "슬프게 눈물지었고, 표정과 태도에도 생기가 없었고, 평소의 그녀와는 전혀 달랐던" 것이다. 카루주는 처음에는 시어머니와의 사이가 틀어진 것이 아닌지 의심했다. 마르그리트는 3주 남짓한 기간 내내 (물론 운명의 그날 몇 시간 동안은 제외하고) 줄곧 시어머니인 니콜 부인과 함께 지냈기 때문에, 남편이 없는 동안 그들 사이에 큰 다툼이나 의견 충돌이 있었을지도 모른다고 생각한 것은 당연한 일이었다.

마르그리트는 남편과 단둘이 될 때까지 문제가 무엇인지 얘기하지 않았다. "하루가 끝나고 밤이 되자, 장은 자려고 침대로 갔다. 그러나 아내인 마르그리트는 침대로 오려고 하지 않았고, 이 사실에 깜짝 놀란 남편은 빨리 오라고 여러 번 말했다. 그러나 마르그리트는 계속 시간을 끌며 깊은 생각에 잠긴 기색으로 방 안을 거닐었다. 마침내 집 안의 모든 사람들이 잠든 뒤가 되어서야"—장원 영주의 저택이나 성관에서, 영주와 영주 부인은 함께 잠자리에 들 때까지 온전히 두 사람만의 시간을 가지는 것은 쉽지 않았다. 언제 하인들이 엿들을지 알 수 없는 노릇이었기 때문이다.—"그녀는 남편에게 와서, 그의 곁에서 무릎을 꿇고 비통한 어조로 자신이 겪은 끔찍한 일을 고백했다."

마르그리트는 이 얘기를 직접 털어놓을 수 있을 때까지, 침대—아마 그녀가 결박되고 강간당한 바로 그 침대였을지도 모른다—에 있는 남편에게 가려고 하지 않았던 것이다. 몇 주나 집을 비웠던 장이 아내와 동침하는 것을 고대하고 있었다는 점에는 의심의 여지가 없다. 그러나 마르그리트 입장에서 이것은 가장 피하고 싶었던 일이었을 것이다. 두 사내에게 폭행당하면서 몸에 상처나 멍이 남아 있었을 수도 있다. 중세 사람들은 귀족 부부를 포함해서 모두 옷을 벗고 나체로 자는 것이 관행이었다. 따라서 남편에게 자기 맨몸을 보이기 전에 마르그리트는 설명을 할 기회를 원했던 것이 틀림없다. 특히 마르그리트 본인이 선택한 시각과 환경에서 고백을 한다면, 어디로 튈지 모르는 불확실한 상황을 어느 정도 통제할 수 있다는 이점이 있었다.

마르그리트가 눈물을 흘리며 자신이 당한 그 "더럽고 사악한 범죄"에 관해 고백하기 시작하자 장은 처음에는 경악했지만, 이 감정은 곧 격렬한 분노로 바뀌었다. 마르그리트는 고백을 마친 후 남편의 명예를 위해서 복수를 해 달라고 간청했다. 마르그리트는 이번 사건으로 인해 남편의 명예와 명성이 유지되든 실추되든 간에, 앞으로는 자신도 남편과 무조건 같은 길을 나아가야 한다는 사실을 알고 있었다—두 사람은 결혼에 의해 이미 부부가 되었지만, 지금부터는 그보다 훨씬 더 긴밀한 운명 공동체가 되어 바깥세상에 대처해야 했다. 봉건법에서 이런 범죄를 고발할 경우, 남편의 지원과 변호가 없으면 아내인 자신에게는 아무런 법적 권리도 없다는 사실을 마르그리트는 잘 알고 있었기 때문이다.

다음 날 아침 장 드 카루주는 비밀리에 가까운 일가친지를 불러 회의를 열었다. 카루주에게는 르그리를 증오할 이유가 얼마든지 있었고, 르그리가 또 어떤 새로운 음모를 꾸미고 있을지 모를 일이었기 때문이다. 카루주는 과거에 백작의 궁정

에서 르그리가 자신을 배신했다고 확신하고 있었으므로, 르그
리의 악랄한 범죄에 관한 아내의 고백을 언하에 사실로 받아
들였을 공산이 크다. 그러나 주군인 피에르 백작의 총신인 르
그리를 섣부르게 고발했다가 실패한다면, 이미 바닥에 떨어진
카루주의 입장은 한층 더 악화될 위험이 있었다. 또 그가 지난
몇 년 동안 백작과 여러 번 알력을 빚었다는 사실도 고려하지
않을 수 없었다. 그러나 이렇게 가까운 친지들끼리만 모여 은
밀히 의논한다면 가족과 지인들의 가치 있는 충고를 받을 수
있었고, 정식 소송에 나서기도 전에 정보가 세어나감으로써
곤혹스러우며 파멸적일 수조차 있는 추문으로 변질되는 것도
막을 수 있었다.

카포메스닐에서 열린 가족회의에 니콜 드 카루주가 참석했
다는 점에는 의심의 여지가 없고, 최근 장과 함께 스코틀랜드
원정에서 귀환한 마르그리트의 사촌 오빠 로베르 드 티부빌
도 참석했을 공산이 크다. 그 밖에도 기사이자 장의 매제인 베
르나르 들라투르나 마르그리트의 또 다른 사촌인 토맹 뒤부아
같은 친척이나 지인들도 동석했을 가능성이 높다. 참석자들은
자기들이 왜 이토록 비밀리에 급하게 소환되었는지 의아해하
며 삼삼오오 카포메스닐 성관에 모였다. 전원이 도착하자 카
루주는 이들을 한 방으로 불러들여 "그들을 소환한 이유를 밝
혔고, 아내에게 명해 그날 일어났던 일을 하나도 *빠짐없이* 설
명하게 했다".

마르그리트는 한자리에 모인 친지들 앞에서 또다시 그 사건
에 관해 고백해야 했다. 그 끔찍한 사건의 세부를 하나도 빠짐
없이 묘사하면서, 당시 겪었던 온갖 고통과 굴욕이 되살아나

는 것을 느꼈으리라. 그러나 정확하고 완전무결한 진술은 그 무엇보다도 중요했다. 피해자인 마르그리트 본인의 진술은 훗날 있을 공개 증언의 기반이 될 것이고, 지금 이 자리에 모여 그녀의 이야기를 들은 친지들은 나중에 그녀의 진술을 확증하기 위해 법정으로 소환될 수도 있었기 때문이다. 그런 의미에서 이 가족회의는 법정의 예비 심문이나 마찬가지였다.

가족회의에 모인 사람들은 그 끔찍한 사건에 관한 마르그리트의 이야기를 듣고 "대경실색"했다. 마르그리트의 친족은 그 즉시 그녀의 이야기를 믿었을지도 모르지만, 남편인 장 쪽의 친척들은 처음에는 반신반의했을 수도 있다. 티부빌 가문은 반역자로 악명이 높았고, 방금 그런 가문의 딸에게서 경천동지할 고백을 들었던 것이다. 며칠 전 인적이 끊긴 성관에서 두 사내의 습격을 받았고, 두 사내 중 한 명—다름 아닌 자크 르 그리—에게 강간당했다는 마르그리트의 이야기를 어떻게 받아들여야 할까. 니콜 부인은 가족회의 전까지 이 폭행 사건에 관해 아무 얘기도 듣지 못했지만, 놀랍게도 그 범죄는 당일 그녀가 잠시 외출한 사이에 바로 이 저택에서 일어났다고 한다. 그런고로, 니콜 부인과 다른 몇몇 참석자들은 마르그리트에게 꼬치꼬치 캐물었을 것이다. 범행은 정확히 언제, 그리고 어디서 일어났는가? 두 사내는 성관에 얼마나 오래 머물렀는가? 애당초 마르그리트는 왜 문을 열어 그런 자들을 집에 들였나?

그러나 마르그리트가 이 모든 질문에 막힘없이 대답한 후 카루주가 참석자들의 조언을 구하자, 그들 모두가 "주군인 알랑송 백작에게 가서 가감 없이 보고"할 것을 강하게 권유했다. 봉건법에 의하면 영주는 자기 봉신들 사이에서 벌어진 분쟁에 대해 판결을 내릴 의무를 가지고 있었기 때문에, 이 경우 아르장탕에 있는 피에르 백작의 궁정은 카루주가 정식으로 르그리를 고발할 수 있는 유일한 장소였기 때문이다. 물론 그들 모두 피에르 백작이 그가 가장 총애하는 봉신들 중 한 명인 르그리에 대한 형사 고발을 반길 리가 없다는 사실을 알고 있었다. 백작은 르그리가 마르그리트를 강간했다는 경천동지할 이야기를 처음에는 쉽게 믿으려하지 않을 공산이 컸다. 그러다가 급기야는 화를 내기 시작하고, 이런 문제를 들고 온 카루주에 대한 혹독한 보복에 나설지도 모른다. 카루주와 르그리가 다툼을 그치고 화해한 것은 비교적 최근의 일에 불과했다. 그런 와중에 예전의 알력과는 비교할 수 없을 정도로 위험한 이번 다툼의 내용이 만천하에 알려진다면, 카루주와 르그리가 불구대천의 원수 사이가 될 것은 불을 보듯 뻔했다. 그리고 실제로 그런 상황이 온다면, 피에르 백작은 기사인 카루주가 아니라 그가 총애하는 종기사인 르그리를 주저 없이 지지할 것이다.

피에르 백작의 궁정에 가더라도 공평한 대우를 받을 가능성이 희박했음에도 불구하고, 카루주는 그곳에 가서 그와 아내를 위해 정당한 재판을 요구하고, 르그리에 대한 보복에 착수해야 할 또 다른 화급한 이유가 있었다.

파리에서 돌아와서 아내가 끔찍한 폭행을 당했다는 사실을 알게 된 지 얼마 지나지 않아, 마르그리트는 그때까지 그 누구에게도 말하지 않았던 또 하나의 비밀을 그에게 털어놓았던 것이다. 그녀는 임신한 상태였다.

장 드 카루주에게는 청천벽력과도 같은 충격이었을 것이다.

카루주 부부는 결혼한 지 5년이 지나도록 아이가 생기지 않았고, 카루주는 대를 이어줄 아들이 태어나기를 오랫동안 고대하고 있었다. 따라서 평소 때였다면 그는 아내의 임신에 환희했을 것이다. 그러나 이 소식은 그를 괴롭히던 다른 문제들—악화된 건강, 빚, 정치적 불운, 동료 정신이자 과거에는 친구였던 인물이 아내를 강간한 끔찍한 사건—에 또 하나의 복잡한 걱정거리를 덧붙였을 뿐이었다.

그건 도대체 누구의 아이일까?

5
결투 신청

일천삼백팔십육 년 1월 하순, 알랑송 백작 피에르는 어떤 소문을 듣고 피가 거꾸로 솟는 듯한 분노에 사로잡혔다. 봉신들 중에서도 가장 다루기 힘들고 골치 아픈 사내 중 하나인 장 드 카루주가, 백작이 특히 총애하는 봉신인 자크 르그리에 관해 터무니없는 중상모략을 퍼뜨리고 다닌다는 소문이었다. 카루주의 주장에 의하면 르그리는 공범자와 함께 남편이 없는 동안 집에 혼자 있던 카루주 부인을 속여 침입했고, 폭력을 휘두르며 그녀를 강간했다고 한다. 카루주의 이런 고발에 백작은 격분했다. 오래전부터 두 사람의 사이가 나쁘다는 사실을 만천하가 아는데, 카루주는 도대체 무슨 생각으로 그런 황당무계한 주장을 하고 있는 것일까?

이 소문을 들은 즉시 피에르 백작은 조사를 개시했다. 그는 두 명의 고명한 귀족을 궁정으로 소환해서 카루주의 처와 르그리에 관한 황당무계한 소문에 관해 질문했다. 귀족 중 한 명은 장 드 카루주의 매제인 베르나르 들라투르였고, 다른 한 명은 종기사이자 국유림의 삼림 감독관인 장 크레스팽이었다. 크레스팽은 1년 전, 카루주와 르그리가 일단 화해했던 성관의 주인이었다. 르그리가 처음으로 마르그리트를 만난 곳도 이곳이었다. 이 두 귀족 모두 장 드 카루주와는 양호한 관계를 유지하고 있는 것으로 알려져 있었기 때문에, 사건의 내막을 알고 있을 가능성이 있었다.

훗날 두 사람이 했던 증언에 의하면, 피에르 백작의 질문에 대해 그들은 이렇게 대답했다고 한다. "기사인 장 드 카루주와 그 처인 마르그리트가 여러 장소에서 여러 번 같은 발언을 되풀이함으로써, 마르그리트 본인이 자크 르그리의 육욕에서 비롯된 폭력적인 행위의 희생자가 되었다는 주장을 펼쳤다는 것은 사실입니다." 크레스팽과 들라투르는 카루주와 그 처가 백작 앞으로 출두해서 직접 이 범죄를 규탄하고, 정의로운 판결을 받고 싶어 한다고 덧붙였다.

피에르 백작은 심문회를 열어 장과 마르그리트에게 그럴 기회를 줄 용의가 있다고 대답했다. 봉신들 사이에서 일어나는 다툼을 중재하는 것은 주군인 그의 의무였기 때문이다. 그런 연유로, 백작은 자기 궁정의 정신들을 불러 "고위 성직자, 기사, 보좌진들 및 경험이 풍부한 인재들"을 소환하라고 명했다. 고위 성직자들 중에는 법률에 정통한 사람들도 있었고, 그 밖의 성직자들은 청문회 절차를 기록하는 역할을 맡았을 것이다. (그러나 그런 기록은 현재는 남아 있지 않다.)

심문회는 피에르 백작 궁전의 그레이트홀에서 열렸다. 태피스트리와 융단으로 장식된 이 호화로운 공간에는 백작이 정사를 돌볼 때 쓰이는 목제의 육중한 긴 의자들이 비치되어 있었다. 심문회 당일 백작의 그레이트홀은 귀족과 성직자와 다른 정신들로 발 디딜 틈이 없을 정도였다. 카루주 부인이 끔찍한

봉변을 당하고 이에 격분한 카루주가 르그리를 고발했다는 소
문은 아르장탕에서 백작의 봉토 전체로 걷잡을 수 없이 퍼져
나갔고, 그레이트홀은 요원의 불길처럼 퍼져 나간 이 믿기 힘
든 소문이 어디까지 진실인지를 알고 싶은 마음에 혹한의 날
씨를 뚫고 아르장탕까지 온 구경꾼들로 가득 차 있었다.

피에르 백작이 자크 르그리를 총애한다는 것은 공공연한 비
밀이었다. 그러나 봉건시대에는 영주 자신이 아웅다웅하는 봉
신들 사이의 알력을 조정하고 판결을 내려야 하는 상황은 자
주 일어났고, 해당 영주가 알력을 빚은 당사자 중 한 명을 편
애하는 경우도 흔했다. 따라서 이번 사건에서 피에르 백작은
도저히 공정한 재판관이라고 하기는 힘들었다. 법은 영주가
가급적 공정한 판결을 내릴 것을 요구하고 있었지만 말이다.

그것 말고도 중대한 문제가 있었다. 백작이 이 입에 담기 힘
든 소문을 조사하기 위해 증인들을 소환하고, 자크 르그리에
대한 장과 마르그리트의 고발에 대해 판결을 내려 주겠다고
선언하고, 관계자들을 소집한 뒤에도, 심문회 당일 카루주와
그 처인 마르그르트는 모습을 나타내지 않았기 때문이다.

당사자인 카루주 부처가 결석한데다가 그들이 고발한 범죄
에 관한 증언을 거의 얻을 수 없었던 피에르 백작은 그 즉시
행동에 나섰다. 그는 르그리의 공범으로 지목된 아담 루벨을
체포 구금해서 신문하라고 명했다. 그런 다음 백작은 이런 수
단을 써서 얻은 새로운 정보—그것이 무엇인지는 확실하지
않지만—를 이용해서 르그리에 대한 고발을 신중하게 심의한
다음 판결을 내렸다.

피에르 백작이 주재한 이 법정은 "피고인인 자크 르그리는

결백하며 아무 죄도 없다"는 판결을 내렸다. 그러면서 백작은 종기사 르그리에 대한 고소를 파기하고 기록에서 완전 삭제한 후 이번 사건에 대해서 "더 이상 그 어떤 의문도 제기하지 말라"고 명했다. 피에르 백작은 르그리를 고소한 마르그리트에 대해서도 의혹을 제기했다. 판결문에서 마르그리트가 주장하는 강간은 "꿈속에서 일어났던 것이 틀림없다"고 단언함으로써, 그녀가 거짓말을 하고 있다고 암시했던 것이다.

이 판결 소식이 진창으로 변한 겨울 도로를 달려 아르장탕에서 25마일 북상한 곳에 위치한 카포메스닐에 도달했을 때 마르그리트는 놀라지 않았을지도 모르지만, 정의가 구현될 가망이 없다는 사실을 알고 절망했을 가능성은 있다. 그 끔찍한 사건 이래 마르그리트는 카포메스닐 성관에서 은둔하고 있었지만, 르그리가 무죄 판결을 받고 피에르 백작이 실질적으로 그녀를 거짓말쟁이라고 비난했다는 사실에 그녀가 크게 분노했다는 점에는 의심의 여지가 없다. 그러나 이런 소식은 사건 직후 르그리의 면전에 대고 맹세했던 복수를 반드시 실행에 옮기겠다는 그녀의 결의를 한층 더 굳혔을 수도 있다.

남편인 카루주 역시 판결 소식을 듣고 크게 놀라지 않았을지도 모르지만, 적어도 그가 격앙했다는 점에는 의심의 여지가 없다. 피에르 백작의 판결은 정의를 짓밟았을 뿐만 아니라, 카루주가 백작의 궁정이라는 공적인 장소에서 잇달아 감내해야 했던 굴욕 중에서도 가히 최악의 모욕이라고 할 수 있었다. 설령 카루주가 자택에서 내밀하게 이 판결을 전달받았다고 해도, 실질적으로는 공중의 면전에서 뺨을 맞은 것과 별반 다르지 않았다.

그러나 가장 중요한 심문회에도 결석했던 그들이 무엇을 기대할 수 있단 말인가? 카루주는 직접 그 자리에 출두해서, 증인 선서를 한 마르그리트의 증언을 바탕으로 피고인 르그리를 고발했어야 했다. 혹시 카루주의 건강이 갑자기 악화되었던 것일까? 끔찍한 봉변을 겪은 마르그리트는 도저히 재판정에서 증언 가능한 상태가 아니었던 것일까? 어차피 공정한 재판을 기대할 수 없다는 확신에서, 의도적으로 출두하지 않았던 것일까? 르그리의 적대적인 친지들 탓에 생명의 위협을 느꼈던 것일까? 그게 아니라면, 백작이 무죄 판결을 내리도록 획책함으로써, 나중에 그것을 역이용해서 유리한 위치에 설 작정이었을까?

당시의 법에 의하면 영주가 불공정한 판결(faux jugement)을 내렸다고 판단한 봉신은, 해당 영주의 주군에게 상고함으로써 재심을 요청할 권리가 있었다. 피에르 백작은 프랑스 국왕의 봉신이었으므로, 카루주는 파리의 왕실에 직접 상고할 수 있었다. 카루주는 피에르 백작의 재판정에서는 패소했지만, 만약 국왕이 그의 상고를 받아들인다면 그와 그의 아내에게는 정의를 실현할 또 한 번의 기회가 주어진다.

피에르 백작은 카루주의 이런 행동을 일찌감치 예기하고 조기 진화를 시도했던 듯하다. 파리의 국왕에게 당장 편지를 보내서, 자신이 종기사인 르그리에게 무죄 판결을 내렸다는 사실을 알리라고 명했기 때문이다. 카루주와 르그리 사이의 이 새로운 알력에 관한 소문은 아르장탕에서 며칠 말을 달리면 도달할 수 있는 가까운 거리에 있는 파리에 이미 전달되었을 공산이 컸다. 두 사람 모두 파리에 유력한 친구들을 가지고 있었기 때문이다. 그러나 가장 먼저 왕궁에 이 사실을 공식적으로 알린 사람이 피에르 백작이었다는 점은 명백하다.

장 드 카루주는 왕실의 법정에서 주군인 피에르 백작을 상대로 오누르포콩의 소유권을 다툰 적이 한 번 있었다. 그러나 르그리가 카루주의 아내를 강간했다는 고발은 이보다 훨씬 더 심각한 것이었고, 패소할 경우의 위험도도 한층 더 높았다. 피에르 백작은 총신인 르그리를 고발한 카루주를 이미 증오하고 있었고, 고소 사실 자체를 아예 없던 것으로 하려고 시도했다. 카루주의 반항적인 행동은 카루주 본인뿐만 아니라 그의 아내까지 크나큰 위험에 빠뜨릴 위험이 있었다. 소송전이 시작되자, 피에르 백작은 "카루주의 완고함에 격분한 나머지, 카루주를 죽여 버리고 싶어 한 적도 한두 번이 아니었다"고 한다.

일천삼백팔십육 년의 늦겨울이나 초봄에 장 드 카루주는 그해 두 번째 파리 방문에 나섰다. 아마 마르그리트와 함께 자택으로 귀가한 뒤의 일이었을 것이다. 그때 마르그리트는 이미 임신한 지 2, 3개월이 지난 상태였다. 장은 이번에도 그녀를 집에 두고 떠났다. 나중에 그녀를 파리로 부르거나 직접 데리러 올 작정이었지만, 이번에는 믿을 만한 호위—이를테면 그녀의 사촌인 로베르 드 티부빌—를 함께 남겨두는 것을 잊지 않았다. 마르그리트의 배가 불러올수록 파리행도 점점 힘들어지겠지만, 날씨가 따뜻해지면 도로도 굳기 때문에 마차를 이용한다면 좀 더 안락하게 여행할 수 있을 것이다.

카루주에서 150마일쯤 떨어진 파리까지 가는 데는 일주일 가까이 걸렸다. 세, 베르누이, 드루 등을 지나 동쪽으로 향하는 이 길은 노르망디에서 파리로 가는 주요 경로 중 하나였다. 상인들은 이 길을 따라 성읍에서 성읍으로 이동했고, 파리에서 도축될 가축들도 이 길을 지나갔다.

카루주는 왕실에서 자기가 어떤 취급을 받을지는 여러 요인에 달려 있다는 사실을 잘 알고 있었다. 지금까지 그가 국왕에게 했던 봉사, 귀족 가문끼리의 유대 관계, 왕궁 정치를 규정짓는 교우 관계와 개개인의 이해관계 따위를 모두 감안할 필요가 있었다. 한 가지 유리한 점은 카루주 가문이 프랑스 왕가를 오랫동안 충실하게 섬겨왔다는 사실이었다. 장 드 카루주 본인도 최근 샤를왕을 위해 잉글랜드까지 원정을 가서 싸웠고, 과거에도 여러 번 그런 원정에 참가한 실적이 있었다. 20여 년 전인 1364년에는 잉글랜드군에게 포로로 잡힌 장 2세의 몸값을 조달하는 것을 도운 적도 있지 않은가.

그러나 자크 르그리는 카루주보다 훨씬 더 격이 떨어지는 가문 출신임에도 불구하고 파리의 왕궁에서는 훨씬 더 든든한 연고를 가지고 있었고, 국왕 직속의 종기사 자격으로 파리에서 열리는 고위직들의 정무 회의에 참석하는 일도 잦았다. 게다가 부유한 르그리는 왕족의 일원이자 국왕의 사촌이기도 한 피에르 백작의 총신이라는 지위를 만끽하고 있었다. 백작이 최근에 국왕에게 보낸 편지에서 자신이 내린 판결에 관해 설명한 것은 명백한 지지 요청이었고, 이것 역시 카루주에게는 불리하게 작용했다.

마르그리트 본인의 문제도 있었다. 왕궁이 장의 아내이자 이번 사건의 중심인물인 그녀가 악명 높은 대역죄인 로베르 드 티부빌의 딸이라는 사실을 잊을 리가 없었다. 로베르 경의 반역 행위는 티부빌 가문에 영원히 사라지지 않는 오점을 남겼기 때문이다. 그리고 불과 5년 전에 마르그리트와 결혼한 카루주도 이런 오점으로부터 결코 자유로울 수 없었다.

그러나 국왕에게 직접 항소하기 위해 파리에 도착한 카루주는 대담하며 지극히 이례적인 제안을 할 계획을 가지고 있었다.

프랑스법에 의하면 국왕에게 친히 상고하는 귀족은 소송 상대방에게 사법 결투, 즉 결투 재판을 신청할 권리를 가지고 있었다. 자신을 모욕한 상대와의 다툼을 해결하는 방법으로 쓰이는 명예 결투와는 달리, 사법 결투는 어느 쪽의 결투 당사자가 거짓 선서를 했는지를 결정하기 위한 정식 법 절차였다. 당시 이런 결투의 결과는 신의 의지와 부합하는 진실이라는 믿음이 널리 퍼져 있었다. 그런 연유에서 결투 재판은 judicium Dei, 즉 '신의 심판'이라는 이름으로도 알려져 있었다.

결투에 의한 재판은 프랑스, 특히 노르망디에서는 유서 깊은 관습이었고, 장과 마르그리트의 조상들 중에는 보증인, 즉 선서를 한 입회인 자격으로 그런 결투에 참가한 사람들이 있었다. 중세 초기에는 모든 계급의 사람들이 결투 재판을 신청할 수 있었기 때문에, 귀족들뿐만 아니라 농노나 도시민들 사이에서도 공개 결투가 종종 벌어졌다. 유럽 일부에서는 여성조차도 남성을 상대로 결투를 할 수 있었다. 결투는 토지소유권을 둘러싼 사법 분쟁을 해결하는 수단으로서뿐만 아니라, 다양한 중죄의 유무죄 여부를 판단하는 수단으로서도 쓰였다.

민사소송의 경우, 결투 당사자는 '챔피언'이라고 불리는 대리인을 고용해서 대신 싸우게 할 수 있었다. 그러나 형사사건에서는 당사자들이 직접 결투에 나서야 했다. 왜냐하면 그런 결투에서 패한 사람은 보통 사형을 선고받았기 때문이다. 민사소송의 경우에도 결투에서 챔피언을 고용할 수 있는 사람은 여성이나 노약자들로 한정되어 있었다.

몇 세기에 걸쳐 결투는 상고의 한 형태로도 기능해 왔고, 판결에 불만을 가진 소송 당사자는 자신에게 불리한 증언을 한 선서 증인에게 결투를 신청함으로써 그 증언을 몸소 증명하라고 요구할 수 있었다. 지방 법정에서 판사 역할을 맡은 영주들조차도 판결에 불복한 봉신들로부터 결투 신청을 받을 위험으로부터는 자유로울 수 없었다.

그러나 중세 말기가 되자 결투 재판이라는 관습은 거의 사라져 가고 있었다. 교황들은 결투 행위가 성서가 금기시하는 신을 시험하는 행위라면서 비난했고, 대귀족들의 강대한 권한을 삭감함으로써 왕권 강화에 나섰던 왕들도 자신들의 사법권을 침해하는 결투 재판을 탐탁하지 않게 여겼기 때문이다.

서기 1200년경부터 결투는 프랑스의 민사 절차에서 사라지기 시작했고, 형사재판의 경우에도 귀족 남성에게만 허용되는 식으로 축소되었다. 1258년에 루이 9세는 프랑스 민법에서 결투를 아예 삭제했고, 증거와 증언을 수반하는 공식적인 심리 (enquête)로 이것을 대신했다. 그러나 그런 뒤에도 결투는 형사재판에서 주군이 내린 판결에 불복한 귀족에게는 최후의 상고 수단으로 남았다.

1296년에 프랑스 국왕 필리프 4세는 전시에 벌어지는 결투를 완전 금지했다. 휘하의 귀족들끼리의 사법 결투는 국방을 위해 필요한 인적 자원을 감소시킨다는 이유에서였다. 1303년에 필리프왕은 평시의 결투도 금지했다. 그러나 필리프 휘하의 귀족들은 유서 깊은 결투권의 폐지에 크게 반발했고, 결국 3년 뒤인 1306년에 국왕도 이들의 압력을 견디지 못하고 강간을 포함한 특정 형사사건에서의 상고 수단으로서 결투 재판의 존속을 허락했다. 국왕이 친히 윤허하는 경우에 한한다는 단서가 붙었지만 말이다.

1306년의 이 법령은 80년 뒤에 장 드 카루주가 피에르 백작의 판결에 불복해서 상고하기 위해 파리에 갔을 때도 여전히 효력을 유지하고 있었다. 그러나 이 무렵 결투 재판이 실제로 벌어지는 경우는 극히 드물었다. 결투 재판을 신청하는 귀족은 네 가지의 엄밀한 조건을 만족시켜야 했기 때문이다. 첫째, 피고가 저지른 범죄는 살인, 반역, 강간 따위의 중범죄여야 했다. 둘째, 그런 범죄가 실제로 발생했다는 확증이 있어야 했다. 셋째, 모든 법적인 해결책이 소진되고, 이제는 "자기 몸을 증거로 삼는" 결투밖에는 피고의 유죄를 증명할 수단이 남아 있지 않은 경우에만 원고는 결투를 신청할 수 있었다. 넷째, 결투 신청은 피고가 실제로 그런 죄를 저질렀다는 강한 심증이 있는 경우에만 가능했다.

이런 법적인 제한을 차치하더라도, 결투 신청은 카루주 본인에게도 매우 위험한 전략인 동시에 크나큰 도박이었다. 결투에 참가함으로써 장 드 카루주는 목숨뿐만 아니라 영지와 가문의 명예까지도 모조리 잃을 수 있기 때문이다. 죽은 뒤에 영혼조차도 구제받지 못할 위험성도 있었다. 결투 당사자인 그는, 결투의 결과로 인해 자신이 거짓말쟁이라는 사실이 증명될 경우 지옥에 떨어져도 좋다고 사전에 엄숙하게 선서할 필요가 있었기 때문이다.

그뿐 아니라 아내인 마르그리트도 위험에 처하게 된다. 이번 소송의 주요 증인인 그녀는 피고인 자크 르그리에 대한 그녀의 고발이 사실임을 맹세해야 하고, 만약 그녀의 챔피언인 남편이 결투에서 진다면, 그녀 역시 거짓말을 했다는 증명이 성립하기 때문이다. 고대부터 무고죄에는 엄한 처벌이 따르기 마련이었다. 만약 결투 재판을 통해 강간당했다는 여성의 고발이 위증이었다고 판명된다면, 그녀는 사형에 처해진다.

결투 재판을 승인받을 가능성은 낮았고, 설령 승인이 난다해도 결투에서 살아남는다는 보장은 없었지만, 이 시점에서 장 드 카루주는 끔찍한 범죄의 대상이 된 아내의 원수를 갚고, 자크 르그리에 대한 고발이 정당함을 증명하고, 자신과 아내의 명예를 회복하려면 목숨을 건 결투에 나서는 수밖에 없다고 각오를 다졌던 것 같다. 신의 은총을 받은 사람은 다름 아닌 자신이므로 결투에서는 절대로 질 리가 없다고 믿었을 수도 있다. 카루주가 믿었던 것이 무엇이든 간에, 바큇자국이 깊게 팬 노르망디의 도로 위로 말을 달리던 그는 인생에서 가장 위험천만한 모험을 향해 달려가고 있었다.

일천삼백팔십육 년, 인구 10만을 넘는 파리는 유럽에서 가장 큰 도시였다. 당시 이 도시를 에워싸고 있던 방벽의 내부 면적은 3제곱마일에 불과했고, 현재의 20제곱마일에 비하면 극히 좁은 공간을 차지하고 있었다. 중세의 파리는 시끄럽고 인파가 들끓으며 악취를 풍기는 위험한 장소였다. 적군, 특히 잉글랜드군의 공격에 대비해서 방벽과 해자를 두른 이 도시는 툭하면 폭동을 일으키는 폭도들, 반항적인 병사들, 제멋대로 행동하기 일쑤인 학생들, 그리고 모든 사람들을 먹 잇감으로 삼는 다수의 범죄자들이라는 내부의 위협에도 항상 노출되어 있었다. 파리 방벽의 북쪽에 자리 잡은 악명 높은 몽 포콩(Montfaucon) 언덕에는 높이가 40피트에 육박하는 거대 한 석조 교수대들이 늘어서 있었다. 법정에서 유죄 판결을 받 은 중죄인들은 여기서 수십 명씩 한꺼번에 처형되었고, 부패 한 시체들은 죄인에 대한 경고의 의미로 몇 주 동안이나 대롱 대롱 매달린 채로 방치되곤 했다.

파리 중심을 횡단하는 센강은 이 도시 최대의 수로이자 주 (主) 하수도이기도 했다. 강 중앙의 시테섬 주위를 돌아 흐르 는 불결한 강물 위에서는 배들의 왕래가 끊이지 않았다. 이 섬 을 장식하는 것은 장려함으로 기독교국 전체에 명성을 떨치 고 있는 성당들이다. 섬 끄트머리에는 노트르담 대성당이 우 뚝 서 있다. 파리의 대주교좌 성당이기도 한 이 건물의 정면 에 자리 잡은 두 개의 거대하고 각진 탑들은 불과 1세기 전인 1275년에 완성되었다. 섬의 반대편 끄트머리에 가까운 곳에 는 생트샤펠 성당의 우아한 첨탑이 솟아 있다. 금박을 입힌 석 재와 스테인드글라스를 다용한 이 아름다운 성당은 1240년대 에 성왕(聖王) 루이 9세가 성지에서 가져왔다는 귀중한 성유 물─그리스도의 가시 면류관과 그가 못 박혔던 성십자가의 일부를 포함한─들을 보관하기 위해 건설한 것이다. 성당 근 처에는 국왕의 정무를 담당하는 파리 고등법원이 입주해 있는 사법궁(Palais de Justice)이 있었다.

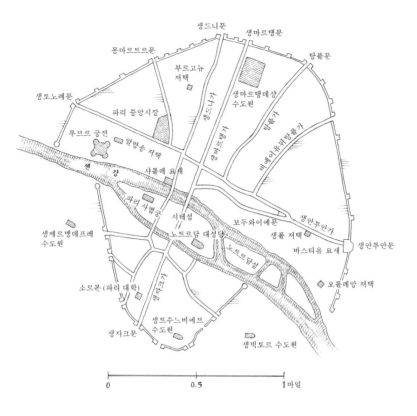

생드니문   생마르탱문

몽마르트르문   탕플문

부르고뉴
저택

생토노레문

생마르탱데샹
수도원

파리 중앙시장

루브르 궁전   알랑송 저택

샤틀레 요새

센 강

파리 사법궁

생제르맹데프레
수도원

시테섬   보두와이에문

노트르담 대성당   생안투안가

생폴 저택

노트르담섬

바스티유 요새   생안투안문

소르본 (파리 대학)   오를레앙 저택

생트주느비에브
수도원

생자크문

생빅토르 수도원

0   0.5   1마일

1380년의 파리

장 드 카루주는 시내 동쪽에 있는 생폴 저택(Hôtel Saint-Pol)
근처에 숙박했고, 자크 르그리는 서쪽의 루브르궁 근처에 있는
알랑송 저택(Hôtel dAlençon)에 머물렀다.

센강 남쪽에는 유럽에서 가장 유명한 교육기관인 파리 대학이 자리 잡고 있다. 로브를 입은 박사들이 중세의 강의에서 공통어로 쓰인 라틴어로 아리스토텔레스와 토마스 아퀴나스의 철학을 학생들에게 가르치던 곳이다. 그리고 각국에서 온 자유민 출신의 남성 학생들은 거리와 술집과 매춘굴을 들락거리며 여러 나라말로 농담을 하고 시끄럽게 논쟁을 벌였다. 이따금 파리의 높은 물가에 진절머리가 나면 학생들은 폭동을 일으켜 상점을 습격하거나, 나라별로 패를 짜고 패싸움을 벌이곤 했다. 게르마니아인 학생들은 길거리에서 주워온 말똥을 이탈리아 학생들에게 던지고, 잉글랜드인 학생들은 길거리에 쌓여 있는 장작더미에서 슬쩍해 온 장작개비들을 스코틀랜드 학생들을 향해 마구 던지는 식이었다.

시내를 교차하는 주요 거리들은 파리 방벽을 관통하는 십여 개의 대문들로 이어졌고, 그 거리들을 따라 장려한 석조 궁전들이 늘어서 있었다. 오텔(hôtel)이라고 불리는 이런 개인 저택들은 고명한 귀족 가문이나 부유한 고위 성직자들의 소유였고, 개중에는 파리에서 손꼽히는 거상들의 것도 몇 채 있었다. 보통 이런 저택은 정원으로 둘러싸여 있었고, 툭하면 폭동을 일으키는 하층계급뿐만 아니라 악취나 소음 같은 오감에 대한 과도한 자극으로부터 권력자들을 철통같이 지켜주는 방벽과 대문을 자체적으로 갖추고 있었다. 이런 저택 다수는 파리의 서단(西端)을 방어하는 거대한 사각형의 루브르 요새 부근에 밀집해 있었다. 그중 하나인 알랑송 저택은 피에르 백작가의 소유였다.

시내를 관통하는 주요 거리들 사이로는 그보다 좁고 작은 가로와 골목들이 복잡하게 얽힌 채로 뻗어 나갔고, 그것들을 따라 목재 골조가 밖에 드러난 4, 5층 높이의 좁다란 집들이 밀집해 있었다. 이런 집의 1층은 보통 가게로 쓰였고, 좁은 위층에는 대가족들이 모여 살았다. 위층에서 아무렇게나 투기한 쓰레기나 잡동사니가 자갈길 위에 잔뜩 널려 있었고, 아직 포장되지 않은 길인 경우에는 지나가는 마차들의 바퀴에 밟히고 으깨어져 진창의 일부가 되었다. 시내에는 행정 교구나 길드 단위로 성당이나 예배당들이 몇십 채씩 점재했고, 연기로 매캐한 파리의 하늘을 향해 첨탑을 내밀고 있었다. 몇몇 대형 수도원들은 도심에서 벗어난 시외에 자리 잡고 있었다. 그런 수도원들은 개활지나 교외 정원에 둘러싸여 있었는데, 시 남쪽의 생제르맹데프레처럼 도적이나 산적 떼의 습격을 막기 위해 방벽을 두른 수도원이 있는가 하면, 북쪽의 생마르탱데샹처럼 성장하는 도시에 흡수되면서 가장 최근에 건설된 도시 방벽 안쪽으로 들어온 수도원도 있었다. 파리의 방벽은 1356년에 세워지기 시작했고, 불과 3년 전인 1383년에 완공되었다.

파 리에 도착한 장 드 카루주가 가장 먼저 한 일은 변호사의 자문을 구하는 일이었다. 국왕의 고등법정에서 다뤄지는 소송에 관여한 귀족은 누구든 변호사를 선임해서 법률적인 조언을 받으라는 강한 권유를 받았다. 특히 문제의 귀족이 결투 재판을 신청할 작정이라면 말이다. 카루주의 주임 변호사는 장 드 베티라는 이름의 변호사였고, 강대한 권력을 자랑하는 파리 주교 피에르 도르주망에게 고용된 법정 집행관의 보좌를 받고 있었다.

변호사들이 카루주에게 결투 재판을 둘러싼 엄격한 법적 제한 탓에 자크 르그리를 결투장으로 불러낼 수 있는 가능성은 극히 낮다는 점을 지적했다는 점에는 의심의 여지가 없다. 이 위험천만한 소송을 아예 포기하라고 권했을 가능성조차 있다.

카루주가 기필코 결투 재판을 신청해야겠다며 물러서지 않자, 변호사들은 그가 결투 신청을 하기 위해 밟아야 할 길고 복잡한 법적 절차에 관해 설명했다.

첫 번째 절차는 1차 상고였다. 이것은 상고인인 원고(appe-lant)가 피고(défendeur)를 고발하면서 고발 이유를 설명하고, 그 고발의 정당성을 결투 재판, 즉 목숨을 담보로 한 결투를 통해 증명할 권리를 요구하는 행위였다. 이 시점에서 피고는 법정에 출두할 필요가 없었으므로, 피고가 도주하거나 피고를 찾아내지 못하는 경우에도 원고는 법적 청구권을 박탈당하지 않았다.

두 번째 절차는 공식적인 결투 신청이었다. 이것은 분쟁 당사자들 쌍방이 한자리에 모여 시행하는 별도의 의식이었다. 여기서 원고는 면전에서 피고를 직접 고발하고, 결투를 통해 "몸으로" 이 고발의 정당성을 증명해 보이겠다고 선언해야 한다. 그리고 이 자리에 원고와 피고는 규정된 수의 귀족 보증인들을 대동해야 하다. 보증인들은 다시 법정에 소환될 경우 소송 당사자를 반드시 출두시키고, 결투 허가가 나오는 경우는 결투장으로 데려가겠다고 선서했다.

상고는 국왕 혼자에게도 할 수 있었지만, 결투 신청은 32명의 재판관으로 이루어진 파리 고등법원(Parlement) 앞에서 해야 했다. 국왕의 법정(curia regis)이라는 이름으로도 알려진 고등법원은 모든 결투에 대한 관할권을 가지고 있었고, 결투 신청의 정당성 여부를 결정했다. 파리 고등법원의 입회하에 행해지는 공식적인 결투 신청은 단기간에 성사될 수는 없었고, 법률에 규정된 관계자들 전원이 차질 없이 출석할 수 있도록 충분한 시간 여유를 두고 조정될 필요가 있었다. 여기서 관계자들이란 국왕 본인과 고등법원의 재판관들 전원, 분쟁 당사자들, 그들의 변호사들과 보증인들을 의미한다.

1306년의 국왕 칙령은 결투 재판의 모든 측면을 규정하는 복잡한 의전을 의미하는 장대한 양식(formulaire)을 포함하고 있는데, 이것에는 상술한 1차 상고, 공식적인 결투 신청, 실제 결투에 앞서 시행되는 엄숙한 선서와 그 밖의 의전들이 자세하게 기술되어 있다. 장 드 카루주는 결투 재판을 신청하려고 마음먹었을 때부터, 이 칙령의 엄밀한 규정과 절차들에 꽁꽁 얽매였던 것이나 마찬가지였다.

장 드 카루주는 한 명 내지 그 이상의 변호사를 대동하고 뱅센성으로 가서 국왕에게 상고했다. 국왕 소유의 별장인 뱅센성은 파리 동쪽으로 몇 마일 떨어진 곳에 있는 광대한 수렵원에 자리 잡고 있었다. 왕은 파리 시내와 교외에 많은 거주지를 가지고 있었다. 가장 오래된 왕궁인 루브르궁을 위시해서, 파리의 동쪽 끝에 가까운 바스티유 요새 근처에 있는 생 폴 저택, 시테섬의 파리 사법궁 내부에 있는 왕의 거처 등이 대표적이었다. 그러나 국왕이 가장 자주 가 있는 곳은 뱅센성이었다. 샤를 5세는 파리 시민들이 반란을 일으켰던 1358년에 이 거대한 요새를 쌓았고, 그의 아들이자 후계자인 샤를 6세는 바로 이곳에 궁정을 두었다. 해자로 둘러싸인 거대한 아성과 아홉 개의 당당한 감시탑들과 성 전체를 둥글게 에워싸는 두터운 2중 성벽을 갖춘 뱅센성은 그 자체로도 하나의 소도시라고 할 수 있었고, 내부 상점과 제련소, 병원, 예배당 등 자기 왕국의 수도에서 사는 것을 두려워하던 왕이 필요로 하는 모든 것들을 갖추고 있었다.

1월에 파리를 방문한 지 얼마 되지 않았기 때문에 카루주의 얼굴은 왕궁에서도 잘 알려져 있었지만, 그렇다고 해서 예고도 없이 불쑥 나타나서 국왕을 알현하는 것은 불가능했다. 왕좌에 오른 뒤에도 암살 시도가 끊이지 않았던 탓에, 샤를 6세는 밤낮으로 수많은 벽과 위병들과 관리들과 하인들에게 둘러싸여 있었다. 악인왕이라는 별명을 가지고 있던 나바라왕국의 카를로스 2세가 보낸 특사가, 젊은 프랑스 국왕과 그 숙부들을 암살할 목적으로 옷 속에 몰래 독약을 숨겨 들어왔다가 발각된 것이 지난여름이었다.

왕궁에 도착한 카루주는 일행과 함께 북쪽 성벽을 방어하는 거대한 문루(châtelet)로 말을 몰았다. 깊이 40피트에 너비 80피트의 거대한 해자가 성벽 앞을 가로지르고 있었다. 해자 위로 70피트 높이까지 우뚝 솟은 성벽의 전체 길이는 무려 반마일에 달했으며, 성벽의 네 모퉁이와 네 측면에는 각지고 거대한 감시탑들이 점재해 있었다.

카루주 일행은 아래로 내려와 있는 도개교를 건넜고, 말에서 내린 다음 위병들에게 신분을 밝혔다. 문루를 통과해도 좋다는 허가를 받은 일행은 말을 끌고 문루 아래의 통로를 통과했다. 이 통로는 적의 공격을 받을 경우 아래로 떨어뜨려 순시

뱅센성

장 드 카루주는 파리 시외에 있는

왕가가 소유하는 이 거대한 성새 중심부의 아성에서 국왕에게 상고했다.

파리 국립기념물센터 소장.

에 통로를 차단할 수 있는 육중한 내리닫이식 쇠창살문(port-cullis)을 갖추고 있었다.

무려 15에이커에 육박하는 광활한 안뜰로 들어서자 왼쪽에 카페 왕조의 왕들이 거주하던 오래된 영주 저택이 보였고, 오른쪽의 서쪽 성벽을 반쯤 나아간 지점에는 샤를 5세가 왕의 본 거처로 쓰기 위해 세운 거대한 새 아성이 보였다.

네 모퉁이에 원통형 탑을 하나씩 갖춘 사각형의 이 거대한 아성의 높이는 무려 170피트에 육박했고, 또 하나의 두터운 성벽과 가장자리를 돌로 보강한 40피트 깊이의 해자로 보호받고 있었다. 아성으로 통하는 유일한 입구는 해자 위로 올리거나 내리는 식의 도개교였는데, 도개교 역시 별도의 문루와 자체적인 수비대를 보유하고 있었다. 안뜰로 들어가 마구간지기에게 말들을 맡긴 카루주 일행은 문루 앞으로 가서 무슨 용무로 왔는지를 밝혔다. 잠시 기다리자 아성 안에서 시동(侍童) 하나가 걸어 나오더니 일행을 안으로 안내했다.

거대한 아성은 두께가 무려 10피트에 달하는 두꺼운 석벽으로 에워싸인 8층 건물이었다. 합친 길이가 1마일에 육박하는 철봉들을 써서 내부의 수많은 방과 아치 통로를 지탱하고 있는 이 아성은 방어를 위해 철골로 보강된 유럽 최초의 석조 건물 중 하나이기도 했다. 왕궁의 중심을 이루는 아성 아래층에는 넓은 접견실 등이 있었고, 위층에는 왕실 가족을 위한 방들이 있었으며, 가장 위층에는 위병들의 거처가 자리 잡고 있었다. 성 주위의 왕실 소유 숲의 녹색 천개(天蓋)보다 까마득하게 위쪽에 위치한 아성 꼭대기로 올라가면 왕은 몇백 제곱마일에 달하는 왕국의 영토를 조망할 수 있었다. 서쪽으로 3마일 떨어진 곳에 있는 파리의 탑과 첨탑들, 센강 계곡에 인접한 울퉁불퉁한 구릉지대, 파리 시외에서 거대한 고리 모양으로 굽이치며 바다를 향해 흘러가는 강물까지도 눈에 들어왔다. 위층에는 선왕인 샤를 5세가 대량으로 수집한 채색필사본 컬렉션을 보관하기 위해 지은 호화로운 왕의 서재가 있었다. 아성 모퉁이의 거대한 원주탑 중 하나에는 왕실 금고가 설치되어 있었는데, 금화가 가득 찬 돈궤들이 쌓여 있는 이 방의 문은 단단히 자물쇠가 잠기고 그 앞에는 무장병들이 경비를 서고 있었다. 각 층에 하나씩 있는, 아성 뒤쪽으로 튀어나온 거대한 돌출부에는 변소가 설치되어 있었다. 장기간의 공성전에도 견딜 수 있도록 성 내부에는 우물이 있었고 창고에는 식량이 가득 차 있었다.

시동은 카루주와 그의 변호사들을 이끌고 석재로 둘러싸인 몇 개의 방들을 지난 후 한 원주탑 안의 나선계단으로 올라갔고, 위층에 있던 뷔로 들라리비에르 경에게 일행을 소개했다. 샤를 6세의 보좌관인 뷔로 경은 왕실의 업무 전반을 관장했고, "그와 만난다는 것은 왕을 만나는 것과 같다"라는 말이 있을 정도의 최측근이었다. 카루주가 어떤 화급한 용무로 이곳에 왔는지를 뷔로 경에게 설명하자, 국왕이 파리를 떠나 있다거나 이번 송사보다 좀 더 긴급한 사태가 발생하지 않는 이상, 최대한 빠른 시기에 국왕을 알현할 수 있도록 해 주겠다는 대답이 돌아왔다.

일 천삼백팔십육 년 봄, 프랑스 전체의 지배자인 샤를 6세
는 아직 열일곱 살밖에 안 된 청년이었다. 1380년에 열
한 살의 나이로 아버지에게서 왕위를 물려받은 이래, 젊은 왕
은 섭정 역할을 맡은 야심적인 숙부들, 특히 부르고뉴 공(公)
필리프의 통제를 받고 있었다. 얼마 후 샤를 6세는 숙부들의
속박을 떨쳐내고 자신이야말로 진정한 국왕임을 선언하지만
말이다. 그러나 현재의 그는 아직 경험이 부족하고 순종적인
청년이었기 때문에, 세금의 증액이나 감액, 전쟁 선포, 화평
조약, 동맹을 위시한 수많은 군주의 의무를 포함한 대부분의
정사를 돌볼 때는 연장자들의 충고를 그대로 받아들였다. 지
난여름에는 숙부들이 간택해 준 바이에른 공의 14세 딸 이자
보와 결혼하기까지 했다.

현 국왕의 아버지인 샤를 5세는 매일 아침 뱅센성의 예배당
에서 아침 미사에 참석한 직후나 늦은 조찬을 마친 낮 시간에
안뜰로 나와 청원자들을 맞이하곤 했다. 그러나 젊은데다가
프랑스의 최고 재판관이라는 역할에 아직 익숙하지 않았던
샤를 6세는 아마 아성 2층에 자리 잡은 화려하게 장식된 접견
실(Salle de Conseil)에서 카루주의 상고에 귀를 귀울였을 것
이다.

접견실은 30제곱피트 정도의 넓이를 가진 정사각형 방이었
다. 궁륭형 천장은 발틱 자작나무 패널로 덮여 있었고, 방의
중앙에 위치한 단 하나의 기둥에서 뻗어 나온 빨강, 파랑, 금
색으로 채색된 석조 아치들에 의해 지지되고 있었다. 기둥머
리에는 프랑스 왕가의 백합 문장이 조각되어 있었고, 아치 천
장에는 왕실의 메달 장식들이 박혀 있었다. 사방의 벽에는 고

전적이거나 종교적인 장면들을 묘사한 비단과 양모 태피스트리가 걸려 있었다. 그러나 방 안을 압도하고 있는 것은 한쪽 벽가의 낮은 연단 위에 자리 잡은, 파란색과 금색으로 호화롭게 장식된 왕좌였다. 위병들이 몇 개의 아치문들 앞을 지키고 있었고, 귀족들과 성직자들과 그 밖의 신하들은 왕좌 옆에서 대령하고 있었다.

왕의 안전으로 안내받은 카루주는 우선 고개를 숙여 절한 다음 무릎을 꿇고 탄원을 하기 시작했다. 변호사도 그의 곁에서 무릎을 꿇었다. 노련한 숙부들의 보좌를 받으며 왕좌에 앉아 있던 10대의 국왕은 무릎을 꿇고 있는 신하를 내려다보았다. 50대로 보이는, 나이가 왕의 거의 세 배에 달하는 귀족이었다.

카루주는 여전히 무릎을 꿇은 채로 검—어전까지 가져오는 것을 허락받은 유일한 무기였다—을 뽑았고, 왕을 향해 휘두르는 것처럼 보이지 않도록 주의하면서 높게 들어 올렸다. 칼집에서 뽑은 검—결투를 허가해 달라는 전통적인 제스처—은 그가 대의명분을 위해 목숨을 걸고 싸울 용의가 있다는 사실을 보여주고 있었다.

무릎을 꿇고 검을 들어 올린 카루주는 말했다. "자애로운 주군이시여, 기사이자 폐하의 충실한 하인인 저는 폐하의 정의를 탄원하기 위해 이곳에 왔습니다."

젊은 국왕이 왕좌에서 대답했다. "장 드 카루주 경, 짐은 그대의 탄원을 들을 용의가 있다."

어전에 모인 사람들 모두가 들을 수 있도록 카루주는 낭랑한 목소리로 말했다. "영명하신 주군이시여, 이 자리에서 저는 지난 1월의 셋째 주에, 종기사 자크 르그리로 알려진 인물이, 카포메스닐이라고 불리는 장소에서 제 처인 마르그리트 드 카루주에 대해 그녀의 의사에 반하는 육욕 추구의 중죄를 범했음을 고발합니다. 따라서 여기서 저는 언제든 지정된 시각에 상대가 죽거나 완패할 때까지 신명(身命)을 걸고 대결함으로써, 제 고발의 정당성을 입증할 용의가 있음을 맹세합니다."

자기 자신의 운명을 결정할 엄숙한 단어들을 입에 올림으로써 카루주는 국왕의 느린 정의의 톱니바퀴를 움직이기 시작했고, 이 탄원이 해결될 때까지 그 자신과, 아내와, 자크 르그리와, 쌍방의 친지들, 그리고 그 밖의 수많은 프랑스 귀족들이 휘말리게 될 일련의 사건들을 촉발했던 것이다.

상고를 마치고 왕에게 사의를 표한 후, 카루주와 그의 변호사는 위병들의 선도를 받으며 접견실에서 나와, 아성을 떠났다. 이제는 기다릴 차례였다. 다음 절차인 공식적인 결투 신청의 허가가 떨어지려면 빨라도 몇 주, 길게는 몇 달이나 걸렸기 때문이다. 국왕인 샤를 6세는 관련 법에 의거해서 즉시 이 소송을 고등법원—모든 결투에 대한 관할권을 가지며, 세부적인 업무를 처리하게 될 최고 사법 기관—에게 넘겼다. 그러나 프랑스의 최고 재판관이기도 한 샤를 6세는 고등법원의 장이기도 했기 때문에, 향후 몇 달 동안 그는 카루주-르그리 소송의 추이를 열심히 지켜보고 있었다.

이제 결투 신청을 위한 절차가 시작되었다. 뱅센성에서 파리 시내에 있는 사법궁으로 국왕의 인장으로 봉인된 편지를 지닌 전령이 파견되었다. 센강 기슭에 자리 잡은 고딕풍의 장려한 사법궁에서는 고등법원의 서기들이 카루주가 피고로 지

상고

검을 들어 올린 상고인이

궁정에서 무릎을 꿇고 왕에게 직접 상고하고 있다.

프랑스 국립도서관 소장.

(MS. fr. 2258, fol. 2r.)

목한 자크 르그리에게 보내어질 소환장을 작성했다. 그런 다음, 또 다른 전령에 의해 아르장탕 또는 당시 자크 르그리가 있던 노르망디의 어딘가로 소환장이 전달되었다.

파리에서 온 소환장을 받았을 때, 자크 르그리는 그리 놀라지 않았을 수도 있다. 그러나 치밀어 오르는 불안감을 완전히 불식할 수는 없었을 것이다. 피에르 백작은 이미 국왕에게 편지를 보내서 카루주의 상고를 기각시키려고 했다. 그러나 카루주는 결연하게 자기 의지를 관철함으로써 국왕 알현에 성공했다. 그 결과, 자크 르그리에게 파리 고등법원에 출두하라고 명하는 소환장이 도착한 것이다. 이것은 도저히 무시할 수 있는 종류의 명령이 아니었다.

르그리 역시 파리에 도착하자마자 변호사를 찾아갔다. 르그리의 주임 변호사는 장 르코크라는 고명하고 인기 있는 소송 전문가였다. 르코크는 그가 쓰던 법률 일지에 이 사건에 관한 메모를 남겨두었다. 라틴어의 법률 용어로 사실관계와 논평 등이 신중하게 기록되어 있는 르코크의 일지는 현존하는 가장 오래된 판례집 중 하나이며, 이 소송에 관한 귀중한 내부 정보를 일별하게 해 줄 뿐만 아니라 르그리의 성격에 관한 단서까지 제공해 주고 있다. 르코크는 의뢰인인 르그리에 대한 개인적인 감상과 내밀한 대화의 일부까지 일지에 기록해 놓았기 때문이다.

결투 재판 문제가 불거졌을 당시 장 르코크의 나이는 35세 전후였다. 그의 아버지 역시 장 르코크라는 이름의 고명한 변호사였고, 아들 르코크는 아버지의 이름과 직업과 함께 프랑스 왕실과의 끈끈한 관계까지 이어받았다. 르코크의 의뢰인 중에는 현 국왕의 동생인 루이 드 발루아와 국왕의 숙부이자 강대한 권력을 가진 부르고뉴 공 필리프까지 포함되어 있었다.

르코크는 고등법원에 의해 르그리의 변호사로 선택되었을 수도 있다. 상고에 의해 시작된 소송의 경우에는 가끔 있는 일이었다. 그게 아니라면, 르그리의 친족 또는 피에르 백작이 왕가와 밀접한 관계를 맺고 있는 르코크를 변호사로 점찍어서 궁지에 몰린 르그리를 도우려고 했는지도 모른다.

르코크는 곧 마르그리트 드 카루주를 강간했다고 고발당한 이 종기사를 변호하는 것이 쉬운 일이 아니라는 사실을 깨달았다. 특히 르그리가 르코크의 법적 충고를 충실하게 따르지 않는 것이 문제였다. 르그리는 "성직자의 특권"을 행사하라는 르코크의 권유를 거절함으로써 이미 완고한 성격의 일면을 드러내고 있었다.

자크 르그리는 종기사일뿐만 아니라 일정 수준의 교육을 받은 하급 성직자이기도 했으므로, 파리 고등법원의 관할권에서 완전히 벗어난 교회 법정에서 재판을 받을 수 있었다. 물론 교회에서는 결투 따위는 인정되지 않는다. 르코크에 의하면 그가 르그리에게 그런 권유를 한 것은 결투로 목숨을 잃을 위험을 사전에 차단하기 위해서였다.

그러나 좌절한 르코크가 자기 일지에 썼듯이 르그리는 그의 권유를 "매몰차게 거절하고" 르코크의 충고를 무시함으로써 "스스로를 돕는 것을 거부했다". 르그리가 이 문제에 대해 이토록 강경한 태도를 취한 것은 허영심 탓이었는지도 모른다. 결투를 거절한다면 비겁자로 비칠 가능성이 있었던 데다가,

이 다툼이 왕의 귀에까지 들어간 탓에 프랑스 전역으로 이미
파다하게 소문이 퍼지고 있었기 때문이다.

카루주가 국왕에게 상고하고, 르그리가 고등법원의 소환
에 응해 파리에 도착한 후, 두 사람 모두 결투 신청에 대
비해서 보증인들을 확보해야 했다. 파리 시내에 장기간 체류
할 수 있는 거처를 마련하고, 그 밖의 다른 세세한 일들을 처
리할 필요도 있었다. 카루주의 경우, 마르그리트가 이미 파리
에 와 있지 않았다면 노르망디까지 사람을 보내 그녀를 데려
오거나 아니면 자기가 직접 데리고 와야 했다. 향후 몇 달 동
안 두 사내의 삶은 마치 자기 의지를 가진 생명체처럼 움직이
기 시작한 이번 소송에 완전히 매몰될 것이었다.

　법에 관계된 일이 흔히 그렇듯이 이 소송은 시간이 걸렸을
뿐만 아니라 비싸게 먹혔다. 재정 상태가 불안한 카루주에게
이것은 특히 큰 문제였다. 소송이 길어지면 소송비용을 대기
위해 친척이나 친구들에게 돈을 빌리거나 빚을 내는 경우도
드물지 않았다. 르그리의 가문은 부유했고 피에르 백작도 총
신인 그를 아낌없이 원조했겠지만, 카루주의 재정 상황은 여
의치 않았고 기댈 친구들의 수도 적었다. 그러나 소송에서 결
투 재판의 여부가 거론되기 시작한 이 시점에서, 두 사람 모두
돈보다 훨씬 더 큰 것들을 잃을 위험에 직면해 있었다.

일천삼백팔십육 년의 늦봄이나 초여름에 카루주와 르그
리는 사법궁에서 국왕과 고등법원의 재판관들 앞에 출
두하라는 소환장을 받았다. 출두 날짜는 7월 9일 월요일이라

고 못 박혀 있었다. 장 드 카루주는 범죄가 일어났다고 주장한 지 거의 여섯 달이나 지난 뒤에, 마침내 프랑스의 최고법원에서 적수인 르그리와 얼굴을 맞대게 된다. 거기서 그는 아내에게 끔찍한 범죄를 저지른 르그리를 소리 높여 고발하고, 그 고발의 정당성을 결투에서 증명하라고 요구할 것이다. 카루주는 이 순간이 오기를 오랫동안 기다렸지만, 일단 결투 신청을 한 뒤에도 실제로 르그리와 결투를 할 기회가 주어지리라는 보장은 없었다. 모든 결정은 고등법원의 판단에 달려 있었기 때문이다.

결투 신청이 행해지는 곳은 파리에서도 가장 고귀한 장소 중 하나인 사법궁이었다. 시테섬 북쪽에 자리 잡은 사법궁은 실제로는 여러 건물들의 집합이었다. 사법궁은 1300년대 초에 정식 왕궁으로 쓰기 위해 화려하게 개축되었지만, 이제는 주로 파리 고등법원으로서 기능하고 있었고, 이따금 있는 국왕의 방문도 공식 행사로 한정되었다. 강기슭에 면한 북동쪽 모퉁이에 있는 왕의 시계탑은 샤를 5세에 의해 지어졌고, 매시간마다 종을 울렸다. 사법궁의 다른 세 탑들—각각 세자르, 아르장, 봉벡이라고 불리는—은 서쪽 기슭을 마주 보고 있었다. 사법궁의 바로 남쪽에는 지붕이 있는 연결 통로를 사이에 두고 장려하게 반짝이는 생트샤펠 성당이 자리 잡고 있었다.

7월 9일 아침, 각각 파리의 양쪽 끝에서 출발한 장 드 카루주와 자크 르그리는 따로따로 사법궁에 도착했다. 장 드 카루주는 주교궁과 생폴 저택에 가까운 생안투안가(街) 모처에서 체류 중이었기 때문에 동쪽에서 왔다. 자크 르그리는 피에르 백작과 함께 호화로운 알랑송 저택에 체류 중이었기 때문

사법궁(Palais de Justice)

1386년 6월 장 드 카루주는 국왕과 그의 고등법원의 법관들이 지켜보는 동안
오른쪽에 있는 두 개의 탑에 인접한 방 안에서 자크 르그리에게 결투를
신청했다. 사진 중앙에 왕의 시계탑이 보인다. 파리 국립기념물센터 소장.

에 서쪽에서 왔다. 알랑송 저택은 고위 귀족의 저택(hôtel)들이 밀집해 있는 루브르궁 근처의 최고급 거주 구획에 자리 잡고 있었다. 두 사내 모두 변호사들과 보증인들과 친척들과 친구들을 대동하고 있었다.

두 사내 및 그 일행은 센강 우안(右岸)에서 그랑퐁(Grand Pont)—강바닥의 진흙에 박아 넣은 말뚝들 위에 세운 목조 다리—을 건너 시테섬으로 갔고, 반대편 기슭에 있는 왕의 시계탑을 지나서 동쪽 대문을 통해 사법궁 지구로 진입했다.

거기서 그들은 '5월의 뜰(Cour du Mai)'이라고 불리는 광대한 안뜰의 소음과 혼란을 뚫고 나아가야 했다. 안뜰은 마치 파리의 주민을 모두 모아 놓기라도 한 것처럼 혼잡했다. 사법궁에 볼일이 있는 변호사와 소송 당사자들은 좌판을 펼쳐 놓고 있는 상인들, 값을 깎으려는 손님들, 한 푼 적선해 달라고 간원하는 거지들을 거세게 밀치며 나아갔고, 할 일 없이 빈둥거리는 사람들은 우두커니 서서 끝없는 구경거리를 제공해 주는 도시의 풍경을 바라보고 있었다. 사방에서 들려오는 잡담과 쑥덕공론 사이에서, 행상인들의 외침과 병사들의 철컥거리는 발소리가 쇠사슬에 묶인 채로 처형장으로 끌려가는 죄수들의 한탄과 뒤섞인다.

기사와 종기사가 안뜰을 가로질러 사법궁 안으로 들어가자, 배후의 소음이 점점 줄어들었다. 거대한 석조 계단을 오른 그들은 성모자(聖母子)의 조각상이 지켜보고 있는 고딕 양식의 문간을 통과해서 대접견실로 들어갔다. 화려하게 장식된 이 거대한 홀은 길이 75야드에 너비가 30야드에 달했으며, 고등법원의 업무 대부분은 주로 이곳에서 처리되었다.

동굴처럼 휑뎅그렁한 홀의 금박을 물린 이중 아치 천장은
방을 반으로 가른 여덟 개의 두리기둥으로 지탱되고 있었다.
변호사들은 여기서 의뢰인과 만났고, 서기들은 서류를 들고
바쁘게 돌아다니며 법정경위나 필경사나 그 밖의 직원들과 힘
을 합쳐 법이라는 복잡한 기계를 돌리고 있었다. 홀의 위쪽 벽
은 프랑스의 문장(紋章)으로 장식된 색유리를 끼운 납틀 창문
들을 통해 들어오는 빛으로 조명되고 있었고, 그 밑에는 벽가
를 따라 거대한 벽난로들과 벤치석들이 교대로 배치되어 있었
다. 프랑스 국왕 50명의 조각상이 방 안을 빙 에워싸고 있었고,
사방의 벽에는 고명한 십자군이었던 고드프루아 드 부용 경
이 이집트에서 가져온 악어가죽을 포함한 동물 가죽들이 걸려
있었다. 홀의 동쪽 끝에는 변호사들의 수호성인인 성 니콜라
우스에게 바치는 제단이 설치되어 있었고, 아침마다 그 앞에
서 미사가 집전되었다. 제단은 변호사에게 부과되는 세금과,
1369년에 아내의 애인에 의해 살해된 고등법원의 재판관 에방
돌 사건의 공범자들이 낸 기부금에 의해 유지되고 있었다.

국가적 위기에 직면한 프랑스 정부의 회합이 열리는 곳도
이 대접견실이었다. 1356년 가을의 푸아티에 전투에서 프랑
스군이 잉글랜드군에게 대패하고 국왕인 장 2세가 포로로 잡
혔을 때도 프랑스 전역에서 온 800명에 달하는 대표자들이
이 방을 가득 메웠고, 패전으로 인해 크게 동요한 왕세자—
훗날 샤를 5세로 등극하는—를 힐문하며 프랑스를 이런 곤경
에 빠뜨린 왕실 중추의 부패한 보좌관들을 일소하라고 요구
했던 적이 있었다. 그로부터 2년 뒤에는 파리의 상인 길드의
수장이자 성격이 불같기로 유명했던 에티엔 마르셀이 이끄는

3,000명의 군중이 이 대접견실로 쏟아져 들어오기까지 했다. 잉글랜드와 맺은 평화협정의 치욕적인 조건과 국왕의 몸값으로 지불될 금화 3백만 에큐라는 파멸적인 액수에 대해 항의하기 위해서였다. 분노한 추종자들의 지지를 등에 업은 마르셀은 "여기 손봐줄 놈이 있어!"라고 외치며 2층의 왕세자 방까지 쳐들어갔고, 성난 군중은 왕의 보좌관 한 명을 잡아서 그 자리에서 칼로 난자해서 죽였다. 다른 한 명의 보좌관은 밖으로 도망쳤지만 결국은 폭도들에게 잡혀서 살해당했다. 폭도들은 피로 물든 그의 시체를 밖으로 질질 끌고 가서 다른 보좌관의 시체와 함께 아래쪽 안뜰에서 고함을 지르고 있는 군중을 향해 내던졌다. 공포에 질린 왕세자는 마르셀이 안전을 보장해 주겠다면서 건네준 반란의 상징인 파란색과 진홍색의 두건을 머리에 쓴 덕에 가까스로 살아남을 수 있었다.

대접견실의 입구로 들어간 카루주와 르그리를 맞이한 것은 질서를 지키기 위한 곤봉(bâtons)으로 무장한 제복 차림의 법정경위들이었다. 법정경위들은 두 사내의 일행을 홀 내부로 각기 따로 안내해서 거대한 체스보드를 닮은 흑백 체크무늬의 대리석 바닥을 가로질렀고, 홀의 북서쪽 모퉁이에 있는 경계가 엄중한 문을 지나 좁은 통로로 들어갔다. 이 통로는 고등법원의 지성소(至聖所)인 대법정(Grand' Chambre)으로 이어졌다. 대접견실에 비하면 훨씬 작지만 한층 더 우아하게 장식된 이 방은 아르장탑과 세자르탑 사이에 해당하는 궁전의 북쪽 면에 위치해 있었다. 고등법원에 행차한 국왕은 이 대법정을 알현실로 쓰는 것이 관례였다.

대법정으로 들어간 카루주와 르그리는 천개가 딸린 호화로

운 왕좌를 마주 보았다. 정의의 대좌(lit de justice)라는 이름
으로도 알려진 이 왕좌는 금빛 백합 문양을 점점이 자수한 파
란 천으로 덮인 대좌 위에 자리 잡고 있었다. 왕좌 좌우에는
재판관들이 앉는 쿠션을 댄 벤치석들이 놓여 있었다. 왼쪽 좌
석은 성직자, 오른쪽 좌석은 평신도용이었으며 모두 서른두
명이 앉을 수 있었다. 한쪽 벽에는 십자가에 못 박힌 예수를
묘사한 제단화가 걸려 있었고, 다른 벽들은 호화로운 태피스
트리로 장식되어 있었다. 방에 하나 있는 벽난로는 7월의 더
위에 침묵하고 있었고, 타일 바닥에는 청결과 정숙함을 유지
하기 위해 갓 잘라온 신선한 풀이 뿌려져 있었다. 왕좌 및 재
판관들의 벤치석은 낮은 칸막이로 방의 나머지 공간과 분리되
어 있었는데, 후자에는 변호사들과 의뢰인들을 위한 목제 벤
치석이 설치되어 있었다.

법정경위들은 모든 이를 할당된 자리로 안내한 다음 조용
히 서 있을 것을 당부했다. 이윽고 재판관들이 방으로 들어오
며 자기 좌석 앞에 섰다. 성직자 출신의 재판관들이 먼저였고,
속인들은 그 뒤를 따랐다. 왕좌 뒤의 문을 통해 국왕이 입장했
다. 법정 집행관이 국왕의 도착을 알리자 방 안에 있던 모든
이가 허리를 굽혀 그에게 절했다. 샤를 6세의 뒤를 이어 그의
동생인 루이 드 발루아가 들어왔고, 예의 노련한 숙부들로 이
루어진 수행단도 들어왔다. 젊은 군주는 왕좌에 앉았고, 뒤이
어 착석하는 참석자들의 얼굴을 둘러보았다. 한 성직자가 선
채로 이 재판에 신의 가호가 있기를 기원하는 엄숙한 기도를
올렸다. 기도가 끝나자 고등법원의 제1판사인 아르놀 드 코르
비가 나무망치를 두드렸다. 프랑스의 고등법원이 개정했다.

결투 신청

국왕 오른쪽 앞에 서 있는 원고가 왼쪽 앞에 서 있는 피고를 고발하면서,
그 고발의 정당성을 증명하기 위해 결투 신청을 하고 있다.
당사자들 뒤에 서 있는 사람들은 변호사와 보증인들이다.

프랑스 국립도서관 소장.

(MS. fr. 2258, fol. 4v.)

1386년 7월 9일의 파리 고등법원의 기록은 그날 결투 신청을 목도하기 위해 대법정에 모인 귀족들에 대해 이렇게 묘사하고 있다. "이날, 고등법원에 당당히 행차하신 국왕 폐하를 수행했던 것은 폐하의 숙부이신 베리 공과 부르고뉴 공, 폐하의 동생이신 루이 드 발루아, 그리고 그 밖의 수많은 고위 귀족들이었다. 이날 제기된 탄원은 원고인 기사 장 드 카루주와 피고 자크 르그리 사이의 결투에 관한 것이었다."

이 기록은 마르그리트에 관해 언급하고 있지 않기 때문에 그녀의 출석 여부는 알 수 없다. 그러나 얼마 뒤인 늦여름에 고등법원에 출두한 것은 확실하다. 이 무렵 카루주 부인은 임신 6개월째를 맞이하고 있었고, 그런 그녀가 자신을 강간한 사내를 남편이 고발하는 공개 재판에 출석하는 것은 한층 더 큰 고역이었을 것이다.

결투 신청의 의식을 치르기 위해, 카루주와 르그리는 좌우에 측근들을 대동한 채로 법정 앞에서 서로 얼굴을 맞대고 섰다. 전통에 입각해서 원고는 왕의 오른쪽에 섰고, 피고는 왕의 왼쪽에 섰다.

이번 소송의 원고인 카루주가 처음 입을 열었다. 법정 전체에 들리도록 쩌렁쩌렁 울려 퍼지는 목소리였다.

"탁월하고 강대한 국왕이자 우리의 주군이신 폐하 앞에서, 기사인 저 장 드 카루주는 폐하의 법정에 선 상고인 자격으로 저의 처인 마르그리트 드 카루주에게 흉악하기 그지없는 범죄를 저지른 종기사 자크 르그리를 고발합니다. 저는 지난 1월의 셋째 주에, 카포메스닐이라고 불리는 장소에서, 상술한 자크 르그리가 아담 루벨이라는 자의 도움을 받아 그녀의 의사

에 반하는 육욕 추구의 중죄를 범했음을 고발합니다. 그런고
로 저는 자크 르그리가 자신이 저지른 죄를 고백하고, 본 법정
의 판결에 복종함으로써 사형에 처해지고, 관련법에 의거해서
모든 재산을 몰수당할 것을 요구합니다. 그리고 만약 상술한
자크 르그리가 자신의 죄를 인정하지 않는다면, 저는 명예로
운 신사 계급의 관습에 따라, 닫힌 결투장 안에서 신명을 걸고
제 고발의 정당성을 입증하겠습니다. 최고 재판관이자 우리의
주군이신 국왕 폐하의 어전에서."

종기사 르그리의 이름을 거명하고, 고발하고, 결투를 신청
한 장 드 카루주는 결투 신청을 상징하는 소지품—전통적으
로 갑옷용 장갑이나 가죽 장갑이 선호된다—을 바닥에 내던
질 필요가 있었다. 법정에 모인 사람들이 지켜보는 앞에서, 카
루주는 르그리 앞에 그것을 내던짐으로써 방금 한 결투 신청
을 실행에 옮기겠다고 서약했고, 사법 결투가 행해지는 전통
적인 장소인 울타리로 에워싸인 닫힌 결투장(champ clos)에서
피고와 대결하겠다는 의사를 명확히 했다. 도전의 표시를 던
진다(jeter le gage)는 것은 결투에 수반된 고래(古來)의 의식
중 하나이다.

이제는 피고 르그리가 대답할 차례였다. 그는 고소인인 카
루주를 마주 보고, 주위에 잘 들리도록 낭랑한 목소리로 이렇
게 말했다.

"탁월하고 강대한 국왕이자 우리의 주군이신 폐하의 어전
에서, 종기사이자 피고인 저, 자크 르그리는 저에 대해 행해
진 모든 고발을 부인합니다. 특히 지난 1월의 셋째 주든 그 밖
의 어떤 시일에든, 카포메스닐이라고 불리는 장소든 그 밖의

어떤 장소에서든, 제가 그의 처인 마르그리트 드 카루주에 대해 무도하게도 육욕 추구의 중죄를 범했다는 장 드 카루주의 고발을 부인합니다. 저는 국왕 폐하의 명예를 위해서도, 장 드 카루주가 부정하고 사악한 거짓말을 했으며, 그런 말을 한 본인도 부정하고 사악한 인물이라고 이 자리에서 단언합니다. 그리고 만약 이 법정이 결투 재판의 실시를 명한다면, 저는 그 어떤 변명도 탄원도 하지 않고, 신과 성모의 가호하에, 주군이자 최고 재판관이신 국왕 폐하가 정하신 시각과 장소에서, 제 신명을 걸고 이 고발에 대한 저의 결백을 증명하겠습니다."

이렇게 말한 다음 자크 르그리는 허리를 굽혀 발치에 떨어져 있던 결투 신청의 상징물을 집어 들었다. 이 역시 고래의 전통에 입각한 의식의 일부였다. 피고는 결투 신청의 상징물을 집어 들고 손에 쥠으로써(lever et prendere) 결투를 통해 고발의 정당성을 입증하겠다는 원고의 맹세를 받아들였다는 사실을 보여줄 필요가 있었고, 그 결과 법정이 결투를 허락하는 경우에는 닫힌 결투장에서 목숨을 건 결투를 벌임으로써 피고인인 자신의 결백을 증명할 용의가 있음을 알렸던 것이다.

일단 두 사내가 선언과 결투의 상징물을 교환한 후에는, 재판관들은 충분한 숙고를 거쳐 다음에 무슨 절차를 밟을지를 규정한 정식 결정(arrêt)을 내림으로써 결투의 시행 여부를 결정하게 된다. 이 소송을 전담하는 전임 판사(rapporteur)는 복잡한 법률 용어를 써서 법정에 모인 관계자들에게 고등법원의 결정을 고했다.

"원고이자 고소인이며 결투 재판 신청의 한쪽 당사자인 장 드 카루주 경과, 피고이자 다른 쪽 당사자인 자크 르그리는,

각자의 진술을 끝마친 지금, 사실관계와 이유를 공술한 문서를 선서 진술서의 형태로 본 법정에 제출할 것을 명한다. 본 법정은 이 진술서들을 수령한 후, 사건 해결을 위해 그것들을 순리에 부합되는 방법으로 사려하고 저울질할 것이다."

바꿔 말해서, 고등법원은 이번 사건의 상세한 사실관계를 확인하기 위한 공식적인 심문(enquête)을 시작할 것을 명했다. 소송의 당사자들이 서면으로 선서 증언을 제출하면, 법원은 그것을 검토해서 결투 재판의 인가 여부를 결정하겠다는 얘기였다.

고등법원이 내린 판결에 카루주는 기뻐했을 것이다. 그의 상고는 적어도 지금까지는 성공적인 것처럼 보였기 때문이다. 그의 결투 신청은 궁극적으로는 결투 허가로 이어질 가능성이 있는 공식적인 심문을 촉발했다. 그러나 고등법원이 결투를 허가하는 경우는 극히 드물었고, 과거 30년 동안 상대방을 강간죄로 고소한 인물이 결투 재판을 허가받은 경우는 단 한 번도 없었다.

자크 르그리는 그리 기뻐하지 않았을 것이다. 그의 변호를 맡은 장 르코크는 성직자의 특권을 행사함으로써 결투의 위험을 사전에 차단하라고 권유했지만, 르그리는 그 권유를 매몰차게 거절함으로써 고등법원의 판결을 피할 수 있는 가능성을 스스로 포기했던 것이다. 이제는 고등법원의 심문에 응하고 그 결과를 받아들이는 수밖에 없었다.

고등법원은 심문이 진행되는 동안 카루주와 르그리를 언제든 소환할 수 있도록 필요한 조치를 취했다. 고등법원의 권한을 발동해서 양자를 구금할 수도 있었지만, 그러는 대신 파리 방벽 안에서의 자유로운 행동을 허락하는 조건으로 맹세와 서약을 요구했던 것이다. 그 결과, 카루주와 르그리는 언제든 고등법원의 소환을 받으면 "지정된 날짜와 시각과 장소에" 반드시 재출두하겠다고 "맹세하고, 서약하고, 보증해야" 했다. 만약 이들 중 누구든 파리 밖으로 도망치거나 소환에 응해 모습을 드러내지 않는다면 그 즉시 체포 명령이 떨어진다. 부재나 도주 시도는 유죄의 증거로 간주되며, 이것은 즉결 재판과 처형으로 이어진다.

재소환 시에는 반드시 출두하겠다는 약정의 일환으로 소송 당사자들은 각기 여섯 명의 보증인을 지명해야 했다. 보증인은 명망 있는 귀족이어야 했고, 보증인은 소송 당사자를 반드시 출두시키겠다고 맹세했다. 필요하다면 물리력을 동원해서라도 말이다. 7월 9일의 법원 기록을 보면 이 엄숙한 의무를 수행할 것에 동의한 열두 명의 보증인들은 모두 고명한 귀족들이었고, 그중 다수가 전쟁에서 프랑스를 위해 싸우며 이름을 떨친 사람들이었다.

카루주의 첫 번째 보증인인 룩셈부르크가(家)의 왈르랑 드 생폴 백작은 국왕과 친했고 여러 번의 원정에서 무공을 세운 역전의 용사였다. 백작은 프랑스군이 플랑드르군을 무찌른 1382년의 로제베케 전투에도 참전해서 이름을 날렸다. 르그리의 주요 보증인 중 한 명인 외(Eu) 백작 필리프 다르투아는 가스코뉴에서 국왕의 숙부인 부르봉 공 루이와 함께 잉글랜드군과 싸우다가 최근에야 귀환했다.

카루주와 르그리의 보증인으로 나선 고위 귀족과 기사들의 쟁쟁한 면면을 보면 이번 소송이 국왕과 고등법원에 상고된 이래 얼마나 많은 프랑스 귀족들이 이 사건에 복잡하게 얽혀 들어갔는지를 알 수 있다. 열두 명의 보증인들에게도 각기 수 많은 친족과 친구들이 있었으므로, 카루주–르그리 사건에 직접 관련된 사람들의 수는 몇십 배로 불어났던 것이다. 이제 카루주와 르그리의 다툼은 왕궁에서도 주요 가십거리이자 열띤 논쟁의 대상이 되고 있었다. 궁정에서도 카루주나 르그리 본인이나 그 친족들에 관해 잘 아는 사람들은 많았고, 그들 중 일부는 심문이 시작되기도 전에 한쪽 편을 들기까지 했다. 곧 이 사건은 프랑스 전역에 큰 파문을 불러왔고, 급기야는 해외로까지 확산되었다. 노르망디의 영주 재판에서 시작된 현지 귀족들끼리의 다툼이, 프랑스 왕국 전체를 뒤흔드는 쟁점으로까지 빠르게 비화했던 것이다.

결투 신청의 장에서 얼굴을 맞대고 섰던 카루주와 르그리는 서로에게 등을 돌린 후 수행원들과 함께 사법궁을 빠져나와, 파리 시내의 반대 방향에 위치한 각자의 숙소로 돌아갔다. 이제 그들은 고등법원이 심문을 시작할 수 있도록 서면 증언의 작성에 착수해야 한다. 법원이 이 증언을 검토한 후 카루주의 상고를 기각한다면, 피에르 백작이 영주 재판에서 내린 판결은 최종 판결로 확정되고 르그리는 혐의를 완전히 벗게 된다. 그러나 고등법원이 결투 재판을 허가함으로써 실질적으로 백작의 판결을 무효화한다면, 카루주는 결투장에서 적수와 대결함으로써 그가 제기한 소송의 정당성을 입증할 기회를 가질수 있다. 그러나 르그리는 스스로의 결백을 처음부터 다시 증명해야 한다. 이번에는 검을 써서.

6
심문

파리 고등법원이 예비 심문을 예고하자 장 드 카루주와 자크 르그리는 선서 진술서 작성에 착수했다. 고등법원의 요구에 의해 모든 증거는 서류에 기입되어야 했다. 여성은 형사사건에서 직접 피고를 고소하는 것이 불가능했지만, 사건의 주요 증인인 마르그리트가 증언을 내놓은 것만은 확실하다. 법원의 기록에 "본 법정은 상술한 마르그리트의 증언 내지는 선서에 의해 특정 정보를 수리했다"라고 기록되어 있기 때문이다. 그뿐 아니라 카루주 부인은 그녀가 르그리를 상대로 한 고발에 관해 "자세히, 거듭해서 질문을 받고 취조받았다"는 기록도 있다.

자크 르그리가 언급한 바에 의하면 마르그리트는 그해 여름 파리 사법궁으로 가서 국왕과, 고등법원의 재판관인 법복귀족(法服貴族)들 앞에 출두했다고 한다—40년 전, 대역죄 혐의로 소환된 그녀의 아버지 로베르 드 티부빌이 답변을 하기 위해 섰던 바로 그 장소에 말이다. 르그리는 노르망디에서 (2년 전 장 크레스팽의 집에서) 마르그리트를 딱 한 번 만났을 뿐이고, 지금 국왕의 어전에 모인 "재판의 관계자"로서 그녀와 마주친 것을 제외하면, 카루주 부인을 "본 적도 없고", 그녀와 "대화를 나눈 적도 없다"고 증언했다. 따라서 르그리는 심문이 시작된 직후 고등법원의 법관들 앞에서 일어나 선서를 하는 마르그리트의 모습을 보았다는 얘기가 된다. 선서를 마친 마르그리트가 법원 직원들의 안내를 받으며 소리 없이 퇴정하기 전에 말이다. 당시 마르그리트는 임신 6개월이었으므로, 고등법원이라는 공적인 장소에 모습을 드러내는 것은 한층 더 고역이었을 것이다.

장 드 카루주, 자크 르그리, 그리고 마르그리트 드 카루주 모두가 모국어인 노르망디 지방의 프랑스어로 증언을 마쳤다. 구두로 진행된 증언을 직접 기록한 문서는 남아 있지 않지만, 고등법원의 공적 기록은 법정의 전문 필경사(greffier)들에 의해 라틴어로 필사된 상세한 요약을 포함하고 있다. 현재 단 하나의 사본만 남아 있는 이 요약은 거의 10매에 달하는 2절판 크기의 종이에 빛바랜 갈색 잉크로 빽빽하게 쓰여 있다. 요약에는 장 드 카루주가 아내인 마르그리트의 선서 증언에 입각해서 르그리에 대해 행한 고발 내용이 항목별로 나열되어 있으며, 그 뒤로는 르그리의 장황하고 만만찮은 항변이 이어지고 있다.

장 드 카루주의 증언은 우선 그가 절친한 친구였던 자크 르그리를 얼마나 오랫동안 신뢰하고 신용했는지를 구구절절 설명하는 것으로 시작되고 있다. 카루주는 맏아들이 태어났을 때 르그리에게 대부라는 명예로운 역할을 수행해 줄 것을 요청했다는 사실을 거론하면서 그들 사이의 친밀함과 고결함을 강조했고, 사제가 유아를 성수에 담그는 침례반 앞에서 르그리가 아기를 어떻게 들어 올리고 품에 안았는지 를 묘사했다.

그런 다음 카루주는 자크 르그리가 마르그리트를 처음 만난 장 크레스팽의 집에서 일어났던 사건에 관해 자세히 술회했 고, 두 사내 사이의 평화와 우정의 증거로서 르그리에게 입을 맞추라고 아내에게 지시했음을 밝혔다.

그러나 카루주는 이 두 개의 지극히 공적인 사건들 사이에 끼어 있는 5년 이상의 기간에 관해서는 아무런 언급 없이 침 묵하고 있다. 이 기간에 그는 첫 번째 아내와 아들과 아버지뿐 만 아니라 벨렘 성새의 명예로운 성주 자리를 잃었고, 합법적 으로 매입한 몇 개의 봉지까지 포기해야 했다. 피에르 백작의 궁정에서 르그리와 대립하면서 우정이 적의로 변했던 것도 바 로 이 시기였다.

카루주는 크레스팽의 성관에서 벌어진 축연에서 마르그리 트를 처음 만난 르그리가 그녀를 향한 육욕에 사로잡혔다고 주장했다. 카루주는 르그리가 악명 높은 바람둥이임을 강조하 며, 르그리가 마르그리트를 유혹함으로써 긴 여성 편력의 목 록에 그녀의 이름을 덧붙일 것을 획책했다고 진술했다.

그런 다음 카루주는 아내인 마르그리트의 선서 증언을 근거 로 그녀가 당한 폭력 행위를 자세히 묘사했고, 르그리가 "상 술한 마르그리트의 동의도 받지 않은 상태에서 그녀의 의지를 무시하고 그녀를 육체적으로 범했고, 악랄하게도 강간, 간통, 배신, 근친상간, 위증을 저질렀다"고 주장했다. 당시 이 다섯 가지의 범죄는 지극히 심각한 중죄로 간주되었다. 르그리는

강간을 자행했을 뿐만 아니라 귀족 여성과 불법적인 성교섭을
가짐으로써 간통죄를 범했고, 카루주 자신에 대한 신뢰와 우
정을 깨뜨림으로써 배신의 죄를 범했으며, 르그리가 장의 아
들의 대부가 되었을 때 성립한 친족 관계를 짓밟음으로써 근
친상간의 죄를 범했고, 두 번의 재판에서 자신의 죄를 인정하
지 않음으로써 위증죄를 범했다는 논리였다. 죄목에서 필두로
언급된 강간죄가 르그리가 마르그리트의 육체와 의지와 법적
권리를 침해했다는 점을 강조하고 있는 것은 사실이지만, 그
밖의 고발들은 르그리가 마르그리트의 남편인 카루주에 대해
서도 범죄를 저질렀음을 주장하고 있다.

카루주는 자신이 르그리의 이런 범죄에 대해 처음으로 알
게 된 것은 파리에서 돌아온 후 마르그리트의 고백을 듣고 나
서라고 주장했다. 마르그리트가 남편의 명예를 위해서라도
정의를 실현하고 르그리에게 복수를 해 달라고 간원한 것도
바로 그때였다고 했다. 마르그리트는 자신의 고백이 진실임
을 되풀이해서 맹세했고, "그 사건에 관해서 심문당하고, 조
사를 받았을 때에도 자신의 영혼을 걸고 여러 번 서약함으로
써" 꿋꿋하게 일관된 증언을 유지했다는 것이 이 증언의 골자
였다.

카루주는 이 사건이 결투 재판에 필요한 모든 조건을 충족
하고 있다는 선언으로 증언을 끝마쳤는데, 그가 그의 변호사
인 장 드 베티지의 조언을 받고 이렇게 진술했다는 점에는 의
심의 여지가 없다. 범죄는 틀림없이 일어났고, 해당 범죄에 대
한 처벌은 사형이며, 피고가 자백을 거부하고 있는 탓에 유죄
판결은 오로지 결투에 의해서만 가능하며, 피고 르그리는 위

낙 악명이 높은 탓에 "실제로 범인이라는 의심과 비난을 받고 있다"는 식이다.

카루주의 이런 고발에 대해 자크 르그리와 그의 변호사는 르그리가 고소당한 이유에 대해 전혀 다른 해석을 제공함으로써 강력한 변호를 전개했다. 특히 범죄가 발생했다는 날 르그리가 실제로 어디 있었는지가 이 변호의 관건이었다.

르그리는 우선 자신이 역대의 프랑스 국왕과 알랑송 백작 피에르에게 충성을 다한 귀족 가문 출신이라는 사실을 누누이 강조했고, 그가 주군들을 "현명하고, 도덕적이고, 충성스럽고, 훌륭하게" 섬겨왔으며, "조신하며 부끄럽지 않은 삶을 영위했고, 타인에게는 예절 바르게 행동하면서" 살아왔다고 주장했다. 그러면서 이런 선행을 쌓은 덕에 현 국왕인 샤를 6세 직속의 종기사로 임명되었다고 덧붙였다.

카루주와의 관계에 관해서는 두 사람 모두 페르슈 백작을 봉신으로 섬기다가 백작 사후 그 뒤를 이은 피에르 백작의 봉신으로 함께 봉직하기 시작했다는 점을 지적했고, 자신이 장 드 카루주의 아들의 대부가 되었다는 사실도 언급했다. 그러나 카루주의 경우는 르그리가 나중에 어떻게 그런 신뢰를 배신했는지를 증명하기 위해서 대부 건을 언급한 반면, 르그리는 카루주가 친구였던 자신에게 되려 원한을 품고 어떻게 지금과 같은 상태로 전락했는지를 묘사하기 위해 언급했다는 점이 달랐다.

르그리는 자신과 백작에 대해 점점 적대적으로 변해가던 카루주가 궁정에서 어떻게 자신과 대립하게 되었는지도 묘사했다. 장의 아버지가 사망하면서 벨렘 성주 자리가 공석이 된 뒤에도 피에르 백작이 이 지위를 아들인 장에게 물려주는 것을 거부한 것은 그가 "음울하고 예측 불가능한" 인물임을 알고 있었기 때문이라고 르그리는 설명했다. 피에르 백작이 소유권을 주장할 것을 뻔히 알면서도 퀴니를 손에 넣으려다가 실패한 후, 카루주는 궁정에서 체면이 깎일 때마다 그것을 르그리 탓으로 돌렸다. 카루주는 피에르 백작이 르그리를 크게 신임하고 있다는 사실에 분개했고, 의심암귀에 사로잡혀 분노 조절에 실패한 끝에 르그리가 "의도적으로 자신의 평판을 해치려고 암약하고" 있다고 단정했고, 그 결과 르그리를 "증오하고, 혐오하게 되었다".

르그리의 증언에 의하면, 카루주는 백작의 궁정에서도 평판이 나빴지만 자기 집에서는 그보다 더한 폭군이었다. 카루주는 첫째 아내인 잔 드 틸리와 결혼한 후 "비정상적인 질투심"에 사로잡혀 그녀에게 극단적으로 금욕적인 생활을 강요했고, 그녀가 요절한 것은 바로 그 때문이라는 것이 르그리의 주장이었다. 그것만으로도 모자랐는지 카루주는 첫째 아내에게 르그리와 잤다는 터무니없는 자백을 강요했지만, "현명하고 선량한 그의 아내는 그러는 것을 거부했다"고 했다. 르그리는 카루주의 인격과 신뢰성에 대해 이런 식의 선정적인 공격을 가함으로써, 자신에 대한 카루주의 고발은 결국 몇 년이나 계속되어 온 허언과 증오의 일부에 불과하다는 점을 보여주려고 했던 것이다.

공사에 걸쳐 카루주의 품행에 큰 문제가 있었다는 점을 강조한 후, 르그리는 그와 마르그리트와의 관계에 관한 설명에 착수했다. 마르그리트를 목격했거나 직접 얘기를 나눈 것은 단 두 번뿐이라고 그는 주장했다—현재 파리 고등법원에서 진행 중인 재판에서 그녀를 목격했고, 장 크레스팽의 성관에서 "적어도 2년 전에 개최되었던" 사교 모임에서 만난 것이 전부라는 얘기였다. 증언의 이 부분은 르그리가 범죄 발생 당일 카포메스닐에 있지 않았으며, 그런고로 강간죄 자체가 성립하지 않는다는 점을 주장하기 위한 것이었다. 그와 동시에 이 증언은 마르그리트가 다른 사람을 르그리와 착각했을 가능성을 에둘러 제기하고 있었다. 마르그리트가 과거에 르그리를 만난 것은 단 한 번, 그것도 1년 이상 전의 일이므로, 엉뚱한 사람을 범인으로 몰고 있을지도 모른다는 논리였다. 그러니까, 그런 범죄가 실제로 발생했다면 말이다.

르그리는 자신이 그런 범죄를 저질렀을 수 있는 시간대를 의도적으로 좁히려고 시도했다. 고소장에서 카루주는 범죄가 발생한 날을 특정하는 대신 단지 "1월 셋째 주의 어느 날"이라고 진술했을 뿐이었다. 이에 대해 르그리는 범죄는 오로지 1월 18일 목요일에만 일어날 수 있었다는 사실을 증명해 보이려고 시도했다. 18일은 시어머니인 니콜 부인이 카포메스닐을 떠나 있었고, 마르그리트는 성관에 남아 있던 날이었다.

르그리는 인근 성읍인 생피에르쉬르디브로 니콜 부인이 소환되었다는 사실을 인용했다. 니콜 부인이 여행한 거리가 비교적 짧았음을 강조하며, 생피에르는 카포메스닐에서 "기껏해야 2리그" 떨어져 있음을 지적했다. 이것은 왕복 12마일 정도의 거리에 해당한다.* 또 르그리는 니콜 부인이 용무를 마치고 "아침 식사 시간, 또는 그보다 조금 뒤"에 카포메스닐로 돌아왔다고 주장했다. 여기서 그가 말하는 아침 식사란 오전 10시경에 시작되지만 늦으면 정오 전후가 되는 경우도 있는 하루에서 가장 중요한 식사를 의미한다. 만약 르그리의 이 주장이 옳다면 (카루주도 이 부분에 대해서는 전혀 이의를 제기하지 않았다) 니콜 부인이 카포메스닐을 비운 시간은 길어도 5시간에서 6시간이라는 얘기가 된다. 르그리는 카루주가 범죄가 발생한 정확한 날짜를 특정하지 않았으면서도 카루주가 주장하는 이른바 강간이 "아침의 이른 시각", 즉 오전 9시 전후에 일어났다고 증언했다는 사실에도 주목하고 있다. 이것은 니콜이 카포메스닐을 떠난 지 두 시간쯤 뒤일 공산이 크다.

놀랍게도 르그리는 마르그리트가 니콜 부인이 집을 비운 동안에도 혼자가 아니라 줄곧 하녀들과 함께 있었다는 주장도 펼쳤다. 그의 말을 빌리자면 마르그리트는 "침모와 다른 두 하녀"와 있었는데, 이것은 니콜 부인이 마르그리트를 "실질적으로 혼자 남겨두고" 외출했으며 그녀의 목소리를 듣고 와서 도와줄 사람은 아무도 없었다는 카루주의 주장과는 완전히 상반된다. 게다가 외출에서 돌아온 니콜 부인을 맞은 마르그리트는 매우 기분이 좋아 보였으며, "희희낙락한 표정이었고, 마음이 상한 기색은 전혀 없었다"고 르그리는 주장했다. 르그리가 여기서 무엇을 시사하려고 했는지는 명백하다. 이것이 불과 몇 시간 전에 참혹하게 폭행당하고 강간당한 여성의 행동처럼 들리는가?

르그리는 3, 4일 뒤에 파리에서 돌아온 카루주에 대해서도

* 1리그는 2.75에서 3마일 사이에 해당하는 거리 단위다.

공격을 계속하며 카루주는 원래부터 시기심이 많고 폭력적인 사내였다는 식으로 평가 절하했다. 마르그리트 곁을 절대로 떠나지 말라는 엄명을 받은 하녀가 명령을 무시하고 니콜 부인과 함께 생피에르로 가 버렸다는 사실이 밝혀지자 카루주는 격분했고, "그 자리에서 문제의 하녀—나중에는 마르그리트—의 머리를 주먹으로 후려갈기기 시작했다"고 르그리는 주장했다. 카루주의 이런 무자비한 폭력성에 대한 자극적인 진술이 법정에서 어느 정도는 먹혀들었다는 것은 명백하다. 카루주가 가정에 충실하고 다정한 남편이라고 스스로 자부했던 것에 반해, 르그리는 카루주를 툭하면 아내나 다른 여자들에게 손찌검을 하는 버릇이 있는 잔인하고 폭력적인 사내로 묘사했던 것이다. 르그리는 자신이 마르그리트를 강간했다는 사실 자체를 부인했고, 이 터무니없는 고발의 원인 제공자로 마르그리트의 남편인 카루주를 지목했다.

르그리는 카루주가 무자비하게 아내를 구타한 후 또 다른 종류의 폭력을 행사했다고 주장했다. "바로 다음 날에", 르그리에게 강간당했다는 거짓 고발을 하라고 마르그리트에게 강요했다는 것이다. "마르그리트는 강간 따위에 관해서는 단 한 번도 언급한 적조차 없었는데도" 말이다. 이 진술의 마지막 부분에는 매우 중요한 의미가 담겨 있다. 르그리의 주장이 사실이라면 카루주가 지금까지 쏟아낸 고발은 모두 터무니없는 중상모략에 불과하며, 격앙하고 있었던 카루주가 아무 잘못도 저지르지 않은 르그리를 공격하고 싶은 일념에서 아내인 마르그리트에게 강요한 악의적인 무고(誣告)라는 얘기가 되기 때문이다. 마르그리트의 인물상도 전혀 다르게 묘사되었다. 주먹에 맞아 생긴 멍이 채 사라지지도 않은 상태에서, 마르그리트는 남편에 의해 자해 행위를 강요당한 것이나 마찬가지였다. 르그리가 극악무도한 범죄를 저질렀다는 거짓 고발을 함으로써, 마지막 남은 양심과 영혼까지 팔아넘긴 것이나 다름없기 때문이다.

르그리의 주장에 의하면, 카루주는 "자기 입으로, 위협과 공포에 굴복한 아내 마르그리트의 입을 통해서, 또 그가 접촉한 이런저런 사람들의 입을 통해서" 르그리에 대한 악의적인 중상모략을 퍼뜨렸던 것이다.

르그리는 자신이 어떻게 해서 이런 터무니없는 고발의 대상이 되었는지에 대해 카루주와는 완전히 상반되는 주장을 펼친 다음, 변론의 후반부에 해당하는 현장부재증명, 즉 알리바이 입증에 착수했다. 르그리가 1월 18일에 카포메스닐에 가지도 않았고 마르그리트를 폭행하고 강간하지도 않은 것이 사실이라면, 그때 그는 어디서 무엇을 하고 있었는가?

이런 질문들에 대답하기 위해 르그리는 범죄가 행해졌다는 날뿐만 아니라 1월 셋째 주 전체에 걸쳐 자신이 어디서 무엇을 하고 있었는지를 세세히 진술했다. 카루주는 범죄가 일어난 날의 날짜를 특정하지 않았기 때문에, 르그리는 자신이 그 주의 **어떤** 요일에도 범죄를 저지를 수 없었다는 사실을 증명해 보이려고 했던 것이다.

르그리의 진술에 의하면 그는 1월 15일 월요일에 아르장탕에서 2리그(약 6마일) 떨어진 곳에 사는 친구이자 종기사인 장 블로토를 방문했다. 최근 사망한 블로토의 아내를 기리는 미사에 참석하기 위해서였다. 르그리는 그대로 블로토의 집에 머물렀다가 이틀 후인 1월 17일 수요일에 피에르 백작의 명을 받고 아르장탕의 궁전으로 돌아왔다. 그날은 피에르 백작과 저녁 식사를 한 후 백작의 침실에서 그를 보좌했다. 그런 다음 그는 "같은 성읍(villa)에 있는 자기 거처로 가서 잠자리에 들었다". 여기서 말하는 성읍이 아르장탕을 의미한다는 점은 명백하다.

1월 18일 목요일 아침이 되자 친구인 피에르 타이유피와 피에르 블로토가 와서 자고 있던 르그리를 깨웠다. 후자는 상술한 장 블로토의 형제이고, 아르장탕에 체류하던 중이었다. 르그리는 두 친구들과 함께 아침 미사에 참석하기 위해 아르장탕 궁전으로 갔고, 그 뒤에도 이들과 "계속적으로" 함께 있었다. 미사를 마친 후 백작은 세 사내를 늦은 아침 식사에 초대했고, 르그리는 궁전의 "개방된 장소에서 공개적으로" 식사를 했다. 식사를 마치고 "다과와 와인을 즐긴" 다음 르그리는 두 친구와 함께 근처의 방에 갔고, 저녁 식사 시간이 될 때까지 이들과 함께 그곳에 있었다. 그런 다음 르그리는 또다시 백작의 침실로 가서 그를 보좌했고, 그 뒤에는 다시 "르그리 자신의 방"으로 돌아와 밤을 보냈다.

1월 19일 금요일, 르그리는 피에르 타이유피와 피에르 블로토와 함께 아르장탕에서 1리그쯤 떨어진 오누(Aunou)로 가서 머물다가 1월 20일 토요일에 다시 아르장탕으로 돌아왔다. 여기서 그가 말하는 '오누'가 몇 년 전에 그가 손에 넣은 봉지인 오누르포콩(Aunou-le-Faucon)을 의미한다는 점은 명백하다. 피에르 백작이 마르그리트의 아버지에게서 구입한 후 르그리에게 하사한 바로 그 땅이다. 알리바이 증언에서 대놓고 오누르포콩을 언급하고, 범죄가 발생한 것으로 추정되는 날 이후 그곳에서 하루를 보냈다는 르그리의 발언을 들은 카루주는 보나 마나 격노했을 것이 뻔하다.

르그리는 1월 15일 월요일에서 1월 20일 토요일 사이에 자신이 어디 가 있었는지를 자세히 진술한 다음 "그런 종류의 범죄나 폭행을 저지르는 것은 아예 불가능했다"는 결론을 내렸다. 특히 아르장탕과 카포메스닐 사이의 거리가 "악로(惡路)로 9리그에 달하며, 한겨울에 그 거리를 주파하려면 꼬박 하루가 걸린다"는 점을 감안하면 말이다. 9리그(24.5에서 27마일)는 범죄가 발생했던 것으로 추정되는 날 니콜 드 카루주가 비슷한 날씨와 노면 상태에서 이동했던 2리그(5.5에서 6마일)의 네 배를 넘는 거리였다. 따라서 겨울에 아르장탕과 카포메스닐 사이를 왕복하려면 50마일 이상을 이동해야 한다는 얘기가 되며, 이것은 힘이 좋은 준마를 타고 달리더라도 족히 십여 시간은 걸리는 거리였다. 르그리의 주장대로 "하루 종일" 걸리지는 않는다고 해도 말이다. 참고로 노면 상태가 좋을 경우, 중간에 갈아탈 말들을 끌고 말을 달리는 중세의 전령은 하루에 80마일에서 최대 90마일까지 주파하는 것이 가능했다.

자크 르그리는 언제든 타고 나갈 수 있는 좋은 말을 여러 필 가지고 있는 부유한 사내였다. 만약 르그리가 카루주의 주장대로 루벨에게 카포메스닐에서 마르그리트를 감시하라고 명했다면, 갈아탈 말들을 동원하는 것은 어렵지 않았을 것이다. 그러나 니콜 드 카루주가 카포메스닐과 생피에르쉬르디브 사이를 왕복하며 11에서 12마일을 주파한 대여섯 시간 동안, 르그리가 아르장탕과 카포메스닐을 왕복할 수 있었다는 주장은 신빙성이 떨어진다.

　반면, 1월 17일 수요일 밤에는 아르장탕에 있는 "자신의 방"에서 잠자리에 들었다는 르그리의 증언은 거짓일 가능성도 있다. 1월 18일 동이 텄을 때 그는 카포메스닐 마을에 있는 아담 루벨의 집에서 대기하면서 호시탐탐 기회를 노리고 있었을지도 모른다. 이 가정이 사실이라면, 르그리는 마르그리트를 강간한 후 25마일에서 27마일 말을 달리기만 하면 아르장탕에 도착할 수 있었다. 이것은 같은 날 오전에 고령의 니콜드 카루주가 이동한 거리의 두 배를 조금 넘는 거리다. 아무리 겨울에는 노면 상태가 안 좋아진다고 해도, 숙련된 기수가 힘이 좋은 말을 달리면 주파 불가능한 거리는 아니었다.

　장 드 카루주의 인격과 동기를 공격하고 상세한 알리바이를 제시한 후, 르그리는 자신이 그런 범죄를 저지르는 것은 아예 불가능했다고 선언했다. 르그리는 범죄가 실제로 발생했는지의 여부—이것은 결투 재판이 성립하기 위한 네 가지 필요 조건 중 하나이기도 하다—에 대해서조차도 의문을 제기했다. 첫째, 카루주의 고발은 카루주 본인의 시기심과 그의 아내의 강요된 증언에 기인한 것이다. 둘째, "노년이라 할 수 있는 50대에 이미 도달한" 르그리 본인이, 1월 18일 오전에 말을 달려 불과 몇 시간 만에 카포메스닐까지의 9리그를 단번에 주파하고, 종자인 루벨에게 도움을 요청했을 정도로 격렬하게 저항하는 마르그리트를 폭행한 다음, "혹한이 엄습한 악로"에서 다시 9리그나 말을 달려 아르장탕으로 돌아갔다는 주장은 말이 안 된다. 셋째, 만약 그런 범죄가 일어난 것이 사실이

라면, "고귀하고, 정직하고, 강하고, 정숙한 마르그리트"는 그
녀를 공격한 범인의 얼굴이나 몸에 "손톱이나 팔 등을 이용해
서" 상처를 남기거나 부상을 입혔어야 마땅했지만, 르그리의
몸에 상처나 다친 흔적은 남아 있지 않았고, "마르그리트 본
인에게도 상처나 다친 곳은 전혀 없었다". 넷째, 고립되어 있
다는 카포메스닐 성관은 실제로는 마을에 있는 "10에서 12채
의 집들"과 인접해 있었고, 마르그리트가 소리를 질러 도움을
요청했다면 그곳의 주민들이 그 소리를 못 들었을 리가 없다.
그러나 그들 모두 전혀 그런 소리를 듣지 못했고, 그런 범죄가
있었다는 것을 알거나 범죄가 일어났다는 소문을 들은 주민도
전무했다.

르그리는 니콜 드 카루주에게 불리할 수도 있는 증언들도
인용했다. 르그리의 주장에 의하면, 니콜은 아들이 행한 고발
을 직접 검토했고, "철저하게 조사해 본" 뒤에, "그런 범죄는
실제로는 일어나지 않았다"는 결론을 내렸다고 한다. 법정 기
록에 의하면 르그리는 이런 정보를 카루주의 숙부인 기 드 칼
리니에게서 얻었다고 주장했다. 르그리는 앞선 증언에서 1월
18일에 용무를 마치고 귀가한 니콜 부인을 맞은 마르그리트가
"기분이 좋았고 희희낙락한 표정"이었다고 진술했다. 그의 말
이 사실이라면, 카루주의 어머니이자 피해자의 시어머니인 니
콜이 고발의 진실성을 믿지 않았다는 이 주장은 카루주를 한
층 더 불리하게 만드는 것이었다.

이 모든 증언에 입각해서, 르그리는 자신에 대한 고소는 취
하되어야 마땅하며, 법원은 그에게 무혐의 처분을 내림으로써
카루주가 제기한 결투 재판 신청을 기각해야 한다고 주장했

다. 그에 덧붙여 르그리는 장 드 카루주를 맞고소하겠다고 선언했다. 카루주는 거짓말과 근거 없는 비난을 통해 르그리에 대한 공개적인 "중상모략"을 쏟아냄으로써 르그리의 명예와 명성을 심각하게 훼손했으므로, 응분의 손해배상금을 지불해야 한다는 논리였다. 르그리는 그 배상금으로 금화 4만 프랑이라는 엄청난 액수를 요구했다.

르그리가 요구한 거액의 배상금은 돈에 쪼들리던 카루주를 수차례 파산시킬 수 있는 액수였고, 그렇지 않아도 엄청난 폭발력을 내포하고 있었던 이번 소송의 판돈을 한층 더 끌어올렸다. 이런 상황에서 고등법원이 카루주의 고소를 받아들이지 않고 결투 재판 신청을 기각한다면, 르그리는 장 드 카루주에 대한 민사소송을 얼마든지 일으킬 수 있었기 때문이다.

자크 르그리가 자기변호를 마친 뒤에는 고소인인 카루주에게 답변할 기회가 주어졌다. 장 드 카루주는 르그리의 진술을 강한 어조로 반박했고, 피에르 백작의 궁정에서의 경쟁 관계에서 비롯된 시기심과 증오에 사로잡힌 카루주가 일어나지도 않은 강간 사건을 지어냈다는 르그리의 주장에 대해 이의를 제기했다. 카루주는 르그리의 설명이 "그 어떤 진실이나 진실의 편린조차도 포함하고 있지 않은 얄팍한 날조"에 불과하다고 단언했고, 어차피 소송 자체와는 무관함을 지적했다. 이번 소송은 "정말로 엄청나고 힘들고 위험한" 사건을 다루고 있는 데다가, 카루주는 르그리를 고소함으로써 자기 자신의 "영혼과 육체와 부와 명예"를 통째로 잃을 위험을 무릅쓰고 있기 때문이다.

그런 다음 카루주는 그가 아내인 마르그리트를 학대했다는 르그리의 주장을 반박했다. 특히 르그리를 무고할 것을 두 아내에게 강요하기까지 했던 질투심 많고, 잔인하고, 심지어 미쳤을 가능성조차 있는 남편이라는 르그리의 거센 인신공격을 부정하는 데 힘을 쏟았다. 카루주는 르그리가 묘사한 사악한 인물상을 즉각 부정했고, 자신은 마르그리트를 학대한 적이 없으며 오히려 언제나 "경의를 가지고 평화롭게, 차분하게 그녀를 대했으며, 질투나 악의 따위는 전혀 존재하지 않았다"며 일축했다.

그런 다음 카루주는 그의 고소 내용에 결함이 있거나 불충분하다는 르그리의 주장을 반박했다. 자신은 관련법을 준수하며 고소 절차를 밟았고, 올바른 형식에 입각해서 사건에 관해 설명했으며, 사건이 일어난 날짜를 특정하지 않은 것도 아니다. 카루주는 사건이 "마르그리트가 증언하고 주장한 대로 일어났으며, 그녀의 선서 증언은 진실되고 충분했다"고 강조했다.*

또한 장 드 카루주는 아내인 마르그리트가 틀림없이 진실을 말하고 있으며, 범죄가 실제로 일어난 것은 명명백백하다고 주장했다. 왜냐하면 르그리가 자기 입으로 "정숙하고 정직"하

---

* 카루주가 적시한 범죄는 오직 1월 18일 목요일에만 일어날 수 있었다. 재판에 참석하기 위해 니콜이 카포메스닐을 떠난 날짜가 법정 기록에 뚜렷하게 남아 있었기 때문이다. 따라서 카루주가 범죄가 발생한 날짜를 특정하지 않았다는 르그리의 주장은 법정에서는 사소한 문제로 치부되었을 공산이 크다. 그러나 일견 사소해 보이는 절차상의 문제 탓에 소송에서 질 가능성도 전혀 없지는 않았다. 실제로 1306년의 칙령은 결투 재판을 신청하는 귀족은 해당 범죄가 발생한 일시를 반드시 적시해야 한다고 요구하고 있고, 르그리는 바로 이 요구 조건에 의해 카루주의 고소가 기각될 것을 기대했을 수도 있다.

다고 인정한 마르그리트가 스스로에게 "영원한 오점"을 남기게 될 고백을 거짓으로 했을 리가 없기 때문이다. "문제의 범죄가 일어나지 않았다고 가정한다면", 마르그리트의 증언이 "그토록 단호하고 일관적이며 한결같았다는 사실을 어떻게 설명하란 말입니까"?

장 드 카루주의 마지막 반론은 한겨울의 악로에서 말을 달려 아르장탕에서 북쪽에 있는 카포메스닐까지 가서 범죄를 저지르는 것은 불가능에 가깝다는 르그리의 지적에 관한 것이었다. 카루주는 이 지적에 대해 자크 르그리가 "좋은 말을 여러 필 가지고 있는 부유한 사내이며", 그런 사내라면 아르장탕에서 카포메스닐까지 "단시간에" 왕복하는 것도 충분히 가능하다고 주장했다. 카루주는 여기서 증언을 끝냈다.

법정에서는 두 사내 모두 언급하지 않았지만 사건 자체와 밀접하게 관련되어 있었을지도 모르는 문제가 하나 있었고, 이 문제는 여름 내내 예비 심문이 계속되면서 점점 더 뚜렷하게 부각되었다. 마르그리트가 임신했다는 사실이다.

마르그리트가 임신한 아이의 아버지가 누구였는지는 알 수 없다. 카루주의 아이인지, 르그리의 아이인지, 아니면 다른 사내의 아이였는지는 알 방법이 없기 때문이다. 그러나 결혼한 지 5, 6년이 지나도록 자식 소식이 없다가, 1386년 1월 전후에 임신해서 같은 해 후반에 출산했다는 점을 감안하면 그녀가 낳은 아이가 자크 르그리의 아이였다고 해도 이상할 것은 없었다.

그러나 파리 고등법원의 재판관들은 원고가 고발한 문제의 강간에 의해 마르그리트가 임신했을 가능성을 인정하지 않았을 가능성이 크다. 당시 대부분의 사람들이 믿고 있었던 생식에 관한 주된 이론은 서기 200년경에 그리스인 의사였던 갈레노스가 주창한 가르침에 기반을 두고 있었다. 갈레노스에 의하면 남성의 정자와 더불어 수태의 필수 요소인 여성의 "씨앗"은 해당 여성이 오르가슴을 경험했을 경우에만 방출된다. 바꿔 말해서, "여성은 성교에 적극적으로 참가하지 않는 이상 수태할 수 없다"는 뜻이다. 이 믿음은 중세 사회에 완전히 뿌리박고 있었기 때문에 법률조차도 "강간은 임신의 원인이 될 수 없다"고 인정하고 있을 정도였다.

이것은 현대의 의학 지식과는 완전히 상반되는 미신이지만, 가문의 혈통을 우발적인 사고나 범죄에 의한 오염으로부터 지키고 싶은 욕구가 강했던 중세인들, 특히 영지를 가진 귀족 계급 사이에서 큰 지지를 받았다. 유산 상속은 부계 혈통의 존속에 의존했고, 부계 혈통은 여성의 정조나 남편과 아내 사이의 신뢰 관계에 전적으로 의존하고 있었기 때문이다. 간통만으로도 귀족 혈통의 순수함이 크게 위협받는 마당에, 합의되지 않은 섹스인 강간을 통해서도 아이가 태어날 수 있고, 그 결과 가문의 혈통이 한층 더 오염될 가능성이 있다는 주장은 그대로 받아들이기에는 너무나도 위협적이었던 것이다. 따라서 어떤 사내가 유부녀를 강간하는 것만으로도 모자라서, 그 범죄에 의해 태어난 원치 않은 혼외자를 피해 여성과 그 남편에게 은근슬쩍 떠맡길 수도 있다는 생각은 당시 사람들에게는 상상조차도 할 수 없는 것이었다.

당시의 이런 인식을 감안하면, 법정은 임신한 마르그리트가 제3의 남자와 합의된 섹스를 했을 가능성—바꿔 말해서, 간통했을 가능성—이 더 크다고 판단했을 수도 있다. 르그리는 자신의 결백을 증명하는 수단으로 마르그리트의 임신 사실을 이용하기까지 했다. 다른 사내와 부정을 저질렀다는 사실을 감추기 위해, 그를 강간범으로 몰았다는 식으로 말이다. 그러나 카루주는 이런 주장에 반박할 수 없는 논거를 제출했다. 남편인 그는 마르그리트가 해외 원정에서 귀환한 **자신**과의 교접을 통해 임신했다고 주장할 수 있었다. 여섯 달 동안이나 떨어져 지내야 했던 탓에, 두 사람은 부부관계를 재개하고 싶은 강한 욕구를 가지고 있었으니까 말이다. 르그리조차도 이런 주장을 반박하지는 못했을 것이다. 마르그리트가 지난 5, 6년 동안 아이를 갖지 못했다는 사실이 시사하듯이 카루주 부부의 결혼 생활은 애정을 결여한데다가 가혹하기까지 했고, 그런고로 금슬이 좋았을 리가 없다는 원래 주장을 되풀이해봤자 큰 의미는 없었다. 결국 르그리는 자기 변론을 하면서도 마르그리트의 임신 사실에 대해서는 일언반구도 언급하지 않았다. 르그리 또는 그의 노련한 변호사가 그런 전략은 너무 위험하다고 판단한 탓일 수도 있다.

당시 장 드 카루주의 속내가 무엇이었는지, 또 마르그리트가 자기 몸이라는 또 하나의 증거를 통해 무엇을 알고 있었는지는 이와는 전혀 다른 문제다. 혹시 카루주는 강간과 수태에 대한 항간의 이론을 무시하고, 실제로는 마르그리트의 아이가 자기 자식이 아닐지도 모른다고 의심하고 있었던 것일까? 마르그리트는 그녀를 강간한 사내의 아이를 잉태하고 있다고 격정하고 있었을까? 아니면 부부 모두 예의 인기 있는 속설에서

불가사의한 편지
1386년 7월에 자크 르그리와 마르그리트 드 카루주에 관한
정보가 담긴 편지들을 가지고
캉에서 파리까지 말을 달린 전령이 받은 비용 처리 영수증.
프랑스 국립도서관 소장.
(MS. fr. 26021, no. 899.)

마음의 위안을 얻고, 마르그리트를 공격하고 강간한 르그리가
그런 끔찍한 범죄에 덧붙여 자기 피를 이어받은 사생아를 카
루주 부부에게 몰래 떠맡겼을 리가 없다고 스스로를 설득했던
것일까?

예비 심문이 7월을 넘어 8월까지 계속되면서, 몇 가지의
놀랄만한 진전이 있었다. 8월 말 기음 베랑지에라는 이
름의 전령이 고등법원 앞으로 보내어진 "카루주 부인과 자크
르그리에 관한" 봉인 편지들을 가지고 파리에 도착했던 것이
다. 베랑지에를 파리로 보낸 사람은 캉의 치안을 담당하는 집
달리 기음 드 모비네였는데, 베랑지에는 모비네로부터 "글로
기록할 수 없는 다른 기밀 사항들을 구두로" 보고하라는 명령
도 받았다. 길쭉한 양피지에 기록된 베랑지에의 비용 처리용
영수증은 지금도 남아 있지만, 편지들 자체는 사라졌고, 글로
남기기에는 명백히 너무 위험해서 구두로 전해져야 했던 "다

른 기밀 사항들"이 무엇이었는지도 알아낼 방법은 없다. 그러나 이런 불가사의한 편지들을 파리로 급히 보내라고 명령한 기욤 드 모비네가 범죄가 일어났다고 추정되는 날 생피에르쉬르디브로 니콜 부인을 소환했던 집달리와 동일인물인 것은 확실하다. 피에르 백작은 카루주의 상고를 저지하기 위해 일찌감치 파리로 편지를 보냈고, 이 새로운 편지들과 구두 보고 역시 마르그리트의 증언에 의혹을 제기함으로써 카루주의 소송에 타격을 주려는 새로운 시도로 보인다.

이 무렵 파리 고등법원은 르그리의 공범으로 지목된 아담 루벨을 소환했다. 아담은 몇 달 전에 피에르 백작의 명령으로 체포된 뒤에 심문을 받았지만, 백작의 법정에서 르그리가 무죄 판결을 받는 것과 동시에 공범 혐의를 받은 루벨 역시 무죄 판결을 받고 풀려났다. 그런데도 또 법정에 소환되었던 것이다. 고등법원에서 보낸 7월 20일자 소환장은 루벨이 반드시 파리로 출두해야 한다고 못 박고 있었다.

이틀 후인 7월 22일 일요일, 루벨은 소환에 응했고, 뱅센성으로 가서 샤를 6세 앞에 섰다. 7월 9일에 카루주가 제출한 고소장에서 루벨은 이미 르그리의 공범으로 지목되고 있었다. 그러나 이날만은 루벨도 깜짝 놀랐을지도 모른다. 파리 시외의 거대한 성새에 도착해서 성 중앙의 아성으로 들어간 루벨은 나선계단을 올라 접견실의 왕좌 앞에 섰고, 그곳에서 마르그리트의 사촌 오빠인 토맹 뒤부아라는 이름의 종기사와 마주쳤던 것이다. 뒤부아는 왕과 그의 숙부들과 정신들이 지켜보는 앞에서 격앙한 어조로 마르그리트를 공격한 혐의를 받고 있는 루벨을 규탄했다. 그런 다음 그는 장갑을 접견실 바닥에 내던지고 루벨에게 결투를 신청했다. 그러면서 뒤부아는 루벨이 이 혐의를 부인하면서도 자신과 결투를 하는 것을 거부한다면, 그것은 자기 죄를 인정하는 것이나 마찬가지이고, 그럴 경우 루벨은 자기 죄를 자백할 때까지 구금되어야 마땅하다고 주장했다. 카루주가 첫 번째 결투 신청을 한 지 2주도 채 지나지 않아 발생한 이 두 번째 결투 신청은, 갑자기 하나가 아닌 두 개의 결투가 시행될 가능성을 열어 놓았다.

그러자 루벨은 변호사와 의논하고 싶다고 말하며 국왕에게 유예(jour d'avis)를 요청했고, 7월 24일 화요일까지 그래도 좋다는 허가를 받았다. 고등법원의 기록에 의하면 7월 24일 당일에는 아무런 조치도 취해지지 않았지만, 거의 한 달 뒤의 기록을 보면 이 사건을 둘러싼 체포와 구류와 신문(訊問)의 수가 급증하며 파문이 확산된 것을 알 수 있다. 8월 20일, 아담 루벨의 아들인 기욤 루벨은 다른 두 사내—에스틴 고슬랭과 토마 드 벨르퐁—와 함께 "원고 측의 기사인 장 드 카루주 및 토맹 뒤부아와, 피고 측인 자크 르그리와 아담 루벨 사이에서 현재 상고 중인 결투 재판에 관한 모종의 사실들"을 조사하기 위해 구금되었다. 이 기록을 보면 두 개의 결투가 하나로 통합되었다는 사실을 알 수 있다.

이 무렵 고등법원은 체포 후 사법궁에 부설된 음침한 감옥인 콩시에르주리(Conciergerie)에 구금되어 있던 아담 루벨을 독방에서 데리고 나와 그가 저지른 범죄에 관해 알아내기 위해 "신문할 것을"—바꿔 말해서, 고문할 것을—명했다. 당시 프랑스에서 고문은 증인에게서 정보를, 피고에게서는 자백을 끌어내기 위한 수단으로 곧잘 쓰였다. 재판의 무게중심이 신명재판(神明裁判)이나 결투 재판에서 유죄의 증거로 간주되는 자백 쪽으로 옮겨감에 따라 사법 고문의 빈도는 당시의 프랑스에서 실제로 증가하고 있었다. 표준적인 고문 기술로는 매다는 형벌이 있었는데, 이것은 희생자의 손을 뒤로 돌려 밧줄로 결박한 후 원치를 써서 공중에 매달았다가, 갑자기 바닥에 떨어뜨리는 방법이었다. 그 밖에도 죔틀에 묶는 고문, "발바닥을 불로 지지기", 장시간 잠을 못 자게 하기, 냉수에 담그기, 질식하기 직전까지 억지로 물을 먹이는 고문 등의 다양한 방법이 존재했다.

르그리의 변호사인 장 르코크의 일지에는 강간 사건에 관해 "신문을 받은" 사람들 중에는 아담 루벨과 "사건 당일 카루주의 자택에 남아 있었다고 추정되는" 하녀가 포함되었다는 대목이 있다. 당시 사법 고문은 너무나도 흔했던 탓에 변호사인 르코크는 이 두 증인에 대해 어떤 고문이 가해졌는지조차 언급하지 않았지만, 아담 루벨이나 무명의 하녀는 아무런 자백도 하지 않았다.*

그해 여름, 아담 루벨 말고도 법의 추궁을 받은 자크 르그리의 지인이 한 명 더 있다. 최근에 상처한 종기사이자 르그리의 알리바이 진술에서도 거명된 장 블로토가, 파리 주교의 집달리에 의해 약취(raptus) 혐의—여기서 말하는 약취란 유괴 내지는 강간을 의미한다—로 체포당했던 것이다.

---

* 아담 루벨의 처인 잔 드 퐁트네(그녀는 훗날 자크 르그리의 결투 보증인이 되어 준 인물의 누이이기도 하다)는 남편을 따라 파리로 왔다가 역시 사건과 관련한 '신문'을 받았고, 그 뒤에는 르그리와 동행한 여러 관계자들처럼 알랑송 저택에 숙박했다.

자크 르그리의 친한 친구이자 그의 알리바이 진술의 주요 증인이기도 한 블로토가, 르그리가 파리 고등법원으로 소환되었던 것과 같은 시기에 약취 혐의로 체포되었다는 점은 매우 흥미롭다. 고등법원은 르그리가 실제로 마르그리트 드 카루주를 강간했는지의 여부를 판단하기 위한 예비 심문을 진행하던 중이었다. 블로토는 실은 누명을 썼는지도 모른다. 그러나 자크 르그리가 상당히 거친 친구들과 어울렸다는 인상을 주는 것은 사실이다.

칠월 내내 국왕과 그의 정신들은 기사와 종기사 사이에서 벌어진 이 소송전의 추이를 열심히 쫓고 있었다. 그러나 8월이 되고 예비 심문도 두째 달로 접어들자 왕의 흥미는 목숨을 건 결투의 가능성이라는 실로 자극적인 사건을 포함한 내정(內政)에서, 국제적인 수평선 위로 다시 떠오르기 시작한 전쟁 가능성이라는 훨씬 큰 다툼 쪽으로 옮겨갔다. 한여름이 되어 전쟁을 하기 좋은 날씨가 되자, 프랑스와 잉글랜드 사이의 적대 관계 역시 일촉즉발의 상태로 재돌입했다.

작년에 샤를 6세는 비엔 제독을 프랑스인 기사와 종기사들로 이루어진 원정군과 함께 스코틀랜드로 보냈다. 장 드 카루주도 원정군의 일원으로 참가했다. 프랑스군은 방화와 약탈을 되풀이하며 국경 지대를 초토화했고, 리처드 2세와 그의 군대를 런던에서 먼 북쪽까지 끌어냈다. 그러나 그와 동시에 두 번째의, 훨씬 큰 규모의 프랑스 원정군으로 잉글랜드 남부를 침공한다는 안은 끝끝내 실행되지 않았고, 잉글랜드군을 남북 두 방향에서 공격한다는 원래의 작전 계획은 결국 파기되었다. 용맹 과감하다는 뜻의 용담공이라는 별명을 가진 부르고뉴 공작 필리프는 일찍이 유례를 볼 수 없을 정도로 큰 규모의 파괴적인 침공 작전을 실행에 옮김으로써 잉글랜드에 치명적인 타격을 주고, 역사에 불멸의 이름을 남길 것을 샤를 6세에게 제안했다.

젊고 감수성이 예민했던 왕은 그 즉시 이 계획에 찬동했고, 파리를 떠나 플랑드르의 항구 슬로이스로 갈 채비를 갖췄다. 그곳에 결집할 엄청난 규모의 프랑스군과 천 척이 넘는 대함대의 선두에 서서 친히 침공을 지휘할 예정이었다. 파리를 떠나기 전에 샤를은 노트르담 대성당에서 거행된 엄숙한 미사에 참석했고, 잉글랜드의 땅에 정복의 첫걸음을 딛기 전에는 절대로 수도 파리로 돌아오지 않겠다고 맹세했다.

왕과 숙부가 출정하자 고등법원의 업무가 재개되었고, 그 중에는 카루주-르그리 소송의 심문 절차도 포함되어 있었다. 이윽고 8월이 지나 9월이 되며 소송은 세 번째 달을 맞이했다. 카루주와 르그리는 파리에 갇힌 수인(囚人)이나 다름없었다. 시내를 돌아다니는 것은 자유였지만 소환을 받는 즉시 사법궁에 출두해야 하고, 언제 그런 소환을 받을지 몰랐기 때문이다.

이 무렵 적어도 임신 8개월이던 마르그리트는 파리뿐만이 아니라 그녀와 그녀의 남편이 체류 중이던 집에 갇혀 있었고, 급기야는 그녀의 몸 자체에 갇히기 시작했다. 출산일을 기다리는 동시에 고등법원이 판결을 내려 주기를 기다린다는 것은 그런 낯선 환경에서는 참기 힘든 고역이었을 것이다.

심문이 늦여름까지 이어지면서 모든 사람이 고등법원의 판결이 나오기를 고대하는 동안, 장 르코크는 논란으로 점철된 이 소송에 대해 나름대로의 결론을 내리고 있었다. 자크 르그리의 변호사였던 그는 예의 일지에 의뢰인이 직면한 유리하거나 불리한 상황들을 열거하면서, 이 지독하게 민감한 사건에 관한 그의 사적인 견해도 덧붙여 놓았던 것이다.

의뢰인인 르그리에게 불리한 사항 중 하나로 르코크는 "카루주의 처가 실제로 그런 범죄 행위가 일어났다는 주장을 단 한 번도 꺾지 않았다는 점"을 들고 있다. 전면적인 부인(否認)과 알리바이와 온갖 종류의 반론에 직면하면서도, 마르그리트가 내놓은 증언이 절대로 흔들리지 않았다는 사실에는 변호사인 그조차도 다른 사람들 못지않게 큰 감명을 받은 듯하다.

르코크가 인간에 대해 날카로운 관찰안을 가지고 있던 것은 명백해 보인다. 르코크의 일지에는 르그리가 "혹시 의뢰인인 자신에 대해 무슨 의구심을 느끼고 있지는 않느냐고 물어왔는데, 이유를 물으니 내가 골똘히 생각에 잠긴 모습을 보았기 때문이라고 했다"라는 기록이 남아 있다.

르코크는 자크 르그리에게서 "카루주가 그런 방식으로 자신을 고소할 생각이라는 소식을 듣자마자, 사제에게 가서 고해성사를 했다"는 얘기를 들었다는 사실도 일지에서 밝혔다. 만약 고등법원이 결투 재판을 정식으로 허가해 준다면, 두 결투자는 실제로 결투를 치르기 전에 얼마든지 자기 죄를 고백할 시간 여유를 가질 수 있었다. 그러나 르그리는 자기 자신의 불멸의 영혼을 위험에 빠뜨릴 생각은 추호도 없었던 것 같다. 그가 양심에 무슨 짐을 지고 있었던 간에, 운명의 날을 마주하

장 르코크의 일지

이 페이지에는 자크 르그리의 변호사인 르코크가
이 소송에 관해 남긴 기록 일부가 포함되어 있다. 프랑스 국립도서관 소장.

(MS. Latin 4645, fol. 47r.)

기 훨씬 전에 고백을 하고 죄 사함을 받으려고 한 것을 보면 말이다.

르코크는 의뢰인에게 유리한 점도 열거하고 있는데, 자크 르그리가 법정에서 한 자기 변론의 내용 대부분을 되풀이한 후 "문제의 날, 많은 기사들이 르그리가 하루 종일 알랑송 백작과 함께 있는 것을 보았다고 맹세했다"고 덧붙였다.

"그러나 일부는", 자크 르그리가 자백 따위를 할 리가 없다고 말했다. 주군인 피에르 백작이 르그리는 결백하다고 도장을 찍어 준 마당에, 지금 와서 죄를 인정한다면 르그리의 아들들뿐만 아니라 친구들까지 엄청난 추문에 휘말리기 때문이다. 바꿔 말해서, 자크 르그리가 자기주장을 바꾸지 않은 것은 동료들로부터의 압력 탓이었다는 해석도 가능하다. 이 대목은 르코크 역시 의뢰인의 정직성에 대해 어느 정도 의혹을 느끼고 있었음을 시사한다.

이 사건에 관해 르코크가 남긴 마지막 견해는 가장 시사하는 점이 많다. 법적인 절차에 관해 숙지하고 있는데다가 의뢰인을 지척에서 관찰하고 그에게 직접 질문을 할 기회를 수없이 누렸음에도 불구하고, 이 신중한 변호사는 자기 지식의 한계뿐만 아니라 일반적인 인간 지식의 한계를 느끼고 있었던 듯하다. 왜냐하면 그는 이 사건에 관한 그의 논평을 다음과 같은 짤막한 기술로 끝내고 있기 때문이다. "사건의 진상을 정말로 아는 사람은 아무도 없었다."

구월 중순, 심문이 개시된 지 두 달 이상 지나고 고발장에 적시된 범죄 발생일로부터 여덟 달이 지났을 때, 파리 고등법원은 마침내 결론을 내렸다. 소환장을 받은 카루주와 르그리는 판결 결과를 듣기 위해 1386년 9월 15일 토요일에 사법궁에 출두했다.

파리의 여름은 초가을로 변해가고 있었고, 출정한 샤를 6세와 그의 숙부들은 여전히 부재중이었다. 국왕 부재중에 주임 판사로서 고등법원의 재판을 주재하던 인물은 제1판사인 아르놀 드 코르비였다. 이 덕망 있는 법관이 대법정에서 개정을 선언하자, 호화롭게 장식된 이 방에서 들려오던 잡담과 쑥덕 거림이 갑자기 멎었고, 대도시의 일상적인 소음—철제 수레바퀴가 떨그럭거리며 구르는 소리, 말발굽 소리, 소 떼를 모는 목동과 사법궁 앞을 흐르는 센강을 지나는 뱃사공들의 고함소리—이 사람들의 침묵을 대신했다.

카루주와 르그리는 대법정에 모인 고등법원의 재판관들 앞에서 또다시 서로를 마주 보았다. 두 사람 모두 변호사들과 친지들과 여섯 명의 귀족 보증인들을 포함한 지지자들을 대동하고 있었다. 산월이 꽉 찬 마르그리트의 경우는 아예 모습을 안 보였을 공산이 크다.

1354년 이래 파리 고등법원이 강간 혐의의 해결을 위해 결투를 인정한 적은 한 번도 없었다. 지난 반세기 동안 고등법원은 결투 재판 신청을 수없이 기각했다—1330년, 1341년, 1342년, 1343년, 1372년, 1377년, 그리고 1383년에도 기각되었던 것이다. 따라서 고등법원의 결정을 애타게 기다리던 카루주의 전망도 그리 밝아 보이지는 않았다.

재판관들은 이 사건에 대한 충분한 검토를 거쳐 그들이 내린 판결을 양피지에 프랑스어로 적었고, 이번 사건의 관련 서류들과 함께 천 주머니에 넣은 다음 봉인했다. 개정이 선언되자 카루주와 르그리와 쌍방의 지지자들은 일제히 좌석에서 일어났다. 이번 사건을 전담한 전임 판사가 주머니를 열었다. 고등법원의 판결문이 적힌 양피지를 그곳에서 꺼낸 그는 큰 소리로 천천히 판결문을 읽기 시작했다.

"우리 군주이신 국왕 폐하께 제출되어 계류 중이던 소송의 한쪽 당사자이며 고소인이자 원고인 기사 장 드 카루주와, 다른 쪽 당사자이자 피고인 종기사 자크 르그리 사이의 결투 재판 여부에 관해 본 법정은 검토를 마쳤고, 최종 판결을 내렸다—그 결과, 본 법정은 소송 당사자 두 명 사이의 결투 재판을 허한다."

일 천삼백팔십육 년 당시에 결투가 얼마나 드물었는지를 감안하면, 결투 재판을 인가한다는 고등법원의 결정은, 특히 이것이 입증되지 않은 피해자 본인의 증언에 기댄 소송이라는 점을 고려하면, 지극히 이례적이었다. 그러나 고등법원의 판결은 엄밀한 법적 해석에 입각한 것이라기보다는 정치적인 고려에서 비롯되었을 가능성이 크다. 이 악명 높은 다툼은 몇 달 동안이나 궁정을 완전히 반으로 갈라놓았기 때문이다. 카루주와 르그리 모두 파리에서 잘 알려진 인물이었다. 두 사람 모두 국왕의 충실한 신하였다. 큰 권력을 가진 대귀족들은 두 패로 갈라져서 어느 한쪽과 결탁했고, 앞다투어 결투 재판의 보증인이 되었다. 장 르코크는 이 재판이 파리에서 큰 물

의를 빚고 있음을 지적하며 "많은 사람들이" 르그리의 주장
을 지지하는 한편, "그 밖의 많은 사람들은" 카루주를 지지했
다고 일지에 기록했다. 젊은 국왕과 그의 숙부들이 플랑드르
로 가서 잉글랜드 침공을 계획하는 일에 여념이 없는 상황에
서, 고등법원은 어느 한쪽의 편을 들어준다면 논란에 한층 더
불을 지피는 꼴이 되지는 않을지 우려했는지도 모른다. 그런
연유로, 카루주의 요청을 받아들여 결투 재판을 허가함으로써
이 모든 골칫거리를 신의 심판에 맡기는 편이 낫다고 판단했
던 것이다.

결투일로 지정된 날—법은 판결일에서 적어도 40일 이상
지난 날이어야 한다고 못 박고 있다—은 1386년 11월 27일
이었다. 아직도 두 달은 더 기다려야 한다는 얘기였고, 그 무
렵에는 마르그리트도 응당 아이를 낳은 후일 것이다. 카루주
부처는 마침내 그토록 원하던 심판의 날을 맞이할 수 있게 되
었다.

자크 르그리의 변호사는 일지에 "결투 재판을 하라는 법
원의 명령을 받자 종기사는 병이 들었다"라고 썼다. 앓
아누운 이유가 무엇인지는 상상하기 어렵지 않다. 르그리는
몇 달 전에 이미 피에르 백작의 영주 재판에서 모든 혐의를 벗
지 않았던가. 게다가 그는 성직자의 특권을 행사하는 것을 거
부함으로써 결투를 회피할 기회를 스스로 차 버리기까지 했
다. 그런 마당에, 갑자기 유력한 범죄 용의자 취급을 받으면서
처음부터 다시 자신의 결백을 증명해야 하는 것이다. 이번에
는 목숨을 건 결투를 통해서.

장 드 카루주의 경우, 그의 손을 들어 준 고등법원의 판결에 만족스러워했다는 점은 확실하다. 소송에서 이길 가능성은 매우 낮았던데다가 몇 달 동안이나 마음을 졸이며 기다려야 했고, 파산하기 일보 직전이었지만, 마침내 소원을 이루었으니까 말이다.

그러나 여기에는 함정이 하나 있었다. 사죄(死罪)에 해당하는 중죄에서 위증을 했을 경우의 벌은 사형이다. 두 사내는 각자의 주장이 옳음을 입증하기 위해 자비 따위는 주어지지 않는 결투에서 어느 한쪽이 죽을 때까지 싸워야 한다. 설령 카루주가 적에게 죽임을 당하기 전에 항복한다고 해도, 그런 행위로 인해 거짓말쟁이임을 자인했다는 뜻이 되므로 그는 결투장 밖으로 끌려 나가서 몽포콩에서 교수형에 처해질 것이다.

사건의 주요 증인인 마르그리트에게는 그보다 훨씬 더 끔찍한 운명이 기다리고 있었다. 14세기 말까지도 프랑스법의 일부로 여전히 남아 있던 고대의 관습에 의해, 결투 재판의 결과 그녀가 강간 사건에 대해 위증을 하고 거짓 서약을 했다는 사실이 입증된다면, 그녀는 산 채로 화형에 처해질 예정이었다.

제2부

7

신 의 심 판

결투는 생마르탱데샹(Saint-Martin-des-Champs) 수도원에서 행해질 예정이었다. 파리의 생마르탱에는 결투를 위한 특별한 시합장뿐만 아니라 몇천 명이나 되는 관중을 수용할 수 있는 공간이 있었기 때문이다. 11세기에 베테딕도회에 의해 설립된 이 수도원은 노트르담 대성당에서 북쪽으로 1마일쯤 간 곳에 있는 생마르탱가(街)에 인접한 센강 우안(右岸)에 자리 잡고 있었다. 파리에서 가장 부유한 종교 단체이기도 한 생마르탱 수도원은 프랑스에서 가장 고명한 성인인 성(聖) 마르티노의 이름을 딴 곳이었다. 원래는 로마 군인이었던 성 마르티노는 어느 추운 겨울날 검으로 자기 외투를 반으로 갈라 추위에 떨고 있는 거지에게 주었고, 훗날 갈리아 지방으로 가서 기독교를 전도하다가 투르의 초대 주교가 되었다. 성 마르티노는 병기공(兵器工)과 기병과 병사들을 포함한 군인의 수호성인이기도 했다. 따라서 프랑스군의 성인인 그에게 봉헌된 생마르탱 수도원의 결투장은 '신의 심판'이라고 불리기도 했던 결투 재판의 무대로서는 매우 적절한 장소였다고 할 수 있다.

생마르탱데샹 수도원

카루주와 르그리의 유명한 결투는 수도원 뒤쪽의 시합장에서 행해졌다.

(위의 지도에서는 왼쪽이 북쪽에 해당한다.)

트리세·호야우, 『파리 전도(全圖)』(c. 1550)의 일부. 바젤 대학도서관 소장.

(지도 컬렉션 AA 124)

생마르탱 수도원은 1060년에 앙리 1세에 의해 소(小)수도원으로 처음 설립되었을 당시에는 파리의 방벽 너머에 펼쳐진 습지를 간척한 경작지에 자리 잡고 있었다. 수도원 자체도 침략군이 도적들을 막기 위한 튼튼한 방벽으로 에워싸여 있었다. 12에이커의 토지를 에워싼 이 방벽이 1273년 필리프 3세에 의해 개축되면서 네 모퉁이에 40피트 높이의 위풍당당한 탑들이 세워졌고, 상점과 민가가 생마르탱가에 인접한 방벽 너머에 있는 이 부유한 수도원 주위에 우후죽순처럼 생겨나기 시작했다. 생마르탱 수도원이 그 자신의 성읍(bourg)으로 둘러싸이는 데는 그리 오래 걸리지 않았다.

1356년 푸아티에 전투에서 잉글랜드군이 프랑스군을 대파하고 국왕인 장 2세를 포로로 잡았을 때, 공포에 질린 파리의 상인들은 도시 북부에 더 큰 방벽을 쌓아 달라고 의뢰했다. 센 강 우안 주위로 거의 5마일 가까이 뻗어 나가는 이 방벽은 동쪽에서는 생폴 저택, 서쪽에서는 루브르 요새, 북쪽에서는 생마르탱 수도원을 에워싸고 있었다. 새로운 방벽으로 둘러싸인 생마르탱 구역의 내부는 가로와 신축 건물들로 빠르게 채워졌고, 1360년에는 파리시에 통합되었다. 1380년대의 생마르탱 데샹은 더 이상 '들판(champs)'에 자리 잡은 것이 아니라, 무분별한 도시 확산 현상의 중세판이라고 할 만한 것에 흡수되어 완전히 파리 시내의 일부가 되어 있었던 것이다.

1386년, 생마르탱 수도원은 주요 건물—예배당, 식당, 회랑, 병원—들 근처에 있는 남쪽 방벽의 요새화된 옛 출입문을 통해 출입이 가능했다. 수도사들이 침묵을 지키며 음식을 먹고, 그동안 동료 한 명은 큰 소리로 성경 구절을 낭독함으로써 영혼의 양식을 제공해 주었던 식당은 지금 보아도 실로 장려하다. 천장이 높은 이 고딕 양식의 홀은 중앙부를 지나는 가느다란 열주(列柱)들에 의해 지탱되며, 양쪽 벽에 낸 길고 뾰족한 창문들을 통해 햇살을 듬뿍 받도록 설계되어 있다. 식당 근처에 위치한 숙사(dortoir)라고 불리는 수도사들의 공동 침실에 딸린 층계는 새벽 기도를 하기 위해 지하 예배당으로 내려갈 때 요긴하게 쓰인다. 수도원이 자체적으로 갖춘 송수로(送水路)에서 나오는 물로 흘려보내는 방식의 변소는 파리에서도 최고의 수준을 자랑했다. 이 송수로는 파리 북부의 구릉지의 수원지에서 직접 끌어온 시원하고 깨끗한 물을 수도원의 구내(enceinte)에 직접 공급했다.

생마르탱 수도원은 예배당과 회랑과 다른 종교 시설들과 더불어 재판소와 감옥도 갖추고 있었다. 수도원은 형사 법원을 겸하고 있었고, 그 주위를 에워싼 생마르탱 구역의 법무를 관할하고 있었기 때문이다. 당시의 재판 기록에는 살인, 절도, 강간, 폭행을 위시한 각종 죄목이 나열되어 있고, 재판소가 죄인에게 내린 형벌은 채찍형에서 조리돌림, 신체 절단, 교수형, 생매장, 화형 등을 망라하고 있었다. 1355년에 타생 오조라는 이름의 사내는 옷감을 훔친 죄로 한쪽 귀를 잘렸다. 1352년에 잔 라프레보스트라는 여성은 절도죄로 산 채로 매장당하는 형에 처해졌는데, 이 경우에서 보듯 여성은 같은 죄를 지어도 종종 남성보다 중한 처벌을 받곤 했다. 동물들조차도 재판에 끌려 나와 유죄 판결을 받았다. 생마르탱가에서 갓난애를 죽이고 먹은 암퇘지는 거리를 끌려다니다가 교수형에 처해졌고, 어린애의 얼굴을 깨물어서 심하게 훼손한 다른 돼지는 화형

선고를 받았다. 사람을 죽였지만 주인의 도움을 받고 도주한 말 한 마리는 궐석재판에서 살인죄로 유죄 판결을 받았고, 그 말을 본떠 만든 말 인형이 대신 교수형에 처해졌다.

그러나 생마르탱 수도원에서 가장 장려한 재판의 장은 시합장(試合場)이었다. 시합장은 수도원 건물들의 동쪽에 위치한 편평한 지면에 자리 잡고 있었다. 실제로 결투를 할 수 있는 시합장을 갖춘 수도원은 파리에서도 생마르탱을 포함해서 단 두 곳밖에는 없었고, 과거 몇 세기 동안 수없이 많은 결투 재판이 바로 이곳에서 시행되었다. (또 다른 시합장은 파리 남쪽의 방벽 바로 바깥쪽에 있는 생제르맹데프레 수도원에 있었다.) 그러나 14세기 들어 결투 재판은 드물어졌기 때문에 생마르탱 수도원의 시합장은 당시에는 주로 오락을 목적으로 한 마상 창 시합(tilt)에 쓰였다. 말에 탄 기병들이 기마창이나 장검 따위를 써서 승부를 겨루는 형식이었는데, 경기에 쓰이는 무기의 날이나 선단(先端)은 시합 중에 중상자나 사망자가 발생하는 것을 방지하기 위해 무디게 뭉개 놓는 것이 일반적이었다.

결투 재판에 쓰이는 표준적인 시합장은 가로 80보 세로 40보의 직사각형 공터였고, 이 수치를 피트로 환산하면 가로 200피트에 세로 100피트*가 된다. 그러나 생마르탱 수도원의 시합장은 마상 창 시합을 위해 조정된 탓에 "가로 길이가 96보나 되었지만, 세로 길이는 24보"에 불과했고, 이것은 대략 가로 240피트에 세로 60피트** 크기의 공간에 해당한다. 시합장의 모양이 이토록 길쭉한 것은 시합에 참가한 전사들이

---

* 60×30 m.

** 73×18 m.

박차를 가함으로써 한층 더 빨리 말을 달리기 위해서였다. 그런다면 그들이 쥔 마상 창의 타격력도 훨씬 더 강해지기 때문이다. 게다가 시합장의 세로 폭이 가로 길이의 4분의 1밖에 안 될 정도로 좁은 덕에 측면에 모인 관객들은 훨씬 더 가까이서 시합을 구경할 수 있다는 장점이 있었다.

영어로 리스츠(lists)라고 불리는 시합장과 그에 딸린 설비는 생마르탱 수도원의 상설 시설이었고, 언제라도 마상 창시합을 행할 수 있도록 준비되어 있었다. 그러나 1386년 당시에는 결투 재판 자체가 너무나도 희귀해진 탓에 카루주와 르그리 사이의 결투를 거행하기 위해서는 시합장을 어느 정도 재정비할 필요가 있었다. 당시의 어떤 기록에 "장 드 카루주와 자크 르그리를 위해 파리의 생마르탱 수도원의 시합장에 만들어진(qui son faittes) 결투장"이라는 대목이 있는 것을 보면, 이 결투를 위해 울타리와 관람석을 위시한 설비들이 새로 설치되었음을 알 수 있다.

법률은 결투 재판을 울타리로 에워싸인 닫힌 시합장에서 시행할 것을 요구하고 있었기 때문에, 결투장 전체는 높은 목책으로 에워싸여 있었다. 목책은 사람 키보다 높지만 관객들이 결투의 추이를 쫓을 수 있도록 튼튼한 목재를 엮은 격자로 이루어져 있었다. 이런 목책을 두른 데는 몇 가지 목적이 있었다. 목책이 있는 덕에 결투자들은 결투 중에 도망칠 수 없었고, 공중으로 튕겨 나온 무기에 의해 관객이 다치지 않도록 할 수 있었으며, 일단 결투가 시작된 뒤에는 외부인의 간섭을 방지하는 효과가 있었다. 이런 목책 주위를 그보다는 낮은 목책이 빙 두르고 있었는데, 이 두 목책들 사이의 좁은 지면을 쇠

갈퀴로 평평하게 다짐으로써 일종의 완충지대가 만들어져 있었다.

관련 규칙에 의하면 안쪽 목책의 높이는 "적어도 7피트* 이상이어야 하며, 사방에서 두께 반 피트에 달하는 목재를 창살처럼 단단히 끼우고 엮음으로써 그 무엇도 상술한 시합장 내부로 침입하지 못하고, 그 무엇도 시합장 외부로 탈출하지 못하도록 해야 한다. 시합장의 목책을 이토록 높고 견고하게 만드는 목적은 무기의 일격이나 말의 돌진을 위시한 그 어떤 타격에 의해서도 뚫리는 일이 없도록 하기 위해서이다".

길쭉한 시합장의 세로 부분에 해당하는 좌우의 목책 중앙에는 높이 8피트의 육중한 출입구가 하나씩 있었는데, 이것은 거대한 열쇠를 써야 열 수 있는데다가 바깥쪽에 위치한 미닫이식의 차단문으로 막혀 있었다. 가로 부분의 목책에 가까운 관람석 근처에는 제3의 출입문이 있었는데, 결투를 관장하는 관리들은 너비 4피트의 이 문을 통해 시합장에 출입할 수 있었다. 이 문 역시 미닫이식 차단문과 굵은 쇠빗장을 써서 밖에서 잠글 수 있었다.**

시합장 네 모퉁이의 내벽 밖에는 네 개의 목탑이 세워졌고, 관리들은 이 탑 위에서 결투를 감독할 수 있었다. 이곳에 탑들을 세운 이유는 결투가 행해지는 현장에서 최대한 가까운 곳

---

* 2.13m.
** 제3의 출입문을 만드는 대신 시합장의 한 모퉁이에 관리들의 출입을 위해 간이 사다리를 걸쳐놓는 경우도 있었는데, 결투가 시작되는 즉시 관리들은 이 사다리로 올라와서 황급히 시합장 밖으로 나온 다음 사다리를 끌어내는 식이었다.

에 감독자들을 배치함으로써 거기서 벌어지는 모든 일들을 보고 들을 수 있도록 하기 위해서였다. 탑 위에서 결투자들에게 음식이나 음료를 내려 보내는 것도 가능했다.

시합장의 외벽 높이는 내벽에 비해 낮았지만, 내벽과 마찬가지로 육중한 미닫이식 차단문이 딸린 출입구 두 개가 있었다. 결투가 벌어질 때는 위병들이 이 두 개의 문을 에워싸는데, 구경꾼들이 내벽까지 들어오는 것을 막고, 결투에 방해가 되는 소음이나 소동이 발생하면 재빨리 진압하는 것이 그들의 임무였다.

결투 날짜가 다가오자 생마르탱 수도원의 시합장도 결투를 구경하러 올 몇천 명의 관람객들을 맞이할 준비를 시작했다. 절대 다수는 파리 시내나 근교에서 온 평민이었고, 이들은 시합장 주위의 지면에 앉거나 서서 결투를 구경하게 된다. 그러나 관람객 일부는 고위의 귀족이나 왕궁의 정신 또는 프랑스의 먼 지방이나 해외의 궁정에서 온 귀족들이었고, 이들 모두가 안락한 환경에서 결투를 관전할 작정이었다.

그런고로 시합장 한쪽에 "대형 관람대가 설치되었고, 귀족들은 그곳에서 두 명의 챔피언 사이에서 벌어지는 결투를 볼 수 있었다". 시합장 전체를 둘러싼 목책과 마찬가지로 관람대 역시 육중한 목재를 써서 견고하게 조립되어 있었고, 가장 고귀한 관객들을 위한 난간과 계단과 안락한 좌석을 완비하고 있었다. 중앙 관람대는 좌우의 관람대에서 몇 피트씩 거리를 두고 설치되었는데, 이것은 국왕과 그의 숙부들과 고위 귀족들을 위한 것이었다. 그 오른쪽의 관람대는 왕궁의 정신들 전용이었다. 왼쪽에 위치한 세 번째 관람대는 외국에서 온 귀족들을 위한 것이었으며, 이들에게는 "신분 순서대로" 전용 좌석이 제공되었다. 이 세 개의 관람대는 오직 귀족 남성만을 위한 것이었고, 그중에는 파리 주교 같은 고위 성직자도 포함되어 있었다.

이 세 개의 관람대 좌우에 하나씩 더 추가된 관람대들은 귀부인들을 위한 것이었고, 그들이 피로를 느끼거나 눈앞에서 벌어지는 폭력을 견디지 못하고 정신이 혼미해졌을 경우에 대비해서 "언제든지" 퇴장할 수 있도록 만들어져 있었다. 그리고 계급 순서대로 "도시민들과 상인들과 평민들"이 앉기 위한 관람대들이 설치되었지만, 평민의 경우는 대다수가 시합장 주위의 땅바닥에 앉아 사람의 키보다 높은 육중한 목책 사이의 틈새를 통해 결투를 구경하는 수밖에 없었다.

결투에 앞서 생마르탱 수도원으로 따로 반입되었거나, 현장에서 설치된 특별한 설비도 있었다. 시합장의 좌우 끄트머리에 목수들은 지면보다 높은 단을 설치하고 그 위에 왕좌를 닮은 육중한 의자를 하나씩 올려놓았는데, 이것은 결투자들이 선서를 하기 전에 앉아서 대기하기 위한 것이었다. 각 의자 옆에는 결투 당일에서 하루나 이틀 전에 설치될 천막이나 작은 가건물을 위한 공간이 마련되어 있었다. 이 조그만 막사에는 결투가 개시되기 직전 결투자가 군마 위에 올라타기 위해 쓰이는 발판(escabeau)도 비치되어 있었다. 결투 신청자이자 원고인 장 드 카루주는 왕족의 관람대에서 보았을 때 오른쪽에 해당하는 막사가 할당되었고, 피고인 자크 르그리에게는 왼쪽의 막사가 주어졌다.

생마르탱 시합장의 설비가 모두 수리되거나 개축된 후, 마지막으로 시합장 자체의 손질이 시작되었다. 우선 인부들은 목책으로 둘러싸인 지면 위를 쇠갈퀴로 신중하게 긁어서 나무 뿌리라든지 돌 따위의 이물질을 완전히 솎아 냈다. 그런 다음에는 지면 전체를 깨끗한 모래의 층으로 완전히 뒤덮었다. 시합장의 지면이 모래로 인해 매끄러워지고 평평해지면 그만큼 공정하고 안정적으로 결투를 치를 수 있기 때문이다. 전투 중에 피가 튀어도 금세 모래에 흡수되므로, 결투자들이 낙마하거나 말에서 내려 지상에서 싸우기 시작한다 해도 갑옷 쇠 구두로 피를 밟고 미끄러져 균형을 잃을 염려도 없었다.

생마르탱의 목책으로 둘러싸인 시합장의 기원은 그보다 훨씬 더 오래된 아레나(arena), 즉 투기장(鬪技場)으로까지 거슬러 올라간다. 결투 재판은 고대로부터 면면히 이어져 내려온 전통에 기인하기 때문이다. 기원전 1200년경의 후기 청동기를 무대로 한 호메로스의 『일리아스』는 트로이아의 헬레네를 두고 결투를 하는 두 전사의 모습을 묘사하고 있다. 이들이 싸운 곳은 세심하게 마련된 결투장이었고, 결투에 앞서 선서와 기도와 동물을 제물로 바치는 축복 의식이 행해졌다. 고대 로마인들은 기독교 초기에 크게 유행하던 검투사들의 혈투를 위해 특별한 검투장을 건설했다. 로마법에는 결투 재판 자체를 다룬 법률은 포함되어 있지 않았지만, 중세 유럽에도 드문드문 남아 있던 고대 로마의 투기장들은 이따금 결투 재판에도 쓰였다.

9세기에 노르망디를 석권하면서 북방 민족의 결투 관습도 함께 도입했던 바이킹은 곧잘 섬으로 가서 결투를 벌였는데,

그럴 경우는 지면에 돌멩이들을 둥글게 배치해서 결투장의 영역을 표시했다고 한다. 고대 스칸디나비아인들 사이에서는 결투를 신청하는 것만으로도 남의 소유권—토지뿐만 아니라, 남의 아내의 소유권까지도—에 이의를 제기하는 것이 가능했다.

14세기 말의 중세 유럽에서는 왕들조차도 영토 분쟁을 해결하기 위해 시합장에서의 결투를 신청하곤 했다. 백년전쟁이 진행되는 동안 프랑스와 잉글랜드의 왕들은 정기적으로 서로에게 결투를 신청했다. 1383년, 16세에 불과했던 잉글랜드 국왕 리처드 2세는 당시 14세였던 프랑스 국왕 샤를 6세에게 각자 세 명의 숙부를 대동하고 만나서 결투를 하자고 제안했다. 그러나 애당초 이 제안은 진지한 결투 신청이라기보다는 협상 전략에 가까웠으므로 실현되지는 않았다.

과거에 노트르담 대성당 앞의 넓은 광장에 울타리를 두른 결투장이 설치되어 인간과 개 사이의 결투가 벌어졌다는 일화가 있다. 전해 오는 바에 따르면 1372년에 국왕의 총신 중 한 명이었던 귀족이 파리 근처의 자기 영지에서 살해된 채로 발견되었다. 살인자의 정체는 오리무중이었지만, 희생자가 기르던 개—주인에게 절대적으로 헌신하던 거대한 그레이하운드 사냥개—가 어떤 사내가 나타나기만 하면 으르렁거리고 짖어대는 것을 본 사람들은 미심쩍다는 느낌을 받았다. 리샤르 마케르라는 이름의 그 사내는 희생자와 프랑스 국왕 사이의 친밀한 관계를 질투하고 있었다는 소문의 주인공이었기 때문이다. 이 개의 행동에 관해 보고받은 왕은 그것을 고발로 받아들이고 결투 재판에서 그 개와 마케르를 싸우게 하라고 명령했다.

인간과 개의 결투
전해 오는 바에 의하면 그레이하운드 한 마리가
파리에서 살인 용의자와 결투를 벌여 그가 유죄임을 '증명'함으로써
살해당한 주인의 원수를 갚았다고 한다.
파리 국립도서관 소장.
(Collection Hennin, no. 88.)

결투 당일 노트르담 대성당 앞에 설치된 목책으로 에워싸인 결투장 주위로 엄청난 규모의 인파가 몰렸다. 마케르는 곤봉으로 무장하고 있었고, 개에게는 결투장 안에서 언제든 몸을 숨길 수 있는 뚜껑과 바닥을 뗀 커다란 통 한 개가 주어졌다. 어떤 글에 의하면 "개는 놓아주자마자 적을 향해 돌진했는데, 마치 상고(上告)한 측이 먼저 공격할 수 있는 것을 알고 있는 듯했다. 그러나 사내가 무거운 곤봉을 마구 휘두른 탓에 개는 쉽게 접근할 수 없었고, 곤봉이 아슬아슬하게 닿지 않는 거리에서 이리 뛰고 저리 뛰며 마케르 주위를 빙빙 돌았다. 그런 식으로 기회가 오기를 기다리며 이리저리 몸을 날리던 그레이하운드는 마침내 기회를 포착하고 느닷없이 사내의 목을 향해 펄쩍 달려들었다. 워낙 세차게 달려들었던 탓에 사내는 목을 물린 채로 그대로 땅에 쓰러졌고, 마케르는 견디지 못하고 살려 달라고 외쳤다". 개의 이빨에서 겨우 해방된 후 마케르는 자기가 살인자임을 자백했고, 몽포콩으로 끌려가서 교수형에 처해졌다.

이 이야기는 프랑스의 많은 역사서에 등장하고 시로 만들어진 적조차 있지만, 출처가 불분명한 탓에 실제로 일어났다고 주장하기에는 무리가 있다. 그러나 이 일화가 설령 사실에 근거하고 있지 않다고 해도, "대등한 적수"들 사이에서 벌어지는 목숨을 건 결투는 정의로운 판결로 이어지기 마련이라는 당대의 통념을 잘 보여주고 있는 것은 사실이다. 인간과 개 사이의 결투를 관전한 것으로 알려진 왕은 그 결과를 "기적적인 신의 심판의 징조"로 간주했다고 한다.

파리 고등법원이 최종 판결을 내린 9월 중순에는, 샤를 6세와 그의 숙부들은 잉글랜드 침공을 위한 대함대를 집결시키기 위해 이미 파리를 떠나 플랑드르 연안에 가 있었다. 그해 초여름 샤를 6세는 사법궁에서 장 드 카루주가 자크 르그리에게 결투를 신청하는 광경을 직접 지켜보았고, 파리를 떠나기 직전까지 열심히 이 사건의 추이를 쫓고 있었다. 고등법원이 결투 재판을 허가하고 결투 날짜를 11월 말로 잡았다는 소식을 그가 들은 것은 슬로이스항(港)으로 가는 길에 있는 아라스를 지나고 있을 때였다. 따라서 결투까지는 아직 두 달 이상 남아 있었고, 그때면 그는 이미 잉글랜드에서 승리를 거두고 파리로 개선해 있을 테니 문제가 되지 않았다.

그러나 악천후 탓에 침공은 지연되었다. 격렬한 폭풍우가 몰아닥치면서 다수의 배들이 침몰했고, 거목들이 뿌리째 뽑혀나갔고, 사람이나 동물이 번개를 맞고 사망했다. 프랑스 국내에서는 불길한 징조들이 여러 번 목격되었다. 마른강에 인접한 플레장스에서는 교회 건물에 벼락이 떨어지며 성소(聖所)에서 섬광이 번득였고, 모든 목제 부분을 태워버렸다. 미사에 쓰이는 성반과 성합조차도 타버렸고, 기적적으로 타지 않고 남아 있었던 것은 성체의 일부뿐이었다. 게다가 파리 동쪽에 있는 라온에서도 "기이한, 들어본 적도 없는 일"이 일어났는데, 엄청난 수의 까마귀 떼가 불이 붙은 석탄을 가지고 여기저기에서 날아오더니 석탄을 곡식이 저장된 농가의 지붕 위에 내려놓았고, 불이 붙은 농가들은 전소했다. 결국 국왕과 그의 숙부들은 침공을 이듬해로 연기했다.

샤를 6세는 11월 중순에 파리로 돌아갈 준비를 하면서 같은 달 27일에 시행될 예정인 결투를 보고 싶어 안달하고 있었다. 17세밖에 안 된 이 젊은 왕은 격렬한 운동을 즐겼고, 특히 마상 창 시합의 열렬한 애호가였다. 곧잘 시합에 출전하기까지 할 정도였고, 지난해 캉브레에서 열린 마상 창 대회에서는 플랑드르의 기사인 니콜라스 데스페누아를 상대로 열전을 벌였다.* 샤를은 마상 창 시합에 빠진 나머지 사흘 동안 40명의 잉글랜드 기사들이 세 명의 프랑스 도전자들과 싸웠던 시합을 구경하려고 생팅글르베르에 직접 가기까지 했는데, 관중들 속에 섞여 더 가까이서 시합을 구경하기 위해서 변복(變服)하고 단 한 명의 귀족만을 대동했다고 한다.

카루주와 르그리 사이의 결투를 무척이나 관전하고 싶어 했던 국왕은 악천후 따위로 도착이 늦어져서 혹시 결투를 못 보는 것이 아닌가 하는 불안감에 사로잡혔다. 샤를왕은 숙부들에게 그의 우려를 전했다. 숙부인 베리 공, 부르고뉴 공, 부르봉 공 역시 결투를 보고 싶어 했기 때문에 왕이 직접 개입하라고 촉구했다. 그래서 샤를 6세는 결투일에서 1주도 남지 않은 시점에서 자기가 귀환할 때까지 결투를 연기할 것을 명하는 봉인된 편지를 지닌 전령을 파리로 급파했다. 왕이 적절한 결투 날짜로 제시한 날은 크리스마스 후의 토요일, 즉 12월 29일이었다.

이 편지를 받은 고등법원은 처음 예정된 결투 시행일로부터 불과 사흘 전인 11월 24일에 황급히 회의를 열어 국왕이 제시

---

* 왕들의 마상 창 시합 참가는 부상 위험에도 불구하고 관례적으로 이루어졌다. 1559년에 샤를 6세의 후계자 중 한 명인 앙리 2세는 부러진 마상 창 조각이 눈에 박히는 중상을 입었고, 열흘 동안이나 고통에 몸부림치다가 죽었다.

한 날로 결투 날짜를 변경했다. 생마르탱 수도원의 시합장의 준비는 거의 끝나 있었고, 두 결투자들도 마지막 준비를 시작한 상태였음에도 불구하고, 한 달 이상이나 결투가 연기되었던 것이다.

장 드 카루주와 자크 르그리는 고등법원의 소환을 받고 출두했고 그 즉시 연기 사실을 통고받았다. 재판관이 국왕이 보낸 편지를 펼치고 그 내용을 큰 소리로 낭독하는 방식으로 말이다. 11월로 예정되었던 결투가 크리스마스 이후로 연기된 덕에 카루주와 르그리, 그리고 물론 마르그리트에게는 30일 이상 더 숨을 쉬며 살 수 있는 유예 기간이 주어졌다. 그러나 이것은 그들에게는 전혀 즐겁거나 안락한 시간이 아니었다. 산 채로 화형 당할 가능성을 줄곧 의식하며 살아야 했던 마르그리트의 경우에는 특히 더 그랬을 것이다.

11월 26일 국왕과 그 숙부들은 슬로이스를 출발했다. 원래의 결투 예정일이었던 다음 날 샤를왕 일행은 아라스에 도착했다. 18세 생일에서 이틀이 지난 12월 5일, 왕은 파리에 입성했다.

젊은 왕을 맞이하기 위해 파리에서 기다리고 있던 사람은 왕보다 한층 더 젊은 왕비였다. 샤를 6세가 열여섯 살인 바이에른의 이자보와 결혼한 것은 작년이었는데, 왕족의 결혼이 으레 그렇듯 미래의 부부의 행복보다는 왕가끼리의 동맹 가능성 쪽에 더 관심이 있는 친족들에 의해 주선된 정략결혼이었다. 국왕의 야심적인 숙부들은 이자보의 아버지인 바이에른 공(公) 슈테판과 군사 동맹을 맺고 싶어 했다. 바이에른 공

역시 그들 못지않게 프랑스 왕가와의 동맹 체결을 환영했다. 그러나 그 직후 일어난 사건은 관계자들 모두를 놀라게 하고, 기쁘게 했다. 샤를과 이자보가 열애에 빠짐으로써, 현실 정치라는 딱딱한 돌바닥 위에서 로맨스의 장미를 피웠던 것이다.*

두 왕가 사이에서 혼인을 둘러싼 교섭이 진행되는 동안 이자보는 전적으로 프랑스 왕실의 법도를 따랐고, 이것에는 프랑스 국왕의 신부로 간택된 귀부인은 예외 없이 프랑스 궁정의 귀부인들 앞에서 옷을 벗고 실오라기 하나도 걸치지 않은 전라(toute nue) 상태로 몸 상태를 검사받아야 한다는 요구도 포함되어 있었다. 이자보가 샤를을 만나 보기도 전—샤를은 그녀가 신부로 간택되었다는 사실조차도 몰랐다—에 시행된 이 검사는 왕비 후보가 "건강하고 출산에 적합한 체형을 가지고 있는지"의 여부를 확인하기 위한 것이었다. 이자보는 세 명의 프랑스인 공작 부인들에 의해 행해지는 이 검사에 순순히 응했다. 그녀가 이 시험에 쉽게 통과한 것은 확실해 보인다.

그로부터 잠시 후 눈부실 정도로 호화로운 의상과 보석을 몸에 두른 이자보는 프랑스의 궁정에서 샤를을 알현했다. 주위의 신하들은 기대에 찬 표정으로 왕의 반응을 기다렸다. 샤를은 게르마니아어를 몰랐고, 이자보 역시 프랑스어를 전혀 하지 못했다. 그러나 이자보가 무릎을 살짝 굽히며 절하자 "왕은 그녀에게 다가가더니 그녀의 손을 잡고 일으켜 세웠고,

---

* 샤를 6세는 유럽 전역의 왕실로 화가들을 보내 가장 예쁜 공주들의 초상화를 그리게 함으로써 왕비 간택 시에 참고하려고 했다. 그는 다른 공주의 그림을 받아보고 사랑에 빠졌지만, 이 그림이 도착했을 무렵 그녀는 이미 다른 구혼자와 약혼한 상태였다.

한참 동안 뚫어지게 그녀를 바라보았다. 그러자 사랑과 환희의 감정이 왕의 가슴을 가득 채웠다. 그는 그녀가 지극히 아름답다는 것을 알았고, 그녀와 함께 지내고, 맺어지고 싶다는 강렬한 욕구를 느꼈다". 이자보가 샤를에게 끼친 영향을 보고 정신들도 크게 기뻐했고, 그 자리에 배석했던 프랑스 대무관장(大武官長)은 다른 귀족에게 이렇게 말했다고 한다. "저 귀부인은 앞으로도 줄곧 우리와 함께 있겠군. 폐하가 저렇게 눈을 떼지 못하시는 걸 보니."

샤를은 당장 혼인하겠다고 강하게 주장했고, 결국 결혼식은 이 커플이 만난 지 불과 나흘 뒤인 1385년 7월 17일에 거행되었다. 이자보는 "왕이 그녀에게 보낸, 왕의 몸값만큼이나 가치가 있는 보관(寶冠)을 머리에 쓰고, 형언할 수 없을 정도로 장려한 마차를 타고" 도착했다. 수많은 귀족 하객들이 참석한 이 결혼식에서는 아미앵 주교에 의해 장엄미사와 혼인 서약이 엄숙하게 집전되었고, 그 뒤로 성대한 결혼 피로연이 열렸다. 백작을 위시한 귀족들이 금 접시에 잔뜩 담긴 진수성찬을 탁자에 앉은 왕과 왕비에게 직접 나르며 시중을 들었다. 밤이 되자 마침내 궁정의 귀부인들이 신부를 침실로 데려갔고, "침대에 있는 신부를 빨리 보고 싶어서 안달하던 왕도 따라왔다". 왕가의 혼례가 막을 내리는 장면을 묘사하면서, 연대기 작가는 "독자들도 알다시피, 이 두 사람은 기쁨에 가득 찬 밤을 함께 보냈다"고 끝맺고 있다.

1386년 1월에 이자보가 임신했다는 사실이 알려졌고, 궁정은 왕가의 후계자가 탄생할 것이라는 낭보에 들끓었다. 1386년 9월 25일 그녀는 아들을 낳았다. 파리 시내의 모든 종이 울리며 왕자의 탄생을 알렸고, 플랑드르에 가 있던 왕에게 이 소식을 전할 전령이 급파되었다. 10월 17일 아기는 루앙 대주교가 집전한 유아세례에서 샤를이라는 세례명을 받았다.

그러나 어린 왕세자는 태어날 때부터 병약했고, 왕실의 유아용 침대(lit d'enfant)에 누운 채로 점점 쇠약해졌다. 국왕이 부재중인 왕궁에서 젊은 어머니는 아들의 건강을 우려하며 고뇌했고, 왕실의 의사들은 절망하며 자기 손을 쥐어틀었다. 12월초에 왕이 파리로 귀환했을 무렵 아기의 건강은 한층 더 악화된 상태였다. 모두가 아기의 건강을 크게 걱정했지만, 의사들은 미래의 국왕이 점점 쇠약해져 가는 것을 무력하게 보고 있는 수밖에 없었다.

무죄한 어린이들의 순교 축일인 1386년 12월 28일, 왕세자는 사망했다. 장 드 카루주와 자크 르그리가 그토록 기다리던 결투일에서 불과 하루 전의 일이었다. 궁정과 파리시와 프랑스 전체가 어린 왕자의 죽음을 애도했다. 그날 밤 호화로운 옷을 입은 왕자의 유해는 횃불 빛 아래에서 대귀족들이 뒤따르는 장례 행렬에 의해 생드니 대성당의 왕묘로 운구되었다. 일부에서는 어린 왕세자의 죽음을 나쁜 징조로 받아들였다. 그날은 성서에 등장하는 유대 왕 헤로데가 유아들을 학살한 무죄한 어린이들의 순교 축일이었기 때문이다.

그러나 왕세자의 너무 이른 죽음에도 불구하고 샤를 6세나 그 정신들은 모든 축일의 행사를 예정대로 진행했다. 다가오는 새해 첫날은 크리스마스에 맞먹는 축제의 날이었고, 왕은 이날을 축하하기 위해 축연과 연회와 무도회를 위시한 온갖 향락적인 모임을 잇달아 개최했다. "그해 프랑스 궁정의 신년 축제는 유례를 볼 수 없을 정도의 화려함(éclat)으로 점철되어 있었다…… 그리고 이 축제의 정수는 의심의 여지없이 자크 르그리와 장 드 카루주 사이의 결투 재판이었다."

놀랄만한 우연의 일치로, 이 결투 재판의 결과에 목숨이 달려 있었던 마르그리트 드 카루주 역시 왕비와 같은 시기에 출산했다. 로베르라는 세례명을 가진 이 아기는 고등법원의 심문이 시작된 7월 9일 이후, 원래의 결투 날짜였던 11월 27일보다 한참 전에 태어난 것이 확실해 보인다. 고등법원이 임신한 여성을 처형할 위험을 무릅썼을 리가 없기 때문이다. 따라서 로베르는 장 드 카루주가 스코틀랜드에서 귀국하고 나서 9개월 뒤인 9월 초에서, 강간이 자행되었다는 날로부터 9개월 뒤에 해당하는 10월 중순 사이에 태어났을 공산이 크다. 왕세자가 태어난 9월 25일도 바로 이 시기에 포함되므로, 두 아기는 연령상으로 거의 같았다고 보아도 무방하다.

그러나 프랑스의 왕과 왕비 사이에서 태어난 아들이 결투 전야에 사망했던 데 비해, 장과 마르그리트 사이의 첫 아들일지도 모르는 아기는 부모 모두를 잃고 갑자기 고아가 될 위험에 처해 있었다. 다음 날 있을 결투에서 기사인 그의 아버지가 패한다면.

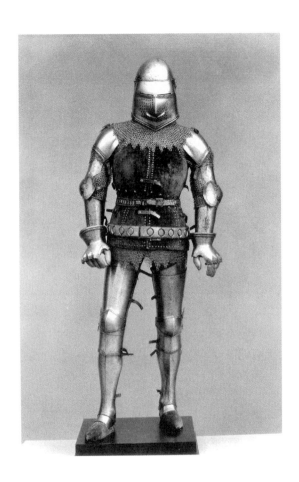

갑주

카루주와 르그리는 위의 갑주(1400년경)와 비슷한 갑주를 착용했다.
이 갑주는 쇠고리들을 엮은 메일(mail)을 강철판과 결합한 형태이며,
투구 앞쪽에는 새 부리 모양의 얼굴 가리개가 달려 있다.
메트로폴리탄 미술관 소장.

(Bashford Dean Memorial Collection, Gift of Helen Fahnestock Hubbard,
in memory of her father Harris C. Fahnestock, 1929. (29.154.3))

8
선서와 마지막 대화

십 이 월 29일 토요일 이른 아침, 카루주와 르그리는 각기 파리 시내 반대편에 위치한 숙소의 침대에서 일어났다. 먼저 목욕을 한 다음 아침 미사에 참석했고, 그런 다음 전날 저녁에 시작했던 단식을 중단하고 아침 식사를 했다. 결투자들은 결투 전날부터 단식을 하는 것이 관행이었고, 제단 앞에서 철야 기도를 올리는 경우도 드물지 않았다. 결투 전야에는 장 드 카루주와 자크 르그리의 희망으로 파리 시내의 여러 교회에서 각자의 승리를 신에게 기원하는 기도가 올려졌다고 한다.

몸을 씻고, 기도를 하고, 아침 식사를 마친 두 사내는 종자들의 도움을 받아 신중하게 결투 채비를 갖췄다. 맨몸 위에 슈미즈(chemise)라고 불리는 가벼운 리넨 튜닉을 입고, 그 위에 갈비뼈와 사타구니와 그 밖의 취약한 부위에 완충재를 덧댄 좀 더 두꺼운 리넨 옷을 입었다. 그다음에는 종자들이 갑옷을 입힐 차례였는데, 장시간 서 있어야 하는 착용자의 신체적 부담을 줄이기 위해 가장 아래인 발에서 시작해서 위로 올라가며 갑옷 부품을 하나하나 죔쇠로 채웠다.

우선 발에 천이나 가죽 신발을 신기고, 그 위에 쇠고리들을 엮어 만든 사슬(maille) 신발이나 금속판을 두드려 만든 판금 조각들을 신발 모양으로 겹쳐 이은 사바통(sabaton)이라는 쇠 구두를 신겼다. 그런 다음 쇠사슬로 만들어진 레깅스인 쇼스(chausses)를 양다리에 신기고, 그 위에 정강이와 무릎과 넓적다리 앞쪽을 보호하는 판금 가리개를 순서대로 부착했다. 상체에는 몸통을 보호해 주는, 소매가 없는 사슬 셔츠인 오베르종(haubergeon)을 입고, 가죽띠로 허리를 단단히 조였다. 그리고 그 위에 물고기 비늘 모양의 철판들을 누비 윗옷에 꿰어 붙인 어린갑(魚鱗甲)을 입거나 강철로 된 일체형 가슴받이를 착용했다. 양어깨와 상박부를 판금으로 된 가리개로 덮고, 팔꿈치와 팔뚝 역시 전용 가리개로 보호했다. 손에는 사슬과 판금 조각들을 교묘하게 이어 붙여 만든 쇠 장갑을 꼈는데, 무기를 잘 쥘 수 있도록 쇠 장갑의 손바닥 부분은 가죽이나 천으로 된 안감이 그대로 노출되어 있었다. 강철제 목가리개를 목에 두르고, 완충재가 들어 있는 가죽 캡을 머리에 쓰고, 그 위에 경첩으로 여닫는 식의 얼굴가리개인 면갑(面甲)이 달린 바시네(bacinet)라고 불리는 투구와, 목 부분과 어깨를 가리개처럼 덮어서 보호하는 사슬 갑옷인 카마이유(camail)를 뒤집어쓰면 끝이었다. 새 부리처럼 뾰족한 면갑에는 밖을 내다보기 위한 좁고 긴 틈새와 숨구멍들이 나 있는데, 면갑을 내리면 기사의 얼굴은 완전히 감춰져서 누구인지 알아볼 수 없다. 바로 이런 이유에서 기사는 갑옷 위에 자기 가문의 문장이 자수된 소매 없는 겉옷인 코트다르뮈르(cotte dármure)를 입었다. 이렇게 전신을 완전히 감싸는 갑주의 무게는 무기나 다른 장비를 포함하지 않더라도 약 60파운드(27킬로그램)에 달했다.*

기사들이 갑옷을 입고 있는 동안, 그들의 군마도 결투를 위한 준비를 갖추고 있었다. 중세의 군마는 사냥이나 승마나 농사나 그 밖의 목적을 위해 사육되는 말들과는 품종 자체가 완전히 달랐다. 군마는 언제나 수말—기사는 전투 시에는 결코 암말을 타지 않았다—이었는데, 14세기경의 군마는 키 16핸드(64인치)에 무게는 최대 1,400파운드에 달하는 "대형 마(equus magnus)"가 주종을 이루고 있었다. 이 군마는 기사와 갑주와 안장과 무기를 포함해서 300파운드까지 운반할 수 있을 정도로 힘이 셌고, 빠른 돌격, 도약, 급회전 등의 전투 기동을 가능케 하는 지구력을 갖췄을 뿐만 아니라 전투에 대비해서 특별한 훈련을 받았다. 예를 들어 쇠편자를 박은 발굽으로 상대를 공격하고, 죽이는 훈련을 받은 군마들도 있었다.

좋은 군마는 엄청나게 비쌌고, 사역용 말이나, 심지어는 웬만한 승마용 말보다 몇백 배나 더 비싼 경우도 드물지 않았다. 옛날부터 말 사육이 성했던 노르망디 지방에는 아라(haras)라고 불리는 종마 사육장이 여기저기에 있었고, 여기서 산출된 종마들은 전 유럽에 명성을 떨쳤다. 카루주는 재판 중에 르그

---

* 1300년대가 되자 쇠고리를 엮어 만든 사슬 갑옷은 점점 리벳으로 고정하는 식의 강철판들로 보강되기 시작했는데, 이것은 갑옷을 관통해서 착용자를 죽일 수 있는 노궁 화살이나 날카로운 스파이크가 달린 전투용 망치 같은 신무기들을 막기 위한 것이었다. 전신을 금속판으로 완전히 덮는 판금 갑옷이 처음으로 등장한 것은 1380년경의 일이지만, 다수의 중기병들은 여전히 사슬 셔츠와 사슬 레깅스에 금속판을 조합한 갑옷을 입었다. 사슬 갑옷은 양팔과 양다리와 관절 부분의 뒷면을 보호하기 위해서도 곧잘 쓰였다.

리가 "좋은 말을 여러 필 가지고 있는 부유한 사내"라고 주장한 적이 있다. 그런 카루주 역시 재정적으로 막다른 골목에 밀려 있었음에도 불구하고 자기 목숨과 아내의 목숨과 그 밖의 모든 것이 달려 있는 상황에서 좋은 군마에 돈을 아끼지는 않았을 것이다. 카루주와 르그리가 원래부터 선호하던 군마를 파리까지 데리고 왔든, 아니면 결투를 위해 새 군마를 특별히 구입했든 간에, 카루주의 말이 전투에 특화되어 있었다는 점에는 의심의 여지가 없다.

군마에 부착하는 표준적인 마구(馬具)는 다음과 같다. 강철 굴레와 가죽 고삐에 연결된 재갈, 못으로 발굽에 고정하는 철제 편자 네 개, 기사가 안정적으로 앉아 있을 수 있도록 높은 안장 머리와 안장 꼬리를 갖춘 안장, 안장을 말의 배에 단단히 비끄러매는 복대, 기사의 무기를 고정해 놓기 위한 이런저런 고리나 사슬, 말의 동체를 덮는 누비 담요, 말 머리에 딱 맞도록 판금 조각을 하나씩 이어 붙이고 눈과 귀와 콧구멍 구멍을 낸 마면(馬面) 투구 샹프랭(chanfrein), 샹프랭 안에 대는 완충재. 말의 목과 옆구리에 늘어뜨리는 방식의 판금 마갑(馬甲)이나 사슬 마갑도 자주 쓰였고, 그것을 상술한 누비 담요에 아예 꿰매 붙이는 경우도 종종 있었다. 안장 좌우로는 발을 집어넣는 금속제 등자가 매달려 있었고, 기사는 말을 통제하기 위해 톱니바퀴가 달린 박차를 착용했다. 격렬한 전투의 와중에 고삐를 떨어뜨리는 경우도 많았으므로 박차는 필수품이었다.

갑옷을 착용한 장 드 카루주와 자크 르그리는 군마들이 준비되는 동안 자기 무기들을 신중하게 점검했다. 각자 랜스와 두 자루의 검과 도끼와 단검을 지니고 결투에 임할 예정이었다.

마상용 장창인 랜스는 고대나 중세 초기의 투창(投槍)보다 휠씬 길고 무거운 무기였고, 제1차 십자군 원정(1095~1099) 당시 전쟁의 양상을 혁명적으로 바꿔 놓았다. 그때 말을 탄 프랑스 기사들은 조직적인 집단 돌격을 감행해서 적군인 사라센인들을 공황에 빠트렸다. 랜스와 그 사용법은 유럽 전역으로 빠르게 퍼져 나갔고, 전쟁과 마상 창 시합과 결투 재판 등 상황을 가리지 않고 널리 쓰였다. 랜스의 길이는 12피트에서 18피트였고 무게는 30파운드 이상 나갔다. 랜스 끝에 부착된 강철 촉은 나뭇잎이나 마름모 모양이었고 면도날처럼 날카로웠다. 자루의 쥐는 부분에는 사용자의 손을 보호해 주는 둥근 날밑(vamplate)이 달려 있었다. 말에 탄 기병은 수직으로 세운 육중한 랜스를 퓨터(fewter)라고 불리는 전용 받침대에 올려놓고 이동했다. 돌격 시에는 랜스를 아래로 내려 수평으로 꼬나잡고, 랜스 자루를 오른쪽 겨드랑이에 끼우는 '카우치드(couched)' 방식*을 채택했다. 당시의 기사는 랜스 자루를 방패 가장자리에 낸 홈에 끼우고, 그 방패를 자기 가슴과 안장 머리에 대는 방식으로 충격에 대비했다. 방패의 홈을 통과하는 랜스 자루 앞쪽에는 가죽제 미끄럼막이가 달려 있어서 충돌 시에 랜스가 뒤로 밀려나는 것을 방지해 주었다. 높은 전투용 안장에 딸린 등자를 딛고 선 기사가 수평으로 꼬나잡은 랜스를 상술한 방법으로 고정한 채로 군마를 질주시킨다면, 군마와 기사의 전체 중량이 랜스의 육중한 자루와 날카로운 강철 촉에 실리면서 그 기사는 글자 그대로 '인간 투사물'이 된다.

* 이 영어 표현의 어원은 '배치한다'는 의미를 가진 중세 프랑스어의 coucher 이다.

검은 귀족의 상징과도 같은 무기였고, 랜스를 쓴 전투가 끝
난 뒤에는 말을 탔든 안 탔든 간에 검을 이용한 검투가 벌어
지는 것이 일반적이었다. 프랑스 왕가의 어떤 태피스트리(지
금은 소실되고 없다)에는 장 드 카루주와 자크 르그리가 "대
형 단검처럼 생긴 짧고 튼튼한 검을 대퇴부에 차고 있는" 모습
이 묘사되어 있었다. 카루주-르그리 결투가 벌어진 날에서 불
과 며칠 전에 브르타뉴에서 벌어진 결투에서 사용된 무기 목록
에는 장검 두 자루가 포함되어 있는데, 한 검은 "날의 길이가
2.5피트"에, 양손으로 잡는 방식의 길이 13인치의 칼자루가 달
려 있었다. 두 번째 검의 경우는 도신(刀身)의 길이가 처음 것
보다 조금 짧았고, 길이 7인치의 한 손용 칼자루가 달려 있었
다.* 두 손으로 쥐는 방식의 긴 장검은 날을 이용한 베기 공격
(coups de taille)을 가하기 위한 것이었다. 한 손용의 짧은 검인
에스톡(estoc)은 도신이 더 두꺼운 데다가 칼끝이 송곳처럼 뾰
족해서 찌르거나 스러스트 공격에 적합했고, 칼끝으로 찌르는
방식의 공격(coups de pointe)에 특화되어 있었다. 결투에서는
여러 개의 무기를 지참하는 것이 허용되므로, 장 드 카루주와
자크 르 그리는 적어도 상술한 두 자루의 검을 지니고 결투에
임했을 것이다. 양손용의 장검은 보통 가죽 칼집에 넣어 안장
에 매달았고, 그보다 짧은 에스톡은 허리 왼쪽에 차는 것이 일
반적이었다. 대다수의 기사는 오른손잡이였으므로, 칼자루가
왼쪽에 있는 편이 더 빠르고 쉽게 뽑을 수 있었기 때문이다.

* 1386년 12월 19일에 낭트에서 살인 사건을 둘러싸고 두 귀족 사이에서 벌어
진 결투는 프랑스 국왕이나 고등법원이 아니라 거의 독립국에 가까웠던 브르
타뉴의 공작에 의해 인가된 것이다.

전투용 도끼—이 역시 카루주–르그리 결투를 묘사한 사라진 태피스트리에 묘사되어 있었다—는 14세기 중반에서 후반까지 인기가 있는 무기였다. 도끼를 쓰면 사슬 갑옷과 판금 갑옷 양쪽을 절단할 수 있는 데다가 투구를 쪼갬으로써 머리통을 박살내는 것조차 가능했기 때문이다. 일부 기사들은 모든 무기를 제쳐 두고 도끼를 선호했을 정도였다. 이 시기의 전형적인 전투용 도끼(hache)는 한쪽에 날이 넓은 도끼날이 달려 있었고, 반대편에는 "큰 까마귀의 부리(bec de corbin)"라고 불리는 날카로운 송곳망치가 달려 있었으며, 윗부분에 날카로운 랜스 촉을 박아 넣은 물건이었다. 중세의 병사들은 일석삼조의 효용을 지닌 이 다용도 무기를 "삼위일체"라고 부르며 숭배하기까지 했다. 보병용 도끼의 자루 길이는 5피트를 넘었고, 이것을 좌우로 힘껏 휘두르면 적병들을 한꺼번에 쓰러뜨리는 것도 가능했다.

그러나 기병용 도끼의 경우는 안장 위에서도 쉽게 휘두를 수 있도록 3에서 4피트 정도로 길이를 줄였고, 쉽게 손이 닿도록 안장 앞 테에 부착된 금속 고리에 매달아 놓는 것이 일반적이었다.

단검은 육탄전을 벌일 때 요긴하게 쓰였고, 전투 막바지에 중상이나 치명상을 입은 적병의 숨통을 끊는 데도 쓰였다. 적을 향해 던짐으로써 투척 무기로 사용하는 것도 가능했다. 고대부터 존재했던 검이나 몇 세기 전에 등장한 랜스에 비하면 단검은 비교적 역사가 짧아서, 13세기 말의 귀족들 사이에서 처음으로 유행하기 시작했다. 1300년대 말의 전형적인 단검은 6인치에서 12인치 길이의 튼튼한 칼날에 판금 갑옷의 틈새나 투구의 귓구멍이나 눈구멍을 찌를 수 있는 날카로운 칼끝을 가지고 있었다. 브르타뉴에서 벌어졌던 결투의 무기 목록에 포함된 단검은 "철이나 강철, 또는 양쪽 모두를 써서 만들어졌고", 길이는 "자루에서 칼끝까지 약 9인치 정도였다".

랜스와 검들과 도끼와 단검에 덧붙여 결투 참가자는 가문의 문장이 선명하게 새겨진 방패를 가지고 있었다. 방패는 참나무나 물푸레나무 같은 단단한 재질의 판자에 끓여(cuir-boulli) 말림으로써 갑옷처럼 딱딱하게 가공된 가죽을 씌운 다음 소뿔이나 금속띠 따위로 보강한 방구(防具)였다. 판금 갑옷이 점점 사슬 갑옷을 대체하며 기사의 주된 방어 수단이 되자 방패의 크기는 점점 작아졌고, 급기야는 기사의 목과 몸통만 보호해 주고 적의 랜스의 과녁을 제공하는 것이 방패의 주 역할이되었다. 안장 위에서 검을 뽑거나 말에서 내려 도보로 싸울 경우, 기사는 양손을 쓸 수 있도록 방패를 줄로 목에 걸거나, 왼팔에 부착해서 도끼나 검에 의한 공격을 막는 데 썼다.

결투일에 카루주와 르그리는 이런 무기들에 덧붙여 와인을 가득 채운 가죽 수통, 천 조각으로 감싼 빵, 결투장의 사용료로 낼 은화가 든 지갑을 지참했다. 말에게 먹일 여물도 가져갔는데, 이것은 결투가 밤이 되도록 결말이 나지 않고 결국 다음날로 연기될 경우에 대비한 것이었다.

두 기사들이 이른 아침 자기 숙소에서 결투에 앞서 몸단장을 하고 있던 무렵, 구경꾼들은 이미 생마르탱 수도원의 시합장에 모여들고 있었다. 오늘 결투 재판이 벌어진다는 소식은 프랑스 전역에 파다하게 퍼졌고, "왕국의 가장 먼 지역까지도 전해졌으며, 너무나도 파급력이 컸던 탓에 전국에서 파리로 구경꾼들이 몰려들었다". 카루주와 르그리와 마르그리트 본인뿐만 아니라 그들이 속한 가문의 이름이 잘 알려져 있는 노르망디 역시 예외가 아니었다.

결투는 크리스마스와 같은 주에 거행되었을 뿐만 아니라 결투 당일은 순교자인 성 토마스 베케트를 기념하는 축일이기도 했다. 파리의 많은 상점이 성일(聖日)을 맞아 문을 닫았고, 사람들은 축제 분위기에 들떠 있었다. 동녘이 밝아오자마자 구경꾼들이 삼삼오오 도착하기 시작했고, 일출 시각—12월 말에는 오전 7시 반에서 8시 사이에 해당한다—이 되자 사람들은 생마르탱가를 따라 한꺼번에 몰려와서 수도원 문을 통과했다. 9시경이 되자 몇천 명에 달하는 엄청난 수의 군중이 수도원 부지를 가득 메웠다. 결투장의 목책 주위에 배치된 창과 철퇴로 무장한 위병들은 군중이 목책과 출입문 주위로 접근하는 것을 막았다.

1386년에서 1387년 사이의 겨울 내내 파리가 위치한 북부 프랑스는 혹한과 잦은 강설에 시달렸다. 해가 뜨긴 했어도 별로 따뜻하지는 않았고, 수도원 부지를 둘러싼 돌벽들은 파리 시내로 몰아치는 삭풍을 막기에는 역부족이었다. 그런 연유로, 그날 아침 가장 먼저 도착한 구경꾼들은 좋은 자리를 확보하기 위해 뼈까지 얼어붙을 듯한 추위를 장시간 견뎌야 했다. 귀족과 고위 성직자, 심지어 시의 직원이나 상인들 일부는 관람석을 미리 확보해 놓았기 때문에 느긋하게 오면 됐다. 그러나 시합장 주위로 쇄도한 일반 서민—상점주, 직공, 인부, 도제, 대학생, 생선 장수, 심지어 거지나 소매치기—들은 자기 힘으로 자리를 확보해야 했고, 좋은 자리를 위해서는 몸싸움도 마다하지 않았다. 파리 시내의 종들이 한 시간 간격으로 시보를 알릴 때마다 시합장 주위의 자리는 사라져갔다. 급기야는 조금이라도 더 잘 보기 위해서 수도원의 담장이나 몇 그루 없는 나무 위로 올라가는 사람들까지 나오기 시작했다.

그날 결투를 관람한 사람들 중 가장 신분이 높은 귀인(貴人)은 국왕인 샤를 6세와 그의 숙부인 부르고뉴 공과 베리 공과 부르봉 공이었다. 왕족 일행은 새벽에 온 구경꾼들보다 몇 시간 늦게 도착했지만, 그래도 결투자들이 언제든 결투를 시작할 준비가 된 상태로 시합장에 도착해야 하는 법정 시각인 정오까지는 아직 충분히 시간이 남아 있었다. 젊은 국왕이 화려하게 치장한 정신들과 함께 말을 타고 수도원 문을 통과해서 부지 안으로 들어오자 나팔 소리가 울려 퍼지며 왕의 도착을 알렸다. 시합장 주위에 모인 엄청난 인파는 기대에 찬 표정으로 고개를 돌려 왕가의 행진을 바라보았다. 결투에 앞선 공식 행사가 곧 시작되리라는 것을 알고 있었기 때문이다.

중세의 거의 모든 공적인 행사—그것이 결혼식이든, 장례식이든, 대관식이든, 처형이든 간에—는 언제나 행진을 수반하고 있었다. 국왕의 도착을 알리는 나팔수들 뒤를 따른 것은 시합장에서 행사를 주재할 의전관이었다. 그다음에 나타난 것은 갑주와 무기를 포함한 모든 군사적 업무를 관장하는 고위의 군인인 대문장관(大紋章官)이었다. 그는 휘하의 전령관들 몇을 대동하고 있었는데, "큰 목소리를 가진 사람"인 이들은 확성기 역할을 맡고 있었다. 그 뒤로 왕실의 제복을 입은 종기사가 칼집에서 뽑아 쿠션에 올려놓은 '정의의 검'을 받쳐 들

고 나타났는데, 반짝이는 은제 날에 보석으로 치장된 자루가
달린 이 검은 결투장을 관할하는 국왕의 권위를 상징하는 것
이었다. 그다음에는 왕실을 상징하는 색깔의 천으로 덮인 말
을 타고 샤를 6세 본인이 입장했다. 왕은 결투에서 공식 증인
(escoutes) 역할을 맡은 네 명의 기사들의 호위를 받고 있었
고, 마지막으로는 왕실의 관람석에서 샤를 6세와 함께 결투를
관람할 왕의 숙부들과 대귀족들이 나타났다. 창으로 무장한
위병들도 말을 타거나 도보로 왕실 일행 뒤를 따랐다.

 국왕은 이 결투에서 가장 신분이 높은 관객일 뿐만 아니라
법적으로 행사 전체를 주재하는 재판관이기도 했다. 파리 고
등법원은 국왕의 이름으로 이 결투를 허가했고, 신권(神權)에
의해 국왕이 된 샤를 6세는 지금부터 시작될 결투의 판결을
내리는 궁극적인 왕이자 재판관인 신의 대리인 자격으로 행
동하게 될 것이다. 플랑드르에서 돌아온 뒤에 결투를 관람할
수 있도록 결투를 한 달이나 연기시킨 왕은 결투일에도 자신
이 시합장에 도착할 때까지는 그 어떤 행사도 시작하지 말라
고 엄명했다. 왕실 관람대에는 왕실을 상징하는 금빛 백합 무
늬들이 자수된 파란 천으로 덮인 왕좌—석탄 화로로 따뜻하
게 데워지고 푹신한 쿠션이 딸려 있었다—가 설치되어 있었
는데, 왕이 이곳에 앉자 결투 의식이 공식적으로 시작되었다.

상고인(上告人) 장 드 카루주가 먼저 시합장에 도착했다.
 그는 화려하게 치장한 서약 증인들과 친지들로 이루어
진 수행단의 선두에서 말을 몰았고, 결투에 필요한 물품을 운
반하는 종기사와 종자들이 그 뒤를 따랐다. 결투 규정에 따라

카루주는 군마가 아닌 일반 승용마를 타고 있었지만, "면갑을 올린 상태로, 허리에는 검과 단검을 차고, 언제든 결투를 시작할 수 있도록 모든 준비를 끝낸" 상태였다. 시동 한 명이 안장을 올려놓고 마갑 착용한 카루주의 군마를 끌었고, 다른 시종들은 그의 랜스와 방패를 운반했다.

무기 말고도 카루주는 파란색으로 칠해지고 끝에 은제 십자가상이 달려 있는 길이 3피트의 막대기를 쥐고 있었는데, 말을 몰면서도 그 십자가를 향해 자주 성호를 그었다. 그의 방패에는 갑옷 위에 입은 겉옷과 마찬가지로 진홍색 바탕에 양식화된 은색 백합 무늬를 흩뿌린 카루주 가문의 문장이 아로새겨져 있었다. 카루주의 수행원들 중에는 왈르랑 드 생폴 백작과 결투 서약 입회인 중 한 명인 로베르 드 티부빌도 끼어 있었다.

그 뒤를 따르는 것은 검고 긴 로브 차림으로 역시 검은 천으로 뒤덮인 마차에 탄 카루주 부인이었다. 마차는 귀족 여성에게는 관행적으로 허락되는 것일 수도 있고, 그게 아니라면 출산한 지 얼마 안 된 마르그리트를 위한 법원의 배려였을 수도 있다. 마르그리트를 수행하는 사람은 그녀의 아버지인 로베르 드 티부빌 경과 그녀의 사촌 오빠인 토맹 뒤부아였는데, 후자는 연초에 아담 루벨에게 별도의 결투를 신청했지만 파리 고등법원은 결투 허가를 내어 주지 않았다.

들뜬 군중은 악명 높은 카루주 부인이 등장하자 조금이라도 잘 보려고 목을 길게 뺐다. 마르그리트의 젊음과 미모와 새까만 복장, 그리고 이 유명한 결투를 유발한 고소인이라는 사실은 그녀를 일약 주목의 대상으로 만들었다. 사람들은 국왕과 호화로운 옷을 입은 그의 숙부들뿐만 아니라 위풍당당하게 나아가는 카루주조차도 잠시 잊고, 일제히 고개를 돌려 이 결투의 악명 높은 원인 제공자가 시합장에 도착하는 광경을 응시했다.

마르그리트는 아직 법적으로 유죄가 선고된 것은 아니었지만, 사형 판결을 받은 상태에서 결투를 관람하고, 남편이 결투에서 목숨을 잃을 경우는 그 즉시 처형될 예정이었다. 전통적으로 애도와 죽음을 상징하는 검정색은 사형집행인과 사형수의 옷 색깔이기도 한 경우가 많았고, 화형 선고를 받은 마녀와 이단자들도 검은 옷을 입었다. 마르그리트가 입은 검은 로브는 그녀가 오늘 죽느냐 사느냐의 기로에 선 여성임을 극명하게 보여주고 있었다.

마르그리트의 친족과 친구들, 그리고 아마 구경꾼들 다수도 곤경에 빠진 그녀를 동정하고 있었다. 파리에서 반갑게 마르그리트와 카루주를 맞은 유력하고 고명한 귀족 친구들은 카루주가 결투장에 출두할 것을 보증하는 서약 입회인이 되겠다고 자청했다. 르그리의 변호사인 장 르코크에 의하면 많은 사람들이 카루주의 정당성을 확신했고, 마르그리트에게 동정했다.

그러나 자크 르그리를 지지하는 사람들도 많았다고 변호사는 술회했다. 지지자들 중에는 큰 영향력을 가진 왕족들도 있었는데, 국왕인 샤를 6세도 그중 한 명이었을 수 있다. 르그리는 국왕과는 사촌 사이인 피에르 백작이 총애하는 봉신이었기 때문이다. 르그리의 친족과 친구들은 르그리의 명예에 먹칠을 하고 그를 흉악한 범죄의 범인이라고 고발함으로써 그의 목숨을 위험에 빠뜨린 마르그리트를 격하게 증오했다. 그들은 이 날이 끝나기 전에 카루주가 살해당하고 카루주 부인이 산 채로 불태워지는 것을 볼 수 있기를 갈망하고 있었다.

이번 결투와는 개인적으로 아무 관계도 없는 관중들은 딱히 어느 쪽 편을 들거나 하지는 않았다. 심지어 자세한 사정을 모르는 경우도 많았다. 그날 시합장으로 결투를 보려고 온 단순한 구경꾼들에게 이번 결투는 최근에는 거의 볼 수 없었던 희귀한 이벤트였고, 화려한 행사와 노골적인 폭력으로 크리스마스 분위기를 한층 더 띄워 줄 재미있는 구경거리에 더 가까웠던 것이다. 물론 그중 일부가 마르그리트에게 동정했던 것은 틀림없지만, 대다수는 추운 아침 공기 속에서 황당무계한 소문이나 악의적인 가십으로 불을 지피며 곧 시작될 결투와 그 뒤에 있을지도 모르는 화형식이라는 엄청난 볼거리에 기대를 한껏 부풀리고 있었다.

그녀는 마녀일까? 여자 요술사일까? 아니면 요부일까? 시합장에 도착한 마르그리트는 얼굴을 때리고 검은 옷을 펄럭거리게 만드는 차가운 겨울바람을 느끼며, 사방에서 그녀를 응시하는 몇천 명의 얼굴에서 동정과 적의와 호기심이 뒤섞인 감정을 읽었으리라. 마르그리트는 몇 달 전에 파리 고등법원에 처음 출두해서 사람들 앞에 모습을 드러낸 경험이 있었지만, 이런 시련 앞에서는 아무 도움도 되지 않았다.

행진의 마지막을 장식한 것은 친지들에 둘러싸인 자크 르그리였다. 수행원들 중에는 그의 서약 보증인 역할을 맡은 피에르 백작의 정신들도 있었다. 흉악한 범죄의 범인으로 고발당한 당사자인 자크 르그리에게도 군중의 호기심 어린 시선이 집중되었다. 르그리의 방패와 다른 장비를 든 종자들과 그의 군마를 끄는 시동이 르그리 뒤를 따랐다. 방패에 아로새겨진 르그리 가문의 문장은 마치 이번 결투를 상징하는 듯한 아이러니한 도안으로 이루어져 있었다. 카루주가의 문장과 같은 색채를 쓰고 있었지만, 색채 배분은 정반대여서, 은빛 바탕을 피처럼 빨간 사선이 가로지르고 있었던 것이다.

묵책으로 에워싸인 시합장 가장자리에 도달한 카루주 일행은 국왕의 오른쪽으로 말을 몰았고, 르그리와 그의 수행원들은 왼쪽으로 갔다. 좌우로 갈라진 두 집단은 자기들에게 할당된 시합장 출입문 앞에서 멈춰 섰다. 출입문 곁에는 막사와 의자와 기승용 발판도 설치되어 있었다. 이윽고 왕좌 앞의 자기 자리에서 대기하고 있던 의전관이 말을 몰고 오른쪽 출입문으로 왔다. 전령관과 공식 입회인 역할을 맡은 네 명의 기사들 중 두 명이 말을 타고 그 뒤를 따랐다. 다른 전령관과 두 입회인은 말을 타고 왼쪽 출입문으로 왔다.

의전관은 오른쪽 문 앞에서 자기 말의 고삐를 당긴 후 말에 탄 원고를 마주 보았고, 신원을 밝히고, 왜 무장하고 이곳으로 왔으며, 대의명분이 무엇인지를 밝히라고 요구했다.

몇천 명의 군중들에게도 들릴 수 있도록 장 드 카루주는 큰 소리로 대답했다. "결투장을 관장하시는 명예로운 의전관님, 나는 기사인 장 드 카루주이며, 주군인 국왕 폐하의 명을 받들어 이곳에 왔습니다. 신사로서 무장을 갖추고 말을 몰아 결투장으로 온 것은 종기사 자크 르그리와 결투를 벌임으로써, 내 아내인 마르그리트 드 카루주에 대해 그가 자행한 악독한 범죄로 인해 야기된 다툼을 해결하기 위해서입니다. 그리고 나는 여기서 주님과 성모님과 선한 기사 성 게오르기우스에게 오늘 이루어지는 대의(大義)의 증인이 되어주시기를 기원합니다.* 또한 내 의무를 다하기 위해 이곳에 출두한 나에게, 응당 주어져야 할 시합장의 일부와, 바람과, 태양과, 이번 일에 관한 그 밖의 모든 유익하고 필수적이고 적절한 것들을 내려주시기를 간청합니다. 그리고 여기서 나는 주님과 성모님과 선한 기사 성 게오르기우스의 도움을 받아 내 의무를 다할 것을 맹세합니다. 나는 말안장 위에서든 도보로든 간에 최선이라고 생각되는 방법을 선택해서 싸우고, 나 자신의 갑옷을 입거나 벗고, 결투 전과 결투 중에 공격이나 방어를 위해 내가 원하는 무기를 지참하며, 하느님의 뜻에 따라 전력을 다할 것을 선언합니다."

원고인 카루주가 발언을 마치자, 피고인 르그리가 정식으로 시합장으로 소환되었다. 의전관이 신호를 보내자 전령관 한 명이 큰 소리로 외쳤다. "자크 르그리 경, 장 드 카루주 경에 대한 그대의 의무를 다하기 위해 출두하시오."

의전관은 시합장을 가로질러 자크 르그리에게 가서 그를 마주 보았고, 조금 전과 마찬가지로 신원을 밝히고, 왜 무장하고 이곳으로 왔으며, 대의명분이 무엇인지를 밝히라고 요구했다.

르그리는 큰 소리로 대답했다. "결투장을 관장하시는 명예로운 의전관님, 나는 종기사인 자크 르그리이며, 주군인 국왕 폐하의 명을 받들어 이곳에 왔습니다. 신사로서 무장을 갖추

---

* 드래곤을 퇴치했다는 전설로 유명한 성 게오르기우스는 기사들의 수호성인이었다.

두루마리

결투에 앞서 두 기사는 각자의 주장이 적힌 두루마리를 제시했다.

프랑스 국립도서관 소장.

(MS. fr. 2258, fol. 14v.)

고 말을 몰아 결투장으로 온 것은 기사 장 드 카루주와 결투를 벌임으로써, 나의 명예와 명성에 대해 그가 자행한 거짓되고 천만부당한 고발로 인해 야기된 다툼을 해결하기 위해서입니다. 그리고 나는 여기서 주님과 성모님과 선한 기사 성 게오르기우스에게 오늘 이루어지는 대의의 증인이 되어주시기를 기원합니다. 또한 내 의무를 다하기 이곳에 출두한 나에게, 응당 주어져야 할 시합장의 일부와, 바람과, 태양과, 이번 일에 관한 그 밖의 모든 유익하고 필수적이고 적절한 것들을 내려 주시기를 간청합니다. 그리고 여기서 나는 주님과 성모님과 선한 기사 성 게오르기우스의 도움을 받아 내 의무를 다할 것을 맹세합니다."

두 기사의 선언이 끝나자 그들은 자신의 소송 내용을 요약한 양피지 두루마리를 높이 들어 올림으로써 각자의 주장을 제시했다. 두루마리는 각자의 변호사가 미리 준비해 둔 것이었다. 여전히 말을 탄 채로 결투장의 끝과 끝에서 서로를 마주 보고 있던 카루주와 르그리는 말린 상태의 두루마리를 마치 무기라도 되는 것처럼 높게 쳐들었다. 법률상의 말싸움은 이제 결투장에서 벌어지는 실제 싸움에 자리를 내어 주려 하고 있었다. 의전관은 국왕에게 결투장의 개방을 선언해 달라고 요청했다.

국왕이 그렇게 명령하자, 의전관은 두 기사에게 말에서 내려 각자의 막사로 가서 앉으라는 신호를 보냈다. 두 사내는 자기 막사 앞에 놓인 단 위의 커다란 의자에 앉아서 긴 결투장을 사이에 두고 반대편에 앉아 있는 적수를 마주 보았다. 각 결투자가 지정된 결투일에 결투장에 출두하도록 하겠다는 서약을 완수한 입회인들은 이제 그 의무로부터 해방되었다. 결투에서 쓰일 두 마리의 군마를 제외한 모든 말들 역시 시합장 밖으로 보내어졌다.

카루주와 르그리가 착석하자 관계자들은 결투 준비에 착수했다. 마르그리트는 결투장 옆의 마차 안에 남아서 정식 선서가 행해진 후 결투가 시작되기를 기다리고 있었다. 그러나 그리 오래 기다릴 필요는 없었다. 샤를 국왕이 마차에서 내리라고 명했기 때문이다.

마르그리트는 지시받은 대로 그녀를 위해 설치된 비계(飛階) 위로 올라갔다. 시합장 어디에서도 온통 검은 옷을 입고 "신의 자비를 구하며 결투가 자신에게 유리한 방향으로 끝날 것을 기다리고 있는" 그녀의 모습은 뚜렷하게 보였다.

두 명의 결투자들과 한 명의 귀부인이 제자리에 착석하자, 대문장관이 와서 각 결투자에게 두 명씩 할당된 공식 입회인들(escoutes)의 도움을 받으며 결투자들의 무기를 점검하기 시작했고, 결투장에 위법한 무기가 반입되지 않았으며 두 결투자들이 지참한 랜스와 검과 도끼와 단검의 길이가 모두 동일하다는 사실을 확인했다.

무기 점검이 이루어지는 동안 전령관 한 명이 시합장 안으로 들어오더니 그곳에 모인 군중을 향해 결투의 규칙과 규정을 큰 소리로 선포했다.

"들으라. 들으라. 들으라. 영주들, 기사들, 종기사들, 그리고 그 밖의 모든 사람들이여. 우리의 주군이신 프랑스 국왕의 명에 의해, 이곳에 모인 사람들은 그 누구도 시합장의 공식 수호

자이거나 국왕 폐하의 명시적인 허락을 받지 않은 이상 무장
하거나 검이나 단검이나 그 밖의 그 어떤 무기를 휴대하는 것
도 금지되어 있다는 사실을 명심하고, 이 명령을 위반할 경우
는 생명과 재산을 몰수당할 것을 각오하라.

그뿐 아니라, 우리의 주군이신 국왕 폐하의 명령에 의해, 지
위의 고하를 막론하고 결투가 진행되는 동안은 말에 타고 있
는 것을 금한다. 말을 탈 수 있는 것은 결투 당사자들뿐이며,
이 금칙을 어기고 말에 올라탈 경우 귀족은 그 말을 잃고, 하
인인 경우는 귀 하나를 잃게 될 것이다.

그뿐 아니라, 우리의 주군이신 국왕 폐하의 명령에 의해, 지
위의 고하를 막론하고 결투장에 들어가거나 그 안에 머무는
것을 금한다. 그럴 수 있는 것은 특별히 그런 권한을 가진 관
계자들뿐이며, 이 금칙을 어기는 사람은 누구나 생명과 재산
을 몰수당할 것이다.

그뿐 아니라, 우리의 주군이신 국왕 폐하의 명령에 의해, 지
위의 고하를 막론하고 자기가 앉은 긴 의자나 지면에서 일어
나서 다른 사람의 시야를 가로막는 것을 금한다. 이 금칙을 어
기는 사람은 손 하나를 잃게 될 것이다.

그뿐 아니라, 우리의 주군이신 국왕 폐하의 명령에 의해, 지
위의 고하를 막론하고 말을 하고, 몸짓을 하고, 기침을 하고,
침을 뱉고, 외치거나, 그에 준하는 행위를 결투가 진행되는 동
안에 하는 것을 금한다. 이 금칙을 어기는 사람은 생명과 재산
을 몰수당할 것이다."

결투 재판이 구경꾼들의 환호나 야유가 난무하는 시끌벅적
한 오락이 아니었다는 점은 명명백백하다. 그 어떤 방해 행위

도, 설령 고의가 아닌 무의식적인 반응이었다고 해도, 엄중하게 처벌받았다. 연대기 작가들은 넋을 잃은 관중들이 완전한 침묵을 지킨 채로 숨 쉬는 것조차 잊고 결투를 관전하는 광경을 묘사하고 있다.

이 시점부터 섬뜩한 균형이 결투의 모든 의전(儀典)을 지배하게 된다. 복잡한 규칙과 의식들은 공정한 결투를 보장하기 위한 것이었고, 그 무엇도 운—또는 섭리—에 맡기지 않았다. "물론, 결투의 결과는 제외하고" 말이다. 결투자들이 지참한 무기의 길이가 같을 필요가 있었던 것처럼, 두 사내들 자신도 대등한 입장에 설 필요가 있었다. 장 드 카루주는 기사였지만 자크 르그리는 종기사에 불과했다. 그런고로, 르그리는 의자에서 일어나 시합장으로 갔고, 기사 서임을 받기 위해 의전관 앞에서 무릎을 꿇었다.

기사 서임식 또는 작위 수여식이 철야 기도라든지 무기의 제시 따위를 수반한 복잡한 의식일 필요는 없었다. 반드시 전쟁터에서 공로를 세운 뒤에 수여되는 것도 아니었다. 사실, 전투 전야에 사기 진작을 목적으로 기사로 서임되는 경우도 드물지 않았다. 종기사를 기사로 승급시키기 위해서는 검을 쥔 의전관이 칼날의 측면으로 당사자의 어깨를 세 번 두드리면서 "신과 성 미카엘과 성 게오르기우스의 이름으로, 그대를 기사로 임명하노라. 용감하고, 예절 바르고, 충성을 다할지어다!"라는 의례적인 축복을 내리는 것으로 족했다.

실제로 기사 노릇을 하는 것은 기사 작위를 받는 것과는 전혀 다른 문제였다. 기사는 끊임없이 검술 연습을 해야 했고,

마상 창 시합이나 대련을 통해 기마 전투 기술을 연마할 뿐만 아니라 그 무엇도 대체할 수 없는 실전 경험을 쌓아야 했다. 장 드 카루주는 몇십 년 동안이나 수없이 많은 전투를 경험한 역전의 용사였다. 젊은 시절부터 그는 여러 차례 군사 원정에 종군해서 살아남았고, 가장 최근에는 스코틀랜드에서 싸웠다. 반면 자크 르그리는 국왕의 총애를 받는 직속 종기사이자 엠성새의 성주이기도 했지만, 적수인 카루주에 비해 종군 경험은 적었다.

그러나 자크 르그리는 카루주보다 몸집이 크고 힘이 셌고, 이 사실은 결투에서도 나름대로 유리하게 작용했다. 카루주보다 훨씬 더 부유한 르그리는 군마나 갑옷이나 무기도 더 좋은 것을 입수할 수 있었다. 게다가 9월에 결투 재판이 허가되었다는 사실을 알고 앓아누웠던 그도 이제는 완전히 건강을 회복한 덕에 "강인해 보인다"는 말을 듣고 있었다. 그러나 카루주는 "오랫동안 열병에 시달린 탓에 쇠약해진 상태"였고, 심지어 "결투일 당일에 다시 열병이 도졌다"는 기록까지 있다.

상술한 몸의 크기와 힘, 건강 상태, 부유함, 전투 훈련, 실전 경험 중 어느 하나라도 결투의 승패를 가르는 결정적인 요인이 될 수 있으므로, 실제로 결투가 어떻게 펼쳐질지를 예상하는 것은 불가능했다. 게다가 실전에서는 발을 헛디디고 미끄러진다거나, 갑옷의 고정 끈이 끊어진다거나, 상대방의 갑옷이나 그가 휘두르는 칼날이 갑자기 햇빛을 반사한 탓에 일시적으로 이쪽의 눈이 먼다거나 하는 식의 우발적인 사고는 수없이 일어나기 마련이었다.

기사 서임을 받은 자크 르그리가 자기 의자로 돌아가서 앉자, 전령관은 다시 시합장으로 걸어 나왔다. 이번에는 결투 당사자들이 지켜야 할 규칙들을 낭독하기 위해서였다.

"하나, 만약 결투 당사자가 프랑스의 법이 금지하는 종류의 무기를 결투장으로 반입할 경우 그 무기는 몰수당하고, 그것을 대체할 무기를 다시 반입할 수는 없다."

"하나, 만약 결투 당사자가 주문이나 마법이나 주물(呪物)이나 그 밖의 사악한 기술을 써서 제작된 무기를 결투장으로 반입하고, 그 무기에 의해 상대방의 힘이나 능력을 결투 전, 결투 중, 결투 후에 방해함으로써 상대방의 권리와 명예를 위험에 빠뜨릴 경우, 그 참가자는 상황에 따라 하느님의 적이나 대역죄인이나 살인자로서 응분의 처벌을 받는다."

"하나, 결투 당사자는 하루치의 빵과 와인과 그 밖의 음식을 반드시 지참하고 결투장으로 들어가야 하며, 필요하다면 그것들을 먹고 마셔야 하며, 그 밖에도 그와 그의 말이 필요로 하는 적절한 음식은 무엇이든 반입할 수 있다."

"하나, 결투 당사자는 공격이나 방어를 위한 무기나 장비를 마음대로 써서 마상(馬上)이나 지상에서 자기가 원하는 방법으로 싸울 수 있다. 단, 사악하게 설계되거나, 주물이나 주문을 써서 만들어졌거나, 신과 신성한 교회가 선량한 기독교인들에게 사용하는 것을 금지한 무기와 장비는 예외로 한다."

"하나, 결투 당사자는 일몰시까지 상대방을 패배시키거나 결투장 밖으로 축출하지 못하는 경우는 신의 의지가 작용한 것으로 받아들이고, 다음 날 결투를 재개하기 위해 다시 결투장에 출두할 것을 맹세하고, 선언해야 한다."

결투는 하루 종일 이어질 수 있었고, 따라서 일몰시 또는 "하늘에 별들이 나타날 때까지"도 결말이 나지 않을 가능성도 없지는 않았다. 그럴 경우 결투는 다음 날로 연기된다. 마법처럼 결투의 결과에 영향을 끼치는 초자연적인 현상의 경우, 중세에는 심각한 현실의 위협으로 간주되었다. 궁지에 몰린 결투 참가자들이 결투에서 이기기 위해 주물이나 주술뿐만이 아니라 실제로 마법 의식을 거쳐 만들어진 특별한 무기에 기대는 경우가 왕왕 있었기 때문이다. 따라서 결투 재판에서 마법 따위를 써서 신의 판결에 훼방을 놓으려고 시도한 결투자는 발각되면 사형에 처해졌다.

규칙을 모두 경정한 다음, 각 결투자는 세 가지의 정식 선서를 해야 했다. 이 단계에서는 결투 재판의 종교적인 요소가 전면에 등장한다. 사제들이 시합장 한복판에 제단을 가져다 놓았는데, 이것은 "길이 5피트, 너비 3피트, 높이 2피트의 탁자였고, 호화로운 금색 천으로 덮여 있었으며", 그 위에는 은제 십자가상과 그리스도의 수난을 묘사한 그림이 있는 페이지를 펼친 기도서가 놓여 있었다.

사제들과 제단과 그 위에 놓인 성물(聖物)들은 결투를 신의 심판으로 축성하기 위한 것이었다. 십자가상과 기도서는 인류가 지은 죄 탓에 죄 없는 그리스도가 수난을 당하기까지의 재판과 판결과 처형을 연상시켰다. 그리스도의 수난의 상징들에 의해 축복받은 이 결투의 장에서, 신은 누가 죄인인지를 밝히고, 죄인은 오늘 자기가 저지른 죄의 대가로 피를 흘리게 될 것이다.

서약
결투자들은 서로를 마주 보며 무릎을 꿇었고,
기도서와 십자가상에 손을 얹고 사제들의 눈앞에서 엄숙하게 선서했다.
프랑스 국립도서관 소장.
(MS. fr. 2258, fol. 18v.)

첫 번째 선서는 증인인 사제들의 입회하에 의전관이 집전했고, 각자 따로따로 이루어졌다. 우선 원고인 장 드 카루주가 자기 의자에서 일어나서 제단으로 다가갔고, 면갑을 올린 채로 그 앞에서 무릎을 꿇었고, 쇠 장갑을 벗은 오른손을 십자가에 대고 "나는 여기 놓인 우리 주 예수 그리스도의 수난의 기념물과, 성스러운 복음과, 그리스도의 성스러운 세례에 대한 나의 신앙에 걸고, 나의 주장이 성스럽고 선량하고 의로움을 맹세하노라. 또한 이 결투에 임해서 법을 지키며 스스로를 지킬 것을 맹세하노라"라고 말했다. 그런 다음 그는 또다시 주님과 성모님과 성 게오르기우스에게 이 대의의 증인이 되어 달라고 기원했다.

장 드 카루주가 자기 의자로 돌아가자, 자크 르그리는 제단으로 와서 무릎을 꿇고 같은 표현을 써서 자신이 결백함을 신에게 맹세했다.

두 번째 선서에서 쌍방의 결투자는 제단을 사이에 두고 서로를 마주 본 채로 무릎을 꿇었고, 쇠 장갑을 벗은 맨손을 다시 십자가상에 올려놓았다. 양자의 손은 거의 닿기 직전이었다. 두 사내는 각자 자신의 대의가 정당하며, 자신의 영혼을 걸고 진실을 말하고 있으며, 거짓 선서를 했을 경우는 천국의 지복을 포기하고 지옥의 업고를 기꺼이 받아들이겠다고 맹세했다. 또한 자기 자신이나 자신의 군마가 마술적인 주물을 지니고 있지 않다고 맹세했고, "오로지 대의의 정당성과, 자기 육체와, 군마와, 무기에만 의존해서 싸우겠다고" 맹세했다. 그런 다음 두 사내는 차례로 십자가상에 입을 맞췄다.

마지막의 세 번째 선서는 가장 구속력이 강했다. 두 사내는 제단 앞에서 여전히 무릎을 꿇고 서로를 마주 보고 있었다. 아까처럼 면갑을 위로 올린 채로 오른손을 십자가상 위에 올려놓고 있었지만, 이번에는 상대방의 맨살을 드러낸 왼손(la main sinistre)을 의전관의 손바닥 위에서 마주 잡았다는 점이 달랐다. 이런 식으로 몸을 맞댄 두 결투자는 이제 서로에 대한 선서를 시작했다. 카루주가 먼저 입을 열었다.

"오 지금 내가 손을 마주 잡고 있는 그대, 자크 르그리여, 나는 성스러운 복음과 신이 내게 내려 주신 신앙과 세례에 걸고, 그대를 향한 나의 언동이 진실이고, 다른 사람들을 통해 했던 언동 역시 진실이며, 사악한 그대의 대의와는 달리, 그대를 소환한 나의 대의가 선량하고 정당함을 이 자리에서 맹세하노라."

적수와 여전히 왼손을 마주 잡은 채로 자크 르그리는 대답했다. "오 지금 내가 손을 마주 잡고 있는 그대, 장 드 카루주여, 나는 성스러운 복음과 신이 내게 내려 주신 신앙과 세례에 걸고, 나를 소환한 그대의 대의는 사악하며, 내게는 나 자신을 지킬 선하고 성실한 이유가 있음을 이 자리에서 맹세하노라."

마지막 선서를 마친 후 두 사내는 또다시 십자가상에 입을 맞췄다.

세 번째의 이 마지막 선서는 결혼식에서 봉신의 충성 서약을 망라하는 중세의 많은 의식들에서도 볼 수 있는 것이었다. 그러나 그런 상호 서약의 참가자들은 언제나 서로의 **오른손**을 마주 잡고 의식을 진행한 데 비해, 결투 서약에서는 **왼손**을 마주 잡았다는 것이 달랐다. 이것은 그들 사이의 유대가 적대적임을 상징하고 있었다.

이런 선서를 함으로써 결투자들은 자신의 목숨과 재산과 명예뿐만 아니라 불멸의 영혼까지도 위험에 빠뜨리는 것으로 간주되었다. 사제 중 한 명은 제단 위에 놓인 성물들을 가리키며 두 사내와 그곳에 있는 모든 사람들을 향해 엄숙한 어조로 지적했다. 결투를 통해 "당사자들은 신의 심판인 신판(神判)의 대상이 되며, 그 결과 유죄임이 판명된 쪽은 방금 한 엄중한 선서에 의해 영혼과 육체 양쪽이 지옥에 떨어진다"라고 말이다.

사제에게 이런 경고를 받은 후 두 결투자는 동시에 일어나서 결투장 좌우 끄트머리에 설치된 자기 의자로 돌아갔다.

두 사내가 자기 이름을 밝히고, 각자의 주장을 진술하고, 그것을 쓴 두루마리를 들어 보이고, 각자의 무기들을 검사받고, 결투의 모든 규칙에 대해 설명 받고, 세 가지의 엄중한 선서를 한 뒤에, 남은 의식은 오직 하나뿐이었다.

당시 목숨을 건 결투는 프랑스에서는 극히 드물었고, 한 귀부인의 생사가 달린 결투는 그보다도 훨씬 더 드물었다. 해당 사건의 주된 증인인 마르그리트는 두 명의 결투자가 서약을 마친 뒤에 그녀 자신의 서약을 해야 했다.

장 드 카루주는 면갑을 올린 상태에서 자기 아내에게 다가가서 그 앞에 섰고, 다음과 같은 발언을 했다.

"나의 처(妻)인 그대여, 그대가 내놓은 증거에 입각해서 나는 자크 르그리와 목숨을 건 결투를 벌이게 될 것이오. 그대는 나의 대의가 정의롭고 진실함을 알고 있소."

엄청난 수의 군중은 그녀에게 시선을 못 박은 채로 말없이

마지막 대화

이 그림에서는 마차에 탄 마르그리트가 결투가 시작되기 직전

장 드 카루주에게 작별 인사를 하고 있다.

장 드 와브랭, 『잉글랜드 연대기(*Chronique d'Angleterre*)』,

대영 박물관 소장.

(MS.Royal 14 E. IV, fol. 267v.)

귀를 기울였다. 마르그리트가 대답했다. "알고 있습니다. 그대의는 정의로우므로, 자신 있게 나가 싸우십시오."

이 말을 들은 카루주는 짧게 대답했다. "하느님의 손에 모든 것을 맡기겠소."

이것들은 결투 직전 장과 마르그리트가 나눈 마지막 대화였다. 두 사람 모두 이것이 이번 생에서 서로에게 건네는 마지막 말이 될 수도 있다는 사실을 잘 알고 있었다.

그런 다음 카루주는 "아내에게 입을 맞췄고, 그녀의 손을 꼭 잡고 성호를 그었다". 마지막으로 한 번 아내를 포옹한 그는 몸을 돌려 결투장 오른쪽의 자기 자리로 돌아갔다.

한 연대기 작가는 목숨이 걸린 결투를 하려고 결투장에 들어갈 준비를 하는 남편을 바라보는 마르그리트의 모습을 이렇게 묘사하고 있다.

"카루주 부인은 시합장 한쪽에 홀로 남아 주님과 성모님께 간절한 기도를 올렸고, 머리를 조아리고 응당 그녀의 것이 되어야 할 승리를 내려 달라고 애타게 간원했다. 당시 그녀는 엄청난 불안감에 빠져 있었고, 자신이 살아남을 수 있다는 확신조차도 갖고 있지 않았다. 만약 남편이 결투에서 패배해서 죽는다면, 그녀 역시 참작의 여지없이 화형에 처해진다는 선고가 이미 내려진 상태였기 때문이다. 나는 그녀와 직접 말을 나눠 본 적이 없으므로, 그녀가 이번 사건을 고발하면서 너무나도 멀리 나가버린 탓에 그녀 자신과 남편을 절체절명의 위기에 빠뜨렸다는 사실을 뒤늦게 후회했는지 안 했는지의 여부는 알 수 없다. 그러나 그렇게 된 이상 그녀는 결과를 기다리는 수밖에 없었다."

마르그리트가 절체절명의 위기에 빠졌다는 점에는 의심의 여지가 없었다. 샤를 6세의 치세에 이단의 죄를 범했다는 누명을 쓰고 끔찍하게 처형당한 어떤 공직자의 예를 보더라도, 남편인 카루주가 결투에서 질 경우 그녀에게 소름 끼치는 운명이 기다리고 있다는 사실은 자명했다. "처형인들은 그를 거칠게 몰아갔다. 불은 이미 준비되어 있었다. 광장에는 교수대가 설치되어 있었고, 그 발치에는 육중한 쇠사슬에 연결된 화형용 기둥이 박혀 있었다. 교수대 꼭대기에는 또 한 줄의 쇠사슬이 걸려 있었는데, 이 쇠사슬 끝에는 쇠 목걸이가 달려 있었다. 처형인들은 경첩으로 여닫을 수 있는 이 쇠 목걸이를 사내의 목에 채운 다음, 더 오래 살아 있을 수 있도록 위로 끌어올렸다. 발치의 쇠사슬은 사내를 기둥에 한층 더 단단히 결박하기 위해서 쓰였다. 사내는 비명을 지르며 절규했다. 처형인들은 사내를 기둥에 꽁꽁 묶은 다음 그 주위에 대량의 장작을 쌓고 불을 붙였다. 불은 금세 활활 타올랐다. 사내는 이런 식으로 교수형과 화형에 처해졌고, 프랑스 왕은 원한다면 궁전의 창문을 통해 이 광경을 구경할 수 있었다."

만약 마르그리트가 화형에 처해진다면, 프랑스 왕은 그녀의 죽음도 감상할 수 있을 것이다. 왕에서 가장 미천한 농노에 이르기까지, 중세인들은 고문과 처형이라는 소름 끼치는 구경거리를 보기 위해 모여들었다. 어린아이들조차도 화형, 참수형, 교수형, 침수형, 생매장형 등을 비롯한 잔인한 형벌을 주기적으로 구경하곤 했다. 기록에 의하면 화형을 당한 희생자는 불길 속에서 죽기까지 30분 이상 걸리는 경우도 있었다고 한다.

마르그리트가 곧 자기 운명이 결정되려고 하는 결투장을 바라보며 엄청난 불안감에 빠져 있었다는 연대기 작가의 지적은 결코 과장이 아니다. 그는 그녀가 이번 사건을 고발하면서 너무나도 멀리 나가버린 탓에 자신과 남편의 목숨을 절체절명의 위기에 빠뜨렸다는 사실을 후회하고 있었을지도 모른다고 상상하기까지 했다. 그러나 이 연대기 작가는 그녀와 직접 말을 나눠 본 적이 없으므로, 실제로 그녀가 무슨 생각을 하고 있었는지는 자기도 모른다고 솔직하게 인정했고, 그 고뇌의 순간 그녀의 머릿속에서 교차했을 사적인 생각과 감정에 관해서는 더 이상의 언급을 피했다.

9
사투

모든 의식이 거행되고 모든 필요 발언이 끝난 후, 드디어 결투를 치를 때가 왔다. 장 드 카루주와 자크 르 그리가 각자의 막사 안으로 들어가자, 그곳에서 대기하고 있던 종자들이 주군의 갑주와 무기들을 마지막으로 한 번 더 신중하게 점검했다. 사제들은 서둘러 제단과 십자가상과 기도서를 치웠고, 결투장에 성물을 남기지 않은 것을 확인했다. 두 명의 종자가 제단이 설치되어 있던 지면을 비로 쓸어 모래를 고르자, 결투장은 하얀 시트를 깔아 놓은 듯한 원래 모습으로 돌아왔다. 왕과 그의 정신들과 엄청난 수의 군중 모두가 기대에 찬 표정으로 결투가 시작되기를 학수고대했다.

두 결투자가 준비가 끝났다는 몸짓을 하고, 그들을 제외한 모든 사람들이 문을 통해 결투장 밖으로 나가자, 한 전령관이 또다시 결투장 한복판으로 걸어 들어갔다. 그곳에서 그는 왕을 마주 보고 서서 완전한 정적이 찾아오기를 기다렸다. 전체가 조용해졌다. 들리는 것이라고는 빨간 막사와 회색 막사 위에서 삼각기들이 펄럭이는 소리와 기승용 발판 옆에서 고삐를 잡히고 대기 중인 군마들이 내뿜는 콧김 소리뿐이었다.

돌연히 결투장 끝에서 끝까지 울려 퍼지는 낭랑한 목소리로 전령관이 외쳤다.

"풰트 보 드부아르(Faites vos devoirs)!"*

전령관이 이 명령을 법에 입각해서 세 번 되풀이하기 전에, 두 기사는 막사 밖으로 걸어 나왔다. 각자 무기를 허리에 차고, 면갑을 내려 얼굴을 가린 후 쥠쇠를 쥔 상태였고, 불안한 표정의 종자들을 뒤에 거느리고 있었다. 카루주와 르그리는 갑옷을 철걱거리며 결투장의 양 끝에 있는 출입문 밖에서 고삐를 잡힌 채로 대기하고 있는 각자의 군마를 향해 걸어갔다. 그런 다음 군마 옆에 놓인 기승용 발판에 쇠 구두로 감싼 한쪽 발을 올려놓고, 다음 지시를 기다렸다.

전령관이 결투장을 떠나자 이번에는 의전관이 그 자리에 와서 섰다. 네 명의 귀족 입회인도 자기 위치로 갔다. 기사 복장을 한 이들은 두 명씩 조를 이뤄 결투장 좌우의 열린 출입문 앞으로 갔고, 랜스 한 자루를 지면에 평행되도록 양쪽에서 잡고 서서 출입을 차단했다. 의전관은 결투장 한복판에서 흰 장갑 한 짝을 들고 우뚝 서 있었다. 모든 사람의 시선이 의전관을 향했다. 두 명의 결투자도 자기 군마 곁에서 대기하며 의전관 쪽을 응시하고, 귀를 기울였다. 의전관은 장갑을 자기 머리 위로 천천히 들어 올렸다. 돌연 그는 장갑을 눈앞의 공중으로 내던지며 관례적인 명령을 외쳤다.

"레세레 알레(Laissez-les aller)!"**

장갑이 땅에 닿기도 전에, 또는 의전관이 세 번째의 호령을

* 그대들의 의무를 다하라!
** 그들을 놓아주라!

발하기 전에, 기사들은 안장 머리를 움켜잡고 종자들의 도움을 받으며 안장 위에 올라탔다. 군마 곁에서 대기하고 있던 종자들은 두 기사에게 랜스와 방패를 건넸다. 기사들은 이미 허리띠에 검과 단검을 차고 있었고, 더 긴 장검은 전투용 도끼와 함께 안장 고리에 매달려 있었다. 두 기사는 거추장스러운 탓에 가장 나중에 집어 든 랜스의 자루를 전용 지지대(fewter)에 수직으로 꽂아 넣었다. 군마에 올라탄 기사들이 무장을 완전히 갖추자, 종자들은 재빨리 뒤로 물러났다. 군마에 올라타는 과정은 결투 전에 마지막으로 허용되는 타인과의 신체 접촉이었다. 지금부터는 완전히 혼자였다.

장 드 카루주와 자크 르그리는 그 즉시 박차를 가해 말을 전진시켰다. 결투장 좌우의 출입문 앞에 두 명씩 서서 문을 가로막고 있던 입회인들은 들고 있던 랜스를 떨어뜨리고 옆으로 펄쩍 비켰다. 전진을 개시한 기사들이 출입문을 통과하자마자 위병들은 육중한 출입문을 쾅 닫은 다음 열쇠로 잠갔고, 그 자리에서 무기를 쥔 채로 대기했다. 의전관은 로열박스를 마주보는 조그만 중앙 출입문을 통해 서둘러 결투장 밖으로 나왔고, 주의 깊게 그 문을 잠갔다.

카루주와 르그리는 이제 결투장 안에 갇혔다. 이중의 견고한 목책과 위병들의 날카로운 강철 창끝이라는 산울타리에 가로막혀 여기서 도망치는 것은 불가능했다. 두 사내는 좌우의 출입문 바로 안쪽에서 말을 멈춰 세우더니 아래로 내려서 닫은 면갑의 눈구멍을 통해 결투장 반대편에 있는 적수를 훑어보았다. 군마들은 조급함을 이기지 못하고 말굽을 구르고 있었다. "두 사람 모두 실력이 출중한 기사였기에 자기 말을 홀

륭하게 제어하고 있었다. 프랑스의 귀족들은 그런 광경을 바라보며 매우 기뻐했다. 그들이 먼 길을 마다않고 이곳에 온 것은 이 두 사내가 싸우는 것을 보기 위해서였기 때문이다."

엄청난 수의 군중이 흥분한 나머지 몸을 떠는 동안, 살벌한 원수지간인 이 두 사내는 서로를 뚫어지게 응시했다. 면갑 뒤에서 뿜는 입김은 뜨거웠고, 갑옷을 두른 몸은 이미 땀으로 축축해져 있었다. 물과 불이 서로를 소멸시키려는 것처럼, 그들은 상대의 죽음을 원하고 있었다.

처음에는 감옥처럼 느껴진 이 폐쇄된 결투장은 이제 한 사내가 파멸하고, 다른 사내는 정의의 이름으로 모든 죄를 용서받게 되는 시련의 장이 되었다. 카루주와 르그리는 세 가지 사건 중 하나가 일어날 때까지 가차 없는 사투를 벌일 것이다. 첫째, 한쪽이 다른 쪽을 죽임으로써 자기주장의 정당성 및 상대방의 유죄를 증명하는 경우. 둘째, 한쪽이 다른 쪽으로부터 거짓 선서를 했다는 자백을 받아내는 경우—이 경우 자백한 사내는 즉시 교수형에 처해진다. 셋째, 한쪽이 다른 쪽을 결투장 밖으로 쫓아내는 경우—이 경우 역시 쫓겨난 사내는 유죄 판결을 받고 처형된다.

이들 사이의 전투는 가차 없을 뿐만 아니라 규칙도 없었다. 목숨을 건 결투는 우호적인 마상 창 시합이 아니다. 따라서 상대의 등을 찌르거나, 투구의 눈구멍에 칼을 박아 넣거나, 모래를 뿌려 상대방의 눈을 멀게 하거나, 발을 걸어 넘어뜨리거나, 힘껏 걷어차거나, 미끄러져 넘어진 상대를 위에서 덮치더라도 전혀 문제가 되지 않았다. 1127년에 플랑드르에서 벌어진 결투 재판에서, 완전히 체력을 소진한 두 결투자는 급기야는 무

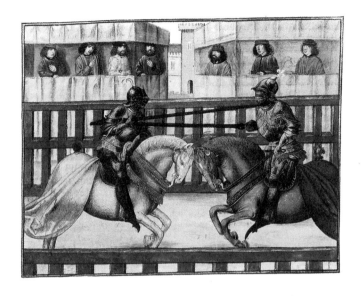

마 상 창 시 합
말을 탄 두 명의 기사가 육중한 목재로 만든 울타리에 둘러싸인
시합장에서 랜스를 낮게 꼬나잡고 돌진하고 있다.
장 드 와브랭,『잉글랜드 연대기(*Chronique d'Angleterre*)』,
대영 박물관 소장.
(MS. Royal 14 E. IV, fol. 81.)

기를 내던지고 땅을 구르며 엎치락뒤치락 몸싸움을 벌였고, 쇠 장갑을 낀 손으로 상대를 난타했다. 그러던 중 한쪽이 상대의 갑옷 아래로 손을 집어넣고 고환을 찢어발겼고, 상대는 그 자리에서 즉사했다. 마상 창 시합에서 기사도 정신은 여전히 건재했고, 결투 재판 전에 행해지는 여러 의식조차도 기사도에 입각한 것이었지만, 일단 결투가 시작되면 기사도 정신은 소멸하기 마련이었다.

고발자인 장 드 카루주가 먼저 돌격을 감행함으로써 결투를 개시했다. 카루주는 랜스를 아래로 내려 오른쪽 겨드랑이에 수평하게 밀착시켰고, 신중하게 적을 겨냥했다. 그런 다음 자기 말에 박차를 가하고 전진하기 시작했다. 자크 르 그리도 상대가 움직이기 시작한 것을 보자마자 랜스를 내리고 말에 박차를 가해 적수를 향해 똑바로 달려가기 시작했다.

서로를 향해 결투장 안에서 말을 달리기 시작한 순간, 두 기사 사이의 거리는 70야드 이상 떨어져 있었다. 그러나 힘센 군마는 정지 상태에서 불과 몇 초 만에 전속력으로 질주하는 것이 가능했다. 시속 10에서 15마일 사이의 느긋한 속보로 달릴 경우에도, 서로를 향해 똑바로 달려갈 경우 이 거리를 주파하는 데는 5초 남짓한 시간밖에는 걸리지 않는다.

결투장에 인접한 비계 위에서 이 광경을 바라보고 있던 마르그리트에게 이 몇 초는 영원히 계속되는 것처럼 느껴졌을 것이다. 그녀는 남편이 랜스를 아래로 내리고 말에 박차를 가해 돌진하는 것을 보았다. 말굽이 땅을 박찰 때마다 흰 모래 먼지가 일며 말의 옆구리 근육이 약동하는 것이 보였다. 자크 르그리가 결투장 반대편에서 반 박자 늦게 돌격을 시작하자 육중한 말굽 소리가 주위의 공기를 가득 채웠다. 관중의 모든 눈은 서로를 향해 돌격하는 두 기사와 그들이 수평으로 꼬나 잡은 랜스에 못 박혀 있었다.

이것은 마상 창 시합이 아니었기 때문에 시합장을 양분함으로써 기수들의 진로를 유도하고 말끼리 정면충돌하는 것을 막기 위한 중앙 분리대는 설치되어 있지 않았다. 그러는 대신 그들은 "마치 줄을 잡아당긴 것처럼 서로를 향해 일직선으로 달려갔다". 서로를 향해 돌진하는 두 사내가 든 랜스의 날카로운 강철 촉은 마치 치명적인 화살처럼 그들 앞의 공중을 갈랐다. 말과 기수와 갑옷과 랜스를 합친 무게에 전력 질주의 운동량이 더해져 랜스 촉에는 1톤에 가까운 충격력이 실려 있었다. 이런 식으로 움직이는 랜스는 방패와 갑옷을 뚫고 뼈까지 관통하거나, 판금의 이음매를 찢어발겨 어깨를 탈구시키거나, 상대 기수를 안장에서 아예 낙마시킬 수도 있었다. 무거운 갑주를 착용한 채로 지면에 떨어진 기수는 골절이나 염좌를 피할 수 없었다.

돌진하는 기사들의 랜스 앞부분에 매달린 조그만 창기(槍旗)가 나부꼈고, 군마를 덮은 화려한 장식 천이 사방으로 튀는 모래 위에서 물결쳤다. 질주하는 군마 위에 올라탄 기사들의 연마된 강철 투구와 갑옷이 햇살을 반사하며 번득였고, 결투장 주위로 빛을 흩뿌렸다. 결투장 한복판의 지면에는 조금 전에 의전관이 던진 하얀 장갑이 그대로 남아 있었다.

돌진해 온 기사들은 바로 그 지점 근처에서 엄청난 기세로 충돌하면서 랜스로 "각자의 방패를 정통으로 강타했고, 워낙 충격이 컸던 탓에 두 사람 모두 낙마할 뻔했다". 관중은 이 충돌을 목격하고 움찔했고, 두 기사의 상체는 "말 엉덩이의 껑거리끈에 거의 닿을 정도로 뒤로 젖혀졌다". 그러나 노련한 기수였던 두 사람은 "두 다리로 말의 동체를 꽉 조이며 안장 위에 머물렀다". 같은 길이의 랜스로 같은 순간에 서로를 찔렀기 때문에 두 사람의 일격은 완벽하게 평형을 이뤘다. 그 결과 아무도 다치거나 낙마하지 않았고, 랜스나 방패를 잃는 일도 없었다. 이 일격에서 회복하면서 "각 기사는 시합장의 자기 진영 쪽으로 되돌아가서 조금 휴식을 취하며 숨을 골랐다".

두 번째 돌격에 앞서 두 사내는 창촉을 처음보다 조금 더 위로 올려 상대의 머리를 겨냥했다. 장 드 카루주는 낮게 꼬나잡은 랜스 자루를 옆구리에 꽉 낀 다음 "방패를 단단히 쥐고 말에 박차를 가했다. 카루주가 돌진해 오는 것을 본 르그리는 물러서지 않고 일직선으로 적을 향해 돌진했다". 서로를 향해 맹렬하게 말을 달리며 두 기사는 또다시 중앙에서 격돌했다. "전투용 랜스로 각자의 강철 투구를 찔렀는데, 너무나도 완벽하고 세찬 일격이었던 탓에 투구에서 불꽃이 튀었을 정도였다." 그러나 창촉은 투구의 가장 윗부분을 맞췄기 때문에 "랜스는 각자의 투구 위로 미끄러졌고, 그들은 아무 부상도 입지 않고 서로를 지나쳤다".

"몸이 따뜻해진" 기사들은 세 번째 돌격을 감행하기 전에 다시 휴식을 취했다. 그런 다음, "방패를 고쳐 쥐고 투구의 면갑에 난 구멍으로 서로를 훑어본 뒤에", 그들은 또다시 말에 박차를 가하며 "단단히 지탱한 랜스를 낮게 꼬나잡고" 돌진했다. 이번에는 또다시 서로의 방패를 노리고 있었다. 우레와 같은 말굽 소리와 함께 돌격한 그들은 "엄청난 힘으로" 서로를 공격했고, 랜스의 강철 촉을 상대방의 방패에 찔러 넣었다. 이들이 충돌하면서 낸 굉음이 시합장 주위의 돌벽에 메아리쳤다.

그들의 랜스는 이번 충격에 못 이겨 박살이 났고, 그 파편들은 "랜스를 손으로 던졌을 때보다 훨씬 더 높이 공중으로 날아갔다". 각자의 랜스는 뿌리에서 부러졌고, 랜스의 강철 촉은 부러진 창대의 일부와 함께 상대방의 방패에 푹 꽂혀 있었다. 이번 충돌의 충격은 "그들의 말을 비틀거리게 했고", 안장 위의 기수들은 상체가 뒤로 푹 꺾이면서 낙마하기 직전까지 갔다. 그러나 랜스가 박살 나면서 충격력 대부분을 흡수해 준 덕에 기사들은 가까스로 안장 위에 머무를 수 있었다. "쌍방의 랜스들이 부러지지 않았다면, 둘 중 하나 또는 두 명 모두가 지면으로 낙마했을 것이다."

카루주는 숨을 고르면서 말을 구보시켜 자기 진영의 문 쪽으로 돌아갔다. 거기서 뒤로 돌아선 카루주는 부러져서 쓸모없게 된 랜스 자루를 내던지고 방패에 박혀 있던 부러진 창촉을 잡아 뺐다. 그런 다음 그는 안장 고리에 걸어둔 전투용 도끼를 집어 들었다. 반대편에 가 있던 르그리 역시 자기 도끼를 쥐었다.

두 사내는 언제든 도끼를 휘두를 수 있는 자세로 다시 서로를 향해 말을 몰았지만, 이번에는 느리게 전진했고, 이리저리 위치를 바꾸며 유리한 위치를 선점하려고 했다. 마침내 결투장 한복판에서 만난 그들은 원을 그리며 쌍방의 거리를 좁히기 시작했고, 한쪽 말의 코가 다른 말의 꼬리에 닿을 정도로 접근했다. 이제는 어떤 무기로든 상대를 공격할 수 있는 지근 거리였다.

사방으로 모래를 튀기며 원을 그리는 말들 위에서 그들은 거의 "몸과 몸, 가슴과 가슴"을 맞대고 싸웠다. 머리 위에서 휘두르는 도끼날이 햇살을 반사하며 번득였다. 두 기사가 이런 죽음의 춤을 추는 동안 몇 번 쌍방의 도끼가 엇걸렸다. 그러면 그들은 서로를 세차게 잡아당기거나 밀면서 "적수가 균형을 잃게 만들고, 도끼의 만곡한 뒷부분에 걸어서 안장에서 떨어뜨리려고 했다".

그들은 서로에게서 몇 번 떨어져 나오다가도 다시 말 머리를 휙 돌려 마치 상대를 두 동강 내려는 것처럼 도끼를 높이 치켜들고 돌격하는 일을 거듭했다. 맹렬하게 도끼를 휘두르며 싸우는 동안 안장 아래의 말들도 요동치며 부딪쳤다. 쌍방의 거리가 너무나도 가까워진 탓에, 말을 몰면서도 등자에 끼운 쇠 구두를 쩔렁거리며 서로를 걷어찼을 정도였다.

도끼에 의한 격렬한 싸움은 어느 쪽이 우위에 서는 일 없이 계속 이어졌고, 급기야 두 사내는 피로를 느끼기 시작했다. "그들은 몇 번 서로에게서 떨어져 나와서 휴식하며 가쁜 숨을 가다듬었고, 다시 돌아가서 이 헛된 싸움을 계속했다."

마침내 자크 르그리는 다시 말에 박차를 가하며 카루주에게서 떨어져 나갔다. 마치 휴식을 취하려는 것처럼 보였지만, 그는 느닷없이 말 머리를 돌려 카루주를 향해 다시 돌진해 왔다. 카루주는 방패를 들어 올려 르그리의 공격을 막으려고 했다. 양손으로 도끼를 쥔 르그리는 말 머리를 다시 휙 돌리며 혼신의 힘을 다해 도끼를 내리쳤다. 도끼날은 카루주가 들어 올린 방패를 비스듬하게 가격한 후 아래로 미끄러졌고, 마면 투구인 샹프랑 뒤로 늘어뜨려 말의 목덜미를 보호하는 판금 마갑바로 아래쪽의 노출된 부분을 찍었다.

도끼날은 말의 척추를 절단했다. 카루주의 군마는 비명을 올리며 경련했고, 네 발을 푹 꺾고 콧구멍과 목에서 피를 뿜으며 모래땅 위에 쓰러졌다. 카루주는 치명상을 입은 말이 지면에 격돌하기 직전 안장에서 펄쩍 뛰어내렸다. 그러면서도 그는 냉정을 잊지 않고 도끼를 계속 손에 쥐고 있었다.

르그리는 공격을 멈추는 대신 말 머리를 홱 돌린 후 다시 돌진해 왔다. 높이 치켜든 도끼가 낙마한 카루주를 위협했다. 르그리는 피에 젖은 도끼날 대신 반대편의 송곳망치 쪽으로 카루주를 겨냥했다. 이 날카로운 송곳은 갑옷의 투구를 뚫고 착용자의 머리를 박살낼 수 있었다. 이것은 지금처럼 높은 안장에서 지상에 서 있는 적을 향해 내려칠 때 특히 효과적이었다.

르그리가 도끼를 들어 올리고 돌진해 오는 것을 본 카루주의 귀에 뒤쪽에 쓰러져 있는 그의 말이 발하는 단말마의 비명이 들려왔다. 카루주는 발버둥치는 말의 말굽에 걷어차이지 않으려고 앞으로 재빨리 몸을 날렸고, 돌진해 오는 르그리를 마주보며 자기 도끼를 휘두를 태세를 갖췄다. 르그리가 또다시 양손으로 도끼를 휘두르려고 한 순간 카루주는 갑자기 옆으로 펄쩍 뛰어 공격을 피했다. 르그리는 카루주라는 이동 표적을 쫓기 위해 안장 위에서 몸을 틀다가 균형을 잃었고, 결국 공격을 단념해야 했다.

르그리의 군마가 옆을 지나친 순간 카루주는 앞으로 돌진했고, 혼신의 힘을 다해 도끼 윗부분에 달린 뾰족한 랜스 촉을 르그리가 탄 말의 하복부—복대 바로 뒤쪽—에 찔러 넣었다.
창 모양을 한 도끼 윗부분뿐만 아니라 그 아래의 도끼날과 송
곳망치까지 마치 작살처럼 말의 내장 깊숙이 박혔고, 질주하
던 말은 카루주의 손에서 그대로 도끼를 뜯어갔다. 르그리의
군마는 소름끼치는 절규를 발했고, 지면에 쓰러진 채로 여전
히 발버둥치고 있는 카루주의 말 쪽으로 고꾸라졌다. 불의의
공격을 받은 르그리는 고삐를 잡아당겼다가 안장 앞으로 날려
갈 뻔했지만 낙마는 면했고, 도끼를 쥔 채로 두 마리의 죽어가
는 군마 위에서 아슬아슬하게 균형을 잡고 앉아 있었다.

전투용 도끼를 잃은 카루주는 허리띠에 차고 있던 검을 뽑
았다. 에스톡이라고 불리는, 찌르기 전용의 짧은 한 손 검이었
다. 그보다 길고 육중한 양손 검은 죽어가는 그의 애마 밑에
칼집째로 깔려 있는 탓에 쓸 수 없었다.

르그리도 고통으로 몸부림치는 자기 말의 안장에서 황급히
뛰어내리면서 손에서 도끼를 놓쳤다. 그는 그대로 돌진하며
자기 에스톡을 뽑아 들었고, 단말마의 경련에 사로잡힌 말들
너머에 서 있는 적수를 마주 보았다.

격하게 숨을 몰아쉬던 두 기사는 누가 먼저라 할 것 없이 잠
시 휴식을 취하며 자세를 가다듬었다. 관중들 쪽에서는 숨소
리조차도 들려오지 않았다. 눈앞에서 벌어지는 사투에 매료되
고 넋을 잃은 나머지, 다들 아무 말도 하지 못하고 단지 숙연
하게 두 기사의 모습을 바라볼 뿐이었다. 임시로 세운 비계 위
에서 결투장을 홀로 내려다보고 있었던 마르그리트는 나무 난
간을 움켜잡고 경직된 몸을 앞으로 내밀었다. 완전히 핏기가
가신 얼굴이었다.

지상에서의 검투
관리들과 구경꾼들로 에워싸인 울타리 안에서,
두 명의 기사가 검을 쥐고 싸우는 광경.
프랑스 국립도서관 소장.
(MS. fr. 2258, fol. 22r)

맨저 움직인 사람은 카루주였다. 검을 뽑아 든 그가 말들 주위를 우회하기 시작하자 르그리는 조금 주저하는 기색을 보였다. 마치 방금 땅에 떨어뜨린 전투용 도끼를 집어 올릴지, 아니면 지금도 말들의 몸에 깔려 있는 양손용 장검들 중 한 자루를 회수해 오는 편이 나을지 고민하는 느낌이었다. 두 사내는 손에 쥔 에스톡 말고도 허리에 단검을 한 자루씩 차고 있었다.

카루주가 다가오자 르그리는 왕가의 관람대 쪽으로 뒷걸음질 치더니 매끄럽고 평탄한 모래땅 위에서 곧추섰고, 검을 들어 올리고 카루주를 기다렸다.

창과 전투용 도끼를 구사한 격렬한 마상 전투 끝에 낙마한 후 가까스로 일어선 두 사내의 몸을 60파운드에 달하는 갑옷의 무게가 무겁게 짓눌렀다. 맨땅에서 한 손용 검과 방패를 들고 싸워야 하는 지금, 순간적으로 이어지는 돌격, 후퇴, 방어 등의 동작을 제대로 수행하려면 단 한시도 긴장을 늦출 수 없었다. 매서운 겨울 추위에도 불구하고 갑옷 내부는 후덥지근했고 땀이 줄줄 흘렀다. 잠시 싸움을 멈추고 건네받은 와인으로 목을 축인다든지, 쇠 장갑을 낀 손으로 투구로 가려진 얼굴의 땀을 닦아내는 것은 애당초 불가능한 얘기였다.

왕이 자리 잡은 로열박스 앞에서 서로를 마주 보며 검을 꼬나잡은 두 기사는 상대방의 허점을 찾기 위해 원을 그리듯이 조심스럽게 움직이기 시작했다. 그러다가 갑자기 접근하는가 싶더니, 사납게 서로를 공격하기 시작했다. 검을 휘두르고, 찌르고, 받아넘기는 쌍방의 공수(攻守) 속도는 처음에는 완만해 보였지만 시간이 흐를수록 점점 빨라지고, 대담해졌다.

예리한 강철 칼날이 맞부딪치고, 강철 판갑을 강타하고, 목제 방패를 때리는 소리가 공중에 울려 퍼졌고, 수도원의 담장에 반사되며 살벌한 찬송가처럼 메아리쳤다. 한겨울의 희끄무레한 태양은 그림자를 거의 드리우지 않았다. 그러나 공중을 가르는 강철 칼날과 매끄럽게 연마된 갑옷은 햇살을 반사하며 눈부시게 번득였고, 그 탓에 굵은 나무 울타리 틈새로 빠르게 진행 중인 결투를 엿보기는 쉽지 않았다.

곧 관중의 시야가 뿌옇게 변했다. 무거운 쇠 구두로 땅을 박차며 격렬하게 싸우는 기사들 주위로 흙먼지가 자욱하게 피어오른 탓이었다. 사람들은 외경심에 사로잡힌 나머지 넋 나간 듯한 표정으로 이 광경을 응시했다. 결투 결과에 개인적인 이해가 얽혀 있는 인물들을 포함해서, 관중들 모두가 숨을 죽이고 결투의 결말이 나기를 기다리고 있었다.

맨땅에서 도보로 싸우던 장 드 카루주에게 강철 갑옷의 무게는 점점 무거운 짐이 되어갔다. 하필이면 결투일인 오늘 열병이 도진 탓에 체력도 평소보다 많이 떨어진 상태였다. 고열로 반사 신경이 무뎌진 것인지, 아니면 적수의 칼날에 반사된 햇살에 한순간 눈이 멀었던 것인지는 알 수 없다. 아내인 마르그리트를 흘끗 보려고 한눈을 판 것일 수도 있다. 바로 그 순간, 르그리는 카루주에게 운명의 일격을 가했다.

카루주가 방심한 이유가 무엇이었는지는 중요하지 않다. 중요한 것은 두 기사가 격한 숨을 몰아쉬고, 빙빙 돌면서, 상대를 찌르고, 때리고, 베는 동작을 계속하던 중에, 상대방의 허점을 간파한 르그리가 갑자기 앞으로 뛰쳐나가 카루주의 다리에 칼을 박아 넣었다는 사실이다. 르그리의 칼끝이 허벅지를 찌른 순간, 격통이 장 드 카루즈의 전신을 엄습했다. 상처에서 솟구친 피가 다리를 따라 흘러내리기 시작했다.

관중은 시뻘건 피를 보고 전율했다. 낮은 웅성거림이 일었다. 전투에서 다리 부상, 특히 대퇴부의 출혈은 극히 위험한 것으로 간주되고 있었다. 부상자는 빠르게 피를 잃을뿐더러, 다리를 다치면 상대방을 공격하기는커녕 자기 몸을 지키기 위해 민첩하게 움직이는 일조차 어려워지기 때문이다.

이제 장 드 카루주는 절체절명의 위기에 빠졌고, 그를 응원하던 사람들 역시 비탄에 빠져 신음했다. 치명적인 부상을 입은 남편이 결투장에서 피를 흘리는 광경을 목격한 마르그리트는 목제 난간에 쓰러지듯이 몸을 기댔다. 몇 초 후면 모든 것이 끝날 수도 있었다. 당장이라도 질식할 듯한 지독한 두려움이, 두 기사의 결투를 관람하던 사람들 모두를 사로잡았다. 모든 대화가 멈추고, 호흡조차도 멈췄다.

다음 순간, 르그리는 치명적인 실수를 범했다. 유리한 상황을 이용해서 공격을 계속하는 대신, 상대방의 허벅지에 박힌 검을 뽑은 후 뒤로 물러섰던 것이다. 검이 다리에 계속 박혀 있었더라면 카루주는 그 상태로 절명할 수도 있었다. 그러나 르그리는 상대를 찌른 즉시 검을 뽑는 쪽을 택했다.

혹시 그는 치명상을 입은 상대방이 몇 분 뒤면 과다 출혈로 숨이 끊어질 것이라고 생각했던 것일까? 아니면 크게 다치긴 했지만 여전히 위험천만한 상대인 카루주 앞에 머무는 대신 검의 공격 범위를 벗어난 안전한 곳까지 후퇴해서, 카루주가 부상과 출혈로 충분히 약해질 때까지 기다렸다가 숨통을 끊어 놓을 작정이었을까?

그러나 르그리가 뒤로 물러난 순간 장 드 카루주는 기사회생의 기회를 보았다. 전신을 꿰뚫은 격통에도 불과하고, 패배를 받아들이기는커녕 한층 더 투지를 발휘했던 것이다. 카루주는 전심전력을 다해 몸을 곧추세웠고, 적수를 향해 성큼성큼 다가갔다.

경악한 기색이 역력한 르그리를 향해 돌진하면서, 카루주는 모든 사람이 들을 수 있도록 목청이 찢어져라 절규했다. "오늘, 여기서, 우리 다툼을 완전히 끝내자고!"

다음 순간 일어난 일을 본 관중들은 놀란 나머지 자기 눈을 의심했다. 부상을 입은 장 드 카루주는 검을 쓰는 대신 자크 르그리가 쓴 투구의 정수리 부분을 움켜잡고 자기 쪽으로 홱 끌어당겼고, 그 자세로 몇 걸음 더 뒤로 물러나더니 상대를 땅바닥에 내동댕이쳤던 것이다. 르그리는 큰대자로 지면에 나가떨어졌고, 강철 갑주의 무게 탓에 일어나지 못했다.

이 느닷없는 기책(奇策)으로 완전히 전세를 뒤집은 카루주는 유리한 상황을 그대로 밀어붙였다. 르그리는 갑작스레 쓰러신 충격에서 아직 벗어나지 못한데다가 무거운 갑옷 탓에 꼼짝달싹도 하지 못하는 상태였다. 손에 쥔 검을 써서 베거나 찌르는 동작을 하는 것도 불가능에 가까웠다. 설령 모래땅 위에서 누운 채로 무리한 공격을 시도하더라도, 바로 앞에서 검을 쥐고 그를 내려다보고 있는 카루주는 그의 칼날을 쉽게 받아넘길 것이 뻔했다.

제대로 만들어진 갑옷을 착용한 힘센 사내—르그리는 거구일 뿐만 아니라 힘이 센 것으로도 유명했다—는 맨땅 위에서도 두 다리를 써서 빠르게 움직일 수 있다. 그러나 육중한 갑옷을 착용한 상태에서 실족이나 낙마로 인해 땅바닥에 쓰러진 기사가 다시 몸을 일으켜 서는 것은 이와는 전혀 다른 문제였다. 특히 검이나 쇠 구두로 언제든 그를 다시 밀어 넘어뜨릴 수 있는 적수가 지금처럼 눈앞에 우뚝 서 있는 경우에는 말이다. 전쟁터에서 땅바닥에 쓰러진 기사들은 뭍에 오른 바닷가재처럼 속수무책으로 껍질째 도륙당하는 경우가 많았다.

카루주는 부상당한 대퇴부에서 피를 흘리며 격하게 숨을 몰아쉬고 있었지만, 쓰러진 적수에게 마지막 일격을 가하려고 검을 들어 올렸다. 그러나 자크 르그리의 운은 아직 다하지 않았다. 큰대자로 쓰러진 탓에 방어조차도 여의치 않은 상태였지만, 그런 와중에도 르그리의 강철 갑옷이 칼끝을 튕겨 낸다는 사실을 깨닫고 카루주는 아연실색했다. "혹시 갑옷에 금이 간 곳이나 틈새가 없는지 한참을 찾아보았지만, 르그리는 머리부터 발끝까지 판금 갑옷을 두르고 있었다."*

카루주는 적수를 쓰러뜨리고 실질적으로 무력화하는 데 성공했지만, 탈진한 데다가 중상을 입은 탓에 더 이상 시간을 낭비할 수 없었다. 그의 생명력은 위험천만한 대퇴부의 상처에서 여전히 흘러나오고 있는 피와 함께 급속히 고갈되고 있었다. 르그리가 이 견고한 강철 갑옷으로 몸을 감싸고 있는 한, 결투의 저울이 천천히 그쪽으로 기우리라는 점은 명백했다. 르그리가 카루주의 공격을 충분히 오랫동안 견뎌낸다면, 카루주는 출혈 탓에 더 이상 싸울 수 없는 상태가 될지도 모른다. 실혈사(失血死)할 위험조차 있었다.

* 부유한 르그리는 최신식의 전신 판금 갑옷을 입을 수 있었지만, 이렇게 육중한 갑옷은 역으로 착용자를 가두는 감옥이 될 수도 있었다.

천신만고 끝에 손에 넣었지만 점점 효력을 잃어가고 있는 유리한 위치를 빼앗기지 않으려면 이것저것 따질 계제가 아니었다. 카루주는 재빨리 검을 휘둘러 르그리가 쥐고 있던 검을 옆으로 쳐낸 다음 몸을 날려 큰대자로 누워 있는 적수를 덮쳤다.

맨땅 위에서 살벌한 싸움이 이어졌다. 르그리 위에 올라탄 카루주는 양 무릎으로 갑옷의 가슴을 찍어 누르고 에스톡의 칼끝으로 상대방의 투구를 마구 찌르기 시작했다. 르그리가 마구 몸부림치고, 발버둥을 치는 통에 사방으로 모래가 튀었다. 카루주의 칼끝은 뾰족한 새 부리 모양을 한 르그리의 두꺼운 강철 면갑 위에서 자꾸 미끄러지며 지면을 찍었다.

이윽고 카루주는 검으로 공격하는 것을 포기했고, 르그리의 면갑을 고정하는 죔쇠를 더듬기 시작했다. 카루주의 의도를 알아차린 르그리의 몸부림이 한층 더 격렬해졌다. 죔쇠를 풀고 면갑을 떼어내려는 시도를 저지하기 위해 그는 좌우로 격렬하게 몸을 흔들며 고개를 비틀었고, 튕겨 나간 자신의 검을 찾기 위해 양손으로 모래땅 위를 필사적으로 더듬었다. 허리에 찬 단검은 카루주가 위에서 몸을 누르고 있는 탓에 뽑을 수가 없었다.

운집한 관중들은 두 사내의 사투에 전율하면서도 눈을 떼지 못했다. 카루주가 르그리를 향해 고함을 치기 시작했다. 면갑이 얼굴을 가리고 있는 탓에 잘 들리지 않았지만, 가장 가까이 있던 구경꾼들은 그의 말을 알아들었다.

"자백해! 네 죄를 자백하라고!"

르그리는 한층 더 세차게 고개를 흔들었다. 마치 면갑의 죔쇠를 풀려는 카루주의 시도에 필사적으로 저항하는 와중에도 자기 죄를 인정하기를 단호하게 거부하는 것처럼.

카루주는 쇠 장갑을 낀 손으로 서투르게 죔쇠를 풀려는 시도를 포기하고 다시 검을 쓰기 시작했다. 아까와는 달리 날 밑부분에서 칼을 거꾸로 잡고, 육중한 강철 칼자루로 죔쇠를 내리친다. 금속과 금속이 쾅쾅 부딪치는 소리는 결투장 모퉁이까지 울려 퍼질 정도로 컸다. 투구 내부에서는 귀청이 찢어질 정도의 굉음이었을 것이다. 르그리는 필사적으로 이리저리 고개를 비틀었지만, 카루주는 다른 손으로 르그리의 투구를 움켜잡고 움직임을 봉쇄했다.

카루주는 여전히 피를 흘리고 있었고, 몸에서도 힘이 빠져나가고 있었다. 그의 움직임은 점점 완만해졌고, 칼자루로 일격을 가한 뒤에는 신중하게 겨냥하려는 듯이 좀 더 시간을 들이기 시작했다. 한 번 더 날카로운 일격을 받은 죔쇠에서 마침내 강철 핀이 빠졌다. 면갑이 홱 올라갔고, 르그리의 얼굴이 이마에서 턱 아래쪽까지 그대로 드러났다.

르그리는 밝은 햇빛과 면갑으로 가려진, 불과 몇 인치밖에 떨어져 있지 않은 적수의 얼굴을 응시하며 눈을 깜박였다.

카루주는 단검을 뽑으며 또다시 외쳤다. "자백해!"

르그리는 가차 없이 자신을 닦아세우는 카루주에게 깔린 채로, 결투장 주위에도 들릴 수 있도록 최대한 큰 소리로 외쳤다.

"하느님의 이름으로 맹세컨대, 내 말이 거짓이라면 난 지옥에 떨어져도 좋아. 난 결백해!"

"그럼 지옥에 떨어져!" 카루주는 외쳤다.

카루주는 단검의 칼끝을 르그리의 아래턱에 갖다댔고, 다른 손으로는 상대의 투구를 꽉 눌러 움직이게 못하게 하면서, 남아 있던 모든 힘을 쥐어짜서 예리하고 가느다란 칼날을 노출된 흰 살에 박아 넣었다. 단검은 자루만 남기고 르그리의 목에 완전히 박혔다.

르그리의 몸 전체가 경련했고, 상처에서 피가 솟구쳤다. 르그리의 눈꺼풀이 빠르게 깜박였고, 당장이라도 멎을 듯한 마지막 숨들이 새어 나오며 목이 꾸르륵거렸다. 카루주에게 깔려 있던 르그리의 몸이 다시 한 번 경련하는가 싶더니, 사지에서 힘이 빠져나가며 움직임이 완전히 멈췄다.

카루주는 1, 2분 동안 그대로 적의 몸에 올라탄 채로 르그리가 확실하게 죽었음을 확인했다. 그런 다음 피에 물든 모래땅 위에 큰대자로 누워 있는 시체에 단검을 그대로 꽂아둔 채로, 천천히 일어섰다.

극심한 피로와 다량의 실혈로 쇠약해진 카루주는 면갑을 열고 고개를 돌려 아내 쪽을 보았다. 마르그리트는 난간에 매달린 채로 눈물을 닦고 있었다. 조용히 지켜보는 관중 앞에서 부부는 한참 동안 시선을 교환했고, 그러면서 힘을 되찾은 듯한 기색이었다.

몸을 돌려 왕실의 관람석을 마주 본 카루주는 국왕을 향해 고개를 숙여 절했다. 그런 다음 결투장 좌우를 향해 고개를 까닥하며 눈앞에서 벌어진 유혈극에 압도당한 나머지 망연자실한 상태의 군중에게 사의를 표했다. 갈증과 피로로 목이 쉬었지만, 카루주는 고개를 젖히더니 최대한 큰 소리로 공중을 향해 외쳤다.

"에주 페 몽 드부아르(Ai-je fait mon devoir)?"*

일만 명의 목소리—소리를 내면 엄벌에 가해진다는 경고를 받고, 결투가 시작된 이후 침묵하고 있던—가 일제히 대답했다.

"위! 위!"**

카루주의 승리를 인정하는 군중의 포효는 결투장의 하늘 높이 울려 퍼졌고, 죽음 같은 침묵이 지배하던 수도원의 담 너머로까지 전해졌다. 생마르탱 구역 전체와 그 너머의 파리 시내에서도 사람들은 이 환성을 들었다. 그들은 잠시 하던 일을 멈추고 귀를 기울였고, 누가 이겼는지는 아직 몰라도, 이 유명한 결투가 끝났다는 사실을 알아차렸으리라.

관중의 엄청난 환성이 오래된 수도원의 돌담에 반향하는 동안, 위병들은 결투장의 오른쪽 출입문을 활짝 열었다. 장 드 카루주는 고통스럽게 절뚝거리며 결투장 밖으로 나왔다. 출입문을 나온 그를 맞은 종자 한 명은 재빨리 기사의 대퇴부 갑옷을 떼어낸 다음 상처에 깨끗한 천을 감았다. 그런 다음 카루주는 국왕의 관람석 쪽으로 걸어갔다. 아내를 다시 포옹하고 승리를 자축하기 전에, 재판장으로서 이 결투를 주재하고 있는 왕에게 경의를 표할 필요가 있었다.

관중은 다시 조용해졌고, 승자인 장 드 카루주는 천천히 결투장을 우회해서 국왕의 관람석을 마주 보고 섰다. 샤를왕과 그의 숙부들과 정신들은 피에 물든 먼지투성이의 갑옷을 입고 만신창이가 된 채로 자기들 앞에 서 있는 기사를 외경심에 찬

---

* 나는 나의 의무를 다했는가?
** 그렇소! 그렇소!

눈으로 바라보았다. 자기보다 더 강하고 힘센 르그리와 혈투를 벌여 아슬아슬하게 승리한 카루주의 모습을 어떤 목격자는 "기적 같았다"고 표현했다.

장 드 카루주는 주군 앞에서 무릎을 꿇었지만 "왕은 그를 일어서게 한 후 천 프랑을 하사했고, 그를 왕궁의 정신으로 받아들이고 연간 2백 프랑의 종신 연금을 지불할 것을 명했다". 그런 다음 샤를왕은 왕의 시의(侍醫) 한 명을 불러 숙소까지 따라가서 기사의 상처를 치료해 줄 것을 명했다.

기사는 가까스로 일어선 다음 왕의 아낌없는 선물에 감사해하며 다시 고개를 숙여 절했다. 그런 다음 왕의 관람석으로부터 뒷걸음질 쳤고, 몸을 돌린 다음 여전히 절뚝거렸지만 아까보다는 빠른 발걸음으로 결투장 주위를 돌아 아내에게 갔다.

위병들은 마르그리트를 이미 해방해 주었기 때문에 그녀는 비계 아래에서 기다리고 있었다. "기사는 그곳으로 가서 아내를 포옹했다." 먼지투성이의 갑옷을 입은 카루주와 검고 긴 가운을 입은 마르그리트는 군중이 지켜보는 앞에서 서로를 굳게 껴안았다. 결투 직전에 아마 마지막이 될지도 모르는 입맞춤과 포옹을 했던 이들에게 이 재회는 전혀 다른 느낌으로 다가왔을 것이다. 신은 그들의 기도에 응답해 주었다. 긴 시련은 끝났고, 이제 그들은 자유의 몸이었다.

시합장 가장자리로 몰려온 친족과 친구들은 환희에 찬 얼굴로 마침내 재회한 장과 마르그리트에게 합류했다. 승리를 쟁탈한 이 부부는 파리 시내의 "숙소로 돌아가기 전에 감사의 공물을 바치기 위해 함께 노트르담 대성당으로 갔다". 그날 아침 도착했을 때와 마찬가지로 부부는 장중한 행렬의 선두에 서서 시합장을 떠났다. 그러나 이번 행진은 개선 행진이었다. 기쁨에 찬 친척과 친구와 종자들이 그들의 뒤를 따랐다.

당시의 에티켓을 따라 결투의 승자는 적수를 죽일 때 썼던 무기를 쥐고 "말을 타고 갑옷을 입은 채로" 시합장을 떠날 필요가 있었다. 그래서 아침에 타고 왔던 승용마에 올라타고 생마르탱 수도원을 떠나 승리의 행진을 시작한 장 드 카루주는 누구나 볼 수 있도록 검과, 자크 르그리의 목에 꽂혀 있던 탓에 여전히 피로 물든 단검을 높이 들어 올렸다.

수도원 부지에서 나와 생마르탱가로 진입한 카루주 부부는 센강을 향해 1마일쯤 남하하며 시테섬을 향했다. 그들이 탄 말이 자갈길을 지나는 동안, 생마르탱 수도원의 시합장에서 다시 시내로 몰려들기 시작한 파리 시민들은 카루주 부부와 수행원들을 향해 호기심 어린 찬탄의 눈길을 보냈다. 결투를 구경하러 가지 않았던 사람들도 집에서 나와서 지나가는 행렬을 구경했다. 결투는 끝났지만, 볼거리는 아직 끝나지 않았다.

노트르담 대성당은 그해 여름 결투 신청이 행해지고 심문이 진행되었던 사법궁 반대편에 위치해 있었다. 대성당은 그로부터 1세기 전인 1285년에 완공되었고, 장과 마르그리트가 자신들을 구원해 준 신에게 감사를 올리기 위해 그곳에 갔을 때는 성당 전면을 장식하는 두 개의 거대한 탑이 수도사들이 설교하고, 행상들은 물건을 팔고, 거지들은 구걸하고, 창녀들은 열심히 손님을 끌고, 대역죄인들이 사지(四肢) 거열형에 처해지고, 이단자들이 처형되는 광장 위로 우뚝 솟아 있었다.

이 광장은 샤를 5세의 치세에 사람과 개 사이의 유명한 결투가 벌어졌다고 전해 오는 곳이기도 했다. 그리고 바로 그곳에서, 순교자 성 토마스 베케트를 기념하는 축일의 늦은 오후에, 길고 참혹한 시련에서 살아남은 기사와 그 아내는 어둑어둑해진 광장을 가로질러 성당의 높은 청동문들을 지났고, 기도를 하기 위해 성당 내부로 들어갔다. 두 사람은 양초로 희미하게 조명된 광대한 지성소의 높은 제단 앞으로 가서, 뭉게뭉게 피어오르는 달콤한 향연(香煙)에 휩싸인 채로 그날 결투장에서 승리를 내려 주신 하느님께 감사의 기도를 함께 올렸다.

기사는 노트르담 대성당에서 기도를 올리고 승자의 전리품 중 일부를 공물로 바쳤다고 전해온다. 결투 재판의 승자에게는 죽임을 당한 적수의 갑주가 주어지는 것이 관행이었고, 어떤 기록에 의하면 장 드 카루주는 제단 위에 여전히 피에 물든 죽은 적수의 갑주를 올려놓았다고 한다. 성당에 이것을 기부함으로써, 기사는 자신이 진 빚을 인정하고 신에 대한 감사의 마음을 표했던 것이다.

그렇다면 죽임을 당한 자크 르그리에게는 어떤 운명이 기다리고 있었을까? 장과 마르그리트가 노트르담 대성당으로 가서 감사의 기도를 올리기 위해 생마르탱 수도원의 시합장을 떠났을 때, 자크 르그리의 유해를 기다리고 있었던 곳은 전혀 다른 목적지였다. 승리자인 카루주 부부가 기쁨에 찬 친족과 친구들의 축하를 받고 있었을 때, 자크 르그리의 친척과 친구들은 축하는커녕 죽은 친지의 시체가 치욕을 당하는 것을 그냥 참고 보고 있는 수밖에 없었다.

결투에서 살해당한 후, 르그리의 시체는 "결투의 관습에 입각해서, 교수대로 끌려가는 형을 선고받았다". 갑옷을 모두 벗겨낸 르그리의 시체는 다리를 잡힌 채로 결투장 밖으로 질질 끌려나간 다음, "파리의 처형인에게 인계되었다". 처형인은 말이 끄는 썰매나 판자 위에 피에 물든 르그리의 시체를 던져 놓은 다음 평소 다니던 대로 생드니문을 통과했고, 파리 방벽 너머의 몽포콩 언덕으로 향했다.

만약 결투의 결과가 지금과 다르게 나왔더라면 검은 캡을 뒤집어쓴 파리의 무시무시한 처형인(bourreau)은 살아 있는 마르그리트의 몸을 끌고 와서 잔뜩 쌓아 놓은 장작 더위 한복판의 기둥에 묶고, 그녀가 사제에게 고해성사를 마치는 즉시 그녀를 불태웠을 것이다. 그러나 그러는 대신 이 굴강한 사내는 결투장 안으로 성큼성큼 걸어 들어가서 유죄 판결을 받은 죄인이자 멸시와 수치의 대상이 된 르그리의 축 늘어진 시체를 끌고 나왔을 뿐이었다.

1380년대에 몽포콩 언덕은 여전히 파리 방벽에서 반 마일 넘게 북쪽으로 간 곳에 위치해 있었고, 그 자체가 망자들이 거주하는 하나의 도시였다. 살인자와 도둑과 그 밖의 중죄인들의 마지막 종착지로서 악명이 높았던 몽포콩의 나지막한 정상에는 높이가 무려 40피트에 육박하는 거대한 석조 교수대들이 세워져 있었다. 육중한 목재로 이루어진 가로대들은 60명에서 80명의 목을 한꺼번에 매달 수 있었다. 목에 이미 교수용 밧줄을 두른 살아 있는 범죄자들은 사다리를 오를 것을 강제당한 후 목이 매달렸지만, 파리 시내에서 사지 거열형이나 참수형이나 그 밖의 방법에 의해 처형된 죄인들의 시체는 이곳

몽포콩

결투 재판에 져서 죽은 자들의 시체는 파리 방벽 밖으로 질질 끌려갔고,

이 그림에서 산 채로 화형에 처해지고 있는

이단자들 뒤로 보이는 거대한 석조 교수대에 매달렸다.

프랑스 국립도서관 소장.

(MS. fr. 6465, fol. 236.)

으로 운반된 후 쇠사슬에 매달렸다. 결투 재판에서 살해당함으로써 유죄임이 증명된 인물의 시체 역시 이곳에 전시되었고, "하늘 높이 매달린 채로 돌풍이 불어올 때마다 이리저리 흔들리며, 쩔걱거리는 쇠사슬로 구슬픈 음색을 연주하는 해골의 무리"에 합류했다. 이 악명 높은 언덕은 썩은 고기를 먹는 시궁쥐와 까마귀와 까치를 위시한 동물들의 소굴이었다. 이들을 유인하는 죽음의 악취는 역으로 살아 있는 사람들을 쫓아내는 효과가 있었다. 몽포콩에서 바람이 불어오면 반 마일 떨어진 파리 시내에서도 시체 썩는 냄새를 맡을 수 있을 정도였다고 한다.

원래 처형당한 중죄인들의 시체는 썩은 고기를 먹는 동물들에 의해 깨끗하게 발라지고, 바람과 햇볕에 의해 하얗게 표백된 뼈만 남을 때까지 교수대에 매달려 있어야 했다. 처형장이 자물쇠가 달린 철제 대문이 있는 높은 돌담으로 에워싸여 있었던 것은 죄인의 친척이나 친구가 시체를 몰래 회수하거나, 의사들이 해부 목적으로 시체를 훔쳐 가는 것을 방지하기 위해서였다. 그러나 교수대의 빈자리에 대한 수요가 워낙 크고 지속적이었던 탓에 아직 완전히 뼈가 되지 않은 시체를 떼어내서 그 아래의 시체 보관소에 던져 놓는 경우가 많았다. 그렇게 투기된 죄인의 시체를 기다리는 것은 기독교도의 매장이나 안식처가 아니라 공동묘지의 소름 끼치는 익명성이었다.

이 결투 재판에 대한 기록을 남긴 연대기 작가 중 한 명인 장 프루아사르는 몽포콩 언덕에서 치욕적인 결말을 맞은 르그리에게 동정의 빛을 전혀 보이지 않았고, 교수대와 시체 안치소를 르그리의 악명 높은 죄에 대한 당연한 귀결로 간주했다.

프루아사르는 르그리를 이렇게 묘사했다. "미천한 집안 출신이었음에도 불구하고, 행운의 여신 포르투나의 총애를 받은 많은 사람들과 마찬가지로 크게 출세했다. 그러나 영광의 정점에 도달했다고 지레짐작하고 안심한 순간, 포르투나는 그들을 다시 진흙탕에 처박음으로써 처음보다 더 낮은 곳으로 추락시키기 마련이다."

프루아사르의 가치관에 의하면 운명의 여신이 르그리를 처박은 진흙탕은 복수심에 불타는 카루주가 르그리를 내던진 후 살해한 결투장의 지면이며, 르그리 자신이 무방비한 마르그리트를 내던지고 강간하고 모욕했던 침상의 윤리적인 등가물이었다. 따라서 르그리의 궁극적인 실추는 시적인 동시에 현실적인 정의의 구현을 상징했다. 프루아사르는 르그리가 한 여성에게 자행한 끔찍한 범죄를 또 한 명의 여성인 포르투나가 벌했다고 암시하기까지 했다. 운명의 여신의 지배는 맹목적이며 그녀가 돌리는 운명의 물레는 선인과 악인의 삶을 공평하게 뒤엎어 놓지만, 성공을 거두고 오만함에 사로잡힌 미천한 인간을 다시 미천한 상태로 되돌려 놓는 경우도 가끔 있으며, 만물의 위대한 계획에서는 거칠게나마 정의가 존재한다고 말이다.

10
수녀원과 십자군 원정

결투장에서 사투 끝에 르그리를 이기고, 죽인 장 드 카루주에게는 왕실의 연금이 수여되었을 뿐만 아니라 국왕의 시종이라는 명예직도 주어졌다. 승리의 과실은 이것들뿐만이 아니었다. 결투가 벌어진 지 두 달도 채 지나지 않아 파리 고등법원은 장 드 카루주에게 금화 6,000리브르를 추가로 증여했던 것이다. 1387년 2월 9일의 법원 결정(arrêt)에 의하면 이 금액은 카루주가 르그리를 상대로 벌인 소송전에서 르그리에 의해 발생한 "비용과 손해"를 보상해 주기 위한 것이었다. 사망한 르그리의 몰수 재산에서 공제된 6,000리브르라는 거금으로 카루주의 전리품은 한층 더 불어났다. 그러나 적을 죽이고, 자신의 정당성을 입증하고, 화형당할 뻔한 아내를 구하고, 국왕의 선물과 대중의 갈채를 받은 데다가 다액의 손해배상금까지 받았음에도 불구하고, 장 드 카루주는 아직도 만족하지 못했다.

르그리가 죽은 후 그가 소유했던 영지 대부분은 알랑송 백작 피에르에게 되돌아갔고, 그중에는 오누르포콩도 포함되어 있었다. 1377년에 마르그리트의 아버지가 피에르 백작에게 팔고, 1378년에 백작이 르그리에게 하사했던 바로 그 봉지였다. 그로부터 2년 후 마르그리트와 결혼한 장 드 카루주는 오누르포콩이라는 이 소중한 영지가 자기 손에서 빠져나가 라이벌 것이 되었다는 사실을 뒤늦게 깨달았고, 그것을 돌려받기 위한 소송을 시작했다. 그러나 피에르 백작은 르그리에 대한 봉지 증여가 정당했다는 국왕의 인가를 받아냄으로써 봉신인 카루주의 항의를 잠재웠다. 그리고 이제 르그리를 결투에서 죽인 장 드 카루주는 그가 그토록 갈망하던 이 토지를 또다시 손에 넣으려고 시도했던 것이다. 마치 그의 복수는 이 땅이 자기 것이 될 때까지 끝나지 않는다는 것처럼.

카루주는 르그리의 몰수 재산에서 충당된 6,000리브르의 일부를 써서 오누르포콩을 매입하려고까지 했다. 봉지를 둘러싼 이 새로운 분쟁은 거의 2년 가까이 이어졌다. 그러나 결국 이 소송은 각하됨으로써 카루주는 소원을 이루지 못했다. 예전에 구입했던 두 곳의 토지를 억지로 반환했을 때와 마찬가지로, 피에르 백작의 소유권이 선행한다는 것이 각하의 이유였다. 1389년 1월 14일, 파리 고등법원은 오누르포콩의 정당한 소유자는 피에르 백작이라는 판결을 내림으로써 이곳을 카루주의 손에서 영원히 앗아갔다. 몇십 년 후 이 봉지는 피에르 백작의 서자(庶子)의 것이 된다.

장 드 카루주가 르그리와 처음 다퉜던 것은 바로 이 오누르포콩 때문이었다. 결국 이곳을 손에 넣지 못한 탓에, 카루주는 르그리에 대한 복수를 완수하지 못했다고 느꼈던 것일까? 마르그리트의 입장에서 오누르포콩은 어떤 의미를 가지고 있었을까? 자크 르그리에게 가장 큰 피해를 입고, 그의 범죄와 그

것이 야기한 결과에 의해 남편인 카루주와는 비교도 안 될 정도로 큰 고통을 받은 사람은 다름 아닌 마르그리트가 아니었던가. 그런 끔찍한 범죄와, 고통스러운 재판과, 결투라는 시련을 감내한 그녀가, 아버지의 유산 중 하나였을지도 모르는 이 봉지를 되찾겠다는 시도에 실제로는 얼마나 관심이 있었을까? 오누르포콩이라는 지명 자체가, 일생을 들여서도 기억에서 지우기 힘든 이 모든 끔찍한 사건들과 떼려야 뗄 수 없는 관계를 맺고 있는 상황에서?

결투가 끝나고 몇 개월 동안, 마르그리트는 결투 직전에 태어난 아기를 돌보면서 그녀 자신의 끔찍한 트라우마와 영지와 돈에 대한 남편의 집요한 추구를 잠시나마 잊을 수 있었는지도 모른다. 마르그리트의 아버지인 로베르 드 티부빌의 이름을 따서 로베르라고 명명된 이 사내아이는 마르그리트가 낳은 첫 번째 자식이었거나, 적어도 항간에는 첫 번째 자식으로 알려져 있었다. 그 뒤로 마르그리트는 두 명의 아들을 더 낳았다.

로베르는 성장하면서 자신이 노르망디에서 가장 유명한, 또는 악명 높은 가문 중 하나에 속해 있다는 사실을 자각했을 것이다. 그의 외할아버지는 프랑스 국왕을 두 번이나 배신했고, 대역죄로 처형되기 직전까지 갔다. 그의 아버지는 파리에서 그의 어머니를 강간했다고 고발당한 사내를 상대로 유명한 결투를 행했다. 강간에 의한 임신은 불가능하다는 당시의 미신에도 불구하고, 결혼한 지 몇 년 동안이나 아이가 없었던 부부 사이에서 갑자기 태어난 로베르가 실제로는 자크 르그리의 서자일지도 모른다는 소문이 돌았을지도 모른다. 그럼에도 불구하고 장과 마르그리트 사이에서 난 장남이자 첫째 후계자인 로베르는 가문의 토지와 재산 대부분을 상속할 예정이었다.

장 드 카루주는 오누르포콩을 또다시 놓치기는 했지만, 결투에서 이긴 덕에 아르장탕에 있는 피에르 백작의 궁정에서는 오랫동안 누리지 못했던 명성과 보상을 마침내 손에 넣을 수 있었다. 파리의 왕궁에서 그의 영향력과 지위는 증대 일로를 걸었기 때문이다. 결투를 벌인 지 몇 년도 채 지나지 않아 장 드 카루주는 왕의 직속 기사 중 한 명으로 임명되었다. 1390년 11월 23일, 국왕인 샤를 6세는 왕실의 명예 기사(chevaliers d'honneur)로 임명된 카루주에게 금화 400프랑을 하사했는데, 이것은 왕실 직속 종기사로 임명되었던 자크 르그리보다 한층 더 높은 지위였다. 결투를 통해 그토록 증오하던 르그리를 제거한 카루주는 왕궁에서 르그리의 빈자리를 차지한 듯하다.

국왕의 측근 자리를 꿰찬 후 장 드 카루주는 중요한 임무를 명받기 시작했다. 1391년에 그는 다른 프랑스 귀족들과 함께 동유럽으로 가서 오스만 제국의 침략에 관한 정보를 수집했다. 당시의 술탄은 대군을 이끌고 헝가리를 침략했고, 기독교국에서는 이슬람의 위협에 대한 새로운 공포가 일파만파로 퍼지고 있었다. 터키와 그리스에서 수집된 군사 정보는 "프랑스의 육군 원수인 부시코 경 및 장 드 카루주 경에게 전달되었다". 카루주의 이름이 부시코 원수의 이름과 나란히 기록되었다는 사실만 보아도 그가 프랑스 왕실에서 특권적인 지위를 누렸음을 알 수 있다.

그로부터 5년 후 오스만 제국의 위협을 견제하기 위해 거병된 십자군과 함께 다시 동유럽으로 돌아가기 전에, 카루주는 고향에서 일어난 또 다른 위기에 대처하기 위해 동원되었다. 1392년 프랑스는 피에르 드 크라옹이라는 귀족이 프랑스의 대무관장인 올리비에 드 클리송을 암살하려고 한 사건으로 엄청난 혼란에 빠졌다. 왕궁의 정신이었다가 1년 전에 실각하고 추방당한 크라옹은 그가 추방의 원흉으로 지목한 대무관장 클리송에 대해 원한을 품었다. 크라옹은 어느날 밤 파리의 밤거리에서 말을 탄 무장병들과 함께 클리송을 습격했고, 장검으로 머리를 강타당한 클리송이 자기 말에서 낙마하자 죽었다고 지레짐작하고 자리를 떴다. 그러나 클리송은 가까스로 살아남았고, 그 결과 범인의 정체가 만천하에 밝혀졌다. 크라옹은 브르타뉴 공작령으로 도주해서 공작의 비호를 받았다. 브르타뉴 공작이 크라옹을 내놓으라는 요구에 응하지 않자, 샤를왕은 반항적인 공작을 굴복시키고 크라옹에게 법의 심판을 내리기 위해 군대를 소집했다.

1392년의 여름, 왕실 직속 기사로 승진한 장 드 카루주가 국왕의 수행원들과 함께 브르타뉴에서 말을 달렸던 것은 바로 이 때문이었다. 카루주는 열 명의 부하 종기사들을 대동하고 있었다. 23세가 된 샤를 6세는 얼마 전에 숙부들의 구속을 벗어던지고 자신이야말로 프랑스의 유일한 통치자임을 선언한 참이었다. 그러나 이 젊은 왕의 명령으로 시작된 전쟁은 의외의 결말을 맞게 된다.

8월 8일 왕의 군대는 르망 근교의 광활한 숲을 지나는 중이었다. 날씨는 매우 덥고 건조했다. 그러던 중 갑자기 헐렁한 작업용 스목 차림에 모자도 쓰지 않은 사내 하나가 길 위로 달려오더니 왕이 탄 말의 고삐를 움켜잡고 이렇게 외치기 시작했다. "왕이시여, 더 이상 가면 안 됩니다! 돌아가십시오! 배신입니다!" 이 사내를 광인이라고 생각한 왕의 종자들은 그를 두들겨 패기 시작했고, 사내가 그제야 고삐에서 손을 떼자 왕의 진군은 재개되었다.

정오 무렵에 그들은 숲에서 나와 뙤약볕 아래에서 모래땅이 펼쳐진 넓은 들판을 나아가기 시작했다. 대귀족들은 각자의 수행원들을 이끌고 멀찍이서 말을 몰았고, 국왕 일행은 기병들이 일으키는 자욱한 흙먼지를 피하려고 행렬 측면에서 거리를 두고 나아가고 있었다. 그의 숙부인 베리 공과 부르고뉴 공은 그보다 좌측으로 100야드쯤 떨어진 곳에서 전진했다. 어떤 연대기 작가는 이 광경을 이렇게 묘사하고 있다. "모래 지면은 뜨거웠고 말들은 땀을 흘리고 있었다." 왕은 더운 여름에 걸맞지 않은 복장을 하고 있었다. 왕은 "검은 벨벳 저고리를 입은 탓에 매우 더워했고, 머리에는 아무 장식도 없는 진홍색 모자를 쓰고 있었다". 왕 바로 뒤에서는 반짝이는 강철 투구를 쓴 시동 한 명이 말을 몰고 있었고, 이 시동 뒤를 폭이 넓은 강철 촉이 달린 랜스를 든 다른 시동이 따르고 있었다.

어떤 시점에서 두 번째 시동이 실수로 랜스를 떨어뜨렸고, 랜스는 말을 타고 그의 앞을 나아가던 첫 번째 시동이 쓴 투구를 때렸다. "강철끼리 맞부딪치는 쨍하는 소리가 울려 퍼졌고, 실질적으로 이 시동 바로 앞에서 말을 몰던 왕은 화들짝 놀라며 큰 혼란에 빠졌다. 숲에서 조우한 광인인지 현자인지 모를 사내가 그에게 했던 말을 여전히 머릿속에서 곱씹고 있었기 때문이다. 그래서 왕은 적의 대군이 그를 죽이러 오고 있음을 확신했다. 이런 망상에 사로잡힌 왕의 쇠약해진 마음은 그를 광란 상태로 몰아갔다. 왕은 말에 박차를 가해 앞으로 돌진했고, 검을 뽑은 다음 뒤에 있던 그의 시동들 쪽으로 말 머리를 돌렸다. 왕은 자신의 시동들뿐만 아니라 그 누구의 얼굴도 알아보지 못했다. 왕은 자신이 전쟁터에서 적에게 포위당했다고 생각했고, 앞을 가로막는 모든 사람을 죽일 작정으로 검을 높이 들어 올리고 '공격하라! 배신자들을 공격하라!'라고 외쳤다."

공포에 질린 시동들은 고삐를 잡아당겨 말을 옆으로 움직이며 왕이 마구 휘둘러대는 검을 피했고, 이 뒤로도 계속된 혼란 속에서 착란한 왕은 자신의 수행원 중 몇 명을 공격해서 죽였다. 그런 다음 그는 동생인 루이 드 발루아가 자신을 향해 말을 달려오는 것을 보았고, 그를 향해 돌진했다. 루이는 대경실색하며 자기 말에 박차를 가해 가까스로 도주했다. 소란스러운 소리를 들은 부르고뉴 공과 베리 공은 그쪽을 바라보았고, 왕이 검을 들어 올리고 자기 동생을 쫓아가는 광경을 목격했다. 부르고뉴 공이 외쳤다. "허어! 이렇게 참혹할 수가. 왕이 미쳤어! 신의 이름으로, 다들 저 뒤를 쫓으라! 왕을 잡아야 해!"

지척에서 부르고뉴 공작이 발한 경고를 들은 많은 기사와 종기사들은 말을 달려 샤를 6세의 뒤를 쫓았다. 왕의 수행단의 일원이었던 장 드 카루주도 이 추적극에 가담했을 공산이 크다. 얼마 지나지 않아 말을 달려 질주하는 기수들로 이루어진 길고 들쭉날쭉한 줄이 생겨났다. 선두에서 말을 달리는 사람은 겁에 질린 왕의 동생이었다. 그 뒤를 왕이 바싹 쫓고 있었고, 그 뒤를 다른 기수들이 황급히 뒤따르고 있었다. 기수들은 쨍쨍 내리쬐는 태양 아래에서 모래 먼지를 길게 끌며 질주했다.

마침내 루이는 왕을 따돌리는 데 성공했고, 중기병들은 샤를왕을 따라잡은 다음 포위했다. 그들은 상상 속의 적들을 향해 계속 검을 휘두르는 왕 주위로 원진을 짰고, 왕이 다치지 않도록 최대한의 주의를 기울이며 그의 공격을 받아넘겼고, 왕이 탈진하기를 기다렸다. 마침내 기진맥진한 왕은 안장 위에서 쓰러졌다.

기사 하나가 조용히 샤를왕 뒤로 접근하더니 양팔을 꽉 잡았다. 다른 사람들은 왕이 쥐고 있던 검을 빼앗았고, 안장에서 그의 몸을 들어 올려 조심스레 지면에 눕혔다. "왕은 아주 묘하게 눈을 굴리고 있었다." 그리고 그는 아무 말도 하지 않았고, 숙부들이나 동생조차도 알아보지 못했다. 결국 샤를왕은 들것에 실린 채로 르망으로 후송되었고, 브르타뉴 원정은 즉각 취소되었다.

이것은 샤를 6세의 매우 긴 치세 내내 그를 괴롭힌 광기가 처음으로 공공연하게 발현했던 사건이었다. 샤를왕은 향후 30년에 걸쳐 1422년에 사망하기 직전까지, 일견 정신이 말짱해 보이는 기간과 정신착란으로 심신이 미약해진 기간 사이를 왕래하며 살아가게 된다. 그는 밝은 빛과 큰 소음에 비정상적일 정도로 예민했고, 이따금 자신이 너무나도 약해진 탓에 마치 유리처럼 깨져서 산산조각이 날 것 같다며 호소하기까지 했다. 최근이 되어서야 숙부들의 지배력을 떨쳐내고 스스로를 프랑스의 유일한 통치자라고 선언한 샤를 6세는 이제는 나라를 다스리기는커녕 스스로를 다스리지도 못하는 신세가 되었고, 결국 왕의 실권은 예의 숙부들과 그의 검에 베여 목숨을 잃을 뻔했던 동생 루이 드 발루아에게 이양된다.

그로부터 1년도 채 지나지 않아 샤를왕은 또 생명의 위기에 직면했다가 구사일생으로 목숨을 건진다. 샤를과 다섯 명의 젊은 귀족은 마치 숲에서 튀어나온 야만인처럼 보이도록 역청과 아마로 뒤덮인 리넨 의상을 차려입고, 서로의 몸을 쇠사슬로 연결한 채로 손님들로 가득한 무도회장으로 난입했다. 샤를의 친구였던 젊은 귀족들이 이런 무분별한 여흥을 계획한 것은 우울증에 빠진 왕을 위로하고 고무하기 위해서였다. 덩달아 흥분한 손님 하나가 야만인들의 정체를 확인하려고 너무 가까이에 양초를 들이댄 것이 화근이었다. 인화 물질인 역청으로 뒤덮인 야만인 의상에 순식간에 양초 불이 옮겨붙으면서, 횃불처럼 활활 타오르기 시작했다. 귀족들은 산 채로 타죽었고, 살아남은 사람은 근처에 있던 물통으로 뛰어들었던 한명과 샤를 본인뿐이었다. 그때 샤를은 귀부인들에게 자기 모습을 보이려고 일행에게서 떨어져 나왔는데, 온몸에 불이 붙은 장난꾼들이 무도회장 바닥에서 단말마의 고통으로 몸부림치는 것을 목격한 베리 공작 부인이 기지를 발휘, 재빨리 왕에게 자기 치맛자락을 뒤집어씌운 덕에 살아남았던 것이다. '불타는 자들의 무도회'라고 불리게 된 이 지옥 같은 밤은 샤를 6세의 유리 같은 마음을 박살 냈고, 그 이후 그의 정신병은 악화 일로를 걸었다.

이 무렵 프랑스와 잉글랜드 사이에서는 화평 회담이 진행되던 중이었다. 특이하게도 특사 역할을 맡아 양측의 화평을 촉구한 인물은 은둔자 로베르라고 불리던 노르망디 출신의 종기사였다. 로베르는 팔레스타인에서 배편으로 귀국길에 나섰다가 바다에서 폭풍우를 만났을 때 신의 계시를 받았고, 그런 일이 있은 후에 잉글랜드와 프랑스의 왕궁 양쪽을 방문해서 이 기나긴 전쟁을 끝내고 교회의 대분열을 치유하는 것이야말로 신의 뜻이라고 왕들에게 역설했다고 한다. 프랑스와 잉글랜드 사이의 관계는 증대 일로를 걷는 오스만 제국의 위협 탓에 가까워지고 있었고, 1396년에 양국은 리처드 2세와 샤를 6세의 딸인 이자벨 사이의 혼인을 통해 28년간의 휴전 협정을 맺었다. 이 어울리지 않은 커플—리처드는 스물아홉 살이었던데 비해, 이자벨은 여섯 살에 불과했다—은 리처드가 3년 후에 강제로 퇴위당한 탓에 실제 부부가 되지는 않지만, 그들이 약혼한 1396년 3월 두 왕국은 동맹을 맺고 기독교국을 오스만 제국으로부터 지키기 위한 대규모 십자군을 일으켰다.

장 드 카루주는 이 소식을 듣자마자 십자군에 합류했다. 그가 또 다른 군사 원정에 나서고 싶어 했다는 점은 명백하다. 유럽 전역의 귀족들과 기사들도 앞다투어 합류했는데, 십자군의 선봉에 선 것은 부르고뉴 공 필리프의 아들인 느베르 백작 장이 지휘하는 브루고뉴군이었다. 프랑스군 지휘관들 중에는 카루주와 함께 터키와 그리스를 방문했던 적이 있는 부시코 원수, 자크 르그리의 선서 입회인 중 한 명이었던 외 백작 필리프 다르투아, 그리고 장 드 비엔 제독이 있었다. 카루주는

니코폴리스
노르망디의 기사들을 다수 포함한 유럽 십자군들이 1396년에 도나우 강변의
요새에서 오스만 제국의 군대 및 그 동맹군과 싸우고 있다.
장 프루아사르,『연대기』, 프랑스 국립도서관 소장.
(MS. fr. 2646, fol. 220.)

거의 20년 전 비엔 제독과 함께 노르망디에서 잉글랜드군과 싸운 적이 있었고, 1385년에도 비엔과 합류해서 실패로 끝난 스코틀랜드 원정에 참가했다. 따라서 카루주가 이 고명한 제독과 함께 전쟁터에 나서는 것은 이번으로 세 번째였다.

지휘관들 일부는 예루살렘까지 그대로 행군하고 싶어 했지만, 이런저런 군세의 느슨한 연합이었던 십자군이 어떤 뚜렷한 계획에 따라 움직이는 것은 무리였다. 프랑스군과 부르고뉴군은 1396년 4월 말 디종에 집결했고, 그곳에서 네 달치의 급료를 미리 지급받았다. 그곳에서 동쪽을 향해 행군을 개시한 그들은 스위스, 바이에른, 오스트리아, 헝가리를 차례로 지나 부다페스트에 도착했고, 보헤미아와 헝가리의 왕인 지기스문트가 이끄는 군세를 포함한 다른 십자군과 합류했다. 여기서 십자군의 일부는 보급품을 실은 배들을 이끌고 도나우강을 따라 발칸반도로 남하했고, 더 직접적인 육로로 가는 편을 택한 십자군들은 베오그라드와 오르소바를 거쳐 북상했다.

9월 초순에 재집결한 십자군은 오스만 제국의 지배하에 있던 불가리아의 비딘을 포위해서 함락했고, 그곳의 수비대는 몰살당했다. 도나우강을 따라 동쪽을 향한 행군을 재개한 십자군은 식량이 떨어지자 근처에 있던 몇몇 성읍들을 공격해서 약탈했다. 9월 12일에 그들은 현재 불가리아의 일부인 니코폴리스에 도착했다. 도나우강을 내려다보는 높은 절벽 위에 자리 잡은 이 요새화된 성새도시에는 오스만 제국의 강력한 수비대가 주둔하고 있었다. 지하 터널과 성곽용 사다리를 통한 첫 번째 공격은 제대로 된 공성 병기가 없었던 탓에 실패로 돌아갔다.

오스만 제국의 군주 바예지드 1세는 1년 전부터 300마일 떨어진 동로마 제국의 수도 콘스탄티노폴리스를 포위 공격하던 중이었다. 니코폴리스가 기독교국의 군대에게 공격받았다는 급보를 받자 그는 공성전을 포기하고 휘하의 군대에게 서둘러 북쪽으로 행군하라는 명령을 내렸다. 9월 20일 전후에 술탄의 군대는 카잔루크에서 당시 오스만 제국의 제후국이었던 세르비아군과 합류해서 병력을 보강한 뒤에 니코폴리스로 진군했다. 9월 24일 현지에 도착한 오스만 제국군은 도시 인근에서 야영했고, 야음을 틈타 니코폴리스로 들어간 전령들은 곧 원군이 도착하니 조금만 더 버티라고 격려했다.

바예지드는 즉각 공격에 나서는 대신 진을 치고 방어하는 쪽을 택했다. 그가 고른 장소는 도시에서 남쪽으로 몇 마일 간 곳에 있는, 산등성이를 등진 좁은 산골짜기였다. 술탄은 날카롭게 깎은 말뚝을 진입로에 촘촘히 박아 놓으라고 병사들에게 명했다. 십자군은 자기들이 도시와 술탄의 군대 사이에 끼어서 협격당할 위험이 있다는 사실을 깨달았다. 십자군은 인근 도시들을 약탈하면서 몇천 명이나 되는 포로를 잡아 왔는데, 니코폴리스에서 이들을 구출하려고 시도할 가능성을 우려한 나머지 데리고 있던 포로들을 모조리 학살했다. 워낙 급했던 나머지 시체를 매장하지도 않았다.

9월 25일 월요일 새벽, 십자군들은 말을 타고 술탄의 군대를 향해 진군했다. 지기스문트왕 휘하의 군대를 농민들이라고 무시하던 프랑스군과 부르고뉴군은 그 뒤를 따라 진군하는 것을 거부하고 자기들이 선봉에 설 것을 고집했다. 지기스문트는 결국 동의했지만, 자기들끼리만 너무 앞으로 전진하거나

공격에만 정신이 팔린 나머지 좋은 방어 위치를 포기하지 말
라고 경고했다.

십자군이 전열을 가다듬기 시작했을 때, 무모하고 고집불통
이라는 평을 듣고 있던 외 백작이 깃발을 움켜잡더니 외쳤다.
"하느님과 성 게오르기우스의 이름으로 돌격하라!" 장 드 비
엔을 위시한 다른 프랑스 지휘관들은 경악했고, 아군의 준비
가 모두 끝날 때까지 기다려 달라고 백작에게 간원했지만, 백
작은 그들을 비겁자라고 비난하고 고집을 꺾지 않았다. 그런
연유로, 시기상조였지만 프랑스군은 공격을 감행했다.

프랑스군의 중기병은 돌격을 개시했지만, 나무가 울창한 협
곡을 향한 내리막길에 도달하자마자 산등성이에 자리 잡은 오
스만군의 기마 궁수들이 쏘아 대는 화살이 머리 위로 비처럼
쏟아졌다. 협곡 바닥의 말라붙은 하상(河床)에 가까스로 도달
한 십자군들은 이제는 말을 몰아 반대편 사면을 올라가야 했
다. 적의 화살에 군마를 잃고 걸어서 올라가는 기사들도 있었
고, 너무 경사가 급격한 탓에 할 수 없이 말에서 내려 전진하
는 경우도 있었다.

그런 식으로 전진해야 했지만, 판금 갑옷이 적의 화살 대부
분을 막아준 덕에 산등성이에 오르는 데 성공한 십자군의 수
는 적지 않았다. 그러나 적의 궁수대가 후퇴한 지면에는 뾰족
한 말뚝이 잔뜩 박혀 있었고, 그 뒤에 오스만군의 보병 부대가
밀집해 있는 것이 보였다. 십자군들은 적에게 접근하기 위해
말뚝을 뽑기 시작했다. 기사들은 이렇게 마련한 돌파구로 쏟
아져 들어가서 적의 경장(輕裝) 보병 대다수를 죽이거나 패주
시켰다.

그런 다음 십자군 기사들은 추적을 재개하려고 했지만, 갑자기 오스만 기병들이 대거 돌격해 왔다. 그 직후 벌어진 혼란스러운 난전(mêlée)에서 프랑스군 기사들은 뽑아 든 단검으로 적 기병의 군마를 공격하며 도보로 싸웠다.

양측 진영에서 다수의 사상자가 발생했지만, 오스만군의 기병은 마침내 퇴각하기 시작했다. 승리를 확신한 십자군은 휴식을 취했다. 뜨거운 햇살 아래에서 적 궁병의 공격을 받으며 산을 오르고, 날카로운 말뚝의 숲을 돌파해서, 파상적인 공격을 가해 오는 적 보병과 기병을 상대로 혈투를 벌였던 탓에 모두 녹초가 되어 있었다.

그러나 휴식은 오래가지 못했다. 술탄의 명으로 숲 뒤에 몸을 숨기고 있던 오스만 기병의 예비 부대가 기습적인 돌격을 감행했기 때문이다. 십자군 일부는 첫 번째 돌격을 받았을 때 전사했고, 일부는 방금 힘들게 올라온 사면으로 후퇴해서 도시 쪽으로 도주하거나 아예 도나우강을 건너 도망치기까지 했다. 나머지는 물러나지 않았고, 전우의 시체가 주위에 산처럼 쌓일 때까지 처절한 저항을 계속했다. 장 드 비엔도 그날 그렇게 전사한 기사 중 한 명이었는데, 전사한 제독의 손에는 성모 마리아의 깃발이 굳게 쥐어져 있었다고 한다. 뒤에서 프랑스군과 부르고뉴군을 따라 온 지기스문트왕 휘하의 부대도 오스만 기병에게 각개 격파당해 괴멸했다.

압도적인 열세에서도 끝까지 물러서지 않고 싸웠던 십자군들 대다수는 마침내 항복하는 수밖에 없었다. 항복한 기사들 중에는 부시코 원수와 너무 빨리 프랑스군을 돌격시킴으로써 패배의 원인을 제공한 외 백작도 끼어 있었다. 그날 튀르크인들은 3천 명에 육박하는 포로를 잡았다. 부시코 원수와 필리프 공작의 아들인 느베르 백작을 위시한 부유한 고위급 포로들은 훗날 몸값을 내고 풀려났지만, 포로 다수는 어제 자행되었던 십자군 측의 포로 학살에 대한 보복으로 처형당할 운명이었다. 다음 날 수백 명의 십자군이 참수당했는데, 이 처참한 학살 광경을 보다 못한 술탄이 중지 명령을 내릴 때까지 처형은 계속되었다.

니코폴리스에서 장 드 카루주가 어떤 운명을 맞이했는지는 알려져 있지 않다. 그의 옛 상관인 장 드 비엔 제독 근처에서 튀르크인들과 싸우다가 전사했고, 제독과 함께 집단 매장지에 묻혔을 가능성이 가장 커 보이지만 말이다. 혹은 다음 날 오스만 제국군에게 집단 학살의 보복으로 처형당한 포로들 중 한 명이었을 수도 있다. 카루주의 용기와 용맹스러움, 전우들에 대한 충성심을 감안하면 전날 도망친 프랑스군들 사이에 끼어 있었을 가능성은 없다. 유럽사에서 가장 큰 군사적 패배 중 하나였던 니코폴리스 전투는 유럽에 의한 3세기에 달하는 군사적 모험의 종언을 가져왔다. 이렇게 해서, 장 드 카루주는 훗날 '마지막 십자군'이라는 이름으로 알려지게 되는 전쟁에서 목숨을 잃었던 것이다.

남편의 십자군 원정으로 인해 마르그리트를 가까이서 지켜줄 사람이 사라졌다면, 니코폴리스에서 그가 전사했다는 소식은 결투의 챔피언으로서 그녀를 위해 싸워줬던 사내의 영구적인 상실을 의미했다. 그의 아들인 로베르 드 카루주는 아버지가 전사했을 당시 열 살 소년에 불과했으므로, 성인이 되려면 10년은 더 기다려야 했다. 1415년에 헨리 5세가 군대를 이끌고 노르망디에 상륙했을 때 로베르는 프랑스를 위해 무기를 들고 싸웠다는 기록이 남아 있다. 마르그리트는 어린 아들 대신 사촌인 토맹 뒤부아—과거에 그녀를 위해 아담 루벨에게 결투를 신청하기도 했던—에게 의지했을 수도 있고, 다른 사촌이자 생마르탱 수도원의 결투장에서 남편의 서약 입회인 중 한 명이었던 로베르 드 티부빌에게 도움을 요청했을 수도 있다. 마르그리트가 남편인 장 드 카루주에게 마지막으로 작별 인사를 한 것은 1396년 봄의 일이지만, 그는 영영 돌아오지 않았다. 그런 그녀가 버림당해 홀로 남았다는 느낌을 받았다고 해도 이상할 것은 없다.

10년 전에 있었던 장 드 카루주와 자크 르그리 사이의 결투는 법적인 소송을 공식적으로 끝냈지만, 가십과 소문과 이런저런 비판은 그 뒤로도 끈질기게 이어졌다. 훗날 출간된 두 편의 연대기에서는 결투가 있은 지 몇 년 후 어떤 사내—한쪽 버전에서는 다른 중죄를 짓고 사형선고를 받았고, 다른 버전에서는 병에 걸려 임종 직전이었다고 나와 있다—가 마르그리트를 강간한 사람은 실은 자기였다고 자백했다는 이야기가 실려 있다. 이 일화의 근거라든지 세부에 관해서는 더 이상 서술되어 있지 않으며, 두 버전 모두 사실이라고 입증된 적은 없다. 그러나 그 이후 많은 연대기 작가들과 역사가들이 이 모호한 전설을 마치 사실인 것처럼 다루어왔다.

혹자는 카루주가 십자군 원정에 참가한 것은 바로 이 "진범"이 자백했기 때문이라는 주장을 펼쳤다. 그것이 촉발한 추문으로부터 도망치기 위해서, 또는 르그리에 대해 지은 죄를 속죄하기 위해서라고 말이다. 어떤 사람들은 마르그리트가 엉뚱한 사내를 고발해서 죽음으로 몰아넣었다는 사실에 너무나도 큰 양심의 가책을 받은 나머지 수녀원에 칩거했다고 주장하기도 한다. 어떤 기록에는 마르그리트가 수녀가 되어 영원히 정절을 지키겠다고 서약했다고 나와 있고, 또 어떤 기록은 종교적 은둔자가 된 그녀가 두꺼운 벽으로 둘러싸인 작은 독방에서 신앙생활을 영위하며 여생을 보냈다고 주장하고 있다. 그러나 이런 황당무계한 전설들이 사실이라는 증거는 어디에도 나와 있지 않다.* 부유한 귀족의 과부가 기부를 한 수녀원에 "손님"으로 머문다거나 아예 수녀가 되는 경우는 종종 있었다. 그러나 몇십 년 뒤에 아들인 로베르에게 재산을 물려주었다는 기록이 있는 것을 보면 마르그리트가 그녀의 세속적인 부를 계속 소유하고 있었다는 점은 명백하다. 따라서 그녀가 죄책감에 못 이겨 은둔자 상태에서 생을 마감했다는 얘기는 전혀 아귀가 맞지 않는다.

아이러니하게도 마르그리트에 관해 남아 있는 기록은 그녀를 강간한 혐의로 고발당하고 악명 높은 결투에서 목숨을 잃은 사내에 비하면 훨씬 적다. 장 드 카루주가 마지막 십자군 원정에 나선 시기인 1396년 3월 15일 자의 어떤 계약서에는 아르장탕 근교의 세(Sées)에 있는 생마르탱 수도원의 수도사들이 사망한 르그리의 아들인 기욤의 요청으로 금화 200프랑을 받고 미사에서 자크 르그리의 영혼을 위한 자비송을 앞으로도 계속 부른다는 내용이 적혀 있다. 자기가 저지른 범죄를

---

* 마르그리트에 관한 또 하나의 잘못된 전승에는 강간의 희생자인 그녀가 자살했다고 나와 있다.

자백하지 않고 결투의 장에서 죽임을 당한 르그리는, 범죄를 저지른 것이 사실일 경우에는 결투 전에 이루어진 선서에 의해 지옥에 떨어질 운명이었다. 그러나 르그리의 가족을 포함한 많은 사람들은 그의 결백함을 굳게 믿고 있었다. 그리고 이렇게 돈을 지불하면서까지 거행된 미사는 정의롭지 못하고 부당한 치욕으로 간주되는 르그리의 죽음에 대한 그들 나름대로의 항의 표시였을 수도 있다. 르그리 가문이 생마르탱 수도원과 교환한 계약서에는 10년 전 악명 높은 범죄를 저질렀다는 혐의로 살해당한 르그리가 "명예롭고 고귀한 사내"였다는 도발적인 대목이 포함되어 있다. 그로부터 5세기가 지난 뒤에도 르그리의 후손들은 여전히 이 결투의 결과가 오심이라는 주장을 멈추지 않았다.

오늘날 카포메스닐의 고립된 성관에 홀로 남겨진 마르그리트에게 실제로 무슨 일이 일어났는지를 확언하는 것은 불가능하다. 르그리의 변호사였던 르코크는 의뢰인이 실제로 범죄를 저질렀다고 반쯤 의심하고 있었던 것 같지만, 일부 연대기 작가들은 마르그리트의 증언의 진실성을 의심했고, 그 뒤를 이은 수많은 역사가들이 그 의견에 동조하면서 이 유명한 범죄와 재판과 결투는 확답이 없는 의문의 구름으로 뒤덮였다고 해도 과언이 아니다. 그러나 당시에도 지금도 마르그리트의 증언을 믿고, 신뢰하는 사람들은 많다. 설령 그 내용이 아무리 경악스럽다고 해도, 그녀가 프랑스의 최고법원까지 가서 자신의 목숨을 걸고 그 진술이 사실임을 의연하게, 거듭해서 맹세했다는 사실은 절대로 간과할 수 있는 성질의 것이 아니기 때문이다.

장 드 카루주와 자크 르그리 사이에서 벌어진 목숨을 건 결투에 관해 언급하자면, 이것은 파리 고등법원이 허가한 최후의 결투 재판이 되었다. 수많은 논란을 불러일으킨 이 결투의 결말은 결투 재판이라는 제도의 종말을 한층 더 앞당겼다는 얘기까지 있을 정도이다. 왜냐하면 당시 사람들의 일부와, 후세의 많은 사람들은 결투 재판을 중세에서 가장 야만적인 사법 관행의 하나로 간주했기 때문이다. 카루주-르그리 결투가 있은 뒤에도 파리 고등법원으로 결투 재판을 허가해달라는 상고가 몇 번 올라왔지만, 법원이 결투를 허가한다는 정식 결정을 내린 경우는 단 한 번도 없었다.

그러나 다음 세기가 되어도 파리 고등법원의 관할권 밖에 있는 프랑스의 일부, 이를테면 브르타뉴라든지 부르고뉴 공작의 지배하에 있는 플랑드르 등에서는 여전히 결투 재판이 시행되었다. 1430년에는 아라스에서 두 귀족이 결투를 했다는 기록이 있고, 1455년에는 두 명의 도시민들이 운집한 발렌시아인들이 보는 앞에서 곤봉을 가지고 결투를 벌였다. 1482년에도 낭시에서 결투가 시행되었다. 결투는 유럽의 다른 지역, 특히 브리튼섬에서도 계속 거행되었는데, 훗날 자연 소멸할 때까지 귀족과 평민을 가리지 않고 이 특권을 행사하는 경우가 끊이지를 않았다. 예를 들어 1583년의 아일랜드에서는 엘리자베스 여왕의 허가를 받고 결투가 벌어진 적이 있다. 잉글랜드에서 실제로 결투가 금지된 것은 그보다 훨씬 뒤인 1819년의 일이었다. 당시 발생한 어떤 살인 사건이 결투로까지 이어졌는데, 이 사건을 계기로 잉글랜드 의회는 결투를 완전히 폐지했다.

이 무렵에는 유럽에 있는 대다수의 국가와 갓 독립한 미합중국에서 결투는 어디까지나 사적이고 불법적인 관습으로 진화했다. 비밀리에 보통 피스톨을 써서 이루어지는 결투는 공식적인 소송 수단이 아니라 신사의 명예를 둘러싼 세세한 알력을 이유로 벌어지는 사투(私鬪)였다. 사적인 결투에서 적수를 죽인 결투자는 살인범으로 기소당할 위험까지 있었다는 점을 감안하면, 당시의 결투는 더 이상 법체계의 일부가 아니라 지나간 과거 시절의 희미한 잔재에 불과했다는 사실을 알 수 있다.

개인의 다툼이 대를 이은 유혈극으로까지 번지지 않도록 고안된 고대의 결투는 중세가 되자 복잡한 종교 전례와 기사도 의식을 수반한 법적 절차로까지 정련되었고, 도시나 성읍에서 귀족들과 엄청난 수의 관중을 불러 모으는 이벤트가 되었다. 그러나 근대 들어 검이 피스톨로 대체되고, 근접전을 치르는 경우도 없어지면서 결투는 숲의 공터나 빈 들판처럼 인적이 없는 곳에서 몰래 거행되는 불법적인 관행으로 축소되었다.

이런 식으로 사유화되고 불법화된 형태의 결투는 중세의 황금시대에 거행된 엄숙하고 장중한 결투 재판의 희미한 그림자에 지나지 않는다. 분노한 귀족이 장갑을 내던지며 상대 귀족에게 결투를 신청하고, 갑옷을 몸에 두른 다음 사제들 앞에서 엄중한 선서를 하고, 몇천 명의 관중들이 지켜보는 동안 목책으로 둘러싸인 결투장 안에서 군마에 박차를 가하고, 랜스와 검과 단검을 써서 스스로의 대의와 명예, 재산과 생명, 심지어 불멸의 영혼까지 걸고 싸우는 일은 이제 없다. 우리 세계가 그런 장관을 다시 목격할 일은 결코 없을 것이다.

에필로그

문제의 범죄가 일어났던 것으로 알려진 카포메스닐은 현재는 조용하고 평화로운 노르망디의 한촌이다. 비강은 카루주가의 봉토였던 작고 비옥한 계곡으로 여전히 영양분을 운반해 주는 생명의 원천이다. 현지의 송어 낚시꾼들에게 잘 알려진 비강의 강줄기는 1년 중 대부분의 기간에 걸쳐 경작지와 과수원 사이를 평온하게 누비고, 중세의 방앗간 흔적을 지나 카포메스닐의 옛 성관이 서 있던 낮은 절벽 가장자리를 지나간다. 이 땅이 카루주 가문의 손을 떠난 후 성관에는 다른 사람들이 거주했고, 마지막에는 폐가가 되었다가 프랑스 대혁명이 일어난 후 마침내 완전히 철거되었다. 이제 성관 자리에는 그 흔한 돌조각 하나조차도 남아 있지 않다. 기껏해야 절벽을 따라 점재하는 몇 채의 집이나 농가들이 세워졌을 때 재이용된 석재 몇 개에서 그 흔적을 찾아볼 수 있을 뿐이다.

북쪽으로 1마일쯤 더 간 곳에 있는 하곡을 가로질러 고지로 올라가면, 생크레스팽 마을이 나온다. 그 교회의 첨탑은 지금도 지평선 위로 우뚝 솟아 있다. 카포메스닐을 방문한 장과 마르그리트가 수없이 보았을 광경이다. 마을 동쪽으로는 낮은 구릉지대가 길게 이어지고, 그 너머로 10마일 간 곳에 리지외시(市)가 있다. 1385년과 1386년 사이의 겨울, 퐁텐르소렐성을 떠난 장과 마르그리트가 카포메스닐로 가는 도중에 지나쳤던 도로변의 성읍이다. 그들의 인생에서 가장 파란만장한 장(章)이 시작되려던 참이었다.

남쪽에서 카포메스닐로 이어지는 또 다른 도로는 생피에르쉬르디브 방면을 지나오는데, 이곳은 범죄가 발생했던 운명의 날 소환을 받은 니콜 드 카루주가 마르그리트를 뒤에 남겨두고 찾아갔던 소읍이다. 현재 카포메스닐을 방문하려면 생피에르에서 D16 고속도로를 따라 북상한 다음 작은 시골길로 들어가서 비강을 따라 동진하면 된다. 그러면 십여 채의 건물이 산재하는 별 특징이 없는 촌락이 나오는데, 이곳이 바로 옛 카포메스닐 마을이 자리 잡고 있던 곳이다.

3월 초의 어느 날 아침, 경작지는 밤새 내린 늦겨울의 폭우로 여전히 추적거리고, 옛 방앗간 자리 근처에 건설된 댐 뒤로 수위가 높아진 강이 넘실댄다. 수도국의 관리 직원이 수문을 개방한 탓에 하곡을 따라 북쪽으로 꺾이는 도로가 수몰되었고, 카포메스닐은 이 일시적인 해자에 의해 생크레스팽으로부터 분리된 뭍 위의 섬이 된 상태였다. 백년전쟁 당시에 농부들이 자신들의 곡식과 가축을 보호하기 위해 도랑에 물을 채웠을 때처럼 말이다. 그러나 홍수로 불어난 물은 분산되며 이미 빠지기 시작했고, 비옥한 토양 위로 쏟아지는 눈부신 햇살은 봄의 도래를 알리고 있었다. 강변을 따라 심어진 사과나무들 위에 앉아 시끄럽게 떠드는 까마귀들은 오늘 발생한 유일한 다툼의 당사자들이다.

카파르메스닐(Caparmesnil)로 현대화된 지명이 적힌 표지
근처에서 나는 진흙탕이 된 밭에서 고무장화를 신고 삽질을
하는 사내를 보았다. 옛 성관 자리에서 그리 떨어지지 않은 곳
이었다. 나는 렌트한 시트로엥의 브레이크를 밟고 도로변에
차를 세웠다. 최근 며칠 동안 노르망디 주민들—이 중에는 고
맙게도 내게 새로운 단서 몇 개를 알려준 현지의 역사가도 포
함되어 있다—과 직접 이야기를 나눠 본 나는 삽을 든 이 사
내가 근처에 서 있던 성관과, 중세 때 그곳에 살던 유명한 주
민들의 역사에 관해 무엇을 알고 있는지를 직접 묻고 싶어서
안달하고 있었다. 밭을 갈다가 자기 땅에서 과거의 유물을 발
굴했을지도 모르는 일이다.

철조망을 친 울타리 안에서 작업 중인 사내에게 다가간 나
는 가급적 알아듣기 쉬운 프랑스어로 자기소개를 했고, 혹시
옛 성관이나 카루주 가문에 관해 조금이라도 아는 것이 없는
지 물었다. 진흙을 파던 손을 멈춘 사내가 경계하는 듯한 눈초
리로 나를 훑어본다. 이 조용한 시골을 타인이 예고도 없이 찾
아왔다는 사실에 깜짝 놀라고, 그의 토지에 관한 시시콜콜한
질문을 듣고 경계하는 기색이 뚜렷했다.

아마 나의 억양이 강한 프랑스어나, 아는 사람의 소개도 없
이 느닷없이 나타났다는 사실이나, 누가 보아도 미국인으로밖
에는 보이지 않는 나의 행색 탓이었는지도 모르겠다. 그게 아
니라면, 천 년 넘게 전쟁과 약탈과 배신과 세리(稅吏)들에게
시달린 이 땅에서, 느닷없이 나타나서 뜬금없는 질문을 퍼붓
는 외지인을 향한 노르만인의 본능적인 불신이 작용한 결과일
지도 모른다. 이유가 무엇이었든 간에, 질문이 있으면 나한테

물어보지 말고 가까운 시청으로 가서 시장(mairie)에게 물어보라는 짤막한 대답이 돌아왔다. 그는 진흙투성이의 삽을 높게 들어 올리더니 내 어깨 너머로 2마일쯤 떨어진 곳에 있는 메스닐모제시(市) 쪽을 가리켰다. 방금 내가 차를 몰고 지나온 바로 그 방향을 말이다. 엄청나게 크고 사나워 보이는 개가 사내 뒤에 있는 다 무너져가는 방책 안에서 짖기 시작했고, 껑충껑충 뛰어오르며 거대한 발로 방책 위쪽을 두들겼다.

　나는 사내와 나를 가르는 철조망 밖에 머물렀다. 나를 안으로 초대해서, 이 역사적인 토지를 짓밟고 다니며 오래된 주춧돌 따위를 찾아보아도 좋다고 허락해 준다거나, 노르망디의 사과 브랜디인 칼바도스를 홀짝이면서 내게 현지에 전해 내려오는 다채로운 중세 전설에 관해 얘기해 줄 생각은 추호도 없다는 사실은 명백했다. 옛날 오래된 성관이 서 있었고, 실로 불운한 어떤 여성을 상대로 끔찍한 범죄가 행해졌던 장소 바로 근처에서, 아마 처자와 함께 살면서 이 땅에 감춰진 비밀을 지키고 있는 이 사내는, 자기가 아는 일을 내게 얘기해 줄 생각이 없거나, 아니면 너무 바쁜 탓에 과거의 망령 따위에 연연할 여유가 없는지도 모른다. 그러나 삽을 휘둘러 꺼지라는 시늉을 한 이 사내를 나는 도저히 비난할 수 없었다. 노르망디는 길고 잔혹하고 유혈로 점철된 역사를 가지고 있고, 오늘날에 와서도 낯선 이방인들은 친구라는 사실을 증명하기 전까지는 잠재적인 적으로 간주된다. 개는 아직도 맹렬하게 짖고 있었고, 사내는 여전히 진흙투성이 삽을 들어 올리고 있었다. 나는 시간을 내서 조언을 해 줘서 고맙다고 사내에게 말한 후 차로 돌아갔고, 그곳을 떠났다.

부록:

결투의 여파

마르그리트 드 카루주에 대해 자행된 악명 높은 범죄, 파리 고등법원이 진행한 심문, 그리고 생마르탱 수도원의 시합장에서 장 드 카루주와 자크 르그리 사이에서 벌어진 센세이셔널한 결투는 당시에도 큰 유명세를 탔을 뿐만 아니라 후세의 역사와 전승에도 큰 족적을 남겼다. 이 유명한 사건은 몇 세기 동안이나 거듭해서 논쟁의 대상이 되었고, 후세의 논객들의 의견도 사건 당시 사람들 못지않게 극과 극을 달리는 경우가 많다. 연대기 작가인 장 프루아사르는 결투에서 몇 년 뒤인 1390년경의 저작물에서 국왕과 그의 정신들과 엄청난 수의 관중들은 이 결투의 결과에 환희했다고 썼다. 그러나 피고인 르그리의 변호사인 장 르코크에 의하면 결투 당시 관중들의 반응은 엇갈렸고, 카루주가 명예를 회복했다고 보는가 하면 르그리의 죽음은 정의롭지 못하다고 생각하는 사람들도 있었다고 한다. 게다가 결투일로부터 10년에서 15년 후에 라틴어로 편찬된 『생드니 연대기』는 마르그리트는 범인이 르그리임을 확신하고 그를 고발했지만 실제로는 다른 사람을 르그리로 착각했을 뿐이고, 나중에 중범죄로 기소된 어떤 사형수가 자신이 범인이라고 자백했다고 주장하고 있다. 1430년대에 『생드니 연대기』보다 더 인기를 끌었던 프랑스어판 연대기의 저자인 장 쥐베날 데주르생도 이 이야기를 되풀이했는데, 다른 점이 있다면 사형수가 임종 직전의 사내로 대체되어 있는 정도이다.

그릇된 고발과 정의롭지 못한 벌과 뒤늦은 진상을 둘러싼 전설은 현대의 역사가들에게도 여전히 영향을 끼치고 있다.

1386년 1월 18일 카포메스닐에서 카루주 부인에게 정말로 무슨 일이 일어났는지에 관해 완전히 만족할 수 있는 대답은 아마 앞으로도 영영 나오지 않을 공산이 크다. 장 르코크가 이 사건에 관해 언급한 기록을 보면, 변호사인 그조차도 의뢰인인 르그리의 유무죄 여부를 확신하지 못했다는 사실을 알 수 있다. "이 사건의 진상을 정말로 아는 사람은 아무도 없었다"라고 말했을 정도이니까 말이다. 그러나 마르그리트가 르그리와 그의 공범으로 지목된 루벨을 **범인으로 착각하고** 잘못된 고발을 했을 가능성은 전무에 가깝다. 마르그리트는 법정에서 자신이 대낮에 두 사내를 목격했다고 증언했고, 몇 분 뒤에 본인이 나타나기 전에 루벨은 그녀 앞에서 르그리라는 이름을 직접 입에 올리기까지 했으며, 그들이 자기를 공격하기 전에 몇 분쯤 대화를 나눴다고 맹세했기 때문이다. 이 모든 증언을 감안하면 마르그리트가 엉뚱한 사람을 르그리로 착각했을 가능성은 제로에 가깝고, 다른 사람이 범인이었을 가능성도 거의 없다. 설령 그 시점에서 마르그리트가 자크 르그리를 단 한 번밖에 본 적이 없었다는 사실을 감안하더라도 말이다. 게다가 마르그리트가 범인으로 고발한 사람은 **두 명**이었다. 그런

마당에 나중에 나온 "진범"의 진술에서 범인 한 사람만 등장
하는 것은 부자연스럽다.

　카루주와 르그리 사이에 다툼이 일어난 이래 이 사건에 관
해 회자되던 또 하나의 주된 가설—마르그리트가 고의적인
위증을 통해 르그리를 고발했다는 주장—에도 역시 큰 결함
이 있다. 이 주장에 의하면 마르그리트는 아마 자신의 간통 사
실을 감추기 위해 강간당했다는 이야기를 지어냈든가, 아니면
르그리가 법정에서 자기변호를 하면서 진술했듯이 라이벌인
르그리에게 보복을 하고 싶어 했던 그녀의 남편에게 위증을
강요당했다는 얘기가 된다. 그러나 그녀의 고발 내용에 아담
루벨이 포함되어 있다는 사실은 그런 주장의 근거가 얼마나
박약한지를 반증한다. 그녀를 위해 유리한 증언을 해 줄 증인
이 그녀 말고는 아무도 없는 상황에서, 루벨까지 고발에 포함
시킨다는 행위는 증인인 마르그리트 입장에서는 백해무익하
기 때문이다. 그러니까, 폭행과 강간에 관한 그녀의 진술이 **정
말로** 의도적인 거짓말이었다면 말이다. 그녀의 증언이 복잡하
면 복잡할수록 그 틈새를 파고들어 반론하는 일이 더 쉬워진
다는 점은 자명하므로, 그런 증언에 아담 루벨까지 포함시킨
다면 자기 증언을 증명해야 할 그녀의 어깨만 더 무거워질 뿐
이다. 법정 기록에는 르그리의 알리바이만 남아 있지만, 만약
루벨이 범죄 추정 시각에 그가 다른 곳에 있었다고 증언해 줄
별도의 증인들을 동원할 수 있었다면 그들의 증언은 르그리의
결백까지 덤으로 증명해 주었을 것이다. 르그리의 알리바이가
루벨에게 면죄부를 준 것처럼 말이다. 두 개의 알리바이는 한
개의 알리바이보다 논파하기 힘들기 마련이다. 그리고 두 명

의 용의자 모두에게 유죄를 선고하는 것은 한 명의 용의자를 상대로 그러는 것보다 더 어렵다—이 두 사람 사이가 틀어지지 않는 한은 말이다. 그러나 아담 루벨은 고문을 당했을 때조차도 아무런 자백도 하지 않았다.

따라서 마르그리트가 엉뚱한 사내가 범인이라고 "확신"했다가, 나중에 다른 사내가 범행을 자백했다는 소식을 들은 뒤에야 자신이 끔찍한 잘못을 저질렀다는 사실을 깨달았다는 주장은, 신분이 높은 귀부인의 명예를 지키기 위해서 만들어진 기사도적인 신화인 동시에, 결투 당시 그 결과가 끔찍한 오심이라고 믿어 의심치 않았던 많은 사람들을 다독이기 위한 설명이었던 것처럼 보인다. 그보다 한층 더 문제가 많은 가설, 즉 마르그리트가 스스로의 의지 또는 남편의 강요에 의해 결백한 르그리를 범인으로 몰았다는 설—강간이 "꿈속에서 일어났다"는 피에르 백작의 판결과 일맥상통하는—도 의심스럽기는 매한가지다. 그럼에도 불구하고, 자크 르그리가 억울하게 범인으로 몰려 결투에서 정의롭지 못한 죽음을 맞았으며, 진범이 자신이 범인이라고 자백했을 때는 이미 때가 늦어 있었다는 식의 전설은 이른 시기에 뿌리를 내렸고, 시간이 흐를수록 더 부풀려졌다.

잘못된 고발과 뒤늦은 자백을 둘러싼 이 전설은 18세기의 계몽운동 지도자들에 의해 야만적이고 미신적이었던 중세의 관습을 비난하기 위해 이용되었다. 계몽사상가들은 결투 재판 제도 전체를 맹비난했고, 카루주-르그리 사건을 그런 우행(愚行)의 가장 적절한 예로 들었던 것이다. 디드로와 달랑베르의 『백과전서(*Encyclopédie*)』(1767)도 이 사건을 짧게 언급하고 있는데, 르그리가 잘못된 고발의 희생자였고 훗날 진범이 밝혀졌다는 주장을 되풀이하고 있다. 볼테르는 이 사건은 결투 재판 자체가 "돌이킬 수 없는 범죄"이며, 불가해하게도 법에 의해 인가되었을 뿐이라는 주장을 펼쳤다.

르그리의 잘못된 판결과 죽음에 관한 전설은 루이 뒤부아 같은 인기 있는 역사가들에 의해 새로운 생명을 얻기까지 했다. 뒤부아는 1824년에 발간되어 인기를 끈 노르망디의 역사 논평의 몇 쪽을 할애해서 이 사건에 관해 언급하고 있다. 뒤부아는 『생드니 연대기』의 주장을 그대로 받아들여 카루주 부인이 르그리를 범인으로 오인하고 고발했으며, 세월이 흘러 "사건의 진범인"이 등장하고 나서야, 즉 진짜 범인은 "불운한 르그리와 상당히[quelque] 닮았던 것이 틀림없는[sans doute] 다른 종기사"였음이 밝혀진 뒤에야, 자신의 엄청난 잘못을 깨달았다고 썼다. 그런 다음 뒤부아는 이제는 귀에 익은 예의 이야기를 윤색해서 이렇게 끝맺고 있다. "깊은 절망에 빠진 귀부인은 후안무치했던 스스로의 과오를 속죄하고 싶었던 일념에서 수녀가 되었다. 만약 카루주가 패배했다면 화형당함으로써 이 과오의 대가를 치렀을 그녀는, 자신이 야기한 이 잔인한 불의를 도저히 받아들이지 못한 채로 회오와 슬픔 속에서 생을 마감했다."

이 유명한 사건을 둘러싼 논란은 현지의 향토사가들과 계보학자들, 때로는 이 사건에 개인적인 이해관계가 걸린 사람들이 어느 한쪽을 옹호할 때마다 새롭게 불타오르곤 했다. 오귀스트 르프레보는 1848년에 마르그리트의 아버지가 소유한 적이 있는 생마르탱뒤티욜의 역사를 다룬 책을 냈다. 노르망디의 역사에 관한 저서를 여러 권 쓴 역사가이자 티욜의 주민이기도 했던 르프레보는 이 책에서 카루주–르그리 사건에 관해 몇 쪽에 걸쳐 언급하고 있는데, 여기서 그는 마르그리트는 실제로 르그리에게 폭행당했으며 르그리는 결투에서 살해당함으로써 자기 죗값을 치른 것이라고 주장했다. 르프레보는 사건이 발생했던 당시부터 그의 시대까지 줄곧 르그리의 유무죄여부에 관해 많은 의혹이 제기되었다는 사실을 인정하면서도, 르그리를 총애했던 데 비해 마르그리트에게 큰 편견을 품고 있었던 당시의 궁정 정치의 환경이 당시의 사가들과 후대 사가들의 서술에 영향을 끼쳤음을 지적하고 있다. 주로 마르그리트의 신빙성을 의문시하는 방향으로 말이다.

르프레보는 그런 부정확한 이야기를 퍼뜨린 책임이 있는 사람들을 나무라면서, 피에르 백작의 총신이자 피후견인이었던 르그리는 파리에 갔을 때도 왕과 그의 숙부들에게 큰 환영을 받았으며, "이런 호의는 당대의 역사가들 대다수에 의해서도 공유되었고, 그 후계자들 역시 무조건 진실로 간주되는 여러 역사적 사건을 다룰 때와 마찬가지로 피상적인 사실관계의 확인조차도 하지 않고 곧이곧대로 그것을 받아들였다"고 썼다. 그는 샤를 6세의 타락한 궁정에서 "늙은 대역죄인 로베르드 티부빌의 딸이라는 사실을 제외하면 법정의 호의를 기대할 수 있는 그 어떤 자격조차도 가지지 못했던 지방의 귀족 여성"에게 동정하는 사람은 거의 없었다고 주장했다. 르프레보는 혼란의 원인으로 마르그리트가 범인을 착각했다고 본 『생드니 연대기』 작가의 의견을 아무런 비판 의식도 없이 그대로

結투의 여파

수용한 역사가들을 지목했다. 르프레보는 발췌문을 제시하면서 1차 사료를 처음부터 다시 읽어볼 것을 권했는데, 그가 제시한 사료에는 르그리의 변호사이자 "소송의 양 진영이 내놓은 진술을 공들여 나열한 다음, 자기 자신의 의뢰인이 아닌 원고 쪽의 진술에 더 무게를 두었던" 르코크의 일지도 포함되어 있다.

1880년대에 자크 르그리의 실제 후손이라고 주장하는 F. 르그리 화이트(F. Le Grix White)는 위와는 정반대의 의견을 내놓으며 조상인 르그리의 치욕적인 죽음이 완전한 오심에서 비롯되었다는 분노 섞인 주장을 펼쳤다. F. 르그리 화이트는 주로 프루아사르의 글에 있는 세세한 오류에 반론하는 방법으로 자기 조상을 옹호했지만, 그러면서 (이미 오래전에 출간된) 법정 기록이나 변호사인 르코크의 일지를 참조하지 않았다는 점은 명백하다. 화이트는 르그리에게는 범죄 현장을 왕복할 시간 여유가 없었다는 점을 지적했다. (그러나 프루아사르에게서 차용한 자료를 바탕으로 한 화이트의 계산에는 오류가 있었다.) 화이트는 "결투에 의한 재판은, 해당 사건 자체의 성질로 인해 어둡고 불확실할 수밖에 없는 진상에 더 이상 빛을 비추지는 못한다"며 합리적인 면을 내보이는 한편, 나중에 진범인이 나타나서 죄를 자백했다는 구태의연한 전설을 르그리의 결백을 증명해 주는 "논란의 여지가 없는" 증거로 내세웠다. 기사도적 관념에 사로잡힌 빅토리아인이었던 F. 르그리 화이트는 마르그리트를 피해자로 간주했지만, 그녀 자신이 엉뚱한 사람을 끔찍한 범죄의 범인으로 지목하면서 또 다른 피해자를 만들어낸 인물로 묘사하고 있다. 사실 화이트의 의견 중에

서 르그리의 무죄 증명에 실제로 도움이 되는 것은 하나도 없
지만, 5세기나 지난 뒤에도 극단적인 논쟁을 야기하고, 개인
의 열정적인 감정을 끌어내기까지 한다는 사실 자체가, 이 결
투 사건의 영속적인 힘을 보여준다고 할 수 있다.

일 차 사료를 처음부터 다시 읽어보라는 르프레보의 충고
에도 불구하고, 20세기의 전문가들은 거의 시작부터 이
유명한 사건 주위에 꼬이기 시작한 신화와 오류를 그대로 되
풀이하는 일을 멈추지 않았다. 높은 평가를 받은 『브리태니
커 백과사전』의 11판(1910)은 "결투" 항목에서 카루주-르그
리 사건에 관해 몇 줄 언급하고 있는데, 세부에서 많은 오류가
있을 뿐만 아니라 고발된 강간 사건을 일종의 베드 트릭(bed
trick)처럼 묘사하고 있다.

1385년에 어떤 결투가 행해졌는데, 그 결과가 너무나도 황
당무계했던 나머지 가장 미신적인 사람들조차도 그런 식의
신의 심판의 효험에 대한 믿음을 잃기 시작했을 정도였다.
자크 르그리라는 사내가 장 카루주의 아내로부터 고발당했
는데, 십자군 원정에서 돌아올 예정이었던 그녀의 남편인
척하고 몰래 침실로 들어와서 그녀를 범했다는 내용이었다.
그 결과 파리 고등법원은 결투를 명했고, 결투는 당시 국왕
인 샤를 6세 앞에서 이루어졌다. 르그리는 결투에서 졌고
그 자리에서 교수형에 처해졌다. 그로부터 얼마 지나지 않
아 다른 죄를 저지르고 체포당한 범죄자가 자신이 진범임을
자백했다. 이런 식으로 그 효용성을 논파당하는 제도는 오

래갈 리가 없었고, 결투 제도는 결국 고등법원에 의해 백지
화되었다.

여기서 마르그리트는 진짜 남편이 십자군 원정에 가 있는
동안 남편으로 가장한 협잡꾼에게 속았다는 식으로 묘사되어
있는데, 마치 진짜로 있었던 '마르탱 게르의 귀환' 사건을 방
불케 하는 혼란된 서술이다. 1970년대까지도 『브리태니커 백
과사전』에는 이 전설의 변형판이 실려 있었는데, 거기서는 카
루주 부인이 남편이 없는 동안 르그리가 자신을 "유혹"했다고
고발한 것으로 되어 있다. 마르그리트는 나중에 르그리가 결
투에 져서 죽은 뒤에야 다른 사내가 자신이 "유혹자"임을 자
백했다는 소식을 들었다는 식이다. 카루주-르그리 사건에 대
한 이런 서술은 더 이상 정정되는 일이 없이 그대로 『브리태
니커』에 실려 있다가 15판이 되어서야 통채로 삭제되었다.

1973년에 캉에서 이 사건을 재평가한 프랑스의 법학자를
포함해서, 20세기 들어서 르그리의 유죄를 확정하고 마르그
리트의 고발이 진실임을 단언한 논객들은 소수 있었다. 그러
나 대다수는 불공정한 고발과 뒤늦은 자백이라는 구태의연한
전설을 여전히 되풀이하고 있다. 가장 큰 영향력을 가진 권위
자 중 한 명인 R. C. 파미글리에티는 『중세 프랑스의 부부생
활 이야기』(1992)에서, 카루주-르그리 사건은 "기록에 남아
있는 가장 섬뜩한 학대 사건 중 하나"라고 썼다. 파미글리에
티에 의하면 카루주는 마르그리트가 강간당했다는 사실을 알
자 "강간 사건을 자신에 유리한 쪽으로 이용하려고 결심"했
고, "르그리를 강간범으로 고발하라고 아내에게 강요"했다고

주장했다. 파미글리에티는 소송 기록을 인용하기는 했지만 르그리의 설명 쪽을 채택함으로써, 마르그리트의 고발을 가증스러운 라이벌을 파멸시키고 싶어 하던 그녀 남편의 "각본"으로 폄하했다. 따라서 카루주 부인은 모르고 엉뚱한 사내를 고발한 것이 아니라 남편과 공모해서 르그리를 함정에 빠뜨렸다는 얘기가 된다. 파미글리에티 역시 다른 사내가 나중에 진범임을 고백했다는 오래된 전설을 되풀이하면서, "위증 사실이 발각된" 마르그리트가 수치심에 못 이겨 수녀원에 칩거했다고 썼다. 그러나 그의 책에서도 막판에 이 범죄의 "진범"이 자백했다는 야담(野談)의 근거는 제시되지 않았다.

이 유명한 결투 직후 태어나서 향후 몇 세기에 걸쳐 연대기 작가나 역사가들에 의해 새로운 생명을 부여받은 이 수상쩍은 전설이 앞으로도 끈질기게 살아남으리라는 점에는 의심의 여지가 없다. 중세에 살았던 어떤 기사와 종기사와 귀부인의 이야기가 역사의 책갈피를 통해 계속 후세에 전해지고, 논쟁의 대상이 되고, 되풀이되는 한은 말이다.

감사의 말

내가 이 책을 쓰는 데는 10년이라는 세월이 소요되었다—프루아사르의 『연대기』에서 우연히 카루주와 르그리의 다툼에 관한 이야기를 읽은 이래, 연구와 집필에 몇천 시간을 투자하고, 유럽을 몇 번이나 방문하고, 이 책이 한낱 꿈에서 현실이 되기까지 도움을 주신 분들과 수없이 많은 대화를 나눈 뒤에 말이다.

그 무엇보다도 먼저 나의 멋진 아내 페그에게 감사하고 싶다. 그녀는 나와 함께 문서 보관소를 탐구했고, 연구 과정을 사진으로 기록했고, 원고 전체를 몇 번이나 신중하게 읽었고, 중요한 제안을 여럿 해 주었고, 이 프로젝트의 모든 단계에서 지원을 아끼지 않았다. 페그가 없었으면 이 책을 쓰는 것은 불가능했고, 그런고로 감사의 마음을 담아 그녀에게 이 책을 바친다.

그리고 나는 랜덤하우스 브로드웨이북스의 부사장이자 주필인 찰스 콘래드에게 큰 빚을 졌다. 찰리는 이 책을 초고에서 현재의 최종적인 형태로 완성시켜 주었고, 실로 멋진 전략적 충고를 해 주었고, 편집자로서 수없이 많은 유용한 지적을 해 주었고, 퇴고할 때까지 열성적으로 지지해 주었다. 그런 인물과 함께 일하고, 배울 수 있었던 것은 나로서는 큰 행운이었다.

그리고 나의 유능한 에이전트인 글렌 하틀리와 린 추와 케이티 스프링클에게 감사를 전한다. 라이터즈 레프리젠터티브스에서 근무하는 이들은 본서의 가능성을 높게 보고 열성적으로 집필에 협력해 주었고, 상업적인 책을 처음 내보는 나를 능숙하게 문학 시장으로 안내해 주었다.

브로드웨이북스에서는 훌륭한 편집팀이 내 원고를 책으로 완성시켜 주었다. 앨리슨 프레슬리는 글과 사진과 지도와 게재 허가의 복잡한 흐름을 감독했고, 재닛 빌은 초고를 능숙하게 교열해 주었고, 숀 밀스는 제작 구성을 맡아 주었다. 데버러 커너는 책 안쪽을 디자인했고, 진 트레이너는 멋진 표지를 만들어 주었다. 그리고 존 버고인은 뛰어난 지도들을 그려 주었다. 게리 하워드, 재키 에벌리워런, 그리고 올리버 존스틴이 이른 시기에 보여준 열의에도 감사한다.

이 책의 기원을 훨씬 더 옛날까지 거슬러 올라가 보면, 어린 소년인 나를 유럽으로 데려가서 성들을 보여주고, 8학년이었을 때 프랑스어 수강을 취소하려는 나의 시도를 현명하게도 막아 준 부모님이 계신다. 그 결과 나의 고등학교 프랑스어 선생님인 마담 모르당에게서 프랑스어의 기초를 철저하게 배울 수 있었다. 지금으로부터 25년 전에 돌아가신 우리 어머니 메를린이 이 책을 보셨다면 크게 기뻐하셨을 것을 나는 안다. 그리고 역사 애호가인 우리 아버지 마빈에게 탈고한 초고를 보여드리는 것은 큰 기쁨이었다.

많은 친구들과 동료 학자들에게도 빚을 졌다. UCLA의 헨리 A. 켈리 교수는 관대하게도 원고 전체를 읽고 주석을 붙임으로써 중세의 법, 종교, 라틴어를 위시한 전문 분야에 대한 엄청난 박식함을 나와 공유해 주었고, 내가 저지른 많은 실수를 교정해 주었다. 물론 오류가 남아 있다면 그것은 모두 나의 책임이다.

로스앤젤레스 소재 라이터스 블록의 창시자이자 회장인 앤드리어 그로스먼은 나를 출판 업계 사람들에게 소개해 주었고, 열성적으로 초고를 읽어 주었고, 출판에 관해서 노련한 충고를 해 주었고, 페그와 나를 친구로서 환대해 주었다.

카트린 리고는 춥고 비가 추적추적 내리는 3월에 우리 부부가 숙박 중이던 그녀의 노르망디 숙소(gîte) 주위의 성관들과 방벽에 둘러싸인 오래된 농가와 그 밖의 중세 유적들을 안내해 주었다. 카루주-르그리 사건에 관한 글을 쓴 적이 있는 현지의 역사가인 잭 마누브리에는 그의 아내인 다니와 함께 친절하게도 우리를 자택으로 초대해 주었고, 현지의 역사에 관한 많은 질문에 대답해 주었고, 귀중한 단서를 주었을 뿐만 아니라, 캘리포니아의 우리 집으로 새로운 발견을 기록한 편지를 보내 주기까지 했다.

UCLA 영어과 학과장인 톰 워샘과 부학과장인 린 배튼은 내가 적절한 시기에 안식년을 가지고 강의 일정을 최대한 효율화할 수 있도록 해 주었다. 캐럴린 시는 친절하게도 출판의 초기 단계에서 전문적인 조언을 해 주었다. 리처드 라우즈 교수는 파리의 문서 보관소를 이용하는 방법에 관해 귀중한 조언을 해 주었다. UCLA의 다른 동료들—크리스 배스웰, 얼 브로운뮬러, 조내선 그로스먼, 고든 키플링, 델 콜비, 로버트

매니키스, 클레어 매키천, 데이비드 로즈, 데버러 슈거, 스티
븐 엔서도 각자의 전문 분야에서 내게 다양한 조언을 해 주었
다. 지네트 길키슨, 도리스 웡, 노라 엘리어스, 릭 페이긴은 세
부적인 행정 처리에서 도움을 주었다. 크리스티나 피츠제럴드
와 앤드리어 피츠제럴드 존스는 입수하기 힘든 도서관의 자료
를 추적하고 유력한 단서를 확인해 주었다.

컬럼비아 대학의 고(故) 하워드 슐레스에게도 감사드린다.
내가 처음으로 프루아사르를 읽은 것은 그의 권유에 의한 것
이었다. 컬럼비아 대학에서 출판에 관한 경험을 나와 공유해
준 짐 샤피로와 앤디 델뱅코, 마거릿 로젠탈(USC), 하워트 블
록(예일), 마이클 데이비스(마운트 홀리요크), 존 랭든(앨버
타), 켈리 디브리즈(로욜라-볼티모어), 마틴 브리지(유니버시
티 칼리지 런던), 그리고 메트로폴리탄 미술관의 무기 및 갑
주 부문 담당자인 스튜어트 W. 피어와 도널드 라로카의 도움
에 감사드린다. 역시 메트로폴리탄 미술관에 근무하는 스텔라
폴과 롱아일랜드 대학의 제임스 베드나즈—두 사람 모두 오
랜 친구이다—는 연구에 필요한 귀중한 단서들을 제공해 주
고, 전문가들을 소개해 주었다. 브리티시 컬럼비아 대학의 마
크 베시와 그의 동료들은 집필 중이던 이 책의 내용을 발췌한
내용을 강의할 수 있는 친밀한 토론의 장을 마련해 주었고, 나
를 따스하게 환영해 주었다.

파리와 노르망디의 많은 기록 보관소 담당자들은 친절하게
도 내가 필수적인 문서를 조사할 수 있도록 허가를 내 주었다.
프랑스 국립 문서 보관소(CARAN)의 프랑수아즈 힐드시메와
마르틴 신 빌마바루에게 특히 감사드린다. 프랑스 국립도서관

의 담당 직원들, 칼바도스(캉)와 외르(에브루)와 오른(알랑송)의 공문서 보관소 직원들, 파리 역사 협회(마레)의 모니크 라크루아와 프랑수아즈 귄돌레와 마리프랑수아즈 벨라미, 뱅센성의 로랑 브와수, 포르네 도서관의 티에리 드빈크에게도 감사드린다. 보들리 도서관의 피에르 소잔스키 달랑케세즈는 사진과 게재 허가를 제공해 주었다. 바젤 대학도서관의 도미닉 훙거, 프랑스 국립기념물센터의 이자벨 르미와 이자벨 판타나스, 메트로폴리탄 미술관의 레베카 에이컨, 대영 박물관의 크리스틴 캠벨에게도 감사드린다.

UCLA의 많은 사서들도 중요한 도움을 주었다. 영 연구도서관의 특별 컬렉션 책임자인 빅토리아 스틸, 생물의학 도서관의 바버라 셰이더, 영 연구도서관의 참고 부문의 크리스토퍼 콜먼, 헨리 J. 브루먼 지도 컬렉션의 조니 하기스와 데이비드 데클버움, 특별 컬렉션의 옥타비오 올베라. UCLA의 효율적인 도서관 상호대출과 덕에 희귀한 자료를 많이 입수할 수 있었다.

테렌스 버틀 박사는 귀중한 의학 정보를 제공해 주었다. 비벌리 힐즈 펜싱 클럽의 보리스 커슈너는 자신에게 공격을 가해 오는 노련한 검객과 검을 맞대고 싸운다는 것이 어떤 느낌인지를 마스크와 플뢰레를 동원해서 내게 전수해 주었다. 미 공군의 조지 뉴베리 중령은 군사 지도에 관한 정보를 제공해 주었다. 출판계와 영화계와 법조계에서도 많은 분들이 전문적인 조언을 해 주었다. 나디아 어워드, 필리프 베누아, 테레즈 드로스트, 랜디 프라이드, 릭 그로스먼, 리사 해밀턴, 데이브 존슨, 조 존슨, 새라 켈리, 커린 쿤, 캐스린 댁더모트.

마지막으로, UCLA의 내 학생들에게 감사한다. 언제나 내 영감의 원천이 되어주는 그들은 중세의 삶의 놀라움과 흥분과 위험을 전달하는 법에 관해 내게 많은 것을 가르쳐 주었다.

2004년 4월
로스앤젤레스에서
에릭 재거

참고문헌

이 목록은 본문에서 인용한 사료들로 한정되어 있으며, 연구 과정에서 참고한 다수의 역사서나 특수한 인용 자료들은 포함되어 있지 않다. 필사본의 경우는 보존된 장소, 서고명, 서가 기호, 그리고 필요할 경우 2절판의 쪽수 순서로 표기했다. 인쇄본의 경우는 저자, 제목, 출간 지역, 출판 연도 순서대로 나열했고, 부제(副題)는 생략한 경우가 많다.

필사본

Caen: Archives Départementales de Calvados (AD Calvados)
    Série F. 6279: Charter, Mesnil Mauger, 1394
Évreux: Archives Départementales de l'Eure (AD Eure)
    Série E. 2703: Carrouges-Thibouville will, 1451
Paris: Archives Nationales (AN)
    Série X—Parlement de Paris
        1 A 1473, fols. 145v, 224r-v, sessions of July 9, September 15
        (microfilm)
        2 A 10, fols. 232r–244r, Criminal register, July 9, 1386–December 1,
        1386 (microfilm)
        2 A 10, fols. 53r-v, 54v, 206r–210v, 211v–212r, arrêts and testimony,
        Septermber 13, 1386–February 9, 1387
Paris: Bibliothèque Nationale (BN)
    Dossier bleu 155, Carrouges: notes on family history
    Manuscrits français:
        2258: copy of 1306 decree and duel *formulaire* (microfilm)
        2699, fols. 188v–193r: duel *formulaire*
        21726, fols. 188r–190v: duel *formulaire*
        23592: Alençon and Thibouville hostages for 1360 treaty
        26021, nos. 899, 900: receipts for Guillaume Berengier, July 1386

n.a. 7617, fols. 265r–269r: Royal charter relating to Aunou-le-Faucon

Manuscrits Latins:

4645: *Questiones Johannis Galli* (Jean Le Coq's casebook, Paris copy)

Pièces originales (P.O.):

605, Carrouges, nos. 1–20: military records, etc.

2825, Thibouville, nos. 1–16: family documents

인쇄본 (1차 사료)

Beaumanoir, Philippe de. *Coutumes de Beauvaisis*. Edited by Amédée
Salmon. 2 vols. Paris, 1899–1900; rpt. 1970.

The Book of Pluscarden. Edited by Felix J. H. Skene. 2 vols. Edinburgh,
1877, 1880.

Brantôme, Pierre de Bourdeilles, Abbé et Seigneur de. *Discours sur les
duels*. Edited by J.A.C. Buchon. Paris, 1838; rpt. Arles, 1997.

Cartulaire de Marmoutier pour le Perche. Edited by L'abbé Barret.
Mortagne, 1894.

*Cérémonies des gages de bataille selon les constitutions du Bon Roi Philippe de
France*. Edited by G. A. Crapulet. Paris, 1830.

Chaucer, Geo rey. *The Canterbury Tales*. Edited by Larry D. Benson.
Boston, 1987.

Chronographia regum francorum. Edited by H. Moranville. Vol. 3 (1380–
1405). Paris, 1897.

Du Breuil, Guillaume. *Stilus curie parlamenti*. Edited by Félix Aubert.
Paris, 1909.

Froissart, Jean. *Chroniques*. Edited by J. A. Buchon. 15 vols. (= *Collection
des chroniques nationales françaises*, vols. 11–25). Paris, 1824–26.

———. *Chroniques*. Edited by Kervyn de Lettenhove. 25 vols. Brussels,
1867–76.

———. *Chroniques*. Edited by Léon and Albert Mirot, et al., 15 vols. (to
date). Paris, 1869–.

———. *Chronicles*. Translated by Thomas Johnes. 2 vols. London, 1839.

————. *Chronicles* (selections). Translated by Geo rey Brereton. London, 1968.

Galbert of Bruges. *The Murder of Charles the Good, Count of Flanders.* Edited and translated by James Bruce Ross. New York, 1960.

Homer. *Iliad.* Translated by Richmond Lattimore. Chicago, 1951; rpt. 1961.

Ibelin, Jean d'. *Assises de la haute cour.* Edited by Auguste-Arthur Beugnot. In *Assises de Jérusalem,* 1:7–432. Paris, 1841.

Jaille, Hardouin de la. *Formulaire des gaiges de bataille.* In Prost, 135–91.

Juvénal des Ursins, Jean. *Histoire de Charles VI.* Edited by J.A.C. Buchon. *Choix de chroniques et mémoires sur l'histoire de France,* 333–569. Paris, 1838.

La Marche, Olivier de. *Livre de l'advis de gage de bataille.* In Prost, 1–28, 41–54.

La Tour Landry, Geo roy de. *Le livre du chevalier.* Edited by Anatole de Montaiglon. Paris, 1854.

Le Coq, Jean. *Questiones Johannis Galli.* Edited by Marguerite Boulet. Paris, 1944.

Le Fèvre, Jean. *Journal.* Edited by H. Moranville. Vol. 1. Paris, 1887.

Lobineau, Gui Alexis. *Histoire de Bretagne.* 2 vols. Paris, 1707; rpt. 1973.

Ordonnances des roys de France de la troisième race. Edited by Eusèbe Jacob de Laurière. Vol.

1. Paris, 1723.

Pisan, Christine de. *The Book of the City of Ladies.* Translated by Earl Je rey Richards. New York, 1982.

Prost, Bernard, ed. *Traités du duel judiciaire, relations de pas d'armes et tournois.* Paris, 1872.

Registre criminel de la justice de Saint-Martin-des-Champs à Paris au XIVe siècle. Edited by Louis Tanon. Paris, 1877.

Réligieux de Saint-Denis. *Chronique du réligieux de Saint-Denys (1380–1422).* Edited by L. Bellaguet. 6 vols. Paris, 1839–52.

The Romance of the Rose. By Guillaume de Lorris and Jean de Meun. Translated by Charles Dahlberg. Princeton, 1971; rpt. 1986.

Summa de legibus normannie in curia laicali. Edited by Ernest-Joseph
  Tardif. *Coutumiers de Normandie,* vol. 2. Paris, 1896.
Villiers, Jean de. *Le livre du seigneur de l'Isle Adam pour gaige de bataille.* In
  Prost, 28–41.
The Westminster Chronicle, 1381–1394. Edited and translated by L. C.
  Hector and Barbara F. Harvey. Oxford, 1982.

인쇄본 (2차 사료)

Anglo, Sidney. *The Martial Arts of Renaissance Europe.* New Haven, 2000.
Ariès, Philippe, and Georges Duby, eds. *A History of Private Life.* Vol. 2,
  Revelations of the Medieval World. Translated by Arthur Goldhammer.
  Cambridge, Mass., 1988.
Asse, Camille. *En pays d'Auge: St-Julien-le-Faucon et ses environs.* 2nd ed.
  Saint-Pierre-surDives, 1981.
Atiya, Aziz Suryal. *The Crusade of Nicopolis.* London, 1934.
Autrand, Françoise. *Charles V: le sage.* Paris, 1994.
———. *Charles VI: la folie du roi.* Paris, 1986.
Barbay, Louis. *Histoire d'Argentan.* 1922; rpt. Paris, 1993.
Bartlett, Robert. *Trial by Fire and Water: The Medieval Judicial Ordeal.*
  Oxford, 1986.
Bishop, Morris. *The Middle Ages.* New York, 1968; rpt. 1987.
Biver, Paul, and Marie-Louise Biver. *Abbayes, monastères et couvents de
  Paris.* Paris, 1970.
Bloch, Marc. *Feudal Society.* 2 vols. Translated by L. A. Manyon. Chicago,
  1961. Bloch, R. Howard. *Medieval French Literature and Law.* Berkeley,
  1977.
Bongert, Yvonne. *Recherches sur les cours laïques du Xe au XIIIe siècle.* Paris,
  1949.
Boyer, Marjorie Nice. "A Day's Journey in Mediaeval France." Speculum
  26 (1951): 597– 608.
Braudel, Fernand. *The Identity of France.* Vol. 2, *People and Production.*
  Translated by Siân Reynolds. New York, 1990.

Bullet, Jean-Baptiste. *Dissertations sur la mythologie françoise*. Paris, 1771.

Caix, Alfred de. "Notice sur la chambrerie de l'abbaye de Troarn." *Mémoires de la société des antiquaires de Normandie* (ser. 3) 2 (1856): 311–87.

Canel, A. "Le Combat judiciaire en Normandie." *Mémoires de la société des antiquaires de Normandie* (ser. 3) 2 (1856): 575–655.

Cantor, Norman F. *The Civilization of the Middle Ages*. New York, 1994.

Cassini de Thury, César-François. *Carte de France*. Paris, ca. 1759.

Chapelot, Jean. *Le château de Vincennes*. Paris, 2003.

Chardon, Roland. "The Linear League in North America." *Annals of the Association of American Geographers* 70 (1980): 129–53.

Charpillon, M. *Dictionnaire historique de toutes les communes du département de l'Eure*. 2 vols. Les Andelys, 1868–79.

Cohen, Esther. *The Crossroads of Justice*. Leiden, 1993.

Contades, Gérard, and Abbé Macé. *Canton de Carrouges: essai de bibliographie cantonale*. Paris, 1891.

Contamine, Philippe. *La guerre de cent ans*. Paris, 1968.

Couperie, Pierre. *Paris au ls du temps*. Paris, 1968.

Davis, R.H.C. *The Medieval Warhorse*. London, 1989.

Delachenal, Roland. *Histoire des avocats au parlement de Paris, 1300–1600*. Paris, 1885.

De Loray, Terrier. *Jean de Vienne, Amiral de France, 1341–1396*. Paris, 1877.

De Pradel de Lamase, Martial. *Le château de Vincennes*. Paris, 1932.

Deschamps, Paul. "Donjon de Chambois." *Congrès archéologique de France, bulletin monumental* 111 (1953): 293–308.

Desmadeleines, A. Desgenettes. "Duel de Jean de Carouges et de Jacques Legris." *Bulletin de la société bibliophile historique* 3 (1837–38), no. 2: 32–42.

Dewannieux, André. *Le duel judiciaire entre Jean de Carrouges et Jacques Le Gris: le 29 décembre 1386*. Melun, 1976.

Dictionnaire de biographie française. Edited by J. Balteau et al. 20 vols. Paris, 1933–2003.

Dictionnaire de la noblesse. Edited by François-Alexandre Aubert de La Chesnaye Des Bois and Jacques Badier. 3rd ed. 19 vols. Paris, 1863–76.

Diderot, Denis, and Jean Le Rond d'Alembert, eds. *Encyclopédie.* 28 vols. Paris, 1751–72.

Diguères, Victor des. *Sévigni, ou une paroisse rurale en Normandie.* Paris, 1863.

Du Bois, Louis-François. *Archives annuelles de la Normandie.* 2 vols. Caen, 1824–26.

Duby, Georges. *Medieval Marriage.* Translated by Elborg Forster. Baltimore, Md., 1978.

———. The Three Orders. Translated by Arthur Goldhammer. Chicago, 1980.

Ducoudray, Gustave. *Les origines du Parlement de Paris et la justice aux XIIIe and XIVe siècles.* 2 vols. Paris, 1902; rpt. 1970.

Dupont-Ferrier, Gustave. *Gallia regia.* 7 vols. Paris, 1942–66.

The Encyclopaedia Britannica. 11th ed. 29 vols. New York, 1910–11.

Fagan, Brian. *The Little Ice Age.* New York, 2000.

Famiglietti, R. C. *Tales of the Marriage Bed from Medieval France.* Providence, R.I., 1992.

Favier, Jean. *Paris: Deux mille ans d'histoire.* Paris, 1997.

Ferguson, George. *Signs and Symbols in Christian Art.* New York, 1954; rpt. 1975.

France, John. *Western Warfare in the Age of the Crusades.* Ithaca, N.Y., 1999.

Gaudemet, Jean. "Les ordalies au moyen âge: doctrine, legislation et pratique canoniques." In *La preuve. Vol. 2, Moyen âge et temps modernes,* 99–135. Brussels, 1965.

Gottlieb, Beatrice. "Birth and Infancy"; "Pregnancy." *Encyclopedia of the Renaissance,* 1:232– 35, 5:155–57. New York, 1999.

Gravdal, Kathryn. *Ravishing Maidens.* Philadelphia, 1991.

Guenée, Bernard. "Comment le Réligieux de Saint-Denis a-t-il écrit l'histoire?" *Pratiques de la culture écrite en France au XVe siècle,* 331–43. Edited by Monique Ornato and Nicole Pons. Louvain-la-Neuve, 1995.

Haskins, Charles H. *The Rise of Universities.* New York, 1923.

Hewitt, John. *Ancient Armour and Weapons in Europe*. 3 vols. 1860; rpt. Graz, 1967.

Hillairet, Jacques. *Dictionnaire historique des rues de Paris*. 9th ed. 2 vols. Paris, 1985.

———. *Gibets, piloris et cachots du vieux Paris*. Paris, 1956.

Hippeau, Célestin. *Dictionnaire topographique du département du Calvados*. Paris, 1883.

Horne, Alistair. *The Seven Ages of Paris*. New York, 2002.

Huizinga, Johan. *The Autumn of the Middle Ages*. Translated by Rodney J. Payton and Ulrich Mammitzsch. Chicago, 1996.

Keats-Rohan, K.S.B. *Domesday Descendants*. Vol. 2, *Pipe Rolls to Cartae Baronum*. London, 2002.

Keen, Maurice. *Chivalry*. New Haven, Conn., 1984.

———, ed. *Medieval Warfare: A History*. Oxford, 1999.

———. *The Penguin History of Medieval Europe*. London, 1991.

Lacordaire, Simon. *Les inconnus de la Seine*. Paris, 1985.

Lagrange, Louis-Jean, and Jean Taralon. "Le Château de Carrouges." *Congrès archéologique de France, bulletin monumental* 111 (1953): 317–49.

La Noë, René de [= Louis Duval]. *Robert de Carrouges*. Alençon, 1896.

La Roque de La Lontière, Gilles-André de. *Histoire généalogique de la maison de Harcourt*. 4 vols. Paris, 1662.

Lea, Charles Henry. *The Duel and the Oath*. (Orig. in Superstition and Force, 1866.) Edited by Edward Peters. Philadelphia, 1974.

Lebreton, Charles. "L'Avranchin pendant la guerre de cent ans, 1346 à 1450." *Mémoires de la société des antiquaires de Normandie* (ser. 3) 10 (1880): 12–172.

Le Fort, V. "L'A aire de Carrouges." *La revue illustrée du Calvados* 7.7 (July 1913), 98–99.

Lehoux, Françoise. *Jean de France, duc de Berri*. 4 vols. Paris, 1966–68.

Leonard, John K. "Rites of Marriage in the Western Middle Ages." In *Medieval Liturgy*, edited by Lizette Larson-Miller, 165–202. New York, 1997.

Le Prevost, Auguste. *Histoire de Saint-Martin du Tilleul*. Paris, 1848.

————. *Mémoires et notes pour servir à l'histoire du département de l'Eure.* Edited by Léopold Delisle and Louis Passy. 3 vols. Évreux, 1862–69.

Long, Brian. *Castles of Northumberland.* Newcastle upon Tyne, 1967.

Loth, Yan. *Tracés d'itinéraires en Gaule romaine.* Dammarie-les-Lys, 1986.

Mabire, Jean, and Jean-Robert Ragache. *Histoire de la Normandie.* Paris, 1976.

Malherbe, François de. Oeuvres. Edited by M. L. LaLanne. 5 vols. Paris, 1862–69.

Maneuvrier, Jack. "L'a aire de Carrouges au Mesnil-Mauger." *Histoire et traditions populaires* 56 (December 1996): 29–35.

Mariette de La Pagerie, G. *Carte topographique de la Normandie.* Paris, ca. 1720.

Mauboussin, Christophe. *La première révolte de Godefroy d'Harcourt.* Master's thesis. Caen, 1993.

Mériel, Amédée. *Bellême: notes historiques.* 1887; rpt. Paris, 1992.

Minois, Georges. *Histoire du suicide.* Paris, 1995.

Monestier, Martin. *Duels: les combats singuliers des origines à nos jours.* Paris, 1991.

Morel, Henri. "La n du duel judiciaire en France et la naissance du point d'honneur." *Revue historique de droit français et étranger* (ser. 4) 42 (1964): 574–639.

Moricet, Marthe. "Duel de Legris et de Carrouges." *Cahier des annales de Normandie* 2 (1963): 203–207.

Neilson, George. *Trial by Combat.* Glasgow, 1890; rpt. 2000.

Nicolle, David. *Nicopolis 1396.* Oxford, 1999.

Nortier, Michel. *Documents normands du règne de Charles V.* Paris, 2000.

Odolant-Desnos, Pierre Joseph. *Mémoires historiques sur la ville d'Alençon.* 2 vols. Alençon, 1787; rpt. 1976.

The Oxford English Dictionary. Edited by J. A. Simpson and E. S. C. Weiner. 2nd ed. 20 vols. Oxford, 1989.

Palmer, J. N. N. *England, France and Christendom, 1377–99.* London, 1972.

Pernoud, Régine. *Blanche of Castile.* Translated by Henry Noel. New York, 1975.

Peters, Edward. *Torture.* 2nd ed. Philadelphia, 1996.

Petit, Ernest. *Séjours de Charles VI: 1380–1400.* Paris, 1894.

Prieur, Lucien. "Château d'Argentan." *Congrès archéologique de France, bulletin monumental* 111 (1953): 84–90.

Reinhard, J. R. "Burning at the Stake in Mediaeval Law and Literature." *Speculum* 16 (1941): 186–209.

Rougemont, Denis de. *Love in the Western World.* Translated by Montgomery Belgion. Rev. ed. New York, 1956.

Rousseau, Xavier. *Le château de Carrouges.* 4th ed. La Ferté-Macé, 1955.

Saunders, Corinne. *Rape and Ravishment in the Literature of Medieval England.* Cambridge, England, 2001.

Seward, Desmond. *The Hundred Years' War.* London, 1978.

Shennan, J. H. *The Parlement of Paris.* Rev. ed. Stroud, 1998.

Stevenson, Kenneth. *Nuptial Blessing.* New York, 1983.

Summerson, Henry. *Medieval Carlisle.* 2 vols. Kendal, 1993.

Sumption, Jonathan. *The Hundred Years' War.* 2 vols. Philadelphia, 1990, 1999.

Talbert, Richard J. A., et al., eds. *Barrington Atlas of the Greek and Roman World.* Princeton, N.J., 2000.

Terrier, Claude Catherine, and Olivier Renaudeau. *Le château de Carrouges.* Paris, 2000.

Tournouër, H. "Excursion archéologique dans le Houlme." *Bulletin de la société historique et archéologique de l'Orne* 22 (1903): 349–95.

Van Kerrebrouck, Patrick, et al. *Les Valois.* Villeneuve d'Ascq, 1990.

Vanuxem, P.-F. "Le duel Le Grix–Carrouges." *Le pays d'Argentan* 6 (1934): 197–205, 236–43.

———. *Veillerys: légendes de Basse-Normandie.* Argentan, 1933; rpt. 1967.

Verdon, Jean. *La femme au Moyen Age.* Paris, 1999.

Vérel, Charles. "Nonant-le-Pin." *Bulletin de la société historique et archéologique de l'Orne* 22 (1903): 157–205.

Viollet-le-Duc, Eugène-Emmanuel. *Dictionnaire raisonné du mobilier français*. 6 vols. Paris, 1854–75; rpt. 1926.

Voltaire. *Histoire du Parlement de Paris*. Amsterdam, 1769.

Warner, Philip. *Sieges of the Middle Ages*. London, 1968.

White, F. Le Grix. *Forgotten Seigneurs of the Alençonnais*. Penrith, ca. 1880.

Wise, Terence. *Medieval Warfare*. New York, 1976.

Wolfthal, Diane. *Images of Rape*. Cambridge, Eng., 1999.

Yule, Henry, ed. and trans. *Cathay and the Way Thither*. 2nd ed. London, 1914.

Ziegler, Philip. *The Black Death*. New York, 1969; rpt. 1971.

옮긴이의 말

본서는 UCLA의 영어과 교수 에릭 재거의 *The Last Duel* (2004)을 완역한 것이다. '실제로 일어난 범죄와 스캔들과 결투 재판의 기록'이라는 부제가 말해 주듯 역사에 기록된 결투, 그것도 14세기 말의 프랑스에서 일어났던 결투 재판을 다루고 있는데, 역사 부문의 논픽션으로서는 이례적으로 여러 매체의 서평란에서 호평을 받으며 영미 출판계의 화제가 되었다. 이 책에 대한 높은 평가는 중세 유럽사에서는 가장 유명하고 악명 높은 스캔들 중 하나인 카루주–르그리 소송을 둘러싼 역사학계의 오랜 논쟁에 대해 본서가 법적·심리학적인 측면에서 '정론(正論)'이라고 불러도 무방한 결론을 제시했다는 사실과도 무관하지 않다. 바꿔 말해서, 그 어떤 평자도 적어도 이 사건의 '진범'이 누군지에 대해서는 별다른 이의를 제기하고 있지 않다.

물론 저자인 재거가 그런 결론을 내기까지는 10년에 걸친 연구와 집필 기간이 필요했지만, "마치 중세인이 되어 중세를 살고 있는 듯한" 생생한 심리묘사와 탐정소설을 방불케 하는 흥미진진한 사건 전개는 중세 문학 전문가인 동시에 문학비평

가이기도 한 재거의 필력에 힘입은 바가 크다. 그런 맥락에서 본서를 다큐멘터리와 소설의 중간 지점 어딘가에 존재하는 팩션(faction)으로 바라보려는 시각도 존재하지만, 재거가 상상력을 구사해서 기록들 사이의 "빈 틈새를 메운" 대목들조차도 방대한 문헌 조사에 입각한 치밀한 연구의 뒷받침을 받고 있다는 측면에서 학술서로서의 기준을 충족하고 있다고 해도 무방하다. 특히 본서는 봉건제도가 깊게 뿌리박은 14세기 프랑스의 풍속사적 자료로서도 높은 평가를 받고 있는데, 재거가 말했듯이 현대 독자들의 눈에는 일견 '야만적'으로 비칠 수도 있는 결투 재판 제도조차도 당대의 생활상이라는 거울에 비춰 보면 일정 수준의 필연성을 획득한다는 점이 흥미롭다.

게르만법의 신명 재판에 바이킹 시절로까지 거슬러 올라가는 노르만족 특유의 '평등한' 결투의 전통이 융합된 감이 있는 결투 재판(trial by combat) 제도는 14세기 말의 프랑스에서도 이미 형해화하고 있었다. 그러나 장 드 카루주와 자크 르 그리 사이에서 1386년 12월 29일에 시행된 프랑스 역사상 최후의 결투 재판은 전자의 아내이자 고명한 귀족 가문 출신인 마르그리트 드 카루주에 대한 후자의 폭행 및 강간 여부를 '판결'하기 위한 것이었다는 점에서 명예나 재산을 두고 벌어지는 결투를 넘어선 엄청난 폭발력과 파급력을 내포하고 있었다. 현대 서구 사회의 정조 개념과는 준위 자체가 다른 도덕 기준이 '상식'으로 통하던 14세기에 공개적으로 강간 피해자임을 밝히고 그 범인을 고발한 여성이—설령 그녀가 상대적으로 더 큰 '보호'를 받던 귀족 여성이라고 해도—어떤 수준의 압력을 감내해야 했는지는 당사자가 아닌 이상은 절대로 알 수 없다고 해도 과언이 아니다. 게다가 마르그리트는 강간 사건의 유일한 직접 증인으로서 대리인인 남편이 결투 재판에서 지는 경우는 위증죄로 즉결 처형—산 채로 화형—당할 운명이었다. 그럼에도 불구하고 마르그리트는 처음부터 끝까지 일관된 증언을 했으며, 현대 서구 사회의 여성은 상상조차 하기 힘든 시련을 견뎌냈다. R. C. 파미글리에티를 위시한 현대의 남성 역사가들이 (의도적이든 아니든 간에) 무시하고, 간과했던 "진실"은 바로 마르그리트가 놓였던 이런 상황과 직결되어 있으며, 이미 본서를 읽은 독자들은 수긍하겠지만 상술한 재거의 '정론'이 빛을 발하는 것은 바로 이 지점이다.

* * *

카루주–르그리 결투 재판의 시대적 배경을 이루는 백년전쟁과 십자군 운동은 궁극적으로는 봉건제도의 자기완결성에 균열을 발생시킨 외부적인 충격으로 작용했고, 지배 계층인 귀족 남성의 정체성에 직결된 사회제도이기도 했던 결투 제도의 쇠락으로 이어졌다. 휴대 가능한 화약 무기의 발달과 더불어 중세 전장의 꽃이었던 유럽의 중장(重裝) 기병 역시 완만한 쇠퇴의 길을 걷게 되지만, 카루주가 르그리와 사투를 벌였던 14세기 당시 전신 갑주와 랜스로 완전무장하고 군마에 올라탄 기사는 귀족 제도의 상징일뿐만 아니라 21세기의 주력전차와 마찬가지로 엄청난 액수의 선행 투자와 만만찮은 유지비를 필요로 하는 전략 병기 그 자체였다. 본서의 특징 중 하나는 결투 재판이라는 극적인 사건에 자칫 묻히기 쉬운 이런 군사적·경제적인 세부의 묘사에도 힘을 쏟고 있다는 점인데, 카루주–르그리 소송에 관한 법적 자료와는 직접적인 관계가 없는 분야에 대한 재거의 독자적인 연구 노력—양식미에 치중하는 경향이 있긴 하지만—이 돋보이는 부분이다.

여담이지만 저자의 「감사의 말」을 보면 "상업적인 책"에 해당하는 본서의 "가능성을 높게 본" 출판 에이전트들의 도움을 받았다는 대목이 있는데, 이것은 출간 계약 시에 이미 할리우드의 관심을 염두에 두고 있었다는 사실의 반증이기도 하다(미국 출판계에서는 드문 일이 아니다). 실제로 본서의 영화화 옵션 계약은 상당히 이른 시기에 이루어졌고, 이 책의 내용에 매료되어 출연을 결정한 맷 데이먼과 벤 애플렉의 공동 각본을 바탕으로 본격적인 영화화가 진행되었다. 〈결투자들〉(1977)과 〈글래디에이터〉(2000), 〈킹덤 오브 헤븐〉(2005)의 감독인 리들리 스콧 역시 역사 스펙터클로서의 본서의 가능성에 일찌감치 주목했던 영화인 중 한 명인데, 감독으로 내정되었던 프랜시스 로런스가 하차한 후 그가 대신 메가폰을 잡았다는 소식에 전 세계의 스콧 팬들은 환호했다고 한다.

2021년 10월
김상훈

작가인 에릭 재거는 자기 분야를 완전히 숙지하고 있으며, 독자들은 『라스트 듀얼』을 통해 중세의 갑주와 무기, 패션과 관습, 법 제도와 성적인 통념, 궁정 정치와 종교 등에 관한 폭넓은 지식을 얻게 된다. 작가의 능수능란한 글솜씨는 등장인물들이 자아내는 거미줄 같은 모략의 그물에 독자들을 금세 얽어매고, 거의 막판에 다다를 때까지 놓아주지를 않는다. 재거는 섹스와 야만성과 고도의 정치적 모략에 관한 생생한 묘사를 통해 이 유명한 역사적 사건에 새로운 활력을 불어넣었다.
— 〈커커스 리뷰 *Kirkus Reviews* 〉

『라스트 듀얼』은 진정한 서스펜스로 점철된 아주 잘 쓰인 이야기다.
— 〈더 스펙테이터 *The Spectator* 〉

강렬한 호기심을 유발하는 서사와 깜짝 놀랄만한 통찰력의 탁월한 조합.
— 〈선데이 타임스 *Sunday Times* 〉

일반 독자들과 역사학자들을 동시에 만족시킬 수 있는, 손에 땀을 쥐게 하는 이야기.
— 〈퍼블리셔스 위클리 *Publishers Weekly* 〉

『라스트 듀얼』은 21세기의 유명인사를 둘러싼 그 어떤 스캔들 못지않게 흥미진진하고 몰입도가 높은 이야기다.
— 〈북리스트 *Booklist* 〉

『라스트 듀얼』은 워낙 흥미진진해서 마치 소설을 읽는 듯한 느낌을 주지만 신빙성 있는 사료에 입각한 실화이며, 열정과 잔혹함과 불완전한 법이 통치하는 세계를 생생하게 묘사했다.
— 노먼 캔터(『중세 발명하기』『흑사병의 궤적』 저자)

만약 당신이 중세에 관한 책을 단 한 권만 읽어야 한다면,
에릭 재거의 스릴러 『라스트 듀얼』을 읽을 것을 주저 없이 추천한다.
— 스티븐 오즈먼트(『강대한 요새』『시장의 딸』저자)

에릭 재거는 역사 기록을 극히 효과적으로 이용해서 치명적인 결투에
이르게 되는 두 사내의 삶을 흥미진진하게 그려냈다.
『라스트 듀얼』은 한 시대가 종언을 맞이할 무렵에 벌어진, 봉건귀족들과
궁정 기사들이라는 두 세계 사이의 결투를 그리고 있다.
이 흥미로운 작품에서 결국 누가 진정한 승자였는지를 판단하는 사람은
바로 독자들이며, 재거의 탁월함은 바로 이 부분에서 빛을 발한다.
— 마거릿 F. 로젠탈(『정직한 창부』저자)

『라스트 듀얼』은 중세 말기의 화려한 파노라마이며,
독자들로 하여금 마치 그 세계를 잘 알고, 거기서 살다가 온 듯한 기분을
느끼게 해 주는 역사 스릴러이다. 작가인 재거는 바바라 터크먼의
『희미한 겨울, 비운의 14세기』의 살아 있는 박식함과 움베르토 에코의
『장미의 이름』의 서스펜스와 드라마를 결합함으로써,
이토록 긴 세월이 흐른 뒤에도 인간의 본성은 그리 크게 변하지 않았으며,
현실은 이따금 소설보다 더 기이하며 경이롭다는 사실을 다시금
곱씹게 하는 새로운 문학 장르를 창조했다.
— R. 하워드 블로크(어거스터스 R. 스트리트 석좌 교수, 예일 대학 불문학과)

라스트 듀얼

최후의 결투

초판 1쇄 인쇄 2021년 10월 13일
초판 1쇄 발행 2021년 10월 20일

지은이 에릭 재거
옮긴이 김상훈

펴낸이 정은선
편집 최민유 이우정
마케팅 왕인정 이선행
디자인 전용완

펴낸곳 (주)오렌지디
출판등록 제2020-000013호
주소 서울특별시 강남구 선릉로 428
전화 02-6196-0380
팩스 02-6499-0323

ISBN 979-11-91164-49-7 03840

www.oranged.co.kr